RAUCH, VAMPIRE UND SPIEGEL

SASHA URBAN SERIE: BUCH 7

DIMA ZALES

Übersetzt von
GRIT SCHELLENBERG

♠ MOZAIKA PUBLICATIONS ♠

Veröffentlicht von Mozaika Publications, einem Impressum von Mozaika LLC.
www.mozaikallc.com

Lektorat: Fehler-Haft.de

Umschlag von Orina Kafe
www.orinakafe-art.com

e-ISBN: 978-1-63142-575-2
ISBN drucken: 978-1-63142-576-9

KAPITEL EINS

»NERO«, flüstere ich laut. Ich befreie mich aus seiner Umarmung und schüttelte ihn. »Wach auf.«

Er öffnet sofort die Augen, die sich verengen, als sie sich auf mein Gesicht richten, und dann setzt er sich in Drachengeschwindigkeit auf.

Er muss meine Panik bemerkt haben.

»Hattest du wieder einen Alptraum?«, fragt er.

Ich blinzele, kurzzeitig abgelenkt. »*Wieder* ein Alptraum? Wann hatte ich den ersten?«

»Erinnerst du dich nicht?« Er hebt seine Hand und krault mir den Hinterkopf, als wäre ich eine Katze. »Du hast mitten in der Nacht wimmernde Geräusche und leise Schreie von dir gegeben. Mich zweimal aufgeweckt.«

Ernsthaft, Alpträume? Wie kommt es, dass ich mich an nichts erinnere?

Hätte ich von der bevorstehenden Apokalypse träumen können, bevor ich meine Wachvision hatte?

Aber nein. Meine Traumvisionen verschwanden, als ich die bewusste Kontrolle erlangte. Es müssen gewöhnliche Alpträume sein – und die sind wahrscheinlich unscheinbar im Vergleich zur üblen Realität.

Nero lässt seine Hand sinken. »Also, was ist los?«

Ich atme ein und bekämpfe den Drang, seine Hand wieder dorthin zu führen, wo sie war. »Ich hatte gerade zwei alptraumhafte Visionen.«

»Visionen?« Er runzelt die Stirn. »Was für Visionen?«

Ich atme erneut tief ein und rassele heraus, dass Tartarus – der extrem mächtige Cogniti, der sich von ganzen Welten ernähren kann – für ein All-he-can-eat-Buffet auf die Erde kommt.

»Ich sah meine beiden Eltern als getrocknete Hülsen«, sage ich, und mein Kinn zittert. »Jeder, den du und ich je gekannt haben, wird sterben.«

Nero starrt mich an, streckt dann die Hand aus, zieht mich an seine mächtige Brust, und seine Arme legen sich sicher um mich. Obwohl sie beruhigend ist, bringt mich seine Berührung nicht wieder runter – besonders nicht, als ich merke, dass er gar nichts zu dem sagt, was ich ihm erzählt habe.

Ich hatte auf eine Antwort im Stil von »Lass uns zur Erde zurück und alle sofort retten« gehofft.

Er streicht über meinen Rücken und küsst meine Schläfe. »Bist du sicher, dass das kein Alptraum war?«, murmelt er und streichelt mich weiter, als wäre ich ein Chinchilla.

Ich ziehe mich weg. »Natürlich bin ich mir sicher.«

Er betrachtet mich und nickt dann. »Okay. Unter den gegebenen Umständen musste ich fragen.«

»Ich war hellwach und komplett nüchtern«, zische ich. »Und es waren zwei Visionen in Folge. Ich bin mir sicher, dieses Armageddon ist echt.« Ich springe auf, nehme meine Kleidung und ziehe sie wütend an, bevor ich das Torschwert in die Rückseite meines Hosenbundes stecke.

»In Ordnung.« Nero steht auf, ohne sich an seiner Nacktheit zu stören. Nicht, dass er irgendwelche Kleidung hätte – er ist in seiner Drachenform hierhergeflogen. Während er auf mich zukommt, sagt er: »Ich möchte, dass du mir genau sagst, was passiert ist, nachdem ich die Erde verlassen habe. Konkret, wie du zu einem Vampir wurdest. Du hast es im Schloss kurz erwähnt, aber ich möchte …«

»Was?« Meine Nasenlöcher beben. »Ich sage dir, die Erde wird gleich zerstört, und du willst, dass ich dir eine Lagerfeuergeschichte erzähle?«

Sein Kiefer spannt sich an. »Ich muss jede Variable berücksichtigen.«

»Und ich muss wissen, was unser Aktionsplan ist«, sage ich schneidend.

»Also lass mich das klarstellen.« Nero beugt sich vor. »Du findest es nicht verdächtig, dass Tartarus so kurz nach Lilith und Nostradamus auftaucht – zwei Menschen, die von ihm besessen sind?«

Ich starre ihn an. »Ich hatte keine Gelegenheit, darüber nachzudenken.«

Nero zieht die Augenbrauen in die Höhe, während er kühl wartet, und ich gebe mit einem Seufzer nach. Ich erzähle ihm alles, angefangen damit, wie die Tschorts Felix überfallen haben und wie sie Mom und Dad getötet hätten, wenn ich mich nicht gestellt hätte. Als ich zu dem Teil komme, an dem sie mich gefoltert haben, sieht Neros Gesicht so beängstigend aus, dass ich das Gefühl habe, dass die Tschorts Glück haben, dass sie bereits tot sind. Dann erzähle ich ihm von Nostradamus' Erinnerungen, seiner Suche nach Rache für seine Familie, die von Tartarus getötet wurde, und wie er Lilith prophezeit hat, dass Tartarus ihr Untergang sein wird.

»Dann nutzte Felix seine Kraft, um mir Zugang zu Liliths Telefongespräch zu verschaffen, und ich habe von dem Plan erfahren«, sage ich gegen Ende. »Sie war diejenige, die die Tschorts auf mich gehetzt hat, und deshalb bin ich ein Vampir. Können wir jetzt handeln? Wir müssen …«

»Erst nachdenken, bevor wir handeln«, sagt Nero. Er wechselt ins Russische und fügt hinzu: »Miss siebenmal und schneide einmal.«

»Angenommen, dass es nach all dem Messen noch etwas zu schneiden gibt«, beschwere ich mich und erkenne das Sprichwort aus einem der Lehrbücher, das ich kürzlich durchgenommen habe.

»Du willst proaktiv sein? Wie wäre es, wenn du deine Sehermächte fragst, was getan werden muss?«

»Wie meinst du das?« Ich starre ihn an.

»Wenn ich Seher konsultiere, sage ich ihnen mein

Ziel, und sie schauen in die Zukunft, um eine Vorgehensweise zu finden, wie ich das betreffende Ziel erreichen kann.«

»Oh.« Ich beiße mir auf die Lippe. »Ich habe noch nie etwas so Direktes versucht.«

»Tu es jetzt«, befiehlt Nero, und sein Blick fällt auf meine Lippen.

»Gut.« Ich schließe die Augen und tue mein Bestes, um mich so weit zu beruhigen, dass ich in den Leerraum springen kann.

Es dauert ein paar Sekunden, bis ich den notwendigen Fokus erreicht habe, aber sobald das der Fall ist, schwebe ich inmitten von Formen.

Formen, die nicht interessant zu sein scheinen, da die Melodie, die sie ausstrahlen, mich an die Hintergrundmusik in einem Fahrstuhl erinnern.

Auf keinen Fall haben diese sanften Visionen etwas mit Tartarus zu tun. Wenn ich raten müsste, handeln sie wahrscheinlich von Fluffster, der über unser jährliches Papierhandtuchbudget spricht, oder Felix, der darüber plaudert, warum er seinen Lieblingscomputeralgorithmus liebt.

Aber wenn das nicht das ist, was ich brauche, wie mache ich dann das, was Nero gesagt hat? Wie *sage* ich meinen Kräften, dass ich eine Vision von etwas sehen möchte, das Tartarus' Ankunft auf der Erde verhindern wird?

Nun, da alles andere im Leerraum oft die Essenz von Konzepten und Menschen beinhaltet, warum versuche ich das nicht?

Irgendwie.

Ich schwebe und tue mein Bestes, um die Essenz des Problems zu verstehen. Ich kanalisiere die Trauer, die ich empfand, als ich die leeren Hülsen meiner Eltern sah. Zu guter Letzt füge ich auch meine Verärgerung über Nero hinzu, weil er nicht sofort in Aktion getreten ist, sowie meine Ehrfurcht vor der Größe der bevorstehenden Aufgabe.

Auch wenn ich mir nicht sicher bin, was ich tue, scheint es zu funktionieren. Neue Formen tauchen um mich herum auf, und sie sind genauso beunruhigend, wie die anderen langweilig waren. Die Musik, die sie ausstrahlen, lässt mich fragen, ob ich im Begriff bin, eine Zukunft zu sehen, in der ich persönlich jedes flauschige Kätzchen auf der Erde in einem Ritual enthäute, um Tartarus verschwinden zu lassen.

Oder Suppe aus Fluffster und Luzifer mache.

Überlasse es dem Schicksal, etwas Gutes – wie die Apokalypse zu verhindern – in etwas Schlechtes zu verwandeln.

Metaphorisch zitternd, schwebe ich ein wenig, unsicher, ob ich es wagen sollte, die fraglichen Formen zu berühren.

Nun, es gibt keinen Ausweg.

Ich muss es wissen.

Ich nehme meinen ganzen Mut zusammen, greife nach der nächsten Form und bereite mich auf das Schlimmste vor.

KAPITEL ZWEI

ICH WACHE zu dem Klang vertrauter Stimmen auf.

»*Batman v Superman* sollte trotzdem eine höhere Punktzahl auf den Filmkritik-Seiten haben«, sagt Ariel von irgendwoher. »Selbst der letzte *Matrix-Film* – der, den du am wenigsten magst – hatte höhere Einschaltquoten.«

»Warum musst du immer *Matrix* ins Spiel bringen?«, meckert Felix. »Ist es, weil du immer noch neidisch bist, dass der erste Teil von *Matrix* bessere Bewertungen hat als einer der *Batman*-Filme?«

»Fang nicht schon wieder damit an«, sagt Ariel, und ich kann fast sehen, wie sie ihre Augen verdreht. »Du musst zumindest zustimmen, dass *Armageddon* – ein Film, in dem auch Ben Affleck mitspielt – keine höhere Punktzahl als *Batman v Superman* haben sollte.«

Das Wort Armageddon sendet einen Adrenalinschub durch meinen Kreislauf und vertreibt die Überreste meiner Benommenheit.

Ich setze mich hin und reibe mir die Augen.

Felix und Ariel sehen mich beide mit besorgten Gesichtsausdrücken an. Gleichzeitig sagen sie: »Wie geht es dir?«

»Ich hatte schon bessere Tage«, sage ich und versuche herauszufinden, wo wir sind.

Das nackte Zimmer hat außer meinem Bett keine Möbel, und es gibt keine Fenster. Es riecht vage nach Medizin – vielleicht ist es ein Behandlungs- oder Krankenhauszimmer?

Mit einem lauten Knall zersplittert die graue Tür hinter meinen Freunden in kleine Stücke.

Ein paar Zentimeter über dem Boden schwebt Lilith – meine biologische Mutter und, auf einem der Otherlands, eine böse Göttin.

Mit Augen wie Spiegel fliegt sie herein.

Ariel dreht sich um.

»Bleib da stehen und beweg dich nicht«, befiehlt Lilith mit honigsüßer Stimme.

Ariels Körper spannt sich an, als das Bezirzen sie in eine Puppe verwandelt.

»Du auch«, säuselt Lilith Felix zu, der sich sofort in eine Statue verwandelt.

»Gute Arbeit«, sagt sie zu meinen Freunden, bevor sich ihre Augen wieder normalisieren und sie mir gegenüber stehen bleibt. »Sasha, Liebes, wie fühlst du dich?«

»Was machst du hier?« Ich springe vom Bett und starre sie an.

»Ich bin hier, um nach dir zu sehen«, sagt sie, und

ihr glückseliges Lächeln legt ihre Reißzähne frei. »Dein Wohlbefinden ist mir sehr wichtig.«

»Ja, genau. Deshalb hast du die Tschorts angerufen und ihnen gesagt, sie sollen mich nach Rasputin befragen. Wirst du jetzt so tun, als hättest du nicht erwartet, dass sie mich töten?«

Ihr Lächeln verschwindet spurlos. »Ich arbeitete mit einem Seher, was bedeutet, dass ich wusste, dass du dich verwandeln würdest. Jede Mutter möchte, dass ihre Kinder ihr wahres Potenzial entfalten. Du solltest mir dafür danken.«

»Ja klar, sicher. Ich danke dir vielmals. Gefoltert zu werden war der reine Wahnsinn.«

Stirnrunzelnd schwebt Lilith nach unten, bis ihre Füße den grauen Linoleumboden berühren. »Wenn du eine undankbare Göre sein willst, werde ich aufhören, die nette Mami zu spielen.«

Ich starre sie verständnislos an. All die Menschen, die sie brutal vor meinen Augen getötet hat, alle ihre Versuche, mich dazu zu bringen, die verletzten Tschorts zu erledigen – das war ihre *nette* Version?

»Es ist eine Menge zu verarbeiten«, lüge ich und entscheide, dass ich nicht will, dass sie ihren Charme verliert.

Aber es ist zu spät. Sie verengt ihre Augen und sagt: »Da du mich ohne Grund zu hassen scheinst – wie wäre es, wenn ich dir einen gebe, es zu tun und dich damit gleichzeitig so viel stärker mache?« Sie schaut zu Ariel, dann zu Felix und sagt: »Ene mene muh und raus bist du.«

Ein schreckliches Gefühl breitet sich in meiner Magengrube aus, als ihr Blick auf Felix fällt.

»Dann wäre das geklärt«, sagt sie mit einem räuberischen Lächeln. »Ich will, dass du *diesen* tötest.«

Ich starre sie verblüfft an, aber sie steht nur erwartungsvoll da – so als ob sie wirklich denkt, dass es ein Universum gibt, in dem ich meinen Freund töten würde, nur weil ein Psycho mich darum gebeten hat.

»Hör zu«, sage ich und gebe mir mehr Mühe. »Ich bin nicht undankbar, ich bin nur …«

»War ich nicht deutlich genug?« Sie reibt sich das Kinn. »Wie wäre es hiermit? Ich *befehle* dir, sein Herz herauszureißen.«

Das Wort »*befehle*« dröhnt in mein Gehirn wie ein Lastwagen, und ich fühle mich, als würde ich fallen.

Aber ich falle nicht wirklich. Es ist mein freier Wille und der Kern meines Bewusstseins, der irgendwo tief in mir verbannt wird.

Eine Millisekunde, nachdem das seltsame Gefühl über mich hereingebrochen ist, fühle ich mich, als wäre ich in einem geheimen unterirdischen Bunker in meinem eigenen Gehirn eingesperrt – und mein Körper beginnt, sich mit einer zombieartigen Bestimmung zu bewegen.

»Na also«, säuselt Lilith. »Ich weiß, dass das am Anfang schwierig sein kann.«

Von tief in meinem Exil will ich, dass mein Mund vor Entsetzen schreit, aber nichts kommt über meine Lippen.

Verzweifelt wünsche ich mir, dass mein Körper stehen bleibt, aber das funktioniert auch nicht.

Bevor ich verarbeiten kann, was passiert, hebt sich meine rechte Hand in einer marionettenartigen Bewegung und taucht dann mit einer Geschwindigkeit und Kraft in Felix' Brust ein, von der ich nicht wusste, dass ich über sie verfüge.

Obwohl Felix bezirzt ist, schreit er vor Schmerz – aber nur für eine Sekunde. Dann sackt er bewusstlos um meine Hand zusammen.

Was mache ich hier? Was macht mein Körper? Wie kann das passieren?

»Nein. Bitte hör auf«, würde ich schreien, wenn mein Mund funktionieren würde.

Mein Körper greift nach Felix' nicht mehr schlagendem Herzen, reißt es heraus und wirft es Lilith zu Füßen.

Was von Felix übrig bleibt, fällt als ein blutiger Haufen Fleisch auf den Boden.

Tief in meinem Inneren heule ich vor Entsetzen und Trauer auf – aber mein Körper steht einfach da, ruhig wie ein Stein.

»Sehr gut«, sagt Lilith. »Nun, als Belohnung, kannst du die hier trinken.« Sie nickt Ariel zu.

Das ist einer der Alpträume, die Nero erwähnt hat. Es muss so sein. Es ist völlig ausgeschlossen, dass …

Mein Körper springt auf Ariel zu.

Ich kämpfe darum, aus ihm herauszukommen, aber meine Reißzähne dringen in Ariels Hals ein, und ihr

Blut überflutet meinen Körper mit unerwünschtem, unheiligem Genuss.

»Beende dein Essen«, befiehlt Lilith – und zu meinem Entsetzen trinkt mein Körper weiter, bis Ariel kein Blut mehr zu spenden hat.

»Bereit, zu gehen?« Lilith grinst mich an, als Ariels Leiche neben Felix' Leiche auf dem Boden zusammenbricht.

Dann dreht sie sich um, geht zur Tür, und mein verräterischer Körper folgt ihr.

KAPITEL DREI

ICH BIN WIEDER in der Drachenwelt, stehe im Krater, den Nero und ich letzte Nacht am Rande der Waldwiese erschaffen haben, und schnappe nach Luft – was bedeutet, dass ich wieder die volle Kontrolle über meinen Körper habe.

»Was ist passiert?« Nero ergreift meine Arme. »Geht es dir gut?«

»Es war eine Vision«, keuche ich. »Eine schreckliche, schreckliche Vision.«

»Was hast du gesehen?« Neros Blick durchdringt mich. »Was muss passieren, um Tartarus aufzuhalten?«

Tartarus aufhalten.

Ich war so überwältigt von der entsetzlichen Vision, die ich gerade erlebt habe, dass ich vergaß, dass die Vision mir sagen sollte, wie man eine Apokalypse verhindern kann.

Aber wie könnte der Tod meiner Freunde dabei helfen …

»Sasha.« Neros Blick wird dunkler. »Sprich mit mir.«

Mein Herz rast wie eine Wüstenrennmaus im Rad, während ich Nero abgehackt erzähle, was ich gerade vorhergesehen habe.

Während ich das tue, wachsen Neros Limbusringe ins Unkontrollierbare. »Als du Lilith im Schloss erwähnt hast, war ich über genau dieses Szenario besorgt«, sagt er grimmig, als ich fertig bin. »Sie gab dir ihr Blut, um eine Bindung zu schaffen, als du dich verwandelt hast.«

Ein Sire Bond.

Natürlich.

Wie konnte ich nicht früher daran denken?

Lucretia trank Gaius' Blut, und als sie sich in einen Vampir verwandelte, konnte er sie dazu bringen, seine Befehle zu befolgen – bis wir ihn getötet haben.

Ich hätte sofort nach meiner Verwandlung darüber nachdenken sollen, aber ich war zu sehr damit beschäftigt, Neros Leben zu retten und dann meine Belohnung zu genießen.

Wie betäubt reibe ich mir den Nacken. »Also hat Lilith Macht über mich. Ich muss ihre Befehle befolgen.«

»Ja, aber sie muss mit dir sprechen, um diese Kraft zu nutzen«, sagt Nero bedrohlich – und ich kann mir fast vorstellen, wie er Lilith die Zunge herausreißt, um sicherzustellen, dass das nicht passiert.

Aber das würde ihm nicht unbedingt gelingen. Mit all der Macht, die Lilith durch die Anbetung in ihrer

Welt erlangt hat, könnte sie ihn töten, wenn er versuchen würde, in meinem Namen einzugreifen.

Als ob Nero meine Gedanken lesen könnte, knurrt er: »Hör auf, darüber nachzudenken. Was du vorhergesehen hast, wird nicht passieren. Ich werde sie nicht in deine Nähe lassen. Da würde ich lieber die Erde sterben sehen.«

Erde.

Das hätte ich fast vergessen.

Als ich meine Sehermächte fragte, wie ich sie alle retten könnte, antworteten sie mit: »Werde Liliths Sklave«.

Aber warum?

Wie könnte das helfen?

Vielleicht habe ich mich nicht richtig auf die Frage konzentriert?

Das rechtfertigt eine zweite Meinung. Und eine dritte, wenn nötig. Und vierte.

Ich versuche, zurück in den Leerraum zu gehen, aber der Fokus kommt nicht. Ich muss zu gestresst sein.

Mit großer Anstrengung mache ich einen tiefen Atemzug und konzentriere mich wieder. Dann wieder.

Beim fünften Versuch gestehe ich meine Niederlage ein. Es ist nicht der Stress. Ich habe keinen Sehersaft mehr, weil ich gerade zwei Visionen eines bestimmten Zeitpunkts hatte – und die sind besonders teuer. Aber …

Bevor ich den Gedanken beenden kann, tritt Nero

zurück, leuchtet vor Energie und verwandelt sich in seine Drachenform.

Wow.

Sanft streckt er seine Klaue aus, greift nach mir und setzt mich auf seinen riesigen Rücken. Dann, ohne auch nur ein »Anschnallen bitte« zu brüllen, springt er in den Himmel und zischt zur Burg.

Wenn ich zu Herzinfarkten neigen würde, hätte ich hier und jetzt einen. Auf einem Drachenrücken zu reiten ist an einem ruhigen Tag stressig, und angesichts dessen, wie verängstigt ich bereits bin, fühlt sich mein Herz an, als könnte es aus meinem Brustkorb springen und mir ins Gesicht schlagen.

Im Handumdrehen passieren wir das Schlachtfeld, das aufgeräumt wurde, vor allem nahe am Eingang des Schlosses, wo Nero landet.

Pozoj – der falkennasige Drache – ist da, um uns zu begrüßen. Ruhig beobachtet er, wie Nero mich neben sich absetzt und sich wieder in sein nacktes Selbst verwandelt.

Es ist ein Zeichen meiner extremen Angst, dass der Anblick nur ein leichtes Kribbeln von Hitze in mir hervorruft.

»Das ist Sasha«, knurrt Nero den anderen Drachen an. »Pass auf sie auf. Ich muss mich aufladen.« Und mit einer vor Schnelligkeit verschwommenen Bewegung verschwindet er in der Burg.

»Es ist schön, dich kennenzulernen, Sasha«, sagt Pozoj. »Claudia hat mir gerade von dir erzählt.«

»Hat sie das?« Ich beruhige meine Atmung. »Nur gute Dinge, hoffe ich.«

»Ich habe ihm gesagt, wie beeindruckt ich war«, sagt Claudia, die gerade mit einem strahlenden Lächeln aus dem Schloss tritt. »Ich habe ihm auch gesagt, wie glücklich ich bin, dass mein Bruder die ganze Zeit in guten Händen war.«

»Oh, ähm … er war nicht in meinen Händen.« Ich verlagere mein Gewicht von einem Fuß auf den anderen. »Apropos Bruder, weißt du, wo er gerade hingegangen ist? Es gibt etwas, was wir besprechen müssen, und …«

»Seinen neuen Schatz genießen, könnte ich mir vorstellen«, sagt Pozoj mit einem Hauch von Wehmut. »Du hast ihn gehört. Er sagte, er muss sich aufladen.«

»Aufladen?« Ich schaue zu Claudia, dann zurück zu Pozoj. »Was bedeutet das?«

»Wie viel weißt du über Drachen?«, fragt Claudia, und ich kann nicht anders, als zu bemerken, wie nah sie bei Pozoj steht und dass sie beide aussehen, als ob sich ihre Hände berühren wollten. Offensichtlich hat Claudia schnell Kontakte geknüpft, während Nero und ich weg waren.

»Ich weiß, dass Nero größere Verletzungen heilen kann, indem er auf seinem Schatz auf der Erde liegt«, sage ich. »Und dass er danach mehr Energie hat und weniger Schlaf braucht.«

»Richtig, aber das Aufladen ist viel mehr als das«, sagt Claudia. »Alles, was uns zu dem macht, was wir sind, wird verbessert. Bewegungsgeschwindigkeit, Reaktionszeit, Ausdauer …«

»Ich muss wirklich mit ihm reden«, sage ich, aber ich kann schon erraten, wohin das führt.

»Du willst nicht einen Drachen auf seinem Hort stören«, sagt Pozoj sachlich und bestätigt meine Sorge.

»Gib meinem Bruder mindestens ein paar Stunden Zeit«, sagt Claudia. »Dann bringe ich dich selbst zu ihm.«

»Aber ich habe es eilig«, sage ich. »Ich bin ein Seher und …«

»Ein Seher und ein Vampir?«, sagt Claudia, während sie und Pozoj mich mit neu erwachtem Interesse ansehen.

»Ja«, sage ich und frage mich, wie verärgert sie sein würden, wenn ich sie an ihren Halsbändern packen und schütteln würde, um ihnen mein Gefühl der Dringlichkeit zu vermitteln. »Kannst du mich jetzt zu Nero bringen?«

»Es tut mir leid«, sagt Claudia. »Ich will ihn nicht verärgern, nachdem wir gerade wieder vereint sind.«

Ich schaue Pozoj an.

»Ich weiß nicht, wo die kaiserliche Schatzkammer ist«, sagt er. »Und, was noch wichtiger ist, ich habe keine selbstmörderischen Tendenzen.«

»Gut«, fahre ich ihn an. »Kannst du mich wenigstens zu den Cogniti der Erde bringen?«

»Gerne«, sagt Claudia und nimmt Pozoj endlich an der Hand. »Folge uns.«

Sie stolziert in die Burg, zieht den männlichen

Drachen hinter sich her, und ich muss mich beeilen, um Schritt zu halten.

Während wir gehen, beginnt Claudia, mit Pozoj zu flirten, und ich erfahre, dass er der reichsten und edelsten Drachenfamilie dieser Welt entstammt – was wahrscheinlich der Grund dafür ist, dass Nero ihm gestern im Konflikt einen sichereren Posten gegeben hat. Nach einer Weile blende ich ihr Geplänkel aus, um einen weiteren Versuch zu unternehmen, in den Leerraum zu gelangen.

Kein Glück.

Nun, ich brauche keine Vision, um die nahe Zukunft vorherzusagen. Ich kann dies auf der Grundlage vergangener Ereignisse tun.

Um mich zu schützen, wird Nero mich wahrscheinlich einsperren und den Schlüssel wegwerfen wollen. Und vielleicht ist das einer der seltenen Fälle, in dem ich ihn das tun lassen sollte. Schließlich kann ich Felix und Ariel nicht töten, wenn ich nicht zur Erde gehe.

Angenommen, ich habe sie auf der Erde getötet.

Natürlich gibt es andere, viel bessere Möglichkeiten, diese Vision zu verhindern. Zum Beispiel kann ich Krankenhäuser und andere medizinische Einrichtungen vermeiden – und genau das werde ich tun.

Ich kann nicht *nicht* nicht zur Erde gehen. Obwohl meine Seherkräfte erschöpft sind, sagt mir eine starke Intuition, dass meine Eltern so gut wie tot sind, wenn ich nicht versuche, das Tartarusproblem persönlich zu lösen.

Jetzt lautet die Eine-Million-Dollar-Frage: Wird Nero mir überhaupt helfen, die bevorstehende Apokalypse zu verhindern?

Er sagte, er würde eher die Erde sterben sehen, als mich Lilith zu überlassen.

Ist es möglich, dass er sich damit begnügt, hier, in seiner Drachenwelt, zu regieren und die Bewohner der Erde die Bedrohung allein bewältigen lässt?

»Da sind sie«, sagt Claudia, als wir einen großen Speisesaal betreten, in dem es lauter ist als in einem Nachtklub.

An einem riesigen Tisch in der Mitte sitzt fast jeder, den Nero mitgebracht hat, um ihm zu helfen, diese großen Schlachten zu schlagen. Nur die Riesen – Colton ausgeschlossen – und die Zentauren sind nicht mehr da.

Alle genießen abwechslungsreiche Köstlichkeiten, außer Vlad, der eine Flüssigkeit trinkt, die verdächtig wie Blut aussieht.

»Sasha«, ruft Kit aufgeregt aus und verwandelt sich in mich. Mit meiner Stimme sagt sie: »Ich habe mich gefragt, ob Nero dich noch eingeholt hat.« Sie wackelt anzüglich mit ihren beziehungsweise meinen Augenbrauen, und ich bekämpfe den Drang, zu erröten und Kit zu erwürgen.

»Keine Zeit für Klatsch und Tratsch«, sage ich und lege in meinen Tonfall so viel Dringlichkeit wie möglich. »Ich habe Informationen, die jeder von der Erde erfahren muss.«

Vlad, Kit, Colton, Albina, der große Werwolf, die Dame, die Tiere kontrollieren kann, und der Vielleicht-Elf schauen mich mit unterschiedlich starker Neugier an.

»Es geht um Tartarus«, sage ich laut. »Er kommt auf die Erde.«

Im Raum wird es völlig still.

Jetzt, da ich die Aufmerksamkeit aller habe, sage ich ihnen, was ich vorhergesehen habe –und mir kommt spontan eine böse Idee, mit der ich meine Ansprache beende: »Nero schuldet euch einen Gefallen für eure Hilfe hier in der Drachenwelt. Wenn es euch wichtig ist, was mit eurem Zuhause passiert, fordert diesen Gefallen noch heute ein und verlangt, dass er euch hilft, es zu retten.«

So. Auch wenn Nero nicht vorhatte, zu helfen, wird es ihm schwerfallen, dies jetzt nicht zu tun.

Jeder fängt gleichzeitig an, Fragen zu stellen, und ich versuche zu beantworten, was ich kann, was nicht viel ist.

»Hört zu«, sage ich nach einer Stunde Hin und Her. »Jede Minute, in der wir hier reden, ist eine Minute weniger für die Erde.«

Alle schweigen und warten eindeutig darauf, dass ich ihnen sage, was der nächste Schritt sein soll, aber ich habe keine Ahnung.

»Du hättest mir sagen sollen, dass dein Gespräch mit Nero buchstäblich die Welt verändert.« Claudia greift nach meinem Ellenbogen. »Lass uns in die Schatzkammer gehen – zur Hölle mit seiner Mürrischkeit.«

»Großartig«, murmele ich. »Gehen wir.«

Vlad, Kit und der Rest stehen auf, um sich anzuschließen, aber Claudia schüttelt den Kopf. »Er sollte mir oder Sasha nichts antun, aber jeder andere würde ein zu großes Risiko eingehen«, erklärt sie.

Die anderen Cogniti setzen sich wieder hin und beginnen, untereinander zu reden.

»Bist du *sicher*, dass Nero mich auch als Mitglied der Nichts-antun-Gruppe sieht, so wie dich?«, frage ich Claudia, als wir durch einen Flur eilen und eine Wendeltreppe erreichen, die nach unten führt.

»Ich habe gesehen, wie er dich anblickt.« Claudia rennt so schnell die Treppe hinunter, dass ich selbst mit meinen Vampirfähigkeiten Schwierigkeiten habe, ihr zu folgen. »Ich bin mir ziemlich sicher, dass er dir nicht wehtun würde. Sehr. Wahrscheinlich. Nicht.« Einen Stock weiter fügt sie hinzu: »Vielleicht kann ich das Reden übernehmen, nur für den Fall.«

»Tolle Idee«, sage ich, und mein Magen zieht sich mit einem schlechten Gefühl zusammen. »Oh, und du solltest wissen, dass die Schatzkammer außerhalb der Burgmauern liegt«, sagt sie ein paar Stockwerke später. »Was bedeutet, dass er in seiner Drachenform sein wird.«

»Perfekt«, murmele ich. »Ein wütender Nero in Drachenform. Was könnte da schon schiefgehen?«

KAPITEL VIER

DIE TREPPE FÜHRT IMMER WEITER nach unten, anscheinend in das Zentrum des Planeten. Zuerst sind die Mauern um uns herum der charakteristische silberfarbene Obsidian der Burg, dann verwandeln sie sich in Felsschichten.

Der Lärm beginnt, als die Schichten von Braun zu Schwarz wechseln. Es klingt nach einem fernen Drachengebrüll.

Als wir weiter hinabsteigen, merke ich, dass das Brüllen kein Brüllen ist, sondern die Drachenversion von Schnarchen.

Bevor ich Claudia danach fragen kann, beschleunigt sie und nimmt bei jedem Sprung fünf bis sechs Stufen auf einmal, bis wir eine modrige und kalte höhlenartige Öffnung erreichen, die zu einem anderen, viel größeren Raum führt.

»Wow«, sage ich.

»Ja«, antwortet Claudia. »Es ist schon eine Weile her, dass ich diesen Ort gesehen habe.«

Diamanten, Gold, Platin, unbezahlbare Kunstwerke – der Ort ist derart voller Reichtum, dass es meinen Augen wehtut.

Neros Schatzkammer auf der Erde ist nur ein winziger Möchtegern im Vergleich zu dieser Fülle. In Bargeld umgewandelt, könnte dieser Schatz größer sein als das Bruttoinlandsprodukt einer mittelgroßen Nation in zehn Jahren.

Auf der ganzen Beute liegt Nero in seiner Drachenform – nur, dass er größer als sonst und majestätischer wirkt.

Das Brüllen des Schnarchens kommt von ihm, und aus dieser Entfernung ist es fast ohrenbetäubend.

»Die Erde steht kurz vor der Zerstörung, und du machst ein Nickerchen?«, frage ich laut. »Im Ernst?«

Nero schnarcht weiter.

Claudia zieht sich aus, geht über eine Million Dollar Gold und verwandelt sich selbst in einen Drachen.

Nero lässt keine Anzeichen dafür erkennen, dass er sie bemerkt.

Claudia brüllt.

Nero schläft weiter.

Mit einem Blitz verwandelt sie sich wieder zurück und zieht sich an.

»Ein so tiefer heilender Schlaf ist selten«, schreit sie mir über das Schnarchen hinweg ins Ohr. »Das passiert nur nach schweren Wunden oder extrem anstrengenden Aktivitäten.« Sie sieht nachdenklich aus. »Ich hätte nicht gedacht, dass der Kampf mit Yudo ihn *so* sehr belastet hat.«

»Also, was machen wir jetzt?«, frage ich und hoffe, dass Claudia mein Erröten nicht sieht. Ich denke an eine weitere anstrengende Aktivität, an der Nero vor kurzem teilgenommen hat, eine, die zu einem Krater im Boden und gefällten Bäumen geführt hat. Außerdem, wo ich gerade dabei bin: Wie viel Blut habe ich gestern Abend von ihm getrunken? Könnte das etwas sein, was einer *schweren Wunde* entspricht?

»Es gibt nichts, was wir tun können«, sagt sie. »Gehen wir wieder hoch und warten.«

»Aber …«

»Es ist das Beste.« Sie legt eine Hand auf meine Schulter. »Wie ich dir schon zu erklären versucht habe, kann ein Drache, wenn er aus diesem Zustand erwacht, launischer sein als eine Armee von Wollbiestern im Winterschlaf.«

»Gut«, sage ich. »Bring mich zurück.«

Wir gehen hinauf in den riesigen Speisesaal, in dem wir alle zurückgelassen haben – und finden sie auf ihren Beinen und bereit zum Gehen vor.

Vlad nähert sich mit einem besorgten Ausdruck. »Wo ist Nero?«

Ich verdrehe die Augen. »Er hält seinen Schönheitsschlaf.«

»Er könnte im besten Fall ein paar Stunden brauchen, im schlimmsten Fall einen Tag«, sagt

Claudia. »Er wird dir eine größere Hilfe sein, wenn er fertig ist.«

»In diesem Fall werden die anderen und ich zurück zur Erde gehen und deine Vision mit dem Rest des Rates besprechen«, sagt Vlad zu mir. »Sag Nero, dass wir in der Tat die Gefälligkeiten, die er uns schuldet, in Anspruch nehmen wollen, um die Erde zu retten.«

»Wird gemacht«, sage ich ernst.

»Was ist mit dem Drink?« Kit zwinkert mir zu, verwandelt sich dann in Nero und zeigt mir ihren Hals.

»Mir geht es immer noch gut«, sage ich. »Außerdem würdest du deine Ratskollegen nicht warten lassen wollen, oder?«

Kits Schmollmund sieht auf Neros Gesicht komisch unpassend aus. Dann verwandelt sie sich wieder in sich selbst und schließt sich allen an, die bereits gehen.

»So«, sagt Claudia, als sie weg sind. »Wir sind allein.«

»Ja«, grummele ich. »Bist du sicher, dass es keine Möglichkeit gibt, deinen faulen Bruder irgendwie zu wecken?«

»Nicht, dass ich wüsste«, sagt sie.

»Was, wenn wir wieder runtergehen und ihn schlagen?« Ich fange an, im Raum hin und her zu gehen, aber die Ausdauer eines Vampirs macht es schwer, auf diese Weise ängstliche Energie abzubauen.

Sie zuckt zusammen. »Selbst wenn ein so gewalttätiger Ansatz funktionieren würde, würden wir riskieren, als Folge davon zu sterben – besonders du, da du nicht so stark bist wie ein Drache.«

»Was ist, wenn ich ihm einen Kuss gebe?«, sage ich halb im Scherz. »Das funktioniert bei schlafenden Prinzessinnen, also kann es vielleicht auch bei einem schlafenden König oder Kaiser oder was auch immer er jetzt ist funktionieren.«

Sie grinst. »Das könnte der eine seltene Fall sein, in dem das Küssen meines Bruders dir vielleicht nicht das einbringt, was du dir erhoffst.«

»Hey.« Ich unterbreche mein Umhergehen. »Was willst du mir damit sagen?«

»Nichts.« Sie geht zum Tisch und setzt sich hin »Komm zu mir. Wenn du weiter so herumläufst, bekomme ich Kopfschmerzen.«

Drachen bekommen Kopfschmerzen?

Widerwillig gehe ich zum Tisch und setze mich auf einen Holzstuhl ihr gegenüber.

»Jetzt«, sagt sie, »da wir Privatsphäre und Zeit totzuschlagen haben, kannst du mir bitte erzählen, wie du und Nero euch getroffen habt?«

Ich atme tief ein und laut aus. »Wir hatten keine romantische erste Begegnung, wenn es das ist, worauf du aus bist. Ich habe keine Ahnung, wann er mich zum ersten Mal sah, aber ich kann mir denken, dass ich damals unangemessen jung war.«

Claudias Augen treten aus ihren Höhlen.

»Ja«. sage ich. »Und als ich *ihn* das erste Mal sah, war es bei meinem Vorstellungsgespräch in seinem Fonds – also war Romantik das Letzte, woran ich dachte, wenn man bedenkt, wie Jobs in unserer Welt funktionieren.«

Obwohl sie offensichtlich enttäuscht ist, bohrt Neros Schwester weiter nach Informationen. Bald wendet sich das Verhör, und am Ende erzähle ich ihr alles über meine jüngsten Abenteuer.

»Der Rat hat dir verboten, deiner größten Leidenschaft nachzugehen?«, sagt sie missbilligend, als ich zu dem Teil komme, wo sie mir sagten, ich dürfe nie wieder Magie ausüben.

»Ja«, sage ich und runzele die Stirn bei dieser Erinnerung. »Sie wollen nicht, dass Menschen von der Existenz der Cogniti erfahren, und obwohl ich für meine Illusionen meine Kräfte nicht nutze, kann ich trotzdem mächtiger werden, wenn die Menschen mich verehren.«

»Ich bin froh, dass unsere Menschen wissen, wer und was wir sind und dass wir diese dummen Räte nicht haben.« Sie schnappt sich einen nahegelegenen Kelch mit Wein. »Ich bin überrascht, dass Nero diesen ganzen Unsinn erträgt.«

»Ich würde sagen, er hat sich gut an die Erde angepasst«, erwidere ich. »Er ist eines der reichsten und mächtigsten Wesen der Erde – und du weißt, was das für Drachenkräfte bedeutet.«

»Trotzdem.« Sie nippt an ihrem Wein. »Ich glaube nicht, dass mir die Erde gefallen wird.«

Ich runzele die Stirn. »Du sagst das, als ob du dorthin gehen würdest.«

»Natürlich werde ich dorthin gehen«, sagt sie. »Es ist nicht nur Nero, der jedem einen Gefallen schuldet. Wenn du und die anderen von der Erde nicht gewesen wärt, wäre ich immer noch in diesem Käfig.« Ihr Gesichtsausdruck verdunkelt sich vorübergehend, wird aber genauso schnell wieder sonnig. »Abgesehen davon«, sie grinst, »klingt dieser Kampf so, als würde er viel Spaß machen.«

»Für einen Drachen vielleicht«, sage ich. Dann frage ich, wobei ich meine Worte sorgfältig wähle: »Wie war es, so viele Jahre lang gefangen zu sein?«

Der düstere Gesichtsausdruck kehrt mit aller Macht zurück, und ich fühle mich sofort schuldig, weil ich so neugierig war.

»Ich würde es meinem schlimmsten Feind nicht wünschen«, sagt Claudia nach einem Moment mit angespannter Stimme. »Wenn es keine Bücher und Rachefantasien gegeben hätte, hätte ich den Verstand verloren.«

Die Tür knarrt, und Pozoj kommt herein.

»Da bist du ja«, sagt Claudia, und ihre düstere Stimmung ist spurlos verschwunden. »Sasha hat mir gerade von ihren Fähigkeiten als Magierin erzählt.«

»Als was?«, fragt er und setzt sich zu uns an den Tisch.

»Wie wäre es, wenn ich es euch zeige?«, sage ich und beschließe, Claudia mit meiner Lieblingsbeschäftigung aufzuheitern. »Habt ihr sowas hier?« Ich nehme mein Kartenspiel heraus und lege es auf den Tisch.

»Das sieht aus wie ein Tarot-Spiel«, sagt Pozoj. »Nur, dass alle Karten falsch sind.«

»Ich werde euch etwas zeigen, wo die Werte der

Karten keine Rolle spielen«, sage ich und mische das Spiel. »Wie wär's damit?« Ich teile die Karten in zwei Hälften und drehe eine Hälfte aufgedeckt um, während ich die andere Hälfte verdeckt halte.

Ich mische die Karten dann auf diese Art und Weise, so dass der neue Kartenstapel eine Mischung aus aufgedeckten und verdeckten Karten nach dem Zufallsprinzip ist.

»Was glaubst du, wie lange es dauern würde, dieses Chaos zu beheben, das ich gerade gemacht habe?«, frage ich, während ich einige versteckte Bewegungen mache, die mit meiner neu gefundenen Vampir-Geschicklichkeit so viel einfacher sind.

»Drei Minuten«, sagt Claudia.

»Zwei«, meint Pozoj.

Ich fahre mit meiner Hand über die Karten und breite sie dann feierlich aus.

Wie von Geisterhand zeigt jede Karte nun in die richtige Richtung.

»Das kann nicht sein«, ruft Pozoj. »Bist du zusätzlich zum Seher und Vampir eine Illusionistin?«

»Das bin ich nicht«, sage ich. »Zumindest nicht *diese* Art von Illusionistin.«

»Mach etwas anderes«, sagt Claudia begierig.

Ich überlege angestrengt, um mich an weitere Effekte zu erinnern, die nicht viel Wissen über die Kartenwerte erfordern, und fahre mit einer Mini-Show fort, die mich erkennen lässt, wie sehr ich das alles vermisst habe.

Ihre Reaktionen sind bemerkenswert – zum Teil

aufgrund der Tatsache, dass es keine Taschenspieler auf dieser Welt gibt, aber auch, weil es hier keinen Fernseher oder Computer gibt, so dass ihre Aufmerksamkeitsspannen viel länger sind und die Ansprüche an Unterhaltung viel niedriger.

Vielleicht kann ich hier bei Nero bleiben und sein Hofmagier à la Merlin werden? Das wäre fast so cool wie meine eigene Fernsehshow – in mancher Hinsicht vielleicht noch cooler.

Moment, was denke ich da gerade? Die Erde ist in Gefahr, und ich suche bereits nach einer neuen Welt, auf der ich mich niederlassen kann?

Mein scharfes Vampirgehör informiert mich, dass jemand Neues den Raum betreten hat. Dann hörte ich Nero fragen: »Wo sind die anderen?«

Ich verstecke schuldbewusst die Karten und wende mich ihm zu.

Dieses Nickerchen hat seinem Körper sehr gutgetan. Er sieht strahlend gesund aus.

Und, als Nebeneffekt, höllisch sexy.

»Sie sind auf dem Weg zur Erde«, sagt Claudia und steht auf. »Ich werde mich auf unsere Reise vorbereiten.«

»Du wirst *was*?« Nero sieht seine Schwester mit verengten Augen an, bevor er seinen anschuldigenden Blick auf mich richtet.

»Ich nehme an Sashas Mission teil, die Erde zu retten«, sagt Claudia in einem Tonfall, der »Und ich rate *jedem*, nicht zu versuchen, mich aufzuhalten« zu implizieren scheint.

»Das klingt nach einer Familienangelegenheit«, sagt Pozoj und tritt einen Schritt zurück. »Ich werde dann mal verschwinden.«

»Nein«, sagt Claudia herrisch. »Du kommst mit mir mit.«

»Klingt so, als werde ich das.« Pozoj reibt sich das Kinn.

»Lass uns gehen.« Claudia greift nach seiner Hand und zieht ihn mit einer Geschwindigkeit hinter sich her, die die Schulter eines Nichtdrachen auskugeln würde.

Nero beobachtet mit einem unleserlichen Gesichtsausdruck, wie sie fortgehen, und ich kann nicht anders, als das Gefühl zu bekommen, dass ich in großen Schwierigkeiten stecke – völlig grundlos.

»Ich gehe auch zur Erde«, sage ich mit fester Stimme, als er sich zu mir umdreht. »Denk nicht mal daran, mich zu meinem Schutz einzusperren.«

So.

Ich habe es gesagt – und werde meinen Standpunkt mit allem, was mir zur Verfügung steht, verteidigen.

KAPITEL FÜNF

NERO NICKT. »Okay.«

»Ich sollte entscheiden, ob ich mich in Gefahr bringen will oder nicht. Du kannst nicht einfach abwarten.« Ich sehe ihn an, als würden ihm Hörner wachsen. »Hast du gerade ›okay‹ gesagt?«

»Ja.« Er kommt auf mich zu. »Da du trotz aller Wachen, die ich auf dich ansetze, immer einen Weg findest, dich in Gefahr zu begeben, habe ich beschlossen, dass es das Beste wäre, dich immer an meiner Seite zu haben.«

»Okay.« Ich hebe mein Kinn an. »Du solltest aber wissen, dass ich nur dann an deiner Seite sein werde, wenn ich an deiner Seite sein *will*.«

»Und das tust du.« Ein dunkles Lächeln berührt seine Augenwinkel, als er vor mir stehen bleibt. »Du weißt, dass du das tust.«

»Und wir gehen zur Erde«, sage ich und ignoriere den Schwarm von Schmetterlingen, die seine Nähe in meinem Magen aufscheucht. »Die Mitglieder des Rates baten mich, dir zu sagen, dass der Gefallen, den du ihnen schuldest, deine Hilfe gegen Tartarus sein wird.«

Sein Gesicht verhärtet sich. »Hast du wirklich gedacht, dass ich Lucretia und meine anderen Mitarbeiter sterben lassen würde? Und deine Eltern und alle meine Verbündeten im Rat? Dass ich meine Kraft nur zum Spaß gesteigert habe?«

Ich entscheide, dass es nicht klug wäre, ihn an den Kommentar »die Erde sterben lassen« zu erinnern, den er vorhin gemacht hat, setze schnell meinen Zauberhut auf und rattere heraus: »Du solltest mir danken. Jetzt kannst du die Erde retten – was du sowieso getan hättest –, aber du schuldest weniger Gefallen, wenn du damit fertig bist.«

»Und *wie* soll ich dir danken?« Er beugt sich näher an mich heran, und seine Limbusringe dehnen sich aus.

Ich schlucke. »Ich weiß nicht. Mir fällt nichts ein, was diese schöne Burg nicht in Schutt und Asche legen würde.«

»Oh, keine Sorge«, murmelt er und starrt mich an. »Dank der Schutzzauber wäre es anders, wenn ich dir hier danken würde.«

Oh, das stimmt.

Die Burg verhindert, dass sich Drachen verwandeln, und die Verwandlung ist vermutlich der Grund, warum unsere letzte Begegnung so zerstörerisch für unsere Umgebung war.

Ich schlucke hörbar Luft, als mein Blick zwischen seinen Lippen und seinem Hals hin und her schweift.

Neros Lippen formen ein Lächeln, und er senkt seinen Kopf, bis diese Lippen mein Ohr berühren. »Diesmal kein Blut«, flüstert er. »Ich möchte, dass du dir jeden Moments bewusst bist. Jeder Berührung. Jeden Stoßes.«

Wow.

Ich glaube, ich hatte gerade eine Hitzewallung.

Ich war noch nie so angetörnt von Worten. Aber wir können das, wofür ich sterben würde, nicht tun. Der Erde läuft die Zeit davon.

»Zeit«, das ist alles, was ich Nero sagen kann, als er den Kopf hebt. »Ich muss mich beeilen.«

»Wenn ich uns zur Erde fliege, werden wir vor Vlad und den anderen ankommen«, widerspricht er logischerweise – und selbst das klingt irgendwie verführerisch.

Bevor mein Blutdruck bei der Idee, *zur Erde zu fliegen*, steigen kann, beugt er seinen Kopf wieder nach unten und nimmt meine Lippen mit den seinen in Besitz.

Doppelt wow.

Unser Kuss ist diesmal achtsamer, so als würden wir uns gegenseitig genießen und versuchen, uns jede Bewegung und jedes Gefühl einzuprägen. Gleichzeitig beginnen wir, den anderen von lästiger Kleidung zu befreien. Mit jedem Stück Stoff, das wegfällt, wächst die Hitze in mir, und jede Berührung seiner Handflächen auf meiner Haut schürt mein Verlangen.

Ich fühle mich, als würde ich brennen, als ich mit meinem ausgestreckten Arm Gläser und Teller vom

Tisch auf den Boden wische, und Nero mich an der Taille ergreift und mich immer noch küssend auf den freigewordenen Platzt setzt.

Verdammt, das ist gut. Noch besser, als ich es in Erinnerung habe – nicht, dass ich mich an viel von unserer letzten Begegnung erinnere. Aber ich erinnere mich, dass wir uns geküsst haben, als ich noch ein Mensch war, und das hier ist unendlich heißer.

Könnte es sein, dass meine Vampir-Sinne alles verstärken? Oder sein Nickerchen?

Andererseits sind es vielleicht meine Gefühle für ihn, die sich ändern und meine Wahrnehmungen beeinflussen.

Bevor ich mich weiter damit befassen kann, führt Nero seine Lippen zu meinem Hals, dann nach unten, unten, unten, und mein Gehirn brutzelt wie Eier in einer Bratpfanne, als er anfängt, mich zu genießen. Mein ganzer Körper erschaudert bei einem Orgasmus nach dem anderen, die wie zu den Beats des Songs *Candy Shop* kommen. Und dann eskalieren die Dinge, als ich den Gefallen erwidere und wir zum Homerun übergehen.

Es ist amtlich.

Das ist der beste Sex, den ich mir vorstellen kann.

Atemberaubend kommt noch nicht einmal in die Nähe einer Beschreibung.

Als er vorbei ist und ich auf Nero auf dem Tisch liege, bin ich froh, dass er mich nicht sein Blut trinken ließ – oder irgendetwas anderes getan hat, was mein Gedächtnis beeinträchtigen würde.

Ich *möchte* mich daran erinnern.

Wenn wir scheitern und Tartarus mich zusammen mit allen Menschen auf der Erde tötet, werde ich immer noch als relativ glückliche Frau sterben. Besonders, wenn Tartarus mich das, was ich gerade mit Nero gemacht habe, noch einmal tun lässt.

Oder zweimal. Oder dreimal.

»Wir sollten uns fertig machen«, murmelt Nero, lässt mich aber nicht los.

»Ja, das sollten wir«, sage ich, befreie mich jedoch nicht aus seinem Griff.

»Ich habe Vorkehrungen getroffen, damit du jemanden wegen dieser Alpträume treffen kannst«, sagt er leise. »Ich möchte auch, dass du eine Sitzung mit Lucretia hast, wenn …«

»Du hast *was*?« Ich ziehe mich zurück, mehr verwirrt als wütend.

»Ich habe mit Bailey Spade gesprochen«, sagt er und steht auf. »Sie kann dich treffen, sobald wir auf der Erde sind.«

Bailey Spade. Warum kommt mir dieser Name bekannt vor? »Die Traumwandlerin?«, rufe ich aus und erinnere mich, dass er während unseres Helikopterfluges mit ihr gesprochen hat. »Wie hast du mit ihr gesprochen? Ist sie hier?« Ich sehe mich um, als ob diese mysteriöse Person im Begriff wäre, unter dem Tisch hervorzuspringen.

»Ich habe geschlafen, um meine Kräfte aufzuladen«, sagt Nero nüchtern.

»Großartig«, sage ich sarkastisch. »Das erklärt alles. Danke.«

»Sobald sie eine Verbindung zu einem Kunden hergestellt hat, kann Bailey seine Träume besuchen, unabhängig davon, auf welchem Otherland sie sich befindet«, erklärt Nero. »Nur die erste Sitzung muss persönlich stattfinden. Sie muss dich berühren, wenn du schläfst – deshalb habe ich sie gebeten, sich mit uns auf der Erde zu treffen.«

Da ich nicht länger die postkoitale Glückseligkeit verspüre, springe ich vom Tisch und beginne, mich anzuziehen. »Warum muss ich das tun? Ich muss nicht einmal mehr schlafen, also habe ich keine Alpträume mehr. Problem gelöst.«

»Alpträume sind nur eine Möglichkeit für dein Unterbewusstsein, dich wissen zu lassen, dass etwas nicht stimmt«, sagt Nero, während er sich anzieht. »Und du *musst* das nicht tun. Ich würde mich nur besser fühlen, wenn du es tätest.«

Fragt Nero freundlich?

Das kommt so überraschend, dass ich meine abfällige Bemerkung herunterschlucke und darüber nachdenke – und schnell beschließe, dass eine Therapie nicht schaden kann. Vorausgesetzt, ich lebe lange genug, um den geheilten Geist zu genießen.

»Ich werde definitiv mit Lucretia reden«, sage ich Nero. »Und ich werde auch über die Traumsache nachdenken.«

»Gut«, sagt er. »Jetzt lass uns los.«

ALS OB NERO einen sechsten Sinn hätte, findet er Claudia im Labyrinth der Burg, und wir gehen alle nach draußen, wo Pozoj an der Tür wartet und einen Rucksack hält.

»Ich möchte, dass du dich um alles kümmerst, bis wir zurückkommen«, sagt Nero zu Pozoj, als er sich wieder auszieht und seine Kleidung in den Rucksack steckt.

»Muss er das?«, sagt Claudia mit einem Schmollmund. »Ich wollte ihn bei uns haben.«

»Ich brauche hier jemanden, der vertrauenswürdig ist«, sagt Nero, und Claudia gibt mit einem Seufzer nach.

Pozoj fängt an, etwas zu sagen, aber Claudia beginnt, sich auszuziehen, und er verstummt – wahrscheinlich traut er sich nicht, mit all dem Sabber zu sprechen.

Die beiden haben definitiv etwas am Laufen.

Claudia schwingt mit den Hüften und geht so nah an Pozoj heran, dass er ihr ein Brustscreening geben könnte, wenn er wollte. Auf verführerischste Weise stopft sie ihr Kleid in den Rucksack, nimmt dann die Tasche aus Pozojs zittrigen Händen, um sie mir zu reichen.

Zu diesem Zeitpunkt höre ich auf, mich über Pozojs Unbehagen zu freuen, und beginne mich daran zu erinnern, was der Plan ist.

Ja, klar doch.

Nero und Claudia verwandeln sich in Drachen.

Uns zur Erde fliegen ist genau das, was ich befürchtete – ich erneut auf dem Drachenrücken.

Als wollte er meine Vermutung bestätigen, packt mich Nero mit seiner Klaue und lässt mich ihn besteigen.

Schon wieder.

»Viel Glück«, gelingt es Pozoj schließlich zu sagen, und Claudia brüllt etwas zurück, was nach »danke« klingt, und fliegt in die Luft.

Nero startet auch, und ich klammere mich an ihm fest, als hinge mein Leben davon ab. Als wir zuvor geflogen sind, war er offensichtlich nicht so in Eile wie jetzt.

Fünf oder sechs Minuten später sind wir schon vor den Toren, und ich erhalte eine Gnadenfrist, als die Geschwister ihre menschliche Gestalt annehmen und wir die Tore zu Fuß betreten, wobei ich mein Bestes gebe, ihre beiden nackten Körper zu ignorieren.

Nun, eigentlich starre ich Neros an, aber wende höflich meine Augen von dem seiner Schwester ab.

Wir durchqueren auf diese Weise ein paar Otherlands, und während unserer Reise stellt Claudia Nero eine Million Fragen über sein Leben auf der Erde. Ich höre aufmerksam zu, erfahre aber nichts, was ich nicht schon wusste.

»Das ist eine Welt, die Tartarus bereits zerstört hat«, erkläre ich Claudia, als wir zum Klon des JFK-Flughafens kommen und die unterirdischen Korridore verlassen, wo wir all die menschlichen Hülsen sehen.

Sie schaut sich mit großen Augen um. »Wie schrecklich. Ich glaube, ich war als Kind einmal hier, lange bevor das passiert ist.«

Wir treten über Leichen und gehen zum Ausgang.

»Also, Nero«, sage ich, während wir gehen. »Ich wollte dir eine Idee mitteilen, die ich hatte. Eine Möglichkeit, diese Vision mit Ariel und Felix zu verhindern.«

»Ja?«, sagt er, ohne anzuhalten. »Abgesehen davon, das auszusitzen, meinst du?«

»Nun, es ist so etwas in der Art. Ich will, dass *sie* das aussitzen.« Ich gehe nach draußen. »Und für den Fall, dass ich deutlicher werden muss: ich möchte, dass du Wachen einsetzt, die sie beobachten, um sicherzustellen, dass sie nicht mit mir in diesem Raum landen können.«

Nero sieht mich mit einer hochgezogenen Augenbraue an. »Erkennst du die Ironie dessen, um was du mich bittest?«

»Das ist etwas anderes als damals, als du *mich* zu meinem Schutz eingesperrt hast«, sage ich.

»Sicher«, sagt Nero. »Rede dir das ruhig ein.«

»Ich werde sie zuerst nett fragen«, sage ich zu meiner Verteidigung.

»Sasha.« Nero hält inne, umschließt sanft mein Kinn und zwingt mich, zu ihm aufzuschauen. Seine Augen sind fast wie die eines Welpen, die einen nach Speck anflehen. »Kannst du das bitte aussitzen? Es würde mir viel bedeuten, wenn du das tun würdest. Bitte, bitte?«

»Nein«, sage ich empört. »Ich habe es dir bereits gesagt …«

»Siehst du.« Er lässt mich gehen, und der flehende Ausdruck wird durch einen selbstgefälligen ersetzt. »Das ist es, was man bekommt, wenn man nett fragt.«

Ich beiße die Zähne zusammen. »Wirst du mir jetzt helfen oder nicht? Es ist mir egal, ob mich das zu einem Heuchler macht.«

»Betrachte es als erledigt«, sagt er. Dann tritt er zurück und verwandelt sich in einen Drachen.

»Mr. Mürrisch gewinnt erneut.« Claudia zwinkert mir zu, dann nimmt sie auch ihre Drachenform an.

Ich seufze, als Nero mich auf seinen Rücken setzt und der Flug wieder beginnt. Diesmal ist er eher interessanter als beängstigend, weil ich mich an dieses Transportmittel gewöhne und weil die Welt unter mir der Erde so sehr ähnelt.

Als wir das Äquivalent von Manhattan erreichen, bin ich versucht, ein paar Selfies zu schießen, aber das tue ich nicht, falls das gegen eine Cogniti-Regel verstößt, die ich nicht kenne.

»Das ist so cool«, schreie ich Nero zu und tätschele seinen schuppigen Hals. »Hubschraubertouren sind nichts gegen Flüge auf dem Rücken eines Drachen.«

Nero antwortet mit einem amüsiert klingenden Gebrüll und fliegt dann nahe an die Freiheitsstatue heran, um mir einen guten Blick darauf zu ermöglichen. Diese Version des Monuments hält aus irgendeinem Grund ein Schwert anstelle einer Fackel – aber ansonsten sieht sie genauso aus.

Claudia holt uns ein, und wir beschleunigen, während wir nach New Jersey abbiegen.

Bald landen wir.

»Ich habe Vlad und die anderen nicht gesehen«, sage ich zu Nero, als er sich wieder in seinen leckeren nackten Körper verwandelt.

»Sie könnten das Boot genommen haben«, sagt er und holt zu meiner Enttäuschung die Kleidung aus dem Rucksack, den ich getragen habe. »Ich bin mir sicher, dass sie nicht weit zurückliegen«, fügt er hinzu, während er sich anzieht.

»Gut«, sage ich, übernehme die Führung und gehe auf das nächste Tor zu. Nero und Claudia folgen mir, während sie ihre Unterhaltung von vorhin wiederaufnehmen.

»Die nächste Welt ist Gomorrha«, sage ich zu Claudia, als wir vor dem Tor anhalten, das dorthin führt. »Danach kommt die Erde.«

»Das ist so aufregend«, sagt sie. »Ich habe Gomorrha zuletzt besucht, als ich klein war. Es war faszinierend.«

Nickend gehe ich durch das Tor und stoße beinahe mit Ariel, Felix und Rasputin zusammen, als ich auf der anderen Seite aussteige.

KAPITEL SECHS

»WAS MACHT IHR HIER?«, rufe ich aus, als Claudia und Nero nach mir aus dem Tor treten.

»Ich habe vorausgesehen, dass du aus diesem Tor kommen würdest«, erklärt Rasputin auf Russisch, und Felix übersetzt die Worte meines biologischen Vaters für Ariel. »Also haben wir beschlossen, dich abzuholen.«

Ach, stimmt.

Ich sah eine Vision, in der Rasputin Ariel und Felix sagte, dass er meine Ankunft auf Gomorrha vorausgesehen hat. Er wusste sogar, dass ich ein Vampir werden würde, und erzählte meinen Freunden davon.

Dieses Gespräch muss erst kürzlich stattgefunden haben, was erklären könnte, warum Ariel mich so seltsam ansieht.

»Das ist Claudia«, sage ich. »Sie ist Neros Schwester.«

Alle betrachten Claudia mit kaum verborgener Neugierde. Dann schauen sie sich Nero an, wahrscheinlich, um eine Ähnlichkeit festzustellen – die ganz offensichtlich da ist.

»Wie wäre es, wenn ich euch die Geschichte ihrer Rettung erzähle, während wir zu Neros Klub gehen?«, frage ich sie und laufe los.

Alle folgen mir, und ich beginne mit der Geschichte von Neros Krieg gegen den Thronräuber. Als wir auf halbem Weg durch die Lobby des Wolkenkratzers sind, habe ich ihnen auf Russisch erzählt, wie die Rettung von Claudia abgelaufen ist, während Felix für Ariel übersetzt hat.

Offensichtlich gelangweilt, unterbricht Claudia meine Erzählung auf halbem Weg, um mich nach meinem Kartenspiel zu fragen. Ich gebe es ihr, und sie beginnt, es zu untersuchen, als ob sie versteckte Kobolde finden könnte, die mir bei meiner »Magie« helfen.

Ich fasse die Geschichte zusammen und schließe mit: »Danach sah ich eine Vision von euch in Rasputins Zimmer. Also, Felix, danke für die Recherche über Lilith. Deshalb wissen wir, dass sie die Tschorts benutzt hat, um meinen Tod und meine Verwandlung in einen Vampir zu arrangieren.«

Und einen Sire Bond zu ihr – aber das erwähne ich ihnen gegenüber noch nicht. Ich sage auch nichts über die nahende Bedrohung durch Tartarus.

Das Letzte, was ich will, ist, dass sie in Panik geraten und zur Erde eilen.

»Von diesem Seher-Zeug bekomme ich manchmal Kopfschmerzen.« Felix' Monobraue verzieht sich, als er seine Stirn in Falten legt. »Du weißt aus einer Vision, was ich gemacht habe – aber in dieser Vision wusste Rasputin, dass du mir danken würdest, auch aus einer Vision.«

»Wo wir gerade davon sprechen.« Ich berühre Rasputins Ellenbogen. »Weißt du, warum wir hier sind?«

»Nein«, sagt er. »Meine Vision endete, bevor du die Möglichkeit hattest, es mir zu erklären, und ich habe nicht tiefer gegraben, weil ich versuche, vorsichtshalber meine Seherkräfte zu bewahren.«

»Das macht Sinn«, sage ich, als wir die Straße zu Neros Klub überqueren, wobei Claudia neben mir auf die Sehenswürdigkeiten von Gomorrha starrt. »Dann werde ich es dir gleich erklären. Zuerst aber habe ich einen großen Gefallen, um den ich Felix und Ariel bitten möchte.«

Wegen des Lärms der Musik im Klub kann niemand auf meine Einleitung antworten, aber als wir in den Aufzug kommen, fragt Felix: »Was für einen Gefallen, und warum habe ich ein schlechtes Gefühl dabei?«

»Ich habe eine sehr schlimme Vision von euch beiden gesehen«, sage ich. »Also wollte ich euch bitten, einen Urlaub hier auf Gomorrha zu machen, im Grunde genommen, um euch für ein paar Tage von der Erde fernzuhalten. Außerdem möchte ich, dass ihr euch von Krankenhauszimmern fernhaltet – auch auf dieser Welt, für alle Fälle. Und, was am wichtigsten ist, ihr müsst euch von mir fernhalten.«

Ariel räuspert sich. »Wirst du uns sagen, warum?«

»Das würde ich lieber nicht.« Ich schaue auf meine Schuhe.

»Hat das etwas mit deinem neuen Seinszustand zu tun?« Sie klingt besorgt.

»Das tut es, aber du bleibst weiterhin clean, wenn es das ist, worüber du dir Sorgen machst«, sage ich.

Ariel entspannt sich sichtbar, aber Felix schiebt sein Kinn heraus. »Wenn es darum geht, für mich selbst einstehen zu können, ich arbeite gerade mit Itzel an etwas, was vielleicht …«

»Das ist kein Kampf, der mit Gewalt gewonnen werden kann«, sage ich. »Wegbleiben ist die einzige Möglichkeit.« Der Aufzug öffnet sich, und ich trete heraus, nachdem Claudia, die den Flur hinunterstürzt, es offensichtlich kaum erwarten kann, selbst die langweiligsten Teile des Klubs ihres Bruders zu erkunden. »Ich weiß, dass ich viel verlange.«

»Ich werde es tun.« Ariel holt ihren Vaporisator heraus und nimmt einen Zug. »Aber ich kann nicht lange hierbleiben. Es ist besser, wenn ich in der Reha bin.«

Natürlich. Ist es schwer für sie, jetzt, da ich ein Vampir bin, in meiner Nähe zu sein? Oder ist es nur Neros Klub, der ein Problem darstellt?

»Du kannst sein, wo immer du willst«, antwortet Nero, bevor ich etwas sagen kann. »Meine Wachen können woanders genauso gut auf dich aufpassen.«

»Ich bleibe nicht hier, wenn du in Gefahr bist«, sagt Felix. »Ich komme mit dir mit.«

Ich schaue Nero an, der fragend eine Augenbraue in die Höhe zieht. Ich kann sehen, dass der Bastard das genießt.

»Felix, bitte«, sage ich mit meiner stärksten Version der Welpenaugen. »Ich verlange nicht viel von dir. Kannst du mir nicht einfach diesen einen Gefallen tun?«

Er schnaubt. »Ja, genau. Du bittest mich die ganze Zeit um Gefallen. Erinnerst du dich an die Nachforschungen, für die du mir vor einer Minute gedankt hast? Was, wenn du meine Fähigkeiten *erneut* brauchst?«

»Ich muss ohne sie auskommen«, sage ich. »Ich kann das, was ich vorhergesehen habe, nicht riskieren.«

»Sag mir, was das Risiko ist, und ich entscheide«, sagt Felix.

»Gut.« Ich halte inne und atme tief durch. »In meiner Vision töte ich euch.«

Ariel weicht zurück und stolpert fast über Rasputin.

Aus irgendeinem Grund tut mir das weh. Denkt sie, dass ich, weil ich ein Vampir bin, zu so einer Grausamkeit fähig bin?

»Das würdest du nie tun«, sagt Felix zuversichtlich, wodurch ich mich ein wenig besser fühle.

»Das würde ich nicht, wenn es nach mir ginge«, sage ich. »Leider habe ich in dieser Vision keine Wahl in dieser Angelegenheit.«

Felix sieht für einen Moment nachdenklich aus, dann schlägt er sich auf die Stirn. »Natürlich. Der Sire Bond. Wie konnte ich nicht gleich daran denken?«

Verdammt, er ist schnell. Ich kann es genauso gut zugeben.

»Du hast recht«, sage ich. »Meine Mutter, das Monster, wird mich dazu zwingen.«

Felix runzelt die Stirn. »Aber das bedeutet, dass du uns mehr denn je brauchst.«

»Sasha hat *mich*«, sagt Nero. »Ich werde *sicherstellen*, dass es ihr gut geht.«

Felix blinzelt, als er Nero anschaut, so als hätte er vergessen, dass der Drache da ist. »Was passiert, wenn ich mich weigere? Oder hast du uns deshalb in diesen Klub gebracht? Um uns das anzutun, was Nero gerne mit dir macht?«

Nero sieht mich bedeutungsvoll an.

»Bitte, Felix, lehn nicht ab«, sage ich.

»Warum dann überhaupt diese Scharade?«, meckert er. »Du kannst mich ja einfach wieder bezirzen, um zu bekommen, was immer du willst.«

»Es tut mir leid wegen neulich«, sage ich. »Ich verspreche, ich mache es wieder gut. Und ich schulde dir was dafür.«

»Gut«, sagt Felix. »Aber ich will nicht die ganze Zeit, wie lange das auch sein mag, in diesem Klub festsitzen.«

»Ich kann ein paar Türsteher entbehren, die mit dir durch Gomorrha laufen«, sagt Nero. »Aber wenn du ihre Gesellschaft verlassen würdest, wäre ich enttäuscht. Du willst mich doch nicht enttäuschen, oder, Felix?«

Mein Freund schluckt hörbar. »Nein, Sir. Ich muss sowieso mit Itzel an unserem Projekt arbeiten. Das könnte das Beste sein.«

»Was ist das für ein Projekt?«, frage ich, begierig darauf, das Thema zu wechseln.

»Golem Version zwei«, antwortet Felix aufgeregt. »Body Armor Edition«.

»Oh?«, frage ich, jetzt wirklich neugierig.

»Erinnerst du dich an den Roboter, den ich verloren habe, als wir gegen Baba Yaga kämpften?«, fragt Felix. »Und erinnerst du dich an den Kraftschub in der Bewegung, den Itzel in die Raumanzüge eingebaut hat, mit denen wir ihn gerettet haben?« Er nickt Rasputin zu.

»Sicher«, sage ich und bekomme bereits eine Vorahnung davon, was er damit vorhat.

»Ich habe beschlossen, dass ich etwas will, was ich benutzen kann, falls es einen weiteren Kampf gibt, also verschmelzen wir die beiden Projekte.« Felix hat seine Unzufriedenheit vergessen und strahlt vor Aufregung.

»Sie klauen Batmans Anzug von *Batman v Superman*«, sagt Ariel, und für einen Moment klingt sie wieder nach ihrem normalen Ich.

»Wenn überhaupt, würden wir bei *Iron Man* klauen«, sagt Felix und beginnt mit einem Vergleich der Filme – aber ich höre nicht mehr zu.

Ihr Schlagabtausch erinnert mich zu sehr an das, worüber sie sprachen, bevor Lilith mich dazu brachte, sie zu töten, und die Furcht wischt alle Schuldgefühle fort, die ich fühlte, als ich sie bat, diesen Kampf auszusitzen.

Jetzt muss ich nur noch ein Problem angehen, das an mir nagt, und wir können gehen.

»Hey, Leute«, sage ich. »Könnt ihr schon mal zu Rasputins Unterkunft vorgehen, während Ariel und ich uns kurz unterhalten?«

Nero nickt, dann treibt er sie alle an, bis sie Claudia einholen und die Räume betreten, die er meinem Vater zugewiesen hat.

Ich wende mich an Ariel und betrachte ihre perfekten Gesichtszüge. »Hey«, sage ich leise.

»Hey.« Ariel nimmt einen weiteren Zug ihres Vaporisators und atmet eine nach Cannabis duftende Wolke aus.

»Ich wollte nur sagen, dass ich dich niemals, unter keinen Umständen, mein Blut trinken lassen würde«, sage ich, weil ich das einfach loswerden muss. »Also, wenn es *das ist,* was dich bedrückt, dann …«

»Das ist es nicht …«, fängt sie an zu sagen und hört dann auf. »Auf jeden Fall glaube ich nicht, dass du das meinst, was du gerade gesagt hast. Würdest du mir dein Blut nicht geben, um, sagen wir, mein Leben zu retten?«

»Gut. Vielleicht sollte ich nie nie sagen, aber ich schwöre, wenn ich müsste, würde ich nur die kleinste Menge meines Blutes verwenden, um dich zu retten – die, die sicher zu sein scheint. Sieh dir Felix an – er wurde nicht im Geringsten von Lilith abhängig. Und ich würde zuerst nach Alternativen suchen, versprochen.«

Sie zieht noch einmal an ihrem Vaporisator, ohne etwas zu sagen.

»In Ordnung, lass es mich anders ausdrücken. Ich bin dieselbe Sasha, die du schon immer gekannt hast, und ich würde nichts tun, um deine Abstinenz zu gefährden.«

Sie legt den Vaporisator weg und holt tief Luft. »Das weiß ich. Rational gesehen weiß ich, dass du die gleiche Person bist wie vorher – aber wenn ich dich jetzt ansehe, sehe ich nur deine neue Natur. Es tut mir leid. Es ist schwer für mich zu erklären. Ich werde mein Bestes geben, um darüber hinwegzukommen, aber bitte, hab Geduld mit mir.«

»Natürlich«, sage ich und halte den Schmerz aus meiner Stimme heraus. »Mach dir keine Sorgen.«

»Danke«, sagt Ariel und folgt den anderen den Flur entlang.

Na ja. Es besteht eine gute Chance, dass sich das alles bald ändern wird, indem ich durch Lilith oder Tartarus sterbe.

Ich betrete Rasputins Unterkunft ein paar Schritte hinter Ariel.

Wenn das Museum für moderne Kunst mit IKEA zusammenarbeiten würde, um das schlankste, minimalistischste Studio zu schaffen, das es je gab, könnte dies das Ergebnis sein.

Felix, Rasputin und Nero sitzen auf den

übermodernen Mesh-Stühlen in der schicken Küche, die ich in meiner Vision und durch eine Spionagekamera in Neros Büro gesehen habe, während Claudia den ganzen Ort durchläuft und die kubistischen Gemälde bewundert, die jemand an den Wänden aufgehängt hat.

»Ich habe die Vorbereitungen getroffen.« Nero steht von seinem Stuhl auf und geht auf mich zu. »Diejenigen von uns, die zur Erde gehen, sollten das jetzt tun, während die anderen darauf warten, dass meine Wachen ankommen.«

Bei den Worten ihres Bruders wendet Claudia ihre Augen von einem Bild ab und geht zur Tür. Rasputin folgt ihr.

»Wohin gehst du?«, frage ich ihn mit einem Stirnrunzeln.

»Zur Erde«, sagt Rasputin. »Ich lasse nicht zu, dass du dich allein diesem Monster stellst.«

Zu meiner Erleichterung tritt Nero in seinen Weg. »Nein. Der St. Petersburger Rat sieht dich immer noch als eine persona non grata an.«

Rasputin sieht aus, als wolle er Nero beiseiteschieben, es aber nicht wagt, das zu tun. »Woland und die Tschorts sind tot«, sagt er angespannt. »Ich bin sicher, er war der Hauptgrund für ihr Problem mit mir.«

»Stimmt, aber das offizielle Urteil gegen dich wurde nie aufgehoben«, sagt Nero. »Wenn er das wollte, könnte der Rat von St. Petersburg etwas Böseres schicken als die Tschorts. Dann müssten wir uns damit befassen, und wir haben bereits genug Probleme zu lösen.«

Rasputin wendet sich an mich, und ich nicke, da ich dankbar bin, dass Nero mich dabei unterstützt. »Er hat recht. Deine Anwesenheit dort könnte ein Hindernis darstellen. Außerdem könntest du als Seher für uns hier nützlicher sein.«

»Das ist nicht richtig«, fährt Rasputin Nero an. »Ein Vater sollte …«

»Denk darüber nach, was das Beste für deine Tochter ist«, sagt Nero in einem schroffen Tonfall. »Und dass du hierbleibst, *ist* das Beste.«

Bevor Rasputin widersprechen kann, erschüttert ein lautes Klopfen die Tür.

Nero geht, um sie zu öffnen. Draußen stehen zwei kräftige Türsteher, die sofort strammstehen, als sie ihn sehen.

»Diese Herren werden euch überall dorthin bringen, wo ihr hinmüsst«, sagt Nero zu Ariel und Felix.

»Und ich werde euch über meinen Vater im Leerraum Nachrichten schicken können«, sage ich, während sie mich flehentlich ansehen. »Nochmals vielen Dank, dass ihr meiner verrückten Bitte zugestimmt habt.

»Gerne«, murmelt Felix, steht auf und geht mit Ariel auf den Fersen zur Tür.

Mit einem letzten Blick auf mich gehen meine beiden Mitbewohner mit ihren Eskorten weg.

Seufzend gehe ich zum Tisch und setze mich hin.

Nero, Claudia und Rasputin kommen zu mir, wobei Claudia wieder mein Kartenspiel untersucht.

»Nur zu, nenn mich eine Heuchlerin.« Ich sehe Nero mit zusammengekniffenen Augen an. »Ich weiß, dass ich ihnen nicht gesagt habe, dass ihre geliebten Menschen in Gefahr sind. Aber wenn ich es getan hätte, wären sie sofort zur Erde gegangen. Das weißt du auch.«

»Das tue ich«, sagt er sanft. Er streckt seinen Arm aus und bedeckt meine Hand mit seiner. »Keine Sorge. In ein paar Tagen werden meine Wachen Felix und Ariel bitten, eine Liste der Personen zusammenzustellen, die evakuiert werden sollen. Und du solltest dir auch eine solche Liste machen, nur für alle Fälle.«

»Richtig, natürlich.« Ich schlucke. »Aber meine Eltern können als Menschen nicht durch die Tore gehen.«

»Ich weiß, aber wir werden eine Lösung finden. Ich verspreche es dir.« Er drückt beruhigend meine Hand.

Rasputin runzelt die Stirn. »Wovon sprecht ihr? Welche Gefahr?«

»Die, für die ich deine Hilfe wollte«, sage ich, erzähle ihm von meiner Vision der bevorstehenden Apokalypse und schließe damit, wie meine Kräfte mich als Lösung für das Tartarusproblem die Vision sehen lassen haben, in der Ariel und Felix sterben.

»Tartarus.« Rasputin spuckt den Namen aus wie einen Fluch. Er steht auf, geht zu seinem Kühlschrank, holt sich eine vereiste Flasche Wodka aus dem

Gefrierfach und nimmt einen Schluck direkt aus der Flasche.

Ich schaue Nero an, aber der zuckt nur mit den Achseln. Claudia sieht auch ahnungslos aus.

Rasputin kehrt zum Tisch zurück, stellt die Flasche in seiner Reichweite ab und sagt grimmig: »All mein Leiden ist letztendlich die Schuld dieses Monsters.« Er nimmt noch einen Schluck Wodka. »Alles davon.«

Ich blicke ihn verständnislos an. »Was meinst du damit?«

»Ich hatte keine Gelegenheit, dir das vorher zu sagen, aber auf seltsame Weise schuldest du deine Existenz Tartarus«, sagt Rasputin und vermeidet Augenkontakt, als ich ihn schockiert anstarre.

Ich wende mich wieder an Nero und sehe, wie er verwirrt die Stirn runzelt. Was auch immer das ist, er hat keine Ahnung davon – das könnte das erste Mal überhaupt sein.

»Wie kann ich Tartarus meine Existenz verdanken?«, frage ich mit zittriger Stimme. »Ich dachte, die verdanke ich dir und Lilith.«

Rasputin öffnet das Oberteil seines Hemdes. »Wie du weißt, ist Nostradamus' einziger Sinn im Leben die Rache an Tartarus.«

Ich nicke.

»Etwas, was auch keine Überraschung sein sollte, ist, dass Lilith von ihrer Unsterblichkeit besessen ist«, fährt er fort, während Claudia nach seiner Flasche greift und vorsichtig einen Schluck nimmt.

Sie beginnt, erstickt zu husten, und Rasputin atmet

beruhigend ein. »So weit, so gut«, sagt er, nachdem sie fertig ist. »Was du wahrscheinlich nicht weißt, ist, dass Nostradamus vor langer Zeit vorausgesagt hat, dass Lilith durch Tartarus' Hand sterben würde – es sei denn, ihre Tochter tötet ihn zuerst.« Endlich schaut er mich an.

»Ja«, sagt er, als ich ihn ungläubig anstarre. »Eine Tochter von einem mächtigen russischen Seher.« Er nimmt Claudia die Flasche ab und nimmt einen weiteren Schluck – bei dem Claudia entsetzt zusammenzuckt. »Diese verdammte Prophezeiung ist der Grund, warum Lilith mich verführt hat«, fährt Rasputin fort, »und warum sie geplant hatte, dich, unsere Tochter, in eine unerschütterliche Tötungsmaschine zu verwandeln, die präventiv auf Tartarus losgelassen werden könnte. Das ist das Schicksal, das ich dadurch verhindern wollte, dass …«

»Du mich am Flughafen zurückgelassen hast«, beende ich den Satz wie betäubt, als die Auswirkungen dieses Geständnisses in meinem Kopf explodieren.

Es gibt Seher-Manipulationen, und dann gibt es meine Zeugung, nur damit ich ein Werkzeug sein könnte, um Rache zu nehmen.

Außerdem, wie sollte ich jemals Tartarus besiegen, wenn er eine Bedrohung für jemand so Mächtigen wie Lilith ist?

Nun, ich schätze, wenn Rasputin mich ihr nicht weggenommen hätte, hätte Lilith mich zu einer bösen Göttin auf ihrer Welt gemacht – genau wie Mami, aber mit Seherkräften. Und inzwischen wäre ich genauso mächtig wie sie. Aber das ist nicht passiert, also bezweifele ich, dass Nostradamus' Prophezeiung sich erfüllen wird.

Zumindest der Teil, in dem ich Tartarus besiege und Lilith rette. Ich bin mir ziemlich sicher, dass meine biologische Mutter dem Untergang geweiht ist – obwohl das erklärt, warum sie mich zu einem Vampir gemacht hat.

Sie muss trotz allem noch etwas Hoffnung haben.

»Es tut mir leid, dass ich dich aufgeben musste«, sagt Rasputin und schaut wieder weg. »Es war der einzige Weg, wie du ohne Liliths toxischen Einfluss aufwachsen konntest.«

Richtig.

Es passt alles, und ich sollte ihm wahrscheinlich danken – abgesehen von der Tatsache, dass es die Erde jetzt ihre Existenz kosten könnte.

In der anschließenden Stille steht Claudia auf und geht zum Kühlschrank. Sie bewegt sich in Drachengeschwindigkeit und holt das Gebäck heraus, das ich in meiner Vision gesehen habe – eines, das wie eine Mischung aus Pizza und Zimtschnecke aussieht – und stellt es zusammen mit Tellern für alle auf den Tisch.

»Woher weißt du von Nostradamus' Prophezeiungen?«, fragt Nero Rasputin, und seine Stimme ist gefährlich leise. »Und warum hast du mir das nicht schon früher gesagt?«

»Ich habe erst von Sashas Schicksal erfahren, als Lilith mich gefangen nahm.« Rasputin greift ohne großen Appetit nach seinem Snack. »Ihr ist Nostradamus' Name herausgerutscht, also sammelte ich etwas Kraft und forderte ihn im Leerraum heraus. Als wir zusammenkamen, sah ich eine Erinnerung daran, wie er mit Lilith sprach. Dann gab er den Rest zu und sagte, dass er nie beabsichtigt hatte, dass Sasha leiden müsste, und dass seine Visionen – wie alle Vorhersagen – nicht garantiert sind, besonders wenn sich die beteiligten Menschen ihrer möglichen Schicksale bewusst werden.«

»Hast du selbst in die Zukunft geschaut?«, fragt Nero. »Woher weißt du, dass Nostradamus die Wahrheit gesagt hat? Wie sollte Sasha Tartarus besiegen?«

»Er konnte seine Erinnerungen nicht vortäuschen, aber ich weiß natürlich nicht, ob er die Wahrheit gesagt hat. Und ich habe keine Ahnung, wie und ob Sasha Tartarus besiegen kann. Ich konnte nichts davon vorhersehen«, sagt Rasputin. »Eine Vision dieser Größenordnung erfordert einen großen Vorrat an Macht, und nach dieser Begegnung mit Nostradamus hatte er dafür gesorgt, dass ich sie nicht bekommen konnte, indem er mich regelmäßig im Leerraum angegriffen und meine Kräfte erschöpft hatte. Und das Wenige, was ich wiederherstellen konnte, brauchte ich, um Liliths Folter zu überleben.«

Neros Hand auf dem Tisch spannt sich an. »Ich denke, ich muss mit Nostradamus reden und sehen, ob ich seine Zunge ein wenig lockern kann.«

»Stell dich hinten an«, sage ich, dann sehe ich

Rasputin an. »Was meinst du mit ›Vorrat‹? Ich wusste nicht, dass man einen Vorrat an Seherkraft anlegen kann.«

»Das ist etwas, was nur die mächtigsten Seher tun können«, sagt Rasputin. »Weißt du, wie du deine Kraft verlieren und bis zum nächsten Tag nicht mehr benutzen kannst?«

Ich nicke.

»Nun, was passiert, wenn man die Energie für diesen Tag nicht nutzt?«, fragt er.

Ich zucke mit den Schultern. »Hast du am nächsten Tag mehr? Um ehrlich zu sein, war mir kein Unterschied aufgefallen, und weder Darian noch der Bannik – meine Hauptquellen für Seherinformationen – erwähnten das mir gegenüber.«

»Die meisten Seher, wie Darian und der Bannik zum Beispiel, hätten am nächsten Tag nicht mehr Macht«, sagt er. »Aber einige von uns, die Mächtigsten, *können* lernen, wie wir unsere ungenutzte Macht für größere Aufgaben sammeln können. Es erfordert, dass du jeden Tag in den Leerraum gehst, aber ohne irgendwelche Visionen zu aktivieren. Danach, am nächsten Tag, wirst du mehr Macht haben als nur die von einem Tag – und wenn du das immer weiter tust, lagerst du genug für einige große Visionen ein.«

»Wow«, sage ich. »Das wäre eine nützliche Information gewesen. Natürlich vorausgesetzt, ich bin mächtig genug, um das zu tun.«

»Ich glaube, das bist du«, sagt Rasputin. »Du wirst

es ausprobieren müssen, wenn du die Gelegenheit dazu hast.«

»Was ich nicht verstehe, ist, wie Nostradamus in der Lage war, dir *deine* Energie zu entziehen«, sagt Nero und schaut ihn an. »Bist du nicht der mächtigste Seher?«

Rasputin zuckt mit den Achseln. »Unter gleichen Bedingungen könnte ich mächtiger sein. Aber er hatte seine Macht jahrzehntelang, vielleicht sogar jahrhundertelang angesammelt, während ich meine zur falschen Zeit verbraucht hatte.«

Nero verengt die Augen. »Wenn das meine Anfrage betrifft, hättest du mir das alles sagen sollen, bevor du deine Energiereserven für mein Rettungsprojekt aufgebraucht hast.« Er blickt auf Claudia, die immer noch an ihrem Gebäck kaut.

»Oh, zu diesem Zeitpunkt hatte ich sowieso nicht viel Macht«, sagt Rasputin. »Das wirkliche K. o. für diese Reserven war die hundertjährige Prophezeiung, die ich für dich über die Geschichte der Erde gemacht habe – aber sie war es wert, weil sie dich überzeugt hat, dich um Sasha zu kümmern.«

Neros Kiefer spannt sich bei dem Stich an, aber er sagt nichts. Wir alle wissen, dass er Rasputin nicht geholfen hätte, wenn es nicht die hundertjährige Vorhersage gegeben hätte, die ihn im Laufe der Jahre so reich, und damit zu einem so mächtigen Drachen machte.

Schließlich hatte ich als Baby nicht meine aktuellen Reize.

Welche das auch immer sein mögen.

»Die gute Nachricht ist, dass ich jetzt genug Macht habe, um ein paar Monate in die Zukunft zu blicken – oder um viele kurzfristige Visionen zu haben«, meint Rasputin. »Sag mir, wie ich dir am besten helfen kann. Ich kann zum Beispiel überprüfen, ob Ariel und Felix in Sicherheit sind.«

»Kannst du in diesem Fall überprüfen, ob Sasha unter Liliths Sire Bond fällt?«, fragt Nero. »Und, wenn ja, wie man das verhindern kann?«

»Ja«, sagt Rasputin. »Das mache ich sofort.«

Er schließt die Augen, und seine Atmung wird gleichmäßig.

Ich überprüfe, ob sich meine eigenen Kräfte erholt haben, und zu meiner großen Erleichterung finde ich mich im Leerraum wieder.

Dort stehe ich einer Wolke von Formen gegenüber, die eine tödliche Melodie spielt.

Großartig.

Und damit verschwindet die Hoffnung, jemals den Trick mit dem Vorrat auszuprobieren, von dem ich gerade erfahren habe. Das zu tun würde bedeuten, diese Visionen des Untergangs zu ignorieren, und dazu kann ich mich unmöglich bringen.

Ich seufze metaphysisch, greife nach einer tödlichen Vision und bereite mich darauf vor, zu sehen, welche neuen Probleme das Universum für mich bereithält.

KAPITEL SIEBEN

ICH BIN in einem Hotelbadezimmer und putze mir die Zähne energisch mit einer Zahnbürste.

Dieser Versuch, die Körperpflege aufrechtzuerhalten, ist längst überfällig. Es stellte sich heraus, dass es ohne die täglichen Schlafgewohnheiten schwer ist, sich daran zu erinnern, solche Dinge mit einer gewissen Regelmäßigkeit zu tun.

Vielleicht sollte ich in Zukunft einen Timer auf meinem Handy einstellen, um mich daran zu erinnern?

Andererseits, brauche ich überhaupt noch Fluorid?

Ich muss jemanden fragen, wie er meinen Atem findet, aber etwas sagt mir, dass Vampire keine Zahnfleischentzündung oder Mundgeruch bekommen. Und ich wette, unsere Zähne vergilben auch nicht mit der Zeit.

Ich weiß eine Sache ganz sicher. Mit meiner Flüssignahrung werde ich nie wieder Zahnseide verwenden.

Plötzlich nimmt mein Vampir-Superhörgerät ein Geräusch wahr, das klingt, als würde jemand die Tür öffnen und in den Raum schleichen.

Mein Sehergefühl – und mein gesunder Menschenverstand – schlagen Alarm.

Ohne mir die Mühe zu machen, auszuspucken, werfe ich die Zahnbürste ins Waschbecken, stürme aus dem Badezimmer – und krache in einen riesigen Eindringling.

Ich stolpere zurück, betrachte ihn und muss trotz des widerlichen minzigen Schaums in meinem Mund nervös schlucken.

Dieser Kerl sieht aus, als hätte eine magische Fee ein Wachstumshormonmolekül in einen Mann verwandelt.

Sogar seine Ohrläppchen sehen aus, als hätten sie Muskeln.

Seltsamerweise ist sein Haar lang und dauergewellt – und im Stil der 80er Jahre mit genug Haarspray bedeckt, um ein Loch in der Ozonschicht geöffnet zu haben.

Vielleicht ist er ein Rockstar?

Das Outfit passt nicht ganz dazu. Anstelle von glitzerndem Elasthan, oder was auch immer, trägt er eine Bomberjacke aus den 80er Jahren, enge Jeans und klobige weiße Turnschuhe.

In seiner kräftigen Hand hält er einen weiteren Anachronismus – ein Polaroidfoto.

Ich trete noch weiter zurück und gehe meine beschissenen Fluchtmöglichkeiten durch.

Es gibt keine.

Er versperrt mit seinem massiven Körper den Weg zur Tür, und das Fenster zu nehmen bedeutet, herauszufinden, wie man fliegt.

Gut.

Zeit, die kleinen Vampirkräfte zu nutzen, in denen ich gut bin. Ich versetze meine Augen in den Bezirzungsmodus, und als sie schön spiegelig sind, blicke ich ihm in die Augen.

»Geh. Jetzt«, befehle ich mit honigsüßer Stimme.

Er tut es nicht.

Stattdessen schaut er auf sein Foto und dann auf mich, bevor er grunzt und ein Energieblitz ihn erleuchtet.

Ich starre ihn mit offenem Mund an.

Seine Kleidung zerfetzt, und der Mann wird durch ein riesiges wolfsähnliches Ding ersetzt, das auf allen vieren steht.

Oh, großartig. Er ist ein Werwolf.

Ich ziehe mich noch weiter zurück, und mein Herz hämmert mit der ursprünglichen Angst in meiner Brust, die von unseren mit Säbelzahntigern kämpfenden Urahnen vererbt wurde .

Schon vor dieser Verwandlung wirkte der Typ groß und beängstigend. Jetzt ist er ein obszönes Bündel aus Muskeln, Zähnen und Krallen – und größer, als ich dachte, dass ein Werwolf es werden könnte. Noch größer als das Tier, das Nero während der Kämpfe auf der Drachenwelt geholfen hat, und dieser Kerl war monströs.

Knurrend entblößt der Eindringling seine dolchartigen Zähne und nähert sich mir.

Meine Reißzähne verlängern sich automatisch, ich weiche einem Schlag seiner massiven Pfote aus, weshalb seine Krallen also anstelle meines Magens die Ecke des Bettes erwischen.

Meine Kaution werde ich wohl nicht zurückbekommen.

Er schwingt seine andere Pfote auf mich – aber ich drehe mich mit übernatürlicher Geschwindigkeit zur Seite, und anstelle meines Gesichts wird die Kommode zerstört.

Verzweifelt trete ich ihm brutal in den Brustkorb.

Zumindest habe ich das vor. Aber bevor mein Fuß ihn erwischt, weicht der Typ dem Tritt aus. Dann, schneller als etwas dieser Größe sein sollte, schnappt er mit den Zähnen nach meinem Oberschenkel.

Ich schreie vor Schmerzen, verliere das Gleichgewicht und schlage mit dem Kopf gegen die Ecke eines Nachttisches. Sterne explodieren vor meinen Augen, und als ich mich erhole, merke ich, dass das Tier mich an meinem Bein durch den Raum zieht.

Strampelnd schlage ich so fest wie möglich auf seinen riesigen Kopf.

Seine Zähne beißen fester zu. Er knurrt tief, bewegt ruckartig seinen Kopf und wirft mich in die Luft, wie ein Hund ein Kauspielzeug.

Nach einem Moment der Schwerelosigkeit knallt mein Rücken gegen das Fenster.

Glas explodiert um mich herum und verletzt meine

Haut, während ich versuche, nach dem Fensterrahmen zu greifen – nur um meine Handflächen an den scharfen Kanten des Glases aufzuschneiden, während der Schwung mich weiterfliegen lässt.

Ich falle wie ein Stein, und als die Luft an meinen Ohren vorbeirauscht, sehe ich den Boden unter mir.

Weit unter mir.

Etwa zwanzig Stockwerke unter mir.

Selbst mit der Vampirheilung werde ich das auf keinen Fall überleben.

KAPITEL ACHT

ZURÜCK IN RASPUTINS Wohnung sehe ich Nero, Claudia und Rasputin entsetzt an.

Wer war dieser Typ? Warum sollte er versuchen, mich zu töten?

Und – vielleicht weniger wichtig – warum zum Teufel war er so angezogen? Und was war mit seinen Haaren los?

Ich weiß, dass ein Teil Mode der 80er Jahre zurück ist, aber nicht in *diesem* Ausmaß.

Und warum hatte er ein Foto in der Hand? Ist er die letzte Person auf der Welt ohne Smartphone?

Bevor ich das alles sagen kann, verändert sich Rasputins Gesicht von nachdenklich zu wütend.

Er öffnet die Augen, springt auf und schlägt mit der Handfläche auf den Tisch, während er leise russische Schimpfwörter murmelt.

»Was hat er denn?«, fragt Claudia und blickt ihn mit großen Augen an.

»Vielleicht hat er das Gleiche gesehen wie ich gerade?«, antworte ich. »Oder vielleicht sah er keinen Weg, wie ich dem Sire Bond zu Lilith entgehen kann?«

»Schlimmer«, knurrt Rasputin. »Es ist Nostradamus. Er hat mich im Leerraum angegriffen. Ich bin wieder machtlos.«

»Dieser Bastard.« Ich springe auf. »Ich frage mich, ob er auch hinter dem steckt, was ich gerade vorhergesehen habe? Ich meine, er hängt schon mit einem Werwolf rum, also vielleicht …«

»Warte«, sagt Nero. »Wovon redest du da?«

Während ich es ihnen erzähle, lässt sich Rasputin besiegt auf seinen Stuhl fallen, und Neros Gesicht verdunkelt sich.

»Bist du sicher, dass du den Kerl noch nie zuvor gesehen hast?«, fragt Nero eindringlich, als ich fertig bin.

»Natürlich bin ich mir sicher.« Ich verschränke die Arme vor meiner Brust. »Ich würde mich an ihn erinnern. Glaub mir.«

Nero trommelt mit den Fingern auf den Tisch. »Und du bist dir auch sicher, dass er größer war als Eduardo?«

Ich runzele die Stirn. »Wer ist Eduardo?«

»Der Werwolf, der mir neulich geholfen hat«, sagt Nero. »Er ist der Anführer seines Rudels und ein Ratsherr. Ich hätte nicht gedacht, dass seine Art größer werden könnte als er.«

»Ich glaube, mein Angreifer war größer«, sage ich. »Aber da er direkt vor mir stand, kam er mir vielleicht durch das ganze Adrenalin einfach nur größer vor?«

Neros Kiefer spannt sich an. »Und wo war ich in deiner Vision?«

»Ich habe keine Ahnung«, sage ich.

Seine Augen verengen sich. »Warum warst du allein? Welches Hotel war es?«

»Keine Ahnung.«

Seine Hände beginnen sich zu Fäusten zu ballen. Als er es bemerkt, holt er tief Luft und öffnet sie wieder. »Gut. Aber da ich jetzt weiß, was kommen wird, werden wir wie siamesische Zwillinge zusammenkleben. Und du wirst dich von nun an von *allen* Hotels fernhalten.«

»Ja, Chef«, sage ich. »Noch irgendwas?«

»Du wirst zurück in den Leerraum gehen und versuchen, mehr über diesen Angriff zu erfahren«, sagt er.

»Gerne«, sage ich. »Ich wollte gerade das Gleiche vorschlagen.«

»Gut«, sagt Nero. »Worauf wartest du noch?«

Er und alle anderen starren mich erwartungsvoll an.

Ich schließe die Augen, um die negativen Auswirkungen dieses Drucks auf meinen Fokus zu mildern, und dann verlangsame ich meine Atmung und konzentriere mich.

Ich lande sofort im Leerraum, umgeben von Formen, die identisch mit der Vision des Werwolfangriffs sind.

Treffer!

Ich musste nicht einmal etwas tun.

Mein Unterbewusstsein – oder was auch immer – hat mir die Formen gegeben, die ich brauche.

Bevor ich die Chance habe, mich nach ihnen auszustrecken, taucht eine neue Form zwischen mir und meinem Ziel auf.

Es ist ein Wesen, das Kraft und Bedauern ausstrahlt.

Ein vertrautes Wesen.

Ich habe es – ihn – vor kurzem im Leerraum gesehen, als ich ihn rief, um ihn um Hilfe mit den Tschorts zu bitten.

Es ist Nostradamus.

Und dank Rasputins Erfahrungen kann ich mir denken, warum er hier ist.

Er will meine Kräfte.

Nun, er wird sie nicht bekommen.

Ich fange an, mich zurückzuziehen, und denke mir, dass er mich nicht in ein Leerraum-Battle verwickeln kann, wenn ich mich metaphysisch berühre.

Aber es ist zu spät.

Er ergreift mich bereits mit mehreren ätherischen Schweifen, wie ein hungriger Tintenfisch, der sich an einem Krebs festhält.

Ich strenge mich an, um mich zu befreien.

Ihm sprießen immer mehr Schweife, und sein Griff verstärkt sich.

Ich widersetze mich, so lange ich kann, aber dann gibt etwas nach, und Nostradamus wirbelt mich in die Verbindung.

KAPITEL NEUN

ICH FINDE MICH IN NOSTRADAMUS' Erinnerung wieder.

Ich oder er ist in Ketten gefesselt und hat erhebliche Schmerzen, aber was interessant ist, ist, dass er immer noch Augen hat, mit denen er sehen kann – weswegen ich weiß, dass wir uns in einer Art feuchter Verlieszelle befinden.

Noch interessanter ist, wen er ansieht.

Es ist Tartarus selbst und eines seiner Kinder, was ich aber nur deshalb weiß, weil Nostradamus das denkt, als er nach oben schaut.

Für mich sehen weder Tartarus noch das sogenannte Kind so aus, wie ich es erwartet hätte.

Das *Kind* ist ein erwachsener Mann mit wilden Augen und einem gefühlten Dauergrinsen im Gesicht, während Tartarus wie eine freundliche und weise alte *Frau aussieht.*

Als ob Nostradamus meine Verwirrung bemerkt,

denkt er: »Tartarus ist nicht Cassandra. Sie starb vor langer Zeit. Jeder sieht jemanden, der ihm heilig ist, wenn er auf dieses Monster blickt. Das ist alles. Er ist nicht Cassandra. Er ist dieses Gesichts nicht würdig.«

Interessant.

Ich dachte, dass Tartarus einfach Energie aus den Menschen saugt – aber ich schätze, er sieht auch für jeden anders aus.

Ich frage mich, wie er für mich aussehen würde?

»Es ist bedauerlich, dass deine Frau und dein Sohn gestorben sind«, sagt Tartarus, und seine Stimme klingt ebenfalls wie Cassandra. »Ich wollte schon lange einen Seher unter meinen Kindern haben. Und jetzt habe ich nur dich, anstatt drei Seher zu züchten.«

Einen Seher züchten?

Wow.

Das ist genau wie bei Baba Yaga – und sie war die schlimmste Person, die ich je getroffen habe.

Bei Nostradamus wird auch etwas durch diesen Satz ausgelöst, aber in seinem Fall rauschen eine Reihe von verstörenden Erinnerungen durch den Kopf, und ich, die gerade in seinem Kopf bin, kann sie leider sehen.

Alle basieren auf Visionen, die er vorausgesehen hat, als es zu spät war, als er bereits in Tartarus' Fängen war.

Visionen, in denen seine Familie die Invasion von Tartarus überlebte.

In dieser unwahrscheinlichen Zukunft wäre seine Frau vergewaltigt und gezwungen worden, ein Kind nach dem anderen zu bekommen. Und als ob das nicht schrecklich genug wäre, wären die Nachkommen getötet worden, die weder Tartarus' Kräfte noch Seherkräfte gehabt hätten.

Das Schicksal seines Sohnes wäre nicht so schlimm gewesen. Der Junge wäre eher bereit gewesen, Kinder mit einer von Tartarus' Töchtern zu zeugen – derjenigen mit Sukkubuskräften. Aber auch hier hätte das Fehlen von Kräften bei seinen Nachkommen den Tod für sie bedeutet.

Bei sich selbst sah Nostradamus keine Zukunft, in der er an dem Zuchtprogramm teilnahm.

Stattdessen fand er eine, wo er entkommen konnte.

Der Preis wären seine Augen, aber der Vorteil wäre, dass Tartarus in absehbarer Zeit keinen Seher in seiner Armee haben würde. Und noch wichtiger war, dass Nostradamus durch sein Überleben in der Lage sein würde, Macht zu sammeln, bis er genug hätte, um Rache zu nehmen.

»Ich glaube, er ignoriert Euch, Majestät«, sagt der Wildäugige spöttisch zu Tartarus.

»Er wundert sich wahrscheinlich, warum er seine Gefangennahme nicht vorausgesehen hat«, sagt Tartarus zu dem Kerl und schaut dann auf Nostradamus herab. »Es war alles dank Lug hier.« Er nickt seinem »Kind« zu. »Er ist der Fluch der Existenz deiner Art – ein Wahrscheinlichkeitsmanipulator –, und er hat mich vor dir abgeschirmt.«

Ich – Nostradamus – schaue Lug mit verengten

Augen an und füge ihn im Geiste der Liste der Menschen hinzu, an denen ich Rache nehmen werde.

Als ich den Blick sehe, kommt Lug zu mir, grinst wie ein Wahnsinniger und tritt mir und Nostradamus brutal in den Kopf, womit er diese Erinnerung beendet.

———

EINE WEITERE ERINNERUNG BEGINNT.

In dieser hat Nostradamus bereits sein Augenlicht verloren.

Er – ich – steht irgendwo und berührt etwas an der Wand.

Ah. Seine Finger lesen die französische Brailleschrift auf einer Karte, auf der steht: *Plan Ultime*.

Er nickt, konzentriert sich auf eine uns beiden vertraute Weise und springt dann in den Leerraum.

Fasziniert erlebe ich, wie Nostradamus etwas tut, was ich noch nie zuvor getan habe: Anstatt sich auf das Wesen eines Menschen zu konzentrieren, verweilt er auf der Essenz des Raumes, in dem er sich befindet. Ich hätte nicht einmal gedacht, dass ein Raum eine Essenz haben kann. Außerdem strebt er eine Zeitspanne von einer Millisekunde in der Zukunft an – aber wie man das tut, wusste ich bereits.

Eine Wolke von sicher wirkenden Formen erscheint vor ihm, und er aktiviert eine.

In der Vision, die beginnt, befindet er sich in einem

großen leeren Raum mit Pinnwänden, die alle Wände bedecken.

Das ist der Ort, an dem er gerade war, die Essenz, an die er dachte.

Auch der Blindenhund und Werwolf von Nostradamus, Marius, ist hier und schlürft Wasser aus einer fünf Gallonen großen Schüssel auf dem Boden.

In diesem Moment verstehe ich es.

In dieser Vision kann Nostradamus tatsächlich sehen.

Er erwähnte, dass seine Seherfähigkeiten immer noch für ihn funktionieren, aber diese Erinnerung erklärt mir, wie genau.

Wenn er einen Blick in eine so nahe Zukunft wirft, kann er tatsächlich wieder sehen – was interessante Fragen über Seherkräfte aufwirft, für die ich keine Zeit habe.

Nostradamus ignoriert Marius und blickt auf die nächste Pinnwand, an der Hunderte von Karten befestigt sind, von denen die meisten durch eine farbige Schnur mit einer anderen verbunden sind.

Jede Karte ist in Blindenschrift und normaler französischer Schreibschrift beschriftet, und die, auf der *Plan Ultime* steht, ist das Herzstück.

Was meine Aufmerksamkeit erregt, ist eine Reihe von Karten an der Seite – Karten, auf denen mein Name steht.

Beatrice, sagt eine der Karten, die durch eine rote Schnur mit meinem Namen verbunden sind. Unter ihrem Namen befindet sich die Zeichnung einer Frau mit schwarzen Augen und einem herzförmigen Gesicht. Ihre Cogniti-Macht ist aufgeführt – Nekromantin –, und das Datum und die Uhrzeit, zu der sie auf die Erde kommen und sich unsere Wege kreuzen werden.

Eine rote Schnur verbindet diese Karte mit einer anderen. Diese hat das Datum und die Uhrzeit, an dem Ariel und ich Beatrice in der *Bodies*-Ausstellung in Vegas bekämpft haben.

Wow.

Nostradamus wusste von all meinen Erlebnissen, bevor sie passierten.

Es gibt auch eine Karte und eine Zeichnung des hübschen Gesichts von Harper mit den verträumten Augen – die sie als Sukkubus und Beatrices Geliebte aufführt –, und es gibt eine Karte für den Zeitpunkt, als sie versuchte, Felix und mich zu töten.

Und das Muster setzt sich fort.

Es gibt eine Karte für Baba Yaga und eine Reihe von Karten, die meine Begegnungen mit der Hexe zusammenfassen.

Eine Karte für den tödlich dünnen Koschei – Baba Yagas schwer zu tötenden Diener.

Eine Karte für Gaius – Baba Yagas Vollstrecker-Verbündeten und die Person, die Ariel von Vampirblut abhängig gemacht hat.

Es gibt sogar eine Karte für Darian, den Seher, der mich überhaupt erst in meine beinahe tödlichen Abenteuer gelockt hat, mit einer Notiz, die besagt, dass Darian sich irren wird, wenn er denkt, dass er eine

Zukunft mit mir hat. Laut Nostradamus' Notiz hat Darian keine Zukunft.

Wow.

Wie weit in die Zukunft reicht das?

Was wird später an dieser Wand mit mir passieren?

Ich will Nostradamus' Kopf mehr nach rechts drehen, aber das funktioniert nicht. Und bevor ich sehen kann, wie viel mehr er vorhergesagt hat, endet die Erinnerung.

KAPITEL ZEHN

DER ERINNERUNGSTEIL der Verbindung ist vorbei, da ich in dieser verräterischen Leere bin, in der die Verbindung stattfindet, und ein Synapsen-Hologramm von Nostradamus vor mir schwebt. Wie üblich ist er an jene unheimliche Formeinheit gebunden, die ihn im Leerraum repräsentiert.

»Du.« Mein Zorn lässt mich ein paar Meter fallen. »Du bist hier, um meine Kräfte zu erschöpfen, nicht wahr?«

»Es tut mir leid«, sagt er. »Das ist der einzige Weg, um sicherzustellen, dass du nicht alles ruinierst.«

»Deinen *Plan Ultime*, meinst du? Ich sah deine Erinnerungen. Ich weiß davon.«

Er schwebt nach unten und verzieht besorgt sein Gesicht. »Ein weiterer Grund, dich auszuschalten. Das ist das Letzte, was ich zu dir sagen werde. Ich werde meditieren, und ich schlage vor, dass du dasselbe tust.«

Um seine Worte zu unterstreichen, begibt er sich in die Lotusposition und schwebt dort einfach mit einem buddhaähnlichen Gesichtsausdruck.

»Du willst mich wohl verarschen«, rufe ich und schwebe auf ihn zu. »Du kannst mich doch nicht einfach nur ignorieren.«

Er reagiert nicht.

Ich schreie ihm Obszönitäten zu.

Sein Gesichtsausdruck ändert sich nicht.

Ich fliege auf ihn zu und greife nach ihm, um ihn zu erwürgen, aber meine Hände gehen direkt durch seinen Hals hindurch.

Ich setze das Schreien und Fluchen fort, was er alles komplett ignoriert.

Irgendwann werde ich müde und schwebe einfach. Anstatt Zeit damit zu verschwenden, Dampf abzulassen, könnte ich diese Auszeit genauso gut nutzen, um über meinen nächsten Zug nachzudenken.

Ich konzentriere mich auf mein Inneres und entspanne mich.

Als mein Geist ruhiger ist, kommt mir eine Idee, wie ich Nostradamus' Plan vereiteln kann – aber ich verbanne sie sofort, falls er meine Gedanken irgendwie an diesem seltsamen Ort lesen kann.

Widerwillig versuche ich zu meditieren, wie er es vorgeschlagen hat.

Es ist hier überraschend einfach, dank der Schwerelosigkeit und der Tatsache, dass man sich nicht von außen abgelenkt fühlt.

Trotz meiner Wut von eben fühle ich mich tatsächlich in kürzester Zeit gelassen.

Das geht noch eine Weile so weiter, aber dann, nach einem gefühlten Meditations-Retreat-Wochenende, endet das Battle endlich.

KAPITEL ELF

ICH BIN WIEDER in der Küche.

Nero, Claudia und Rasputin blicken mich fragend an.

»Der Bastard hat es auch mit mir gemacht«, sage ich. »Er tauchte auf und zwang mich zu einem Leerraum-Battle.«

Rasputin schlägt wieder auf den Tisch, und Neros Hände ballen sich zu Fäusten.

Nur um sicherzugehen, dass die Dinge so schlimm sind, wie sie scheinen, versuche ich, in den Leerraum zu gehen.

Nichts.

Es gelingt mir nicht.

»Keine Kraft mehr«, bestätige ich. »Aber wenigstens habe ich einige von Nostradamus' Erinnerungen gesehen.«

Alle sehen fasziniert aus, also erzähle ich ihnen von der Begegnung mit Tartarus und dem, was ich auf der

Pinnwand gesehen habe.

»Die Erinnerungen, die ich erlebt habe, waren nicht so nützlich«, sagt Rasputin. »In einer sah ich, wie dieser Trickser – Lug – Nostradamus geblendet hat, was ironischerweise das kleine Fenster der Fluchtmöglichkeit für ihn öffnete.«

»Was ist mit der Pinnwand?«, frage ich. »Hast du sie gesehen?«

»Nein«, sagt Rasputin. »Alle anderen Erinnerungen, die ich sah, waren älter, meistens von glücklichen Zeiten, als seine Familie noch lebte.«

»Ich habe so eine ein anderes Mal auch gesehen«, sage ich und fühle einen Hauch von Mitgefühl, den der manipulative Bastard nicht verdient. »Er war mit seinem Sohn zusammen.«

»Wie viel weißt du über diese Cassandra, die Frau, in deren Körper Nostradamus Tartarus sah?«, fragt Nero. »Ist sie eine Spur?«

»Laut Nostradamus ist sie tot«, sage ich. »Also bezweifle ich, dass sie helfen kann.«

Rasputin greift nach der Wodkaflasche und nimmt einen großen Schluck. »Cassandra war Nostradamus' Mentorin«, sagt er, als das Brennen des Wodkas nachlässt. »Er muss zu ihr aufgeschaut haben – deshalb hat Nostradamus gesehen, was er gesehen hat. Gerüchten zufolge sieht man, wenn man Tartarus anschaut, jemanden, den man respektiert und verehrt.«

»Stimmt«, sage ich. »Nostradamus dachte etwas in der Art. Er meinte, er sah Cassandra, weil Tartarus die

Leute dazu bringt, jemanden zu sehen, der ihnen heilig ist.«

»Ich habe immer geglaubt, das sei nur ein Mythos«, meint Nero. »Gerüchte besagen, dass die Menschen ihn als Gott oder einen berühmten Propheten sehen – und so bekommt er die Anbetung auf jeder Welt so leicht, besonders auf Welten mit Massenmedientechnologie wie dem Fernsehen.«

»Wow«, sage ich. »Also auf der Erde würden die Leute ihn als so etwas wie Buddha oder Jesus sehen?«

»Wahrscheinlich«, sagt Nero. »Und Kinder könnten den Weihnachtsmann sehen.« Er schaut zu Rasputin. »Oder in Russland Väterchen Frost.«

»Würde diese Macht über das Fernsehen funktionieren?«, frage ich. »Würde jede einzelne Person, die auf einen Fernseher blickt, jemand anders sehen?«

»Wahrscheinlich«, sagt Nero.

»Schräg«, sage ich. »Ich meine, wenn jeder etwas anderes sieht, dann ist es keine Gestaltwandlung wie bei Kit.«

»Er ist kein Gestaltwandler.« Rasputin schaut auf die Wodkaflasche, trinkt aber nicht. »Seine Kraft ist eher wie extrem starkes Bezirzen.«

»Verrückt«, murmele ich, während ich mir das Chaos vorstelle, das sich aus seiner Ankunft auf der Erde ergeben wird. Er wird ins Fernsehen gehen, und Videos von der Wiederkunft Christi – oder wie auch immer die Medien es nennen werden – werden sich sofort viral verbreiten.

Er wird im Handumdrehen verehrt werden.

»Aber selbst in Gerüchten wurden nie seine Kinder erwähnt«, sagt Nero und lenkt meine Aufmerksamkeit wieder auf unsere Unterhaltung. »Basierend auf Sashas Vision, scheint es, als würde er die Welten nicht allein übernehmen, wie bislang alle sagten.«

»Das ergibt aber Sinn«, sagt Rasputin. »Wie kann ein einzelnes Wesen, egal wie mächtig, eine ganze Welt erobern?«

»Lilith hat es getan«, entgegnet Nero.

Rasputin nickt. »Stimmt. Aber sie übernahm eine primitivere Welt, eine ohne Technologie. Menschen auf einer Welt wie der Erde haben Waffen, die alles töten können.«

»Gutes Argument.« Ich massiere mein Kinn. »Seine Kinder – besonders solche wie der Trickser Lug – werden die Pläne zur Verteidigung der Erde sehr erschweren.«

»Spar dir die Verteidigungspläne für die Besprechung mit dem Rat«, sagt Nero. »Da wir gerade davon sprechen, Claudia und ich gehen besser.«

Ich verenge die Augen. »Du meinst, Sasha, Claudia und ich gehen besser.«

Nero betrachtet mich mit einem unleserlichen Ausdruck. »Selbst mit erschöpften Seherkräften bestehst du darauf, mitzukommen?«

»Verdammt, ja.« In Erwartung eines weiteren Protests sage ich: »Denke eine Sekunde darüber nach. In meiner Vision war ich allein, als dieser Werwolf mich angriff. Dass wir zusammenbleiben, ist der beste Weg, um zu verhindern, dass diese Zukunft passiert.«

»Gut.« Nero steht auf. »*Wir* gehen besser.«

»Nur einen Moment«, sage ich. »Ich hatte vorhin eine Idee. Ich glaube, ich weiß, wie man schnell Kraft aufbaut.«

Nero setzt sich wieder hin, und alle schauen mich mit gespannter Aufmerksamkeit an.

Ich wende mich an Rasputin. »Erinnerst du dich, als du sagtest, dass du jeden Tag etwas Macht sammeln kannst?«

Rasputin nickt.

»Was wäre, wenn du mehr Tage hättest?«, frage ich erwartungsvoll.

Nero nickt anerkennend. Er muss erraten haben, worauf ich hinauswill.

»Es gibt eine Welt namens Atlantis«, sage ich. »Die Zeit dort läuft so schnell, dass die Jungs, die Vlad in einer meiner Visionen trainierte, sich fast über Nacht in erwachsene Männer verwandelten. Wenn Nostradamus auf der Erde ist und du nach Atlantis gehst, hast du einen großen Vorteil beim Ansammeln von Kraft.«

Rasputins Gesicht leuchtet auf. »Du hast recht. Jetzt, wo du es erwähnst, fällt mir auf, dass mich Nostradamus auf die Art überhaupt erst besiegt hat. Ich saß in Liliths Welt fest, wo die Zeit langsam läuft, während er irgendwo war, wo sie schnell ist. Jetzt kann ich den Spieß umdrehen.«

»Gut«, sagt Nero und steht wieder auf. »Ich werde

jemanden finden, der dich dort hinbringt. Gehen wir.«

Er dreht sich auf der Ferse um und geht mit schnellen Schritten aus der Wohnung.

Wir folgen Nero zum Aufzug. Als wir unten ankommen, spricht er mit ein paar Türstehern und zeigt auf Rasputin.

»Das ist also ein weiterer Abschied«, sagt Rasputin und blinzelt, während er mich ansieht.

»Vorerst«, sage ich und täusche Fröhlichkeit vor. »Sobald ich meine Kräfte wiederhabe, werde ich im Leerraum nach dir suchen.«

»Sei vorsichtig«, sagt er und greift nach mir, um mich zu umarmen.

»Ich werde mein Bestes geben«, sage ich und umarme ihn. »Sei auch vorsichtig … *Papa*.«

Als ich mich zurückziehe, sehe ich, dass der kleine Kosename seinen Zweck erfüllt hat. Rasputins Gesicht leuchtet wie ein Weihnachtsbaum.

Ich für meinen Teil habe es diesmal sogar fast so gefühlt. Ich wünschte, er könnte auf die Erde kommen, damit wir mehr Zeit miteinander verbringen könnten. Wenn ich den Angriff des Werwolfs *und* Tartarus überlebe – was ein großes Wenn ist – muss ich einen Weg finden, um den St. Petersburger Rat dazu zu bewegen, meinem Vater vom Leib zu bleiben.

Irgendwie.

»Los geht's«, befiehlt Nero über seine Schulter und schiebt sich durch die tanzende Menge zum Ausgang des Klubs.

Claudia und ich eilen ihm nach und sprinten den

ganzen Weg bis zum Aufzug im Wolkenkratzer des Drehkreuzes.

Die Fahrt nach oben ist schnell, und sobald wir auf dem Dach sind, joggen wir zum Tor zur Erde.

Als wir auf der anderen Seite aussteigen, stoßen wir auf einen zerzausten Eric – den Teleporter-Wächter, den Nero bei mir gelassen hatte, um auf mich aufzupassen.

Er muss sich von dem Beruhigungsmittel-Nickerchen erholt haben, in das ich ihn geschickt habe.

»Eric«, sage ich. »Schön, dich hier zu treffen.«

Er schaut mich mit einem kaum sichtbaren Stirnrunzeln an und kriecht dann unter Neros Blick.

»Ich weiß, dass ich Mist gebaut habe«, sagt er. »Sie …«

»Spar dir das«, knurrt Nero. »Bring uns zu Sashas Wohnung. Jetzt.«

»Sicher«, sagt Eric und geht zu Claudia. »Sie zuerst?«

»Wen auch immer«, sagt Nero. Dann sagt er zu Claudia: »Er wird dich berühren, um dich irgendwohin zu teleportieren. Töte ihn nicht.«

Claudia rollt mit den Augen, als Eric eine Hand auf ihre Schulter legt und sie verschwinden.

»Wer braucht schon eine Limousine, wenn man Eric hat?«, murmele ich. Dann taucht der Teleporter wieder allein auf und legt eine Hand auf meine Schulter.

Puff, und ich stehe vor meiner Wohnungstür neben einer grinsenden Claudia.

»Ich wurde noch nie zuvor teleportiert«, sagt sie, noch ganz high. »Das war unglaublich.«

Ich grinse sie an. »Ich weiß. Ich würde meinen linken Reißzahn geben, um das zu können. Die Illusionen, die ich machen könnte, würden jeden Zauberer der Welt umhauen. Sogar Copperfield.«

Eric taucht mit Nero wieder auf.

»Komm in einer Stunde wieder, oder wenn ich dir eine SMS schreibe«, sagt Nero dem Teleporter. »Was auch immer zuerst kommt.«

»Deal«, sagt Eric und verschwindet wieder.

Ich greife in meine Tasche, um den Schlüssel herauszuholen. »Es ist kein Schloss«, sage ich. »Aber es ist mein Zuhause.«

Ich halte die Tür weit auf und lasse die bunte Gruppe hinein.

»Sasha!«, schreit Fluffster in meinem Kopf, dann rast er zu mir, um uns zu begrüßen, und seine kleinen, pelzigen Pfoten rutschen über den Boden. »Du bist wieder da.« Er schaut mich streng an. »Ich habe mir Sorgen gemacht.«

Als sie die Chinchillaform meines Domovoi sieht, quietscht Claudia buchstäblich vor Begeisterung. »Was ist das denn? Bitte sag mir nicht, dass du so etwas Niedliches essen würdest.«

»Ihn essen?« Ich schaue auf Fluffster, dann auf Claudia. »Wie kommst du darauf?«

Fluffster weicht zurück – er erinnert sich zweifellos an die horrorfilmähnliche Dokumentation, die wir über die Wilderer gesehen haben, die Chinchillas töten.

In ihr hieß es, dass das Fleisch auch nicht verschwendet wird – und es soll fett sein wie Ente.

»Wer ist sie?«, fragt Fluffster. »Sie wirkt mächtig, wie Nero.«

Luzifer – die Katze, die ich von Rose geerbt habe – kommt vorbei, um zu sehen, woher die ganze Aufregung rührt. Sie sieht unbeeindruckt von uns allen aus. Der Ausdruck auf ihrem flachen Gesicht scheint zu sagen: »Wenn jemand dieses flauschige Stückchen essen würde, wäre es Unsere Majestät, vorausgesetzt, jemand steckt es in eine Dose Fancy Feast. Jetzt verschwindet, bevor ihr für eure Frechheit mit eurem Leben bezahlt.«

»Wow«, sagt Claudia und starrt Luzifer an. »Diese Kreatur ist noch süßer. Ist es hier auf der Erde üblich, einen richtigen Zoo in seinem Zuhause zu haben?«

»Hey«, sage ich. »Fluffster ist süßer – und, was noch wichtiger ist, im Gegensatz zur Katze können seine Gefühle verletzt werden.«

»Ich entschuldige mich«, sagt Claudia und schaut Luzifer an.

»Das ist nicht Fluffster«, sage ich und zeige auf den Domovoi. »*Das* ist Fluffster.«

Ich schnappe mir meinen himmlisch kuscheligen Freund und halte ihn fest, damit Claudia ihn genauer betrachten kann. »Das ist Neros Schwester Claudia«, erkläre ich ihm. »Claudia, *das* ist Fluffster. Er ist ein Domovoi – eine Art Cogniti.«

»Ein Domovoi?« Sie schaut Fluffster viel respektvoller an. »Das habe ich nicht gemerkt. Auf unserer Welt sehen sie normalerweise wie Menschen aus.«

»Die Bewohner dieser Welt halten Tiere in ihren Wohnungen«, erklärt Nero. »Und da die Domovoi die Gestalt von ihnen annehmen, sehen sie am Ende aus wie Katzen, Hunde und manchmal wie Chinchillas.«

»Moment, Moment«, sage ich und suche sein Gesicht nach einem Anzeichen von Belustigung ab. »Willst du damit sagen, dass Drachen auf eurer Welt *Menschen* im Haus halten?«

In meinem Kopf frage ich mich außerdem: Was ist mit Vampiren? Und mit Sehern?

Anders ausgedrückt: Bin ich Neros *Haustier*?

»Das Wort ›Haustier‹ ist mit zu vielen negativen Konnotationen übersät.« Nero grinst, als würde er meinen vorangegangenen Gedanken lesen. »Wie wäre es mit artfremden Begleitern? Familienmitgliedern?«

Ich stelle Fluffster auf den Boden und ziehe eine Grimasse.

»Die Menschen betrachten es als große Ehre, im Haus eines Drachen zu leben«, fügt Claudia hinzu. »Das Recht dazu geht von Familie zu Familie über.«

»Viele der Soldaten, die in unserem Feldzug geholfen haben, haben darum gebeten, dass eine solche Begleiterrolle ihre Belohnung sein soll«, fügt Nero hinzu. »Du musst daran denken, dass sie Drachen verehren und …«

Es klingelt an der Tür.

Nero schaut durch das Guckloch, gibt ein billigendes Geräusch von sich und öffnet die Tür.

Eine hübsche, schlanke junge Frau steht da. Sie ist in hohe Lederstiefel und eine Lederjacke gekleidet, und ihre wilden Locken sind zu einem wirren Durcheinander gebunden, das wohl einen Pferdeschwanz darstellen soll.

Da ich im Moment keine Cogniti-Auren sehen kann, kann ich nicht sagen, ob sie eine von uns ist – aber wenn sie menschlich ist, wäre ihre ethnische Zugehörigkeit extrem schwer zu bestimmen. Sie sieht aus, als hätte eine verrückte Wissenschaftlerin Zoe Saldana mit Emma Watsons Genen vermischt und sie dann mit einem Hauch von Halle Berry beträufelt.

»Bailey.« Nero gestikuliert, dass sie hereinkommen soll. »Du bist spät dran.«

Das ist also Bailey Spade, auch bekannt als Freda Krueger – die Traumwandlerin, die von Zeit zu Zeit für Nero arbeitet.

»Bowser«, sagt Bailey mit belustigter Stimme. Sie sieht mich mit einem gutmütigen Grinsen an. »Du bist seine Prinzessin Peach, richtig?«

Bowser? Sie hat Nero schon einmal so genannt und dabei einen Videospielcharakter erwähnt, der zufällig der Erzfeind von Mario ist. Als ich es zum ersten Mal hörte, dachte ich, dass sie den Spitznamen wegen Neros tiefer Stimme gewählt hat, aber jetzt merke ich, dass es an der Tatsache liegen könnte, dass der fragliche Charakter eine sehr ähnliche Kreatur wie ein Drache ist: Er kann Feuer speien und ist schuppig. Das bedeutet, dass Bailey von Neros Natur weiß.

Ich verarbeite alle Informationen im

Handumdrehen und lächele über meinen eigenen Spitznamen, Prinzessin Peach. In den Mario-Spielen ist die Prinzessin diejenige, die Bowser immer zu entführen und auf sein Schloss zu bringen versucht, um sie zu heiraten.

»Hi, Bailey«, sage ich. »Ich bin Sasha. Wenn du hier bist, um mir zu helfen, tut es mir leid. Ich habe heute keine Zeit für ein Nickerchen. Wir müssen das ein anderes Mal machen.«

Aus dem Augenwinkel sehe ich, wie Claudia sich Luzifer vom Boden schnappt und *das Böse* unter dem Kinn krault.

Anstatt die Drachenfrau auszuweiden, schnurrt die Katze zufrieden und schließt die Augen.

»Doch«, knurrt Nero mich an. »Es wird heute passieren. Jetzt sofort, um genau zu sein. Vlad und die anderen sind sowieso noch nicht zurück. Du hast noch Zeit.«

»Es gibt herrisch, und dann gibt es das.« Bailey schüttelt den Kopf und schaut mich entschuldigend an. »Wenn er nicht mein bestzahlender Kunde wäre, würde ich jetzt aus Prinzip gehen.«

»Es ist in Ordnung«, sage ich mit einem Seufzer. »Ich schätze, wenn wir Zeit haben, werde ich es tun – wenn auch nur, um ihn zum Schweigen zu bringen. Außerdem«, ich lächele sie an, »möchte ich nicht, dass dir meinetwegen dein Honorar entgeht.«

»Danke.« Bailey betrachtet mich mit unverhohlener Neugier. »Weißt du, du bist in echt genauso hübsch wie in seinen Träumen. Das ist selten.«

»Machen wir auf dem Sofa weiter«, knurrt Nero, bevor ich fragen kann, von wessen Träumen Bailey spricht – auch wenn es offensichtlich ist, dass es Neros sind.

»Ich treffe euch alle dort«, sage ich und laufe in mein Zimmer.

Dort angekommen, fülle ich meine Taschen mit meinen Lieblings-Zauberutensilien.

Wenn es zwischen jetzt und dem Ende der Welt irgendwelche ruhigen Momente gibt, hoffe ich, dass ich sehen werde, wie sich meine Vampirreflexe auf mein Repertoire ausgewirkt haben. Außerdem will ich sicherstellen, dass sie sich vor Aufregung in die Hose pinkelt, wenn ich noch eine Chance bekomme, Claudia meine Fähigkeiten zu zeigen.

Müssen Drachen überhaupt urinieren? *Muss ich überhaupt?* Weil ich meine Flüssigkeiten getrunken habe, und nicht den leichtesten Drang verspüre ... Und was ist mit den festen Bestandteilen?

»Nur, um das klarzustellen«, sagt Bailey, als ich ins Wohnzimmer zurückkomme und immer noch darüber nachdenke. »Wir werden nicht miteinander schlafen.«

»Das ist gut zu wissen«, entgegne ich im gleichen höhnischen Tonfall. »Also, wie *wird* das funktionieren?«

»Ganz einfach.« Sie spielt mit einem seltsam pelzigen Schmuckstück an ihrem Handgelenk – ein buntes Ding, das aus irgendeinem Grund vertraut aussieht. »Du wirst schlafen, und ich werde dich berühren. Aber nicht auf schmutzige Weise. Schon gar nicht vor deinem eifersüchtigen Freund.«

Freund?

Ich nehme an, das ist besser als Prinzessinnenentführer.

Oder Ehemann.

Oder Tierhalter.

Nero grunzt etwas Unverständliches, als Bailey, Fluffster und Claudia auf seine – und vielleicht meine – Kosten lachen.

»Okay.« Ich lege mich hin, und Fluffster kommt zu mir und springt in meine Arme.

»Du bist der Domovoi, oder?«, fragt Bailey Fluffster. »Felix hat dich erwähnt. Es ist schön, dich persönlich kennenzulernen.«

Ach, stimmt.

Sie kennt Felix.

Ich frage mich, ob er traurig sein wird, sie verpasst zu haben.

»Ist das die Freundin deines Domovois?« Bailey nickt der Katze in Claudias Armen zu.

»Nein«, antworte ich. »Sie ist seine Herrin.«

»Ich lach mich tot«, sagt Fluffster mental. Er wendet sich an Bailey und fragt: »Wie war der Teil mit der Gebühr? Wie viel kosten deine Dienste?«

»Nero kümmert sich darum«, sage ich schnell. Das Letzte, was ich will, ist, dass Fluffster jeden in Stücke reißt, wenn es um das Budget geht. »Also, wie wäre es, wenn wir anfangen?«

»Eine Sekunde.« Fluffster schaut auf das pelzige Handgelenk-Ding an Baileys Arm. »Was ist das?«

»Das ist Pom«, sagt Bailey stolz. »Er ist ein Looft – und mein Freund und Begleiter.«

Das armbandartige Ding ändert seine Farbe, reagiert aber ansonsten nicht.

Ist das vielleicht ein imaginärer Freund?

Dann löst der Begriff *Looft* eine Erinnerung aus. Wir haben sie in der Einführung durchgenommen. Sie leben von kuhähnlichen Kreaturen namens Moofts – die ich auf der Welt der Kannibalenzwerge gesehen habe.

Ich bin versucht, einen Haufen Fragen zu stellen, aber ich will nicht, dass Bailey denkt, dass ich sie für eine Kuh halte, also schließe ich die Augen und beruhige meine Atmung.

Ich weiß nicht, ob es die Anwesenheit einer Traumwandlerin oder die Entspannung vom Kuscheln mit Fluffster ist, aber ich schlafe schneller ein als jemals zuvor.

KAPITEL ZWÖLF

ICH STEHE VOR FÜNFHUNDERT ZUSCHAUERN, und meine Glossophobie oder Bühnenangst beschleunigt meinen Puls auf Überschallwerte.

Dennoch werde ich nicht ohnmächtig.

Ich bin stattdessen in Hochstimmung.

Magie aufzuführen ist das, wozu ich geboren wurde – und das Adrenalin von meiner Phobie ist nur ein kostenloses Stimulans, das mein Körper produziert, um mich scharfsinnig und wachsam zu halten.

»Ich brauche einen Freiwilligen aus der Menge«, sage ich mit ruhiger Stimme ins Mikrofon. »Jemand, der gut mit Schusswaffen umgehen kann, wie ein Polizist.«

Als die ausgewählte Polizistin auf die Bühne kommt, wird meine ohnehin schon erstaunliche Reaktion auf den Stress stark und ursprünglich.

Das ist es.

Ich bin dabei, die gefährlichste aller Illusionen in

der Magie zu machen – und ich erlaube mir das nur, weil ich als Vampir eine gute Chance habe, einen Fehler zu überleben.

Denke ich.

»Bitte untersuchen Sie diese Waffe«, sage ich und gebe der Polizistin den Revolver.

Sie nimmt die Waffe und findet nichts Auffälliges.

»Jetzt überprüfen Sie auch diese Kugel«, sage ich ihr, und sie tut es.

»Markieren Sie bitte die Kugel.« Ich gebe ihr einen Permanentmarker.

Sie tut, worum ich sie gebeten habe.

Danach bitte ich sie, die Kugel in die Waffe zu laden, während Nero – als mein knapp bekleideter Assistent – auf die Bühne kommt.

Normalerweise sind knappe Outfits die Art und Weise, wie Assistenten die Aufmerksamkeit vom Illusionisten weg auf sich ziehen, aber heute ließ ich Nero so kleiden, damit die Leute sehen können, dass er keine spezielle Kleidung darunter trägt, die den Effekt erklären könnte.

Oder zumindest ist es das, was ich ihm gesagt habe. In Wirklichkeit trägt er das Outfit, weil ich es genieße, seinen sehr muskulösen Körper anzuschauen.

»Bitte geben Sie die Waffe meinem Assistenten und stellen Sie sich dann hinter ihn«, sage ich zu der Polizistin, während Nero und ich unsere Plätze auf den gegenüberliegenden Seiten der Bühne einnehmen.

Sie sieht ihn mit offensichtlichem Interesse an, geht

dann nervös hinüber, um ihm die Waffe zu geben, bevor sie ihren Platz hinter seinem Rücken einnimmt.

Nero hebt die Waffe.

Ich tue mein Bestes, um nicht an eine Tatsache zu denken – was ich Nero nie gesagt habe –, dass zwölf Magier gestorben sind, um diese Illusion auszuführen, soweit ich weiß.

Andererseits waren sie im Gegensatz zu mir keine Vampire.

Ebenfalls soweit ich weiß.

Jetzt, da ich nicht auf ein großes Publikum blicke, fühle ich mich ruhiger – obwohl die Waffe auf mich gerichtet ist.

Nero zielt.

Die Menschen im Publikum atmen laut ein.

Nero drückt ab.

Der laute Knall macht mich fast taub, aber alles läuft wie geplant.

Ich bin nicht tot.

Nur mein Zahnschmelz hat Schaden genommen – und davon erholt sich ein Vampir schnell.

Alle im Theater sind totenstill.

Der Lichtmensch richtet einen Scheinwerfer auf mich, damit jeder das Metall in meinem Mund schimmern sehen kann.

Es ist die Kugel.

Ich habe sie mit meinen Zähnen *aufgefangen*.

Nero reicht der Polizistin die Gummihandschuhe und bittet sie, die Kugel zu überprüfen.

Sie stolpert zu mir und nimmt mir die Kugel aus dem Mund.

»Sind das Ihre Initialen auf der Kugel?«, frage ich sie.

»Ja«, sagt sie verwundert. »Das ist die Kugel, die in der Waffe war.«

»Danke«, sage ich. »Einen Applaus für die Besten von New York!«

Die Polizistin verlässt die Bühne, während die Zuschauer stehen und klatschen, als würden ihre Handflächen brennen.

Während ich mich verbeuge, grinse ich wie eine Verrückte.

Das – der Klang des Beifalls – ist es, was meinem Leben einen Sinn gibt. Es ist ein Rausch, der besser ist als alles andere, ausgenommen Sex mit Nero.

Und es wird noch besser.

Als ich auf die mich bewundernde Menge schaue, sehe ich Mama, die selten zu meinen Auftritten kommt, und Papa, der das immer tut. Neben ihnen in der ersten Reihe stehen Felix, Ariel, Rasputin, Lucretia, Kit und Vlad. Alle jubeln und sehen mich mit unterschiedlich starkem Stolz an.

Etwas stimmt allerdings nicht.

Es sind Menschen hinter ihnen, die da nicht sein sollten.

Bevor ich etwas sagen oder tun kann, trifft mich ein Bogen schwarzer Energie in den Kopf und lähmt mich komplett.

Diese Energie kam von einem der Menschen in der

zweiten Reihe – derjenigen hinter meinen Freunden und meiner Familie.

Ich starre entsetzt dorthin.

Hinter Mama steht Beatrice, die Totenbeschwörerin, und hinter Papa Harper, Beatrices Sukkubusfreundin.

Und das ist noch nicht alles.

Hinter Vlad steht Baba Yaga, und von ihr ging die lähmende Energie aus.

Hinter Rasputin ist Darian, und hinter Ariel Gaius.

Warum kann ich das Gefühl nicht loswerden, dass sie nicht hier sein können?

Ist das ein Verleugnungsmechanismus?

Hinter Felix sehe ich Koschei, und hinter Lucretia Woland – den Tschort, der Herzen stoppen kann. Schließlich steht hinter Kit der riesige Ork-Häuptling, dessen Sohn Nero getötet hat.

Ich bemühe mich, mich zu bewegen, aber ich kann nicht einmal einen Muskel zucken lassen.

Mit einem bösem Grinsen nehmen Beatrice, Baba Yaga und der Rest meiner Feinde identische zeremoniell aussehende Dolche heraus und erstechen jeweils die Person vor sich.

Mom, Dad und alle anderen, die mir wichtig sind, sterben in einem einzigen schrecklichen Moment.

Ich strenge mich so stark an, um mich aus der Lähmung zu befreien, dass mir ein Blutgefäß im Auge platzt – vergeblich.

Ich kann mich nicht bewegen.

Alles, was ich tun kann, ist, zuzusehen.

Das Publikum fängt an zu schreien und wegzulaufen.

Nero bemerkt endlich, was passiert ist.

Er bewegt sich mit übernatürlicher Geschwindigkeit, lädt die Waffe nach, zielt und schießt.

Baba Yagas Kopf explodiert.

Meine Lähmung verschwindet, während eine neue Person auf der Bühne erscheint.

Es ist Yudo alias der Thronräuber – der Drache, der Neros Eltern getötet hat.

Der Thronräuber hält ein riesiges Schwert in seinen Händen und stürzt sich auf Nero.

»Hinter dir!«, schreie ich, während ich über die Bühne laufe, aber Nero zielt immer wieder auf die Bösewichte in der zweiten Reihe.

Das Theaterpublikum stürmt auf die Notausgänge zu, und seine panischen Schreie müssen der Grund dafür sein, warum Nero meine Warnungen oder Yudos Nähe nicht hört.

Nero schießt erneut.

Diesmal explodiert Wolands Kopf.

Ich bin auf halbem Weg über die Bühne, aber ich könnte genauso gut auf der anderen Seite der Welt sein.

Yudo schwingt sein Schwert und trennt Neros Kopf von seinem Körper.

Etwas in mir zerbricht.

Ich erreiche Nero, schnappe mir die Waffe und entlade sie in Yudos Kopf.

Der Drache bricht tot zusammen.

Ich greife nach seinem Schwert, als Harper, Beatrice, Darian, Gaius und Koschei auf die Bühne kommen.

»Ihr werdet alle für das bezahlen, was ihr getan habt«, zische ich ihnen zu, und um meine Worte zu unterstreichen, schlitze ich mit meinem Schwert Darians Bauch auf.

Der Rest von ihnen weicht zurück, also gehe ich auf sie zu.

Mit Angst in den Augen schießt Beatrice mehrfarbige Energie auf alle Toten, und sie beginnen, als Zombies wiederaufzuerstehen.

Ihr Moment der Ablenkung gibt mir die Möglichkeit, sie buchstäblich in zwei Hälften zu schneiden.

Als sie stirbt, sind die Zombies immer noch da.

»Du Schlampe!«, schreit Harper. »Du wirst …«

Ich werde nie wissen, was der Sukkubus sagen wollte, denn meine Faust dringt in ihre Brust ein und zieht ihr noch schlagendes Herz heraus – während ich gleichzeitig Gaius mit dem Schwert enthaupte.

Als sein Kopf zur Seite rollt, werfe ich Harpers Herz mit einem Fluch darauf.

Koschei – der Einzige, der noch am Leben ist – grinst mich an. »Du weißt, dass ich nicht so leicht zu töten bin. Sie nennen mich aus gutem Grund den Unsterblichen.«

»Gut«, knurre ich und hacke ihm das rechte Bein ab. »Das bedeutet, dass ich das hier so lange genießen kann, wie ich will.«

Koschei schreit vor Schmerz.

Ermutigt, hacke ich sein anderes Bein ab.

Er schreit noch lauter und versucht, von mir wegzukriechen.

Während ich ihm folge, kristallisiert sich ein Plan in meinem Kopf heraus. Ich werde ihn immer wieder foltern und töten, bis der Schmerz, meine Familie und Freunde zu verlieren, verschwindet.

Was nie der Fall sein wird.

Genau wie meine Trauer darüber, Rose zu verlieren, sein früheres Opfer.

Bösartig zerlege ich ihn mit dem Schwert, bis meine Arme taub werden – und das ist eine lange Zeit, wenn man ein Vampir ist.

Ich weiß nicht, wie oft Koschei stirbt und zurückkommt, bevor jemand Neues auf die Bühne kommt.

Die Newcomerin klatscht langsam und grinst wie eine Wahnsinnige.

Ich wische mir Koscheis Blut aus den Augen und schaue sie an.

Natürlich.

Es ist Lilith.

Sie strahlt mich mit mütterlichem Stolz an.

»*Du.*« Ich halte das verdammte Schwert fester. »Wenn *du* das geplant hast, werde ich dich langsamer töten als ihn.«

Ich mache einen bedrohlichen Schritt in Richtung Lilith.

Das ist der Moment, in dem eine Gestalt zwischen

uns erscheint – eine Person, die ich im ersten Moment nicht einordnen kann, weil wir uns gerade erst kennengelernt haben.

Es ist Bailey Spade.

Die Traumwandlerin.

Was bedeutet, dass …

»Das ist richtig«, sagt Bailey beruhigend. »Das ist ein Alptraum.«

»Oh.« Meine Angst verschwindet, und an ihrer Stelle verspüre ich enorme Erleichterung. »Natürlich ist das ein Traum.«

Wie konnte ich es nicht früher erkennen? Nero würde mich nie eine Kugel fangen lassen, geschweige denn persönlich auf mich *schießen*.

Und Mama und Papa würden auch nicht so ruhig dabei zusehen, wie ich eine Kugel fange. Meine Freunde auch nicht.

Noch wichtiger ist, dass Baba Yaga und der Rest der Bösewichte längst tot sind – etwas, was ich nur in der Traumwelt vergessen konnte.

»Ich hoffe, es macht dir nichts aus, dass ich diesen Traum unterbrochen habe, bevor du deine Mutter umbringst«, sagt Bailey. »Wenn du denkst, dass das therapeutisch wäre, könnte ich …«

»Ein Traum«, murmele ich. »Nur ein dummer Traum.«

»Ja«, sagt Bailey. »Wenn es dir nichts ausmacht, würde ich gerne die Umgebung ändern.« Sie schaut auf das ganze blutige Gemetzel um uns herum, das verschwindet, sobald ich nicke.

Wir sind jetzt auf einer Wolke – aber im Gegensatz zu normalen Wolken, die nur aus Wasserdampf bestehen und uns deshalb nicht halten würden, fühlt sich diese Wolke wie ein bequemes Daunenkissen unter meinen Füßen an.

Die Wolke bietet einen beruhigenden Blick auf einen endlosen Ozean unter ihr.

»Bitte geh auf die sprichwörtliche Couch«, sagt Bailey, und während sie das tut, erscheint eine Couch auf der Oberfläche der Wolke.

Ich setze mich hin und bemerke, dass ich nicht mehr im Blut meiner Feinde getränkt bin. Sogar meine Kleidung ist jetzt anders. Bailey hat eindeutig die Kontrolle über jedes Detail dessen, was in diesem Teil des Traums passiert.

»Wie fühlst du dich?«, fragt sie und setzt sich auf einem bequem aussehenden Stuhl, der unter ihrem Hintern erscheint.

»Ich kann nicht glauben, dass ich nicht bemerkt habe, dass ich träume«, sage ich. »Es scheint jetzt so offensichtlich zu sein.«

»Das ist normal.« Bailey schlägt ihre Beine übereinander. »Die Traumwelt ist selten logisch. Man braucht viel Training, um die Inkonsistenzen zu erkennen und zu merken, dass man sich in einem Traum befindet. Aber wenn du lernen würdest, das zu tun, wärst du in der Lage, einige der Dinge zu tun, die ich kann. Die Technik heißt luzides Träumen, und ich kann es dir im Rahmen unserer Sitzungen beibringen.«

Sie sagt mehr, aber ich werde abgelenkt, als eine

flauschige Kreatur an der Seite von Baileys Stuhl erscheint.

Ich starre sie an.

Es ist ein Tier, das ich noch nie zuvor gesehen habe. Ein Tier, das wie eine Erfindung der Fantasie von jemandem zu sein scheint.

»Hallo«, sagt die Kreatur zu mir mit einer Stimme, die so niedlich ist wie der Rest von ihr, bevor sie so weiß wird wie die Wolke unter ihr. »Ich bin Pom.«

»Pom, ich arbeite«, sagt Bailey streng zu der Kreatur. »Wir haben darüber gesprochen.«

Poms Farbe verdunkelt sich.

Bailey ignoriert das Wesen und schaut mich entschuldigend an. »So sieht er in der Traumwelt aus.« Sie schwingt ihr nacktes Handgelenk in die Luft. »Ich schätze, er dachte, da du selbst ein sprechendes flauschiges Haustier hast, würde es dir nichts ausmachen, *ihn* zu sehen.«

»Ein Haustier?«, fragt Pom empört, und seine Farbe wird noch dunkler. »Ich glaube, du meinst einen Symbionten.«

»Sicher«, sagt Bailey sarkastisch. »Ein Symbiont. Kein Haustier, und schon gar kein Parasit. Kannst du mich jetzt arbeiten lassen?«

»Moment, du meinst, das ist der Looft, den du am Handgelenk hattest?« Ich schaue mir Pom an. »Das pelzige Armband?«

»Faszinierend, stimmt's?« Sie grinst. »In der Traumwelt ist er einfach nur unwiderstehlich niedlich.«

Pom bläht sich auf und nimmt wieder einen helleren Farbton an.

»Findest du nicht, dass deine Katze und sogar das Chinchilla im Vergleich dazu hässlich sind?«, sagt Bailey mit einem Augenzwinkern zu mir.

»Ja«, sage ich und spiele mit. »Abscheulich geradezu.«

»Ich sage gerne, dass Pom süßer ist als der Koala und der Pandabär eurer Erde«, sagt Bailey. »Sogar noch süßer als die Otter.«

Ich kichere. »Er erinnert mich an einen Pokémon«, sage ich, als ich mit ihrem Spiel warm werde.

»Ja.« Bailey krault Poms flauschiges Ohr. »Es ist, als hätten Jigglypuff und Pikachu ein uneheliches Kind.«

Ich lache. Jetzt, da sie es gesagt hat, kann ich die Ähnlichkeit völlig erkennen.

»*Muss* ich gehen?«, fragt Pom schlecht gelaunt. »Ich mag Sasha. Sie erinnert mich an dich.«

»Danke«, sage ich. »Glaube ich zumindest.«

»Oh, es ist ein Kompliment«, sagt Bailey. »Ich bin Pomsies Ein und Alles.«

»Vielleicht ein bisschen zu selbstverliebt?«, murmelt die Kreatur.

»Also, willst du, dass er geht?« Bailey sieht mich an. »Nur damit du es weißt: Auch wenn man ihn nicht sieht, er hört und sieht alles, was in der Traumwelt passiert.«

»Es macht mir nichts aus«, sage ich. »Besonders, da ich nicht einmal weiß, was passieren wird.«

»Richtig.« Sie legt ihre Fingerspitzen

gegeneinander. »Eigentlich habe ich für heute nicht viel geplant, abgesehen vom Aufbau unserer Verbindung. Dass du immer noch schläfst, ist selten, aber es gibt uns die Möglichkeit, eine kleine Post-Alptraum-Therapie durchzuführen, wenn du möchtest.«

»Ich denke schon«, sage ich. »Um was genau handelt es sich?«

»Nun, wir können damit beginnen, dass du mir sagst, was du denkst, worum es bei dieser blutigen Angelegenheit ging.«

»Ich weiß nicht.« Ich verlagere mein Gewicht auf der plötzlich unbequemen Couch. »Es begann mit einer magischen Darbietung, und ich kann sowas nie wieder tun – also könnte der Alptraum mein Unterbewusstsein sein, das mir sagt, wie verärgert ich darüber bin.« Ich schaue sie erwartungsvoll an, aber sie nimmt einen unleserlichen Gesichtsausdruck an, den sie Lucretia gestohlen haben muss. »Oder dieser Traum könnte wörtlicher genommen werden«, fahre ich fort. »Vielleicht habe ich Angst, Nero zu verlieren. Oder meine Eltern und Freunde.«

Als ich merke, dass ich beginne, stark zu schwitzen, halte ich inne und atme ein. Irgendwie – wahrscheinlich dank Bailey – taucht ein Glas Wasser auf, das vor mir in der Luft schwebt. Ich nehme es und schlucke gierig das Wasser hinunter.

»Irgendwelche anderen Theorien?«, fragt Bailey beruhigend, als das leere Glas aus meinen Händen verdunstet.

»Ich könnte einfach Angst haben, ein Monster zu werden, wie Lilith.« Ich schaue mir Pom an. »Oder das können alles nur Zufallsausbrüche meiner Neuronen sein, die nichts bedeuten. Du bist die Expertin, also sag du es *mir*.«

Bailey räuspert sich. »Ich vergleiche Träume gerne mit virtueller Realität, nur dass es nicht die Arbeit eines Teams von Designern und Ingenieuren ist, sondern des eigenen Gehirns, das für die Erfahrungen verantwortlich ist.«

»Das erklärt nicht viel«, sage ich. »Was glaubst du, was das alles bedeutet?«

»Ich?« Bailey streichelt geistesabwesend über Poms Kopf. »Es geht nicht um mich. Es sind deine Träume, also musst du sie verstehen. Deine Vermutungen sind ziemlich aufschlussreich – besonders für dein erstes Mal.«

»Sind sie?« Ich lehne mich auf der Couch zurück. »Es könnte daran liegen, dass ich regelmäßig zu einer Psychiaterin gehe.«

»Ah.« Sie zieht ihre Hand von Pom weg. »Das merkt man. Du solltest das weiterhin parallel zu unseren Sitzungen machen.«

»Sitzungen, im Plural? Du meinst, ich muss wieder so träumen?«

»Nur, wenn du willst«, sagt sie. »Als Vampir brauchst du nicht zu schlafen, und deshalb bist du ein ungewöhnlicher Kunde, was Alpträume angeht. Du wirst nicht unter Schlafentzug auf körperlicher Ebene leiden. Dennoch kann die Traumtherapie dir helfen, an jeder der Ängste zu arbeiten, die du gerade durchlebst, wenn du das möchtest.«

Ich denke darüber nach.

Jetzt, da sie es erwähnt hat, wäre es toll, nicht so nervös zu werden, wenn ich in der Öffentlichkeit sprechen muss – besonders wenn das bedeutet, dass ich es genießen würde, Magie auf einer Bühne in meinen Träumen zu zeigen.

Ich bin mir nicht sicher, ob ich Leute, die mir wichtig sind, wieder sterben sehen möchte, nicht einmal in einem Alptraum.

»Ich glaube, ich brauche vielleicht etwas Hilfe von dir«, sage ich zögernd. »Aber ich will nicht in jede meiner Ängste eintauchen – zumindest nicht, bevor ich die Welt gerettet habe.«

Sobald ich die Worte sage, möchte ich mich selbst schlagen, weil ich Tartarus komplett vergessen hatte.

Ich habe keine Zeit für das hier.

Ich hatte nie Zeit für so etwas.

Nero hat mich zu dieser Traumtherapie gezwungen, und ich hätte ihm das nicht gestatten sollen.

»Die Welt retten?« Bailey zieht eine Augenbraue in die Höhe.

»Das ist eine lange Geschichte«, murmele ich. »Also, was sagst du? Können wir das ein anderes Mal fortsetzen?«

»Es ist das Geld deines Freundes«, sagt Bailey. »Außerdem hast du dich bei deiner ersten Sitzung wirklich gut geschlagen.«

»Cool. Und was jetzt?«

»Du wachst auf.«

»Einfach so?«

»Ja«, sagt sie. »Wünsche es dir ganz fest, und es sollte passieren. Wenn du bereit für eine weitere Sitzung bist, schlaf einfach wieder ein, und ich werde mein Bestes tun, um dich zu besuchen – auch wenn ich es dir nicht versprechen kann. Ich habe eine Menge Kunden, die um meine Aufmerksamkeit kämpfen.«

»Und du wirst mich nicht mehr anfassen müssen?«, frage ich und erinnere mich an das, was Nero gesagt hat.

»Nein«, sagt sie. »Und da du ein Vampir bist, sollte das einfach sein. Wenn ich dich schlafen sehe, weiß ich, dass du es für die Therapie machst. Das ist nicht bei allen meinen Kunden der Fall; sie schlafen, weil sie es müssen.«

»Großartig«, sage ich. »Wie wünsche ich mir, aufzuwachen?«

»Wie Nike«, sagt Bailey. »Just do it.«

Ich stehe von der Couch auf und wünsche mir, aufzuwachen.

Plötzlich öffne ich die Augen in meinem Wohnzimmer.

KAPITEL DREIZEHN

»ALLES IN ORDNUNG?«, fragt Fluffster in meinem Kopf. »Du hast mich im Schlaf ziemlich fest gedrückt.«

»Es geht mir gut.« Ich lockere meinen Griff um meinen armen Domovoi und setze mich auf.

Genau wie beim letzten Mal, als ich aufwachte, fühle ich keine Benommenheit.

Das muss wirklich ein Vampir-Ding sein.

»Wie war die Therapie?«, fragt Nero, als er das Wohnzimmer mit Claudia betritt, die Luzifer immer noch hält und trotzdem noch komplett unverletzt zu sein scheint.

»Wie ein Trip.« Ich stelle Fluffster auf den Boden und sehe mir Baileys pelziges Armband an.

Es muss der gleiche Pom sein wie im Traum, aber hier sieht er ganz anders aus. Ich frage mich, ob sein Erscheinen in der Traumwelt ein Produkt von Baileys Fantasie ist, wie die Wolken und das alles.

»Das war ein guter Anfang«, sagt Bailey mit einem unleserlichen Gesichtsausdruck.

»Gut.« Nero blickt auf sein Telefon. Ohne aufzusehen, sagt er: »Arrangiere mehr Sitzungen und setze alles auf meine Rechnung in Gomorrha.«

»Abgemacht.« Bailey berührt ihr Haustierarmband.

»Sind Vlad und die anderen wieder auf der Erde?«, frage ich und reiße meinen Blick vom Looft weg.

»Sie sind vor einigen Minuten durch das Tor gegangen«, sagt Nero. »Eric wird uns gleich holen kommen.«

»Endlich.« Ich stehe auf. »Gehen wir.«

Claudia setzt die Katze ab, und wir gehen alle mit Bailey raus. Als ihr Aufzug kommt, sage ich ihr, dass ich mich gefreut habe, sie kennenzulernen.

»Die Freude war ganz meinerseits«, sagt sie und schaut dann zu Nero. »Nicht, dass wir uns während unserer Sitzung erfreut hätten. Alles war rein platonisch.«

Die Aufzugstüren schließen sich vor ihr, und Neros Telefon klingelt.

Er liest eine SMS, und ich merke, dass ich mein eigenes Telefon nicht mehr überprüft habe, seit wir aus den Otherlands zurück sind – also tue ich es jetzt.

Ich habe aus irgendeinem Grund sehr viele Nachrichten von Lucretia.

Als Echo auf meinen Alptraum, in dem ich meine neu gefundene Halbschwester verloren habe, beschleunigt sich meine Herzfrequenz.

Dann sehe ich, was sie geschrieben hat, und atme

erleichtert aus. Lucretia hat mich zu ihrem neuen Mandatsritual eingeladen. Als Vampir muss sie diese Unannehmlichkeit erneut durchstehen, und sie ist für heute geplant.

Vor einer halben Stunde, um genau zu sein.

Ich blättere durch alle Nachrichten, die sie gesendet hat. Nach der ursprünglichen Einladung wurden sie immer besorgter, weil ich ihr nicht antwortete. Sie hat mich sogar einige Male angerufen.

Ich rufe sie zurück, aber die Mailbox geht dran.

Mir geht es gut, Schwester, schreibe ich und grinse über den letzten Teil. *Tut mir leid, dass ich dein Ritual verpasst habe, aber vielleicht erwische ich dich noch im Schloss? Ich werde in einer Sekunde zu einer Ratssitzung dort ankommen. Nochmals Entschuldigung für die verspätete Antwort. Ich habe eine gute Entschuldigung, versprochen.*

Als ich von meinem Handy aufblicke, erscheint Eric im Flur.

»Ladies first.« Nero nickt seiner Schwester und mir zu.

Eric geht zu Claudia und berührt ihre Schulter. Sie verpuffen.

Dann taucht Eric wieder auf und berührt mich.

Ich bezweifele, dass ich es jemals leid sein werde, teleportiert zu werden. In einer Sekunde sind wir in meinem Haus, in der nächsten befinde ich mich auf einer vertrauten kreisförmigen Plattform mit dem Duft von Salbei-Räucherstäbchen, der in meiner Nase kitzelt.

Kit, Vlad und die anderen sind bereits hier, und stehen neben mir, gekleidet in diese zeremoniellen Gewänder mit Kapuzen auf dem Kopf.

Wie üblich werden Kerzen um uns herum angezündet, und alle scheinen zu schweben, was dem Ort eine Atmosphäre wie die der Großen Halle in Hogwarts verleiht.

Der Rest des Rates sitzt, ebenfalls in Roben gekleidet, auf seinen Stühlen, und die Gesichter sind im düsteren Licht kaum zu erkennen.

Ich suche nach bekannten Mitgliedern, sehe aber keines. Ich frage mich, ob Chester – der Wahrscheinlichkeitsmanipulator, der Beatrice angeheuert hat, um mich zu töten, aber später mir und Nero dabei geholfen hat Darian zu besiegen – wieder im Rat ist, wie Nero versprochen hat.

Ich sehe ihn hier nicht, also wahrscheinlich noch nicht. Das ergibt Sinn, denn Nero war mit seiner jüngsten Eroberung beschäftigt.

»Irgendwie gruselig, sie von hier unten zu sehen«, flüstert Kit mir zu. »Ich habe das Gefühl, dass wir gleich verurteilt werden.«

Claudia betrachtet belustigt den Rat. Sie hat *Eyes Wide Shut* offensichtlich noch nie gesehen und findet diese Orgien-Atmosphäre daher nicht einmal ansatzweise beunruhigend. Ihr Mangel an Angst ist aber verständlich. Als Drache kann sie wahrscheinlich jedes einzelne dieser Wesen mit einem einzigen Ausatmen umbringen.

Eric taucht wieder auf, bringt Nero mit und

verschwindet dann genauso schnell wieder. Ich schätze, er ist nicht im Rat.

Neben uns zieht Vlad seine Kapuze herunter und zeigt sein brütendes Gesicht. »Ich habe dem Rat bereits einen kurzen Überblick über die Bedrohung gegeben«, sagt er. »Aber wir haben auf euch gewartet, um den Aktionsplan zu besprechen.«

Eine Person steht auf. Sogar mit der Kapuze seines Gewandes kann ich sehen, dass er ein älterer Mann ist, der oben kahl geworden ist, aber an den Seiten weiche, lange Haare behalten hat. Über seinen dünnen Lippen befindet sich ein riesiger grauer Schnurrbart. Er erinnert mich an einen verrückten Wissenschaftler, der entschlossen ist, die Weltherrschaft zu übernehmen – eine Ehre, für die er jetzt gegen Tartarus kämpfen muss.

»Woher wissen wir überhaupt, dass die Seherin die Wahrheit sagt?« Er schaut mit seinen leicht schielenden Augen auf mich herab. »Das letzte Mal, als sie hier war, war, um über ihren Fernsehauftritt zu sprechen.«

»Das ist Easton«, flüstert mir Kit ins Ohr. »Als Traumwandler hat er etwas gegen jeden im Rat in der Hand, weshalb seine nervige Einstellung toleriert wird.«

»Ich sage, wir holen uns Beweise«, sagt der Traumwandler. »Ich kann ihre Träume persönlich untersuchen, um ...«

»Nur über meine Leiche«, knurrt Nero, und seine Limbusringe werden drachenartig. »Das Gleiche gilt für alle anderen, die auch nur daran denken, sie zu berühren.«

Er lässt seinen Blick durch den Raum schweifen, und – welch Überraschung – niemand will mich plötzlich noch berühren.

»Wie jeder hier weiß, kann ich Wahrheit von Lügen unterscheiden«, sagt Nero mit leiser, harter Stimme. »Und Sasha sagt die Wahrheit. Es sei denn«, er blickt den bereits eingeschüchterten Traumwandler an, »du zweifelst an *meinem* Wort?«

Easton lässt sich ohne zu antworten auf seinen Sitz fallen.

Ich schätze, er hat nicht gegen *alle* im Rat ein Druckmittel.

Eine neue Person steht auf. Unter der Haube ist sie eine wunderschöne Frau, die – aus Mangel an einem besseren Wort – köstlich riecht.

Bekannt köstlich.

»Das ist Tatum«, flüstert Kit heiser. »Sie ist der mächtigste Sukkubus der Welt und hatte Affären mit der Hälfte des Rates.« Sie sieht, wie ich mit verengten Augen auf Nero schaue, und fügt hastig hinzu: »Nicht mit ihm, keine Sorge. Er war noch nie mit jemandem aus dem Rat zusammen.«

Gut. Ich will nicht noch einen weiteren Sukkubus töten müssen – oder irgendjemand anderen im Rat.

Ich habe das Gefühl, dass ein solches Verhalten missbilligt werden würde.

»Ich denke, es ist offensichtlich, was unser nächster Schritt sein sollte«, sagt Tatum mit einer singenden

Stimme. »Etwas von dieser Größenordnung kann nicht von unserem Rat allein bewältigt werden. Wir müssen eine Sitzung aller Räte einberufen.«

»Sie hat recht«, sagt eine Frau, die neben uns steht, die, die Nero in ihren Kämpfen geholfen hat, indem sie Tiere beschwor, das zu tun, was sie wollte. »Der Pariser Rat hat seinen eigenen mächtigen Seher, und während niemand hier an Sashas Vision zweifelt«, sie wirft Nero einen vorsichtigen Blick zu, »wäre es klug, zu hören, was er vorhergesehen hat und was er denkt, was gegen die Bedrohung getan werden kann.«

Ein Seher im Pariser Rat.

Warum habe ich ein schlechtes Gefühl dabei?

»Ich stimme zu«, sagt Nero ernst. »Ist jemand anderer Meinung?«

Nochmals gibt niemand auch nur einen Ton von sich.

»Dann treffen wir uns wieder, wenn die Vorbereitungen abgeschlossen sind«, sagt Nero abschließend. Er tritt zur Seite, nähert sich dem Kerl, der sich während der Drachenweltkämpfe in einen riesigen Werwolf verwandelt hat, und sagt mit leiser Stimme: »Wir müssen reden.«

»Natürlich«, antwortet der Werwolf. »Wir sehen uns im Flur.«

Nero nickt, dann greift er nach meiner Hand und zieht mich mit Claudia auf den Fersen aus dem Raum.

»Sasha, das ist Eduardo«, sagt Nero, als wir nicht mehr in Hörweite des Rates sind. »Er ist das Alpha des New-York-City-Rudels.«

»Schön, dich kennenzulernen.« Ich strecke meine Hand aus und schüttele Eduardos Riesenpranke. »Ich habe dich in einer Vision kämpfen sehen. Es war ein beeindruckender Anblick.«

»Danke«, sagt Eduardo und schaut dann Nero erwartungsvoll an.

»Sag es ihm«, sagt Nero zu mir.

»Ich hatte eine Vision, in der ich von einem Werwolf angegriffen wurde«, erkläre ich Eduardo. »Einem riesigen. Größer als du.«

»Unmöglich«, sagt Eduardo. »Bist du sicher, dass die Angst dich nicht einfach durcheinandergebracht hat? Meine Art kann aus nächster Nähe ziemlich einschüchternd sein.«

Ich unterdrücke ein Augenrollen. »Nein, das glaube ich nicht.«

»Dann beschreibe ihn«, sagt Eduardo mit gerunzelter Stirn.

Während ich das tue, sieht der Werwolf immer verwirrter aus.

»Es gibt keinen solchen Wolf in dieser Gegend«, sagt er, als ich fertig bin. »Bist du sicher, dass es nicht nur Kit oder einer von ihrer Art mit ihren Tricks war?«

»Keine Ahnung«, sage ich. »Würde ich den Unterschied erkennen?«

»Wahrscheinlich nicht«, antwortet Eduardo. »Nur sehr wenige von uns könnten das – was in dieser Angelegenheit nicht hilfreich ist.«

»Kannst du Erkundigungen einholen?«, schlägt Nero vor. »Vielleicht ist er ein junger Mann, den du nicht auf dem Schirm hast? Oder ein Besucher von irgendwoher?«

»Das werde ich tun«, sagt Eduardo. »Aber macht euch keine allzu großen Hoffnungen.«

Und ohne sich zu verabschieden, geht er weg.

Okay.

Vielleicht sind Werwölfe nur gut darin, mit anderen Werwölfen zu kommunizieren?

Achselzuckend beginnt Nero den katakombenartigen Weg durch die Burg hinunterzugehen.

Als ich mir sicher bin, dass uns auch niemand mit Superhörsinn belauschen kann, frage ich: »Der Pariser Seher ist Nostradamus, nicht wahr?«

»Richtig.« Neros Gesicht ist düster. »Aber trotz allem, was er dir und deinem Vater angetan hat, *sollte* er unser Verbündeter sein.»

»Ich weiß«, sage ich. »Er will Tartarus mehr als alle anderen tot sehen. Die Frage ist, zu welchem Preis?«

»Richtig«, sagt Nero grimmig. »Er spielt zweifellos sein eigenes Spiel.«

Mein Telefon klingelt und zieht Claudias neugierigen Blick auf sich.

Ich schaue auf das Display. Es ist eine SMS von Lucretia.

Ich bin gerade wieder zu mir gekommen und habe deine Antworten gesehen. Bist du irgendwo in der Nähe des Aufwachraumes?

»Wo im Schloss sind wir?«, frage ich Nero.

»Lucretia ist fertig mit ihrem Mandatsritual und will sich mit mir treffen.«

»Sag ihr, dass wir zum südwestlichen Turm unterwegs sind«, antwortet Nero, bevor er Claudias Ellenbogen ergreift und sie in eine Linkskurve zieht. »Sie wird wissen, wo das ist.«

Ich folge ihnen, schreibe Lucretia zurück, und sie sagt mir, dass sie uns dort treffen wird.

»Sie benutzte die Worte ›zu mir gekommen‹«, sage ich Nero. »Heißt das, dass das Ritual für einen Vampir genauso unangenehm ist wie es für mich als Pre-Vampir war?«

Nero verzieht das Gesicht. »Fast jeder wird durch das Ritual ohnmächtig. Und je stärker du bist, desto schmerzhafter ist diese Erfahrung.«

»Interessant«, sage ich und bemerke, dass Claudia interessiert zuhört. »Ich schätze, ich werde mich nicht beeilen, mein zweites Ritual zu machen.«

»Du wirst es so schnell wie möglich brauchen«, sagt Nero. »Ohne die Mandatsaura wirst du in der Cogniti-Gesellschaft nicht anerkannt und deshalb als außerhalb des Gesetzes stehend betrachtet.«

»In Ordnung. Ich schätze, es ist so, wie ein Pflaster mit einem Ruck abzureißen, um es hinter sich zu bringen.« Dann macht etwas klick, und ich sage: »Der Werwolf in meiner Vision. Ich habe seine Aura nicht gesehen.«

»Hast du nicht?« Nero zieht eine Augenbraue hoch.

»Nein«, antworte ich. »Aber ich sehe im Moment auch keine Auren – also frage ich mich, ob ich diese

Zukunft aus dem Gleichgewicht bringen würde, indem ich vor diesem Angriff das Ritual hinter mich bringe.«

»Es ist möglich, dass du die Aura des Kerls nicht gesehen hast, weil er aus einer anderen Welt kam«, sagt Nero. »Andererseits, da du sowieso bald das Ritual durchstehen musst, warum tust du es nicht heute?«

Um seine Worte zu unterstreichen, greift er nach einem der vorbeieilenden Mönche und flüstert dem Mann etwas ins Ohr.

Der Mönch nickt feierlich und eilt davon, vermutlich um die Vorbereitungen zu treffen.

»Würde ich von jemandem aus einer anderen Welt eine Aura sehen?« Ich folge Nero und Claudia eine schmale Treppe hinauf. »Angenommen, jemand kommt aus einer Welt, die auch das Mandatsding macht.«

»Nein«, sagt Nero. »Das Mandat ist spezifisch für jede Welt – was eigentlich ein weiterer Grund für dich ist, heute das Ritual zu durchlaufen, zusammen mit jedem anderen Cogniti auf der Erde, der das noch nicht getan hat.«

»Oh?« Ich schaue Claudia an, um zu sehen, ob sie der Logik ihres Bruders folgen kann, aber sie zuckt nur mit den Schultern.

»Wenn Tartarus und seine Kinder kommen, werden wir sie durch ihre fehlende Aura von den Cogniti der Erde unterscheiden können«, sagt Nero. »Die Räte werden wahrscheinlich wirklich den Befehl erteilen, alle ohne Aura zu töten.«

»In diesem Fall werde ich auch dieses Ritual

machen«, sagt Claudia. »Wir wollen nicht den Kollateralschaden von jemandem riskieren, der mich sofort zu töten versucht, wenn er mich sieht.«

Nero bleibt stehen und runzelt die Stirn. »Bist du sicher? Du bist mächtiger als die meisten anderen, und es wird sehr schmerzhaft für dich sein.«

Claudia zuckt sorglos mit den Schultern.

»Ich weiß nicht, ob es überhaupt arrangiert werden kann«, fährt er fort. »Das Mandat ist ein Privileg der Cogniti, die auf dieser Welt geboren wurden. Die Räte machen für einige aus anderen Welten Ausnahmen, so wie bei mir, aber …«

»Ich bin mir sicher, dass sie auch für mich die Ausnahme machen werden, wenn ich ihnen sage, dass es der Preis für meine Hilfe ist.« Claudia zwinkert ihm zu und sieht mich dann an. »Ich würde natürlich trotzdem helfen, aber das müssen sie nicht wissen.«

»Wir werden später darüber reden«, sagt Nero und bleibt am Ende der Treppe vor einer großen Tür stehen. »Der südwestliche Turm ist dahinter.«

Mit einem Kreischen von rostigen Scharnieren drückt er die Tür auf.

»Da bist du ja«, sagt Lucretia und grinst, als wir in einen Raum mit runden Steinmauern eintreten – die Art, in der ein böser Drache seine Jungfrau festhalten könnte.

Ich sollte Nero besser nicht verärgern. Dieser Ort könnte ihn auf Ideen bringen.

»Lucretia, das ist Claudia«, sagt Nero. »Claudia, das

ist Lucretia – Sashas Halbschwester. Wie wir haben sie sich gerade als Geschwister wiedervereint.«

»Schön, dich kennenzulernen, Sashas Schwester«, sagt Claudia mit einem schelmischen Lächeln zu Lucretia. »Da ich Neros Schwester bin, sind wir praktisch eine Familie.«

Schon wieder dieser nicht sehr subtile Hinweis. Claudia gibt nicht so leicht auf, oder?

Ich hatte gehofft, Lucretia würde diese Variante des Russischen, die die Drachensprache ist, nicht verstehen, aber nach dem bösen lilithähnlichen Grinsen auf ihrem Gesicht zu urteilen, hat meine Halbschwester sie problemlos verstanden.

»Wie fühlst du dich?«, frage ich sie, als ich mich daran erinnere, dass sie gerade durch das Ritual gegangen ist.

»Ja, wie geht es dir?« Nero sieht sie besorgt an. Er ist entweder ein fürsorglicherer Chef, als ich es mir vorgestellt habe, oder er denkt eher darüber nach, wie es für mich und seine Schwester sein wird.

»Mir ging es überraschend gut, sobald ich wieder zur Besinnung kam«, sagt Lucretia. »Es scheint, als wäre es beim zweiten Mal einfacher, das Ritual zu bewältigen.«

»Oh, gut«, sage ich erleichtert.

Ich bin dabei zu erklären, dass ich mich ihm in Kürze selbst unterziehen werde, aber Lucretia grinst und sagt: »Ich habe eine große Überraschung für dich.«

Mein Herz schlägt schneller. Ich glaube, ich weiß,

was sie vorhat, aber ich will mir keine falschen Hoffnungen machen.

»Es hat etwas mit Geschwistern zu tun«, bestätigt sie, und ihr Grinsen wird breiter.

Natürlich. Wenn jemand durch ein Ritual geht, schließt sich seine Familie der Zeremonie an – was bedeutet, dass unser mysteriöses Geschwisterkind für sie da war.

Wie als Antwort auf meine Gedanken öffnet sich die Tür – und ich traue meinen Augen nicht.

Das ist mein Geschwisterkind?

Sie will mich wohl verarschen.

KAPITEL VIERZEHN

»ICH HOFFE, du kannst verstehen, warum ich es zuerst mit ihm klären musste«, sagt Lucretia.

»Ja«, sage ich, als mein Bruder hereinkommt – gefolgt von einem weiteren Überraschungs-Verwandten aus einer *Jerry-Springer*-Folge.

Es sind Chester und seine Tochter Roxy, eine jugendliche Werwölfin, die mich mit ihrem bissigen *Girls-Club*-Wolfsrudel angegriffen hatte, und zwar mehr als einmal.

Und jetzt stellt sich heraus, dass sie meine Nichte ist.

Zu ihrer Verteidigung sehen sowohl Vater als auch Tochter geläutert aus – und ich auch, da bin ich mir sicher. Ich habe mich bereits wegen dem, was ich mit Roxy gemacht habe, schlecht gefühlt, bevor ich wusste, dass wir verwandt sind.

Hoffentlich wird dies alles jetzt nur noch eine Geschichte sein, über die man am Thanksgiving-Tisch lachen kann – gleich nachdem Lilith den Friedensnobelpreis erhalten hat.

Apropos Lilith … jetzt, da ich weiß, wonach ich suchen muss, ähnelt Chester ihr ein wenig – besonders sein Trickser-Lächeln. Das Gleiche kann man von Roxy nicht sagen. Sie kommt nach ihrer Mutter – Chesters Frau, die gleichzeitig Darians Geliebte war.

Ja, definitiv *Jerry Springer*. Cogniti-Stil.

»Ich möchte damit beginnen, dass es mir sehr leidtut, dass ich eine Waffe auf dich gerichtet habe«, sage ich zu Roxy und halte ihr meine Hand hin.

Sie betrachtet sie aufmerksam und schüttelt sie dann mit echter Begeisterung.

Ohne ihr übliches Bitch-Queen-Verhalten und ihrem relativ Make-up-freien Gesicht sieht meine Nichte endlich ihrem Alter entsprechend aus, so dass ich mich wie ein Monster fühle, obwohl sie meine Entschuldigung angenommen hat.

Chester berührt seine Tochter mit seinem Ellenbogen.

»Richtig.« Sie betrachtet ihre Louboutin-Stiefel. »Es tut mir auch leid. Ich hätte spüren sollen, dass du zur Familie gehörst. Du siehst Tante Lucretia sehr ähnlich.« Sie begegnet meinem Blick und fügt ernsthaft hinzu: »Nichts ist mir wichtiger als Familie. Ich hoffe, du glaubst mir das.«

Armes Mädchen. Der Verlust ihrer Mutter – und Chester zum Vater zu haben – hat in ihr ein Verlangen nach starken familiären Bindungen geweckt.

»Sasha hat so viele Verwandte«, flüstert Claudia

Nero zu, aber laut genug, dass alle es hören können. »Wenn du sie heiratest, werden sie auch *unsere* Familie sein.«

Großartig. Neros Schwester muss im selben Boot sitzen wie meine Nichte, da sie *beide* Elternteile in jungen Jahren verloren hat.

Ich werfe einen kurzen Blick auf Nero.

Sein Gesichtsausdruck ist unleserlich. Falls er diese absurde Idee mag, zeigt er es nicht. Lucretia grinst jedoch breit, während Chesters und Roxys Gesichter unverändert sind. Vielleicht verstehen sie diesen russischen Dialekt, der die Drachensprache ist, nicht?

Ich schiebe alle Gedanken an Neros Reaktion beiseite und lächele Roxy an. »Natürlich. Lass uns unseren steinigen Start nie wieder erwähnen.«

»Auch ich wünsche mir, dass wir auf einer besseren Basis begonnen hätten«, sagt Chester, und sein satyrartiges Gesicht sieht ungewöhnlich ernst aus.

»Du meinst, du wünschst dir, du hättest nicht versucht, sie mit Beatrices Hilfe zu töten?«, knurrt Nero.

Roxy sieht ihren Vater mit großen Augen an. Ich schätze, sie kannte das ganze Ausmaß unserer gemeinsamen Vergangenheit nicht.

»Ich wusste nur, dass Sasha jemand war, an dem Darian interessiert war«, sagt Chester. Noch bitterer fügt er hinzu: »Ich hatte keine Ahnung, dass unsere liebevolle Mutter noch ein weiteres Kind geworfen hat, das sie ignorieren konnte.«

»Ich glaube nicht, dass Lilith *mich* ignorieren

wollte«, sage ich mit einer Grimasse. »Und vertrau mir, das Aufwachsen ohne dieses Elternteil wie bei Lucretia und dir war zu eurem Besten.«

»Stimmt.« Chester betrachtet mich, als ob er mich zum ersten Mal sieht. »Lucretia hat erwähnt, dass du Zeit mit Lilith verbracht hast.«

»Sie …«

»Warte mal«, sagt Roxy zu mir und schnüffelt in der Luft. »Etwas ist heute anders an dir. Du siehst nicht nur aus wie Tante Lucretia, du riechst auch so wie sie. Zumindest, wie sie in letzter Zeit anfing zu riechen. Nachdem sie sich gewandelt hatte.«

Großartig. Diesmal habe ich den Schnuppertest meiner Nichte nicht bestanden.

»Du hast recht«, sagt Nero zu ihr. »Sasha ist jetzt ein Vampir. Lilith manipulierte sie, damit sie ihr Blut trank, und sorgte dann dafür, dass sie starb.«

Meine drei Verwandten keuchen gleichzeitig, und Lucretia ruft: »Wie konnte ich das übersehen? Du hast keine Aura. Ich kann sogar spüren …«

»Moment mal«, sagt Chester. »Das ist zu viel, um es auf einmal zu verarbeiten. Kann jemand bitte von ganz vorne anfangen?«

»Gerne«, sage ich. »Es begann alles, als ich eine Karte zu meinem Vater entdeckte.« Ich schaue nach, ob Nero reagiert, da sich die fragliche Karte in seinem Safe befand, aber sein Gesicht ist immer noch verschlossen. »Ich organisierte dann eine Expedition, um ihn zu retten«, fahre ich fort, »und landete in einer Welt, die Lilith zu ihrer eigenen gemacht hatte. Eine

Welt, in der die Menschen sie als Göttin verehren. Dort hat sie die meiste Zeit verbracht, in der sie euch, wie ihr sagt, ignoriert hat.«

»Eine Göttin«, murmelt Chester, und es ist unklar, ob er beeindruckt oder empört ist.

Wem mache ich etwas vor?

Er ist beeindruckt. Und ich habe ihn vielleicht gerade auf die Idee gebracht, irgendeine arme Welt zu übernehmen und ihr Gott des Verderbens zu sein.

Hoppla.

»Wie auch immer«, sage ich, »das ist es, was wir vorhatten, als du uns mit deinem Löwen am Flughafen geholfen hast. Danach sperrte Nero mich ein, ich entkam, und dann tauchten Lilith, Nostradamus und diese Tschorts auf.« Ich erzähle ihnen von den Ereignissen, die folgten – und ende damit, wie Woland mich getötet hat.

Dann beschreibe ich meine apokalyptische Vision. Da sie meine Familie sind, möchte ich, dass sie evakuiert werden, falls ich es nicht schaffe, Tartarus aufzuhalten.

Chesters Gesicht spannt sich an, während ich spreche, und Roxys Augen werden mit jedem Wort größer. »Die Erde wird zerstört werden?«, ruft sie, als ich fertig bin. »Warum hast du nicht damit angefangen?«

»Ich hoffe, es aufhalten zu können«, sage ich zu meiner Verteidigung. »Deswegen sind wir übrigens hier, um in ein paar Minuten mit dem Rat zu sprechen.«

»Natürlich«, sagt Chester. »Ich habe gehört, dass ein Meeting einberufen wurde, und ich habe mich gefragt, worum es geht.« Er neigt den Kopf und betrachtet mich. »Nichts für ungut, *Schwester*, aber ich frage mich, was du an dir hast, was Nostradamus glauben ließ, dass du Tartarus besiegen kannst. Ich meine, unsere Familie ist ziemlich beeindruckend, versteh mich nicht falsch, aber dieser Typ ist eine Legende von einem anderen Kaliber.«

»Zunächst einmal hat sie zwei Kräfte geerbt«, sagt Lucretia. »Vampirismus von Lilith und Seherfähigkeiten von Rasputin. Hast du schon mal von einem Seher-Vampir gehört?«

»Nein«, sagt Chester. »Doppelte Kräfte sind ziemlich selten.«

»Wo wir gerade davon sprechen«, sage ich. »Könnte es sein, dass ich sogar *drei* Kräfte geerbt habe? Ist es möglich, dass, weil Lilith ein Kind mit Superkräften wollte, um sie zu retten, und ihre erstaunliche Wahrscheinlichkeitsmanipulation genau das ermöglichte?«

Chester kratzt sich am Kinn. »Du hast es geschafft, nicht zu sterben, als ich versuchte, genau das zu erreichen. Das ist sehr schwierig für jemanden ohne Trickserkraft. Ich dachte, es wäre deine Seherfähigkeit, aber vielleicht …«

»Sie hat auch gegen mich gewonnen«, sagt Roxy, und ihre Wangen röten sich. »Und ich stehe unter dem Schutz deines Glücks, also gilt die gleiche Logik.«

Nero sieht mich nachdenklich an. »Weißt du, jetzt,

wo du es zur Sprache bringst, *könnte* das deine Fähigkeiten an der Börse erklären.« Er wendet sich den anderen zu. »Ich habe Sasha gedrängt, ihre Sehkraft zu erweitern, indem ich nach Aktienempfehlungen gefragt habe, und sie hat ihre Aufgabe hervorragend erfüllt. Aber wenn man es aus der richtigen Perspektive betrachtet, könnte ihre Leistung auf Wahrscheinlichkeitsmanipulationskräfte anstelle ihrer Seherfähigkeiten zurückzuführen sein. Sie war einfach zu gut – sogar für eine Seherin mit ihrer Macht.« Er sieht mich bewundernd an. »Manchmal hatte ich das Gefühl, dass die bloße Tatsache, dass sie mir eine Aktie gab, den Markt zu Gunsten dieser Aktie bewegte.«

Er hat recht.

Ohne mir die Mühe zu machen, Visionen von der Börse zu bekommen, gab ich Nero Aktien mit Kennungen wie EAT, CAKE, BEAT, HOG, LUV, FIZZ, YUM, NUT, COOL, WOOF und noch albernere, ohne zu recherchieren. Ich habe sie ausgewählt, weil sie lustig klangen – aber sie alle haben ihm Geld eingebracht.

»Die Börse so zu beeinflussen würde eine Menge roher Wahrscheinlichkeitsmanipulationskraft erfordern«, sinniert Chester. »Bist du auf weitere solcher Anomalien gestoßen?«

»Ich hatte in letzter Zeit nicht gerade Glück, wenn du das meinst«, sage ich.

Kein Glück.

Richtig.

Das ist die Untertreibung des Jahrhunderts.

»Wahrscheinlichkeitsmanipulatoren können immer noch schlechte Dinge passieren.« Chesters Augen sind schmerzerfüllt, als er das sagt. »Ich habe meine Frau und vor kurzem meinen Sitz im Rat verloren. Vorübergehend.« Er schaut Nero bedeutungsvoll an und seufzt dann. »Das Universum ist zu komplex, um jeden Aspekt zu manipulieren.«

»In Ordnung«, sage ich und versuche, an weitere Beispiele zu denken, die zur Wahrscheinlichkeitsmanipulationstheorie passen könnten. »Wenn ich eine Vision brauche, bekomme ich oft genau die richtige. Wenn ich mich mit anderen Sehern verbinde, bekomme ich Einblicke in sehr relevante Erinnerungen von ihnen. Ich dachte immer, es wäre mein Unterbewusstsein, das mir irgendwie hilft, aber es hätte stattdessen das sein können.«

»Das ist ein guter Punkt«, sagt Nero. »Als sie noch eine Novizin war, was das Sehen betrifft, schaffte sie es, genau die Visionen zu träumen, die sie brauchte, um dich, Beatrice und auch den Rat zu vereiteln.«

Er hat recht.

Ich habe eine Weile nicht über diese Traumvisionen nachgedacht, aber sie waren lasergenau – und kamen immer gerade noch rechtzeitig an, um mich zu retten.

»Nicht zu vergessen«, sage ich, »laut vielen YouTube-Kommentaren hat mein Fernsehauftritt viele Leute glauben lassen, dass meine *Vorhersage* des Erdbebens in Mexiko auf Glück zurückzuführen ist.«

»Daran habe ich nicht einmal gedacht.« Chester

grinst und sieht unheimlich wie ein böser Schurke aus. »Das bedeutet, dass du nur das kleinste Potenzial für Wahrscheinlichkeitsmanipulationen als Grundlage brauchtest, und dann hätte der Fernsehauftritt es gefördert.«

»Wow.« Roxy schaut mich bewundernd an. »Wenn das wahr ist, wird sich niemand mit unserer Familie anlegen. Vorausgesetzt, wir überleben Tartarus.«

»Richtig.« Ich lächele sie an. »Wenn ich das Glück hätte, herauszufinden, wie ich überprüfen kann, ob ich diese Kräfte habe, könnte ich anfangen, an sie zu glauben.«

Roxy schaut zu ihrem Vater. »Kann sie nicht den dummen Test machen, den du mich mein ganzes Leben lang machen lassen hast?«

Chester klopft auf seine Taschen und macht ein enttäuschtes Gesicht. »Ich habe heute kein Kartenspiel bei mir, aber ich schätze, ich kann mir einen anderen Test ausdenken ...«

»Moment.« Ich stecke meine Hände in meine Taschen. In der rechten wickele ich mein vertrautes Kartenspiel in das Pyropapier, das ich vorhin gepackt habe, und in der linken Tasche ergreife ich ein Feuerzeug. »Was hast du gerade gesagt, was du brauchst?«

»Ich sagte, ich habe kein Kartenspiel«, sagt Chester und spricht jedes Wort aus, als hätte ich plötzlich vierzig IQ-Punkte verloren.

»Nun, ich habe diesen Papierball«, sage ich und

ziehe das umhüllte Kartenspiel heraus. »Könnte das helfen?«

Bevor er eine schnippische Antwort geben kann, zünde ich das Papier mit dem Feuerzeug an.

Nach einem großen Feuerblitz bin ich im Besitz eines Kartenspiels.

So schnell wie es meine Vampirkräfte zulassen, öffne ich die Karten und lasse sie ein paarmal von Hand zu Hand springen, teils um zu zeigen, teils um zu beweisen, dass dies ein echtes Kartenspiel ist, das ich so erscheinen ließ.

»Das ist nett«, sagt Lucretia anerkennend.

Nett? Ich ziehe es vor, umwerfend zu sein.

»Sie kann noch so viel mehr«, sagt Claudia stolz. »Zeig ihr den, wo die Karten sich umdrehen oder wo …«

»Bitte mach so etwas nicht bei der Einführung«, Roxy wirft mir einen flehentlichen Blick zu. »Zumindest nicht, wenn wir jedem sagen, dass wir verwandt sind.«

Wow. Ist Kartenmagie *so* uncool bei den Jugendlichen der Cogniti-Gemeinschaft?

»Der Test«, erinnert Nero alle schroff. »Jetzt, wo sich ein Kartenspiel materialisiert hat, lasst uns zum Geschäft kommen.«

»Richtig«, sagt Chester und schnappt sich die Karten von mir. »Sasha, ich habe dir das schon einmal gezeigt.« Er mischt und verteilt das Spiel – und es ist in perfekter neuer Reihenfolge.

»Ja«, sage ich, und gebe mir nicht einmal die Mühe,

meinen Neid zu unterdrücken. »Du hast mir das gezeigt. Na und?«

»Das ist der Test. Ganz direkt: ich möchte, dass du dasselbe tust«, sagt er und mischt die Karten wieder. »Hier.« Er gibt sie mir. »Probiere es aus.«

Ich mische die Karten und wünsche mir, dass sie in der Reihenfolge des neuen Spiels landen. Ich will es so sehr, wie ich dieses Grinsen aus Chesters Gesicht schlagen will.

Als ich die Karten ausbreite, sind sie in zufälliger Reihenfolge.

»Weißt du, wie viele Kartenkonstellationen es in einem gemischten Deck gibt?«, frage ich Chester frustriert. »Mehr, als es Atome auf der Erde gibt.«

»Stimmt«, sagt Chester. »Das bedeutet nur, dass du es dir wünschen musst – sehr stark.«

»Wie wäre es, wenn du ihr ein paar nützliche Anweisungen gibst?«, knurrt Nero. »Es muss eine Technik geben.«

»Gut.« Chester stößt den Atem aus. »Wie wäre es, wenn du anfängst, das, was du willst, so sehr zu wollen, dass du dir vorstellst, dass es sich in der Realität manifestiert? Wenn es funktioniert, wirst du eine Reihe von Strängen sehen, die dir zur Verfügung stehen. Die Stränge werden einen Hinweis auf das Ergebnis und den Energieaufwand haben, der mit ihnen verbunden ist – aber es braucht Geschicklichkeit und Übung, bis man sie richtig einsetzen kann, also nicht ärgern.«

»Moment«, sage ich, »was meinst du mit *Strängen*?«

»Einige nennen sie die Fäden des Schicksals. Wenn

du sie siehst, wirst du wissen, was sie sind«, sagt er. »Versuch, deine Augen zu schließen. Es hilft einigen Novizen, sich zu konzentrieren.«

Ich schließe die Augen, wie er gesagt hat. Dann nehme ich zur Sicherheit ein paar meditative Atemzüge, so als ob ich vorhätte, in den Leerraum zu gehen.

Ich mische die Karten in meinen Händen in einem beruhigend rhythmischen Tempo und versuche, sie in eine neue Reihenfolge zu bringen.

Keine Anzeichen von Strängen.

Wie ich es einst für meine Seherkräfte tun musste, gebe ich mein Bestes, um wirklich zu glauben, dass ich diese neue Fähigkeit habe. Mit allem, was ich habe, überzeuge ich mich selbst – und das ganze Universum –, dass ich ein Wahrscheinlichkeitsmanipulator *bin*.

Ich bin es, weil ich es will.

Ich bin einer, weil meine Mutter einer ist.

Ich bin es, weil es vielleicht meine einzige Chance ist, Tartarus zu besiegen.

Ich wiederhole »Ich bin es« immer wieder wie ein Mantra und stelle mir vor, wie sich das Kartenspiel trennt, zuerst in Rot und Schwarz, dann in Farben, und sich dann nach Werten sortiert.

Ich überlege, wie cool es wäre, die Karten nach so viel mischen in die richtige Reihenfolge zu bringen.

Dann kommt mir eine Inspiration in den Sinn, und ich fange an, mir vorzustellen, wie ich dieses »in eine neue Reihenfolge mischen« als magischen Effekt ausführen würde.

Es würde ein tolles Ende für eine lange magische Kartenperformance bedeuten.

Eine weitere Inspiration trifft mich. Wenn ich die Karten heimlich in eine neue Ordnung bringe, werden viele raffinierte Effekte möglich. Wenn zum Beispiel jemand eine Karte aus dem Deck nimmt, wäre es für mich äußerst einfach, zu wissen, welche es war, wenn ich mir die Karten in der Reihenfolge ansehe.

Diese letzte Möglichkeit muss das sein, was es bewirkt.

Plötzlich sehe ich schwache bunte Linien vor mir – obwohl meine Augen noch geschlossen sind.

Ich bin froh, dass ich auf so etwas vorbereitet war; sonst würde ich denken, dass ich meinen restlichen Verstand verliere.

Während ich mich auf das gesamte Ding mit den Strängen einlasse, merke ich, dass sie unterschiedliche »Farben« haben – mangels eines besseren Wortes – und von unterschiedlicher »Dicke« sind. Ich tue mein Bestes, um die Farben zu »fühlen«, und während ich das tue, merke ich, dass sich einige von ihnen »richtig anfühlen«.

Ich stehe da, mische und konzentriere mich auf mich, und es dauert nicht lange, bis ich merke, dass die Dicke der Stränge mit dem von Chester erwähnten Kraftaufwand übereinstimmt – die dünnsten Stränge wirken biegsamer. Besser kontrollierbar.

Einige der dickeren Stränge haben zufällig die Farben, die am vielversprechendsten erscheinen. Als ich jedoch versuche, mich mental an einen zu klammern, fühlt er sich unerreichbar an.

Ich ignoriere den unnachgiebigen Strang für den Moment und versuche einen der dünneren – mit einer Farbe, die sich nicht weniger richtig anfühlt.

Irgendetwas scheint zu passieren.

Der Strang »gibt nach« – wieder aus Mangel an einem besseren Wort.

Ich öffne die Augen und breite die Karten in meinen Händen aus.

Wow.

Sie sind nicht komplett neu geordnet, aber sie wurden letztendlich in eine Hälfte Rot und eine Hälfte Schwarz getrennt.

Dies ist auch ein geheimer Ausgangspunkt für eine Reihe von Effekten, wenn ich das also in Zukunft wiederholen kann, habe ich mein Repertoire gerade stark erweitert.

»Ich kann es nicht glauben«, sagt Chester und starrt auf die geordneten Karten. »Du hast die Macht geerbt.«

»Bist du sicher?« Roxy schaut auf die Karten. »Ich bin kein Mathe-Spezialist, aber selbst ich weiß, dass es mehrere Möglichkeiten gibt, wie ein Kartenspiel nach dem Mischen aussehen kann, statt so nach Farben sortiert.«

»Also erinnerst du dich daran, was ich dir beigebracht habe«, sagt Chester stolz. »Und du hast recht. Die Chancen, dass dies während des Mischens passiert, sind viel, viel höher als die Chance, dass das

Spiel in neuer Reihenfolge endet. Angenommen, sie ist stark genug, um das zu schaffen, wird Sasha viel mehr Training brauchen, um etwas Praktisches mit ihrer Kraft anfangen zu können. Aber diese Trennung beweist das Prinzip der Sache. Ich habe keinerlei Zweifel daran: Sasha ist eine Wahrscheinlichkeitsmanipulatorin, so wie ich.«

»Das *würde* ihre Trickser-Persönlichkeit erklären«, murmelt Roxy.

Stimmt etwas nicht mit *meiner* Persönlichkeit? Wer im Glashaus sitzt, sollte nicht mit Steinen werfen.

»So nicht, junge Dame«, sagt Chester streng. Er schaut mich an. »Versuch es noch einmal.«

Bevor ich Zeit habe, die Augen zu schließen, klingelt Neros Telefon.

»Die Lektion muss verschoben werden«, sagt er nach einem Blick auf den Bildschirm. »Der Rat der Räte wartet auf uns.«

KAPITEL FÜNFZEHN

ALLE GEHEN MIT UNS HINUNTER, dann trennen wir uns. Nero, Claudia und ich gehen zur Ratssitzung, während die anderen in dem Raum warten, in dem das Ritual normalerweise durchgeführt wird.

»Wusstest du, dass Chester mein Bruder ist?«, frage ich Nero, als wir die letzte Kurve auf dem Weg zum Sitzungssaal des Rates nehmen. »Oder Lucretia meine Schwester, wo wir gerade dabei sind?«

»Nicht wirklich«, sagt er. »Ich wusste nur, dass Chester Lucretias Bruder ist. Das war der Hauptgrund, warum ich ihn nicht getötet habe, nachdem ich erfahren hatte, dass er versucht hat, dich zu töten.«

»Ich bin froh, dass du es nicht getan hast.« Ich bleibe neben der Tür stehen, die unser Ziel ist.

»Zum Glück ist alles gut ausgegangen.« Claudia schaut ihren Bruder bedeutungsvoll an.

Nero nickt ihr zu und sieht mich dann an. »Was Lucretia als deine Halbschwester betrifft, so habe ich das erst erfahren, als du es mir gesagt hast. Und da du auch erwähnt hast, dass Lucretia nicht wollte, dass du von deinem anderen Geschwisterkind weißt, habe ich ihre Wünsche respektiert.«

»Mensch, danke«, sage ich und verberge meine Enttäuschung nicht. »Wenn unsere Rollen umgekehrt gewesen wären, hätte ich dir etwas so Großes gesagt.«

Er beugt sich mit glänzenden Augen nach vorne. »Du hast recht. Wenn sich das nächste Mal eine solche Situation ergibt, werde ich deine Bedürfnisse in den Vordergrund stellen.«

Damit öffnet er die Türen und tritt ein.

Wow.

War das eine echte Entschuldigung von Nero?

Meine Glückskräfte müssen im Moment voll aktiv sein.

Ich lasse Claudia herein und folge ihr dann.

Sobald ich drin bin, bleibe ich stehen und schaue mich um.

Das ist merkwürdig.

Ich habe viel mehr Leute für den Rat der Räte erwartet.

Alles, was ich sehe, ist die gleiche Gruppe von vorher.

Das Einzige, was sich unterscheidet, ist, dass Dr. Hekima auf dem Podium hinter einer Wand mit großen Computermonitoren sitzt. Wir gehen hinüber, um uns dieses Setup anzusehen, und stellen fest, dass auf jedem von ihnen eine ausgefallene Videokonferenz-App läuft – mit mehreren Fenstern, die Gruppen von Menschen in Kapuzenkleidern zeigen. Im Hintergrund scheint eine Software ihre Sprache in Echtzeit zu übersetzen, so wie es einige Menschen hinter den Kulissen tun.

Aha. Also treffen wir uns nicht persönlich mit den anderen Räten. Jeder Rat ist in seinem eigenen Quartier versammelt, und die Technologie bringt uns zusammen.

Ich schätze, das ist sinnvoll. Ich hatte einfach nicht erwartet, dass der »Rat der Räte« so sehr einer Unternehmenssitzung ähnelt.

»Es ist alles fertig«, sagt Hekima zu uns und schaut dann auf den Rest des Raumes. »Bitte meldet euch zu Wort, wenn ihr nicht in die Illusion eintauchen wollt.«

»Er ist ein Illusionist«, flüstert Nero Claudia zu. »Er kann dafür sorgen, dass sich das Treffen echt anfühlt, aber nur, wenn du es willst.«

»Natürlich will ich das«, sagt Claudia aufgeregt.

»Gut«, flüstert Nero zurück.

Niemand lehnt das Angebot Hekimas ab, also tue ich es auch nicht.

»So sei es«, sagt Hekima und hebt die Arme mit dem ganzen Drama eines Symphonieleiters. Pulsierende rote Energie strömt von seinen Fingern in die Köpfe aller, und im nächsten Moment befinden wir uns in einem Raum, der viertausendmal größer ist als derjenige, in dem wir uns gerade befinden.

Der Ort jetzt erinnert mich an das Kolosseum in seiner Blütezeit.

Sehr cool. Sieht so aus, als würde Hekima die

Illusion einer riesigen persönlichen Sitzung des Rates der Räte für uns schaffen. Ich wette, dass jemand mit seiner Macht das Gleiche für die anderen Räte tut.

»Ich werde heute New York vertreten«, sagt Nero so laut, dass der Rat von New Jersey – vorausgesetzt, es gibt ihn – ihn persönlich hören könnte, nicht nur über Video.

»Und ich werde Paris vertreten«, sagt ein großer Mann in einem violetten Umhang, der Englisch mit französischem Akzent spricht.

»Und ich werde St. Petersburg vertreten«, sagt eine stämmige Frau in einem purpurroten Gewand auf Englisch, das keinen Hinweis auf einen russischen Akzent verrät.

In den nächsten Minuten stellen sich immer mehr Menschen vor, und wenn sie kein Englisch sprechen, übersetzt Hekimas Illusion es für uns, wahrscheinlich unter Verwendung der Software, die wir auf seinen Bildschirmen gesehen haben. Es ist ein bisschen wie ein ausländischer Film, der synchronisiert wurde – und er muss für jeden Zuhörer personalisiert sein, denn Claudia sieht aus, als ob sie dem folgt, was vor sich geht.

Nach den Vorstellungen sagt die Frau aus St. Petersburg: »Bevor wir anfangen, bitte ich Sasha, die Seherin, die die bevorstehende Katastrophe vorausgesehen hat, ihre Vision für uns alle zu beschreiben.«

Ich erinnere mich daran, dass Nostradamus sagte, dass Baba Yaga eines der netteren Mitglieder des St.

Petersburgers Rates war, und jetzt sehe ich, dass es stimmte. Welche Art von Monster würde mich bitten, vor so vielen der mächtigsten Cogniti der Welt zu sprechen?

Andererseits sind sie nicht wirklich hier.

Es ist alles eine Illusion.

Ich mache ein paar tiefe Atemzüge, so wie Lucretia es mich gelehrt hatte, ignoriere den kalten Schweiß, der über meinen Rücken strömt, und sage ihnen, was ich vorhergesehen habe.

»Danke«, sagt die blutrotgekleidete Dame, als ich fertig bin. »Jetzt möchte ich Nostradamus vom Pariser Rat bitten, seine Meinung zu dieser Prophezeiung zu äußern.«

Sie ist gut. Sie nannte mich nicht direkt eine unzuverlässige Lügnerin, aber unterschwellig ist die Anschuldigung da.

Nostradamus steht auf, und ich verspüre einen starken Drang, ihm für seinen Angriff im Leerraum ins Gesicht zu schlagen. Aber ich widerstehe, weil a) er nicht einmal hier ist, b) selbst wenn er es wäre, er wahrscheinlich den Schlag kommen sehen und ausweichen würde, und c) selbst wenn ich einen Treffer landen würde, er einen Blinden getroffen hätte, was ein beschissener Zug ist.

»Was Sasha vorausgesehen hat, ist in der Tat eine der möglichen Zukunftsaussichten«, sagt Nostradamus zeremoniell. »Ich habe sie im Detail gesehen – einschließlich, wie jede einzelne Person in diesem Raum, die nicht evakuiert wurde, gestorben ist.« Die mit Kapuze versehenen Gestalten um uns herum bewegen sich unangenehm berührt auf ihren Sitzen. »Ein so schreckliches Ergebnis muss jedoch nicht eintreten«, fährt Nostradamus fort. »Es gibt einen anderen Weg. Einen, der Sasha mit einbezieht – die erste der Cogniti, von der ich gehört habe, dass sie die kombinierten Kräfte eines Sehers, eines Vampirs und eines Wahrscheinlichkeitsmanipulators hat.«

Er weiß, dass ich ein Wahrscheinlichkeitsmanipulator bin? Ach, was sage ich da … Natürlich weiß er das. Er hat es wahrscheinlich schon vor meiner Geburt gewusst.

Beeindrucktes gedämpftes Flüstern begleitet diese Offenbarung, gefolgt von kalten, berechnenden Augen, die mich wie ein Virus unter einem Elektronenmikroskop durchleuchten.

Nostradamus wartet darauf, dass sie sich beruhigen, und fährt dann fort. »Bevor er hier auf der Erde ankommt, wird Tartarus einige andere Welten übernehmen, einschließlich eines mittelalterlichen, rückständigen Ortes, der von Lilith regiert wird.«

Eine Reihe von Ratsmitgliedern sieht unglücklich aus, als ihr Name erwähnt wird. Man sollte es Mami überlassen, sich überall Feinde zu machen.

»Wenn wir uns vereinen, mit Sasha am Ruder, können wir Tartarus und seinen Kindern auf dieser primitiven Welt begegnen«, sagt Nostradamus. »Da es dort außer Lilith keine Cogniti gibt, können wir unsere Natur problemlos offenbaren. Der Sieg dort hat viele

Vorteile – der wichtigste ist, dass die Menschen auf der Erde nichts von unserer Existenz erfahren werden.«

Überall ertönt ein zustimmendes Raunen. Diese Machtmenschen finden Gefallen an der Idee, den Status quo hier auf der Erde beizubehalten. Großen Gefallen.

»Warum hast du Sashas Seher-Kontingent für heute gestohlen?«, knurrt Nero – und ich kann sehen, dass er sich auch daran erinnert, dass ein körperlicher Angriff auf Nostradamus im Moment sinnlos wäre.

»Ich habe einen bestimmten Weg für die Zukunft im Sinn«, sagt Nostradamus und klingt zerknirscht. »Wenn ein anderer Seher von diesem Weg wüsste, könnte er ihn durch Zufall oder aus Versehen ändern.«

»Das heißt, du willst alle Entscheidungen treffen, aber Sasha soll das ganze Risiko übernehmen?« Neros Gesichtsausdruck ist mehr als zornig.

»Ich habe vorausgesehen, dass diese erhabene Gruppe Sasha für das Risiko, das sie eingehen wird, gut belohnen wird«, sagt Nostradamus. »Und ich habe auch vorausgesehen, dass, wenn Tartarus zur Erde kommt, sie vergeblich versuchen wird, ihre Adoptiveltern zu beschützen.«

Das klingt wahrscheinlich.

Und leider bemerke ich, dass Nero Nostradamus nicht einer Lüge beschuldigt – was bedeutet, dass er die Wahrheit sagen muss.

»Ich verstehe, dass du nicht das Leben derjenigen riskieren willst, die du liebst«, sagt Nostradamus zu

Nero. »Aber soweit ich weiß, gibt es keine andere Wahl.«

Derjenigen, die du liebst? Moment mal.

»Das war eine Lüge.« Neros Augen verengen sich zu einem toten Blick. »Lüg mich noch einmal an, und du stirbst.«

»Ich entschuldige mich«, sagt Nostradamus, und ich schiebe seine beunruhigende Aussage über Nero beiseite, um mich auf die anstehende Aufgabe zu konzentrieren. »Offensichtlich gibt es andere Möglichkeiten. Wir könnten ihn an einem anderen Ort als Liliths Welt treffen, zum Beispiel. Ich biete nur die beste Lösung, die ich sehe.«

Neros Kiefer spannt sich an. Nostradamus scheint diesmal nicht zu lügen.

»Gewinnen wir wirklich in Liliths Welt?«, will Nero wissen. »Wird Sasha überleben?«

»Wegen all der Wahrscheinlichkeitsmanipulatoren, die beteiligt sind – Tartarus' Kind namens Lug, Lilith und Sasha selbst –, kann ich kein Ergebnis mit Sicherheit garantieren«, sagt Nostradamus vorsichtig. »Was wir bekommen, ist eine Chance.«

»Wenn du Sashas Sicherheit nicht garantieren kannst, musst du dir einen anderen Plan ausdenken.« Neros Stimme ist dem Brüllen eines Drachen so nahe, wie ich es noch nie gehört habe. »Die Erde und ihr alle«, er lässt seinen Blick über alle Ratsherren schweifen, »können von mir aus brennen.« Und damit tritt er beschützend vor mich.

»Du hast nicht wirklich die Wahl«, sagt die Frau aus St. Petersburg.

»Ach?« Neros Hände verwandeln sich in Krallen. »Glaubst du, jemand kann mich zwingen, etwas zu tun?«

»Keine Gewalt«, sagt sie tapfer. »Du schuldest mir noch einen Gefallen von 1897. Oder hast du das vergessen?«

Ich kann nicht anders, als Vlad, Eduardo, Colton und den Rest der Leute anzusehen, die Nero geholfen haben, den Usurpator zu besiegen, im Austausch für einen Gefallen.

Er hat wirklich eine Menge Gefallen versprochen.

»Scheiß drauf«, knurrt Nero. »Gefälligkeiten müssen als vernünftig angesehen werden.«

»Niemand bittet dich, deine Freundin zu töten«, sagt die Frau. »Wenn sie nicht tut, was Nostradamus vorschlägt, stirbt sie hier auf der Erde. Klingt für mich, als wollten wir alle das Gleiche – sie lebendig und gesund, und Tartarus tot.«

»Das reicht.« Nero ergreift meine Schulter. »Wir gehen jetzt.«

»Einige der Verträge sind geschrieben«, sagt die Frau. »Wenn du sie brichst, wirst du sterben.«

»Wird er nicht«, sagt Nostradamus und entfesselt eine weitere Runde gedämpfter Flüsterlaute. »Er ist zu mächtig dafür. Aber er wird schwer geschwächt werden – was niemandem dienen würde.«

»Wenn er schwach ist, kann er sich uns nicht widersetzen«, sagt die Frau.

»Mickrige Kreatur!«, brüllt Claudia, und ihre Stimme ist so drachenhaft, dass sie eine archaische Kälte über meine Wirbelsäule schickt – und ich bin nicht diejenige, auf die ihr Zorn gerichtet ist. »Hast du gerade meinen Bruder bedroht?«

Ich schaue sie an.

Neros Schwester sieht aus, als sei sie kurz davor, sich komplett mit Schuppen zu bedecken.

Hat sie vergessen, dass dieses riesige Kolosseum eine Illusion ist? Ich bezweifele, dass ihre Drachenform in den Raum passen würde, in dem wir uns gerade befinden – ganz zu schweigen davon, dass die Person, die sie zerreißen will, sicher in Russland sitzt.

»Wir können Tartarus nicht ohne Nero und seine Familie besiegen«, sagt Nostradamus und sieht vielleicht gerade die gleiche Gefahr wie ich. »Wir müssen zu einer gütlichen Einigung kommen.«

»Nero, Claudia«, flüstere ich leise und weiß, dass sie mich mit ihren Drachensinnen hören können. »Bitte spielt bei dem mit, was ich gleich sagen werde. Kein Grund, einen Krieg zu beginnen.«

Ich kann nicht sagen, ob sie es gehört haben oder überhaupt darauf hören werden, aber ich bereite mich darauf vor, trotzdem zu sprechen – was nicht einfach ist, da ich immer noch von meinem letzten öffentlichen Vortrag zittere.

Mit einem Selbstvertrauen, das ich nicht fühle, räuspere ich mich lautstark und warte auf die Aufmerksamkeit aller. »Ich bin es leid, dass man über mich spricht, als wäre ich nicht hier«, beginne ich, als alle Augen auf mich gerichtet sind. »Ich, nicht Nero oder einer von euch, entscheidet, was ich tue und gegen wen ich kämpfe.«

Ich sehe die Frau im purpurroten Gewand herausfordernd an.

Nero nimmt sein Handy heraus, kippt es so, dass nur ich den Bildschirm sehen kann, und tippt ein:

Du hast besser einen guten Plan.

»Das Leben meiner Eltern steht auf dem Spiel«, flüstere ich mit einer so leisen Stimme zurück, dass nur er und Claudia mich hören können.

Hoffentlich lenkt ihn diese Nicht-Erklärung ausreichend ab, da ich nicht wirklich einen Plan habe. Im Moment denke ich daran, mit Nostradamus zusammenzuarbeiten, bis ich etwas Besseres finde.

Nero schüttelt den Kopf, zieht das Textfenster hoch, in dem er Eric herumkommandierte, und gibt ein: *Komm hierher zurück. Jetzt.*

Eric taucht nicht auf.

Ich frage mich, worum es dabei geht.

Zum Rat sage ich: »Da *ich* niemandem einen Gefallen schulde, bekomme ich alles, was ich will, für *meine* Hilfe – und mein Preis wird hoch sein.«

Ich sehe, wie Nostradamus erleichtert seufzt. Wir müssen in eine für ihn günstige Zukunft eintreten.

Nero starrt auf sein Handy. Ich habe das Gefühl, dass Eric in Schwierigkeiten steckt.

»Was willst du?«, fragt der große Mann, der den Pariser Rat vertritt.

Ich grinse und nutze meine Lilith-Gene. »Ich will,

dass alle Gefälligkeiten, die Nero euch schuldet, auf mich übergehen.«

»Was?«, ruft die Vertreterin des Rats von St. Petersburg aus. »Die sind so viel wert, …«

»Genau«, sage ich. »Bitte unterbrich mich nicht noch einmal.«

Alle werfen der Frau einen wütenden Blick zu, und sie setzt sich wieder hin. Meine nächste Forderung könnte sie dazu bringen, wieder aufzustehen.

»Ich will völlige Amnestie für meinen Vater Grigori Rasputin«, sage ich. »Was auch immer er getan hat, um den Rat von St. Petersburg zu verärgern, ist vergeben und vergessen. Ich will, dass er zur Erde zurückkehren kann und sich nie über die Schulter schauen muss.«

Tatsächlich springt die Dame auf, aber bevor sie etwas sagt, gehen ein paar ihrer Kollegen, deren Gesichter ich nicht sehen kann, hinüber und flüstern ihr etwas zu.

»Einverstanden«, sagt sie widerwillig. »Noch irgendwas?«

»Ich möchte, dass jeder Rat der Welt beschließt, dass meine Adoptiveltern niemals verletzt oder als Druckmittel gegen mich benutzt werden dürfen – bei Todesstrafe.«

»Ich bin sicher, dass ich für alle spreche, wenn ich sage, dass das kein Problem sein wird«, sagt der Pariser Vertreter, und die anderen Cogniti murmeln ihre Zustimmung.

»Ich will volle Staatsbürgerrechte für Claudia.« Ich

nicke Neros Schwester zu. »Ihre Mandatszeremonie sollte gleich nach meiner sein.«

»Ich denke, das lässt sich arrangieren«, sagt der Pariser. »Aber wir müssen vielleicht darüber abstimmen.«

»Und ich will wieder zaubern können«, sage ich aus einer Laune heraus. Das ist nichts, worauf ich bestehen werde, aber da ich sie sowieso alle an der Angel habe, warum es nicht einfach hineinwerfen?

»Was meinst du damit?«, fragt die russische Ratsdame, und ihr Stirnrunzeln vertieft sich.

»Bühnenbeschwörung«, erkläre ich ihr. »Der New Yorker Rat hat mir verboten, es zu tun, weil er befürchtete, dass es die Cogniti der Welt aussetzen oder mir unfaire Kräfte verschaffen würde. Ich bitte darum, Illusionen machen zu können, die von Menschen nur als solche wahrgenommen werden.« Ich nehme mein Kartenspiel heraus und lasse die Karten ein paarmal von Hand zu Hand wandern. »Solche Dinge.«

Sie schaut sich um. Offensichtlich ist diese Forderung kniffliger.

»Das Mandat könnte dich daran hindern, solche Illusionen zu machen«, sagt Vlad. »Als der New Yorker Rat es dir verboten hat, war es zum Teil zu deinem eigenen Schutz.«

»Ich habe eine Lösung dafür«, sage ich ihm. »Wenn mein Mandat wieder erteilt wird, will ich ein Verkünder sein, wie der verstorbene Gaius es war. Ist diese Art von Mandat nicht weniger restriktiv?«

»Das ist es«, murmelt Vlad. »Das könnte funktionieren.«

»Schließlich möchte ich von jedem einzelnen Ratsmitglied der Welt einen Gefallen bekommen«, sage ich und beschließe, mein Glück wirklich herauszufordern. »Ein schriftlicher, verbindlicher Vertrag, der angibt, wie groß der Gefallen sein soll.«

»Du machst einen harten Deal«, sagt die russische Ratsdame und sieht mich mit Bewunderung an. »Dazu ist eine Abstimmung erforderlich. Ich gehe davon aus, dass du bereit bist, all das in einen verbindlichen Vertrag zu fassen, wenn die Abstimmung so verläuft, wie du es willst?«

»Gleich nachdem ich mich meinem Ritual unterzogen habe«, sage ich. »Ich glaube, das Mandat ist eine Voraussetzung, wenn es um den Abschluss solcher Verträge geht?«

»Ist es«, sagt sie. »Hat jemand ein Problem mit diesem Deal? Steht auf, wenn ihr etwas dagegen habt.«

Nur sehr wenige Menschen stehen auf.

Großartig. Ich bekomme, was ich will – zu was es mir auch nützlich sein wird, wenn Tartarus mich tötet.

»Also ist es entschieden«, sagt Nostradamus mit Erleichterung in der Stimme. »Dein Mandatsritual wartet.«

Bevor beide Geschwister einen Weltkrieg beginnen können, packe ich Claudia und Nero bei den Händen und schleppe sie aus dem Raum.

Als wir außerhalb der Hörweite von jemandem

sind, lässt Nero seine Hand los und wählt wütend Erics Nummer.

»Mailbox«, murmelt er und geht weiter. »Wir werden uns unterhalten, Eric und ich.«

»Vielleicht wussten die Räte, dass du ihn benutzen könntest, um mich wegzubringen, und haben etwas dagegen unternommen?«, sage ich und beeile mich, Schritt zu halten.

»Im Gegensatz zu euch beiden, die ihr eure Mandate nicht habt, steht Eric nicht außerhalb des Gesetzes«, sagt Nero, aber er klingt unsicher. »Auf jeden Fall hast du einen tollen Job gemacht, die Feindseligkeiten da drin zu deeskalieren.« Er wirft einen vorsichtigen Blick auf seine Schwester. »Nur wenige auf der Erde wissen, wie gefährlich Claudia und ich wirklich sind, und wenn sie angegriffen hätten, hättest du im Kreuzfeuer verletzt werden können.«

»Kreuzfeuer«, wiederhole ich und stelle mir vor, wie er und Claudia sich verwandeln und dann Flammen aus ihren riesigen Mäulern auf die unglücklichen Ratsmitglieder speien. »Buchstäblich.«

Claudia kichert, und Neros Lippen zucken, aber dann wird sein Ausdruck wieder dunkler. »Was ist der *wirkliche* Plan?«, fragt er. »Sag mir nicht, dass du nach Nostradamus' Pfeife tanzen willst.«

»Ehrlich gesagt habe ich keinen«, sage ich. »Aber dass du und Claudia alle Ratsmitglieder töten, schien keine gute Idee zu sein.«

»Dann sage ich dir, was wir tun werden.« Neros Schritte werden länger. »Sobald deine und Claudias

Mandatsrituale beendet sind, werden wir diese Welt verlassen. Sollen sie versuchen, Forderungen zu stellen, sobald wir bei meinen Drachen sind. Sie würden es nicht über das Drehkreuz raus schaffen.«

Claudia nickt zustimmend.

»Das können wir nicht tun.« Ich schnaufe, als ich versuche, Schritt zu halten. »Was ist mit meinen Eltern? Was ist mit allen, die für deinen Fonds arbeiten? Ganz zu schweigen von der gesamten menschlichen Bevölkerung der Erde?« Meine Hände ballen sich zu Fäusten. »Müssen wir unser früheres Gespräch noch einmal aufwärmen?«

Er bleibt stehen, ebenso wie Claudia und ich. »Wie wäre es mit einem anderen Plan?«, fragt er. »Nach dem Ritual treffen wir uns mit Rasputin auf Atlantis.«

Ich runzele die Stirn. »Worin unterscheidet sich das vom ersten Plan?«

»Es verschafft uns im wörtlichsten Sinne Zeit.« Er geht weiter, und wir folgen ihm. »Wenn man bedenkt, wie schnell die Zeit auf dieser Welt fließt, kannst du deine Vampir- und Trickserfähigkeiten monatelang üben, bevor irgendeine Zeit hier auf der Erde vergeht. Ich kann dich trainieren, zu kämpfen – und vor allem werden du und dein Vater genug Sehersaft auf Lager haben, um sicherzustellen, dass du selbst sehen kannst, ob der so genannte Plan von Nostradamus tatsächlich der beste und einzige Weg ist, Tartarus zu besiegen.«

Richtig. Und du hättest genug Zeit, mich dazu zu überreden, auf Atlantis zu bleiben oder mich in der

Drachenwelt zu verstecken, ist das, was ich nicht laut sage.

Wenn Nero denkt, dass er mich davon überzeugen kann, meine Eltern im Stich zu lassen, wird er sehr enttäuscht werden.

»Das ist ein guter Plan«, sage ich widerwillig. »Aber werden die Räte nichts dagegen haben, dass wir einfach so gehen? Woher wissen sie, dass wir vorhaben, zurückzukehren?«

Nero schaut noch einmal auf sein Telefon, dann hinter uns, wo die Ratsmitglieder sind.

»Da ich Eric nicht erreichen kann, denke ich, dass es am besten ist, wenn ihr beide durch das Ritual geht, als ob sich nichts geändert hätte«, sagt er. »Du wirst auch einen Vertrag mit den Leuten in diesem Rat unterschreiben. Wir fügen einfach Klauseln hinzu.«

»Wie eine Klausel über ›Keine Selbstmordmissionen‹?«, frage ich. »Und ›außer, kein anderer Seher findet einen Plan, der besser ist als der von Nostradamus‹?«

»So etwas in der Art«, sagt Nero. »Wenn der Vertrag geschlossen ist, werden sich alle entspannen, und das wird der Moment sein, in dem du und Claudia sagen werdet, dass ihr euch nicht wohlfühlt – etwas, was nach dem Ritual normal ist. Danach gehen wir alle zu einem ›Treffen mit einem Heiler‹, aber stattdessen treffen wir uns heimlich mit Thalia und der Limousine – oder Eric, wenn er mir bis dahin antwortet. Dann fahren wir direkt zum Drehkreuz und von dort nach Atlantis.«

»Das könnte funktionieren«, sage ich, als wir den vertrauten folterkammerähnlichen Raum mit einer Opferplatte im Vordergrund betreten – den Raum, in dem ich beim ersten Mal das Ritual durchlitten habe.

»Es *wird* funktionieren«, sagt Nero düster. »Ich werde dafür sorgen, dass es so ist.«

Als er bemerkt, dass die Mönchstypen an diesem düsteren Ort herumwuseln, verstummt er.

Die Mönche sehen uns, ergreifen mich und Claudia an den Ellenbogen und ziehen uns in die Nische im Hintergrund.

Ein Blutbeutel, zwei Masken und zwei unbequeme Gewänder hängen an goldenen Haken und warten auf uns.

Ich konsumiere gierig den aufmerksam angebotenen Snack, dann nehme ich meine Maske – die mit dem ruhigen, femininen Gesicht aus Marmor. Das ist genau die, die ich beim ersten Mal benutzt habe. Es fehlen Augen, und sie hat einen zusätzlichen Augapfel in der Mitte der Stirn. Eine Maske, die mich als Seherin kennzeichnet.

Claudias Maske ist langweiliger. Ich schätze, sie wissen nicht, welcher Art von Cogniti sie ihr zuordnen sollen.

Ich drücke die Maske auf mein Gesicht, und wie beim letzten Mal kann ich dank der winzigen Löcher, die jemand in die Augenpartie gebohrt hat, hindurchschauen.

»Das wird wehtun«, sage ich Claudia, als ich anfange, mich auszuziehen. »Und es wird *dir* mehr wehtun als mir – je mehr Macht du hast, desto schwieriger ist es, wenn die Magie des Mandats sich mit deiner verwebt.«

»Ich habe keine Angst«, sagt Claudia und zieht ihr Kleid aus, um einen Körper zu enthüllen, für den menschliche Models ihre Seelen verkaufen würden. »Klingt eher nach einem Abenteuer.«

»Sie könnten dir einen Mentor anbieten«, sage ich und lege das sandpapierartige Gewand an. »Nero wird wahrscheinlich den Job übernehmen – so wie er es bei mir getan hat.«

»Als ob er mir etwas beibringen könnte, was ich nicht schon weiß.« Sie grinst. »Wie fühlt es sich eigentlich an, die Auren zu sehen?«

Ich tue mein Bestes, um ihr zu erklären, wie jeder mit der Aura des Mandats für mich aussah, bevor ich mich in einen Vampir verwandelte, und dann fragt sie, wie es wäre, das Mandat zu brechen.

Ich erkläre, dass ich es nie getan habe, aber dass ich gehört habe, dass es tödlich ist. »Meine Freundin Ariel, die du bereits getroffen hast, hat einmal versucht, etwas zu sagen, was dem Mandat nicht gefiel. Sie hat dadurch aus allen Körperöffnungen geblutet«, sage ich und erschaudere bei der Erinnerung. »Mein Ratschlag? Hol dir deine Kicks woanders.«

Claudia grinst. »Verstanden. Nun, du gehst jetzt besser.« Sie nickt vor dem Eingang zur Nische. »Es klingt, als wären alle schon für dich da.«

»Danke«, sage ich. »Drachenohren schlagen wieder zu. Viel Glück mit deinem Ritual.«

»Dir auch«, sagt sie und setzt ihre Maske auf.

Ich verlasse die Nische und sehe, dass sie recht hat.

Die Kerzen in der Folterkammer sind wie beim letzten Mal festlich angezündet, und die Mitglieder des New Yorker Rats sitzen mit ihren gruseligen Masken auf den Steinbänken. Lucretia, Chester und Roxy heben ihre Masken an und winken mir zu.

Wie schön. Es ist nicht nur der Rat. Diesmal habe ich hier auch Familie.

Colton führt die Zeremonie erneut durch. Er ist wahrscheinlich der Einzige, der diesen riesigen Stab für den Ritus halten kann, ohne albern auszusehen.

»Steig auf«, dröhnt er. »Versuch, dich zu entspannen.«

Ja. Sicher. Das hat er das letzte Mal gesagt, und dann war ich in der Hölle.

Widerwillig lege ich mich auf die Platte und öffne das Gewand.

Wie zuvor leuchtet Coltons Stab mit einem Kreis von magischer Energie.

»Warte mal«, beginne ich zu sagen, aber er brandmarkt mich damit, bevor ich den Satz beenden kann.

Bis zu diesem Moment habe ich offenbar die Erinnerung daran, wie sehr das das letzte Mal wehgetan hat, unterdrückt.

Jetzt kommt sie mit einem Schlag zurück.

Meine Haut knistert nicht dort, wo ich gebrandmarkt werde. Ich wünschte fast, es wäre so.

Stattdessen ist die Qual innerlich, und viel schlimmer als jede Verbrennung sein könnte.

Es fühlt sich an, als würde meine Essenz brennen. Als ob ich heftig in Wasserstoff, Sauerstoff, Kohlenstoff, Kalzium und Phosphor umgestaltet werden würde – und dann werden diese Atome wieder zusammengeschweißt.

Ich krampfe auf der Platte, und ein unmenschliches Gebrüll entweicht meinem Mund.

Meine Stimmbänder zerreißen, aber meine Vampirkräfte reparieren sie sofort, so dass ich weiterschreien kann, was ich auch umgehend tue.

Blut – entweder meines oder das, was ich eben getrunken habe, kommt aus meinem Mund.

Warum bin ich noch nicht ohnmächtig geworden?

Das Schlimmste kommt bald – der Teil, in dem die magische Energie meine Nervenenden überreizt. Es ist die schlimmste Qual, die man sich vorstellen kann, und als der Schmerz besonders unerträglich wird, bricht etwas in mir, und ich fühle mich, als würde ich fallen.

Ja.

Endlich.

Mit einem letzten Schrei, der meine Stimmbänder erneut zerreißt, werde ich ohnmächtig.

KAPITEL SECHZEHN

ICH WACHE IN STILLE AUF.

Ich setze mich hin und reibe mir die Augen.

Etwas an dieser Stille ist beruhigend, aber ich weiß nicht, was.

Dann schaue ich mich um.

Das nackte Zimmer hat außer meinem Bett keine Möbel, und es gibt keine Fenster.

Moment mal. Der Raum riecht auch leicht nach Medizin und erinnert mich an ein Behandlungs- oder Krankenhauszimmer.

Oh Mist.

Die Erinnerungen kommen zurück – von dem Ritual, das ich gerade durchlebt habe, und von meiner Vision, in der Lilith ihren Sire Bond über mich benutzt, um mich zu zwingen, Ariel und Felix zu töten.

Die Ereignisse in dieser Vision fanden *hier* statt, in diesem Raum.

Gott sei Dank habe ich meine Freunde dazu

gebracht, auf Gomorrha zu bleiben. Medizinische Einrichtungen zu vermeiden reichte offensichtlich nicht aus, um diese Zukunft zu bewältigen.

Dies muss der Raum sein, in den man gebracht wird, damit man sich nach dem Ritual erholen kann. Tatsächlich erwähnte Lucretia sogar einen Aufwachraum in ihren Nachrichten an mich, aber ich verstand nicht, dass ich auch dort landen würde, oder dass es der Raum aus meiner Vision sein könnte.

Meine Herzfrequenz steigt schlagartig an.

Wenn ich damit recht habe, habe ich nur Sekunden, bevor Lilith ankommt.

Wo ist Nero?

Jetzt, wo ich darüber nachdenke, wo war er in meiner Vision?

Ah, richtig. Claudia sollte ihr Ritual nach meinem haben. Er muss dort sein, es beobachten oder an der Mentor-Auswahl teilnehmen.

Es sei denn, es ist vorbei und er ist auf dem Weg hierher.

So oder so, ich warte nicht darauf, dass er mich rettet.

Ich werde mich selbst retten.

Ich springe auf die Füße und eile mit der ganzen Geschwindigkeit eines Vampirs zur grauen Tür.

Bevor ich sie erreiche, zersplittert sie.

Ein paar Zentimeter über dem Boden schwebt Lilith – genau wie ich es vorausgesehen habe.

»Sasha, Liebes, wie fühlst du dich?«, singt sie und schaut mich von oben bis unten an.

»Was machst du hier?«, platzt es aus mir heraus – aber dann wird mir sofort klar, dass ich genau das Gleiche in meiner Vision gesagt habe, also weiß ich, was sie antworten wird.

»Ich bin hier, um nach dir zu sehen«, und ihr glückseliges Lächeln legt ihre Reißzähne frei. »Dein Wohlbefinden ist mir sehr wichtig.«

Ja.

Genau das sagte sie in meiner Vision.

Wenn ich dem Drehbuch folgen würde, würde ich sie als Nächstes beschuldigen, hinter dem Angriff der Tschorts zu stecken, was sie dazu bringen würde – und ich zitiere –, »aufzuhören, die nette Mami zu spielen«.

Womit sie meint, den Sire Bond zu benutzen, damit ich Ariel und Felix töte.

Nein.

Ich mag dieses Drehbuch überhaupt nicht.

Selbst ohne meine Freunde hier will ich nicht, dass sie aufhört, eine »nette Mami« zu sein. Nicht, wenn das bedeutet, dass sie den Sire Bond benutzen und mich dazu zwingen wird, zu tun, was sie von mir verlangt.

Es ist viel besser, nett mitzuspielen und abzuwarten, bis ich die Gelegenheit habe, zu fliehen – oder bis Nero hier ist.

»Ich habe den Rat dazu gebracht, mich zum Verkünder zu machen«, sage ich ihr mit übertriebener Begeisterung. »Außerdem wird mir jeder Einzelne von ihnen einen Gefallen schulden.«

»Das ist toll.« Lilith schaut sich verstohlen um.

»Würde es dir was ausmachen, mir unterwegs alles darüber zu erzählen?«

»Unterwegs?« Ich sehe sie so unschuldig an, wie ich nur kann. »Wohin gehen wir?«

»Lange Geschichte«, sagt sie. »Ich bin in dieser Gegend nicht gerade willkommen. Bist du bereit?«

Ich weiß, wenn ich Nein sage, wird sie mich dazu zwingen, mitzukommen.

Andererseits, wenn ich übereifrig wirke, könnte sie meine Strategie erkennen – was sie auch dazu bringen könnte, den Sire Bond zu nutzen.

»Du hast das Torschwert.« Sie streckt ihre Hand aus. »Bitte gib es mir zurück.«

Ach, stimmt. Das Schwert, das ich die ganze Zeit als meines betrachtet habe, gehörte ursprünglich ihr.

Zu diesem Zeitpunkt merke ich auch, dass mir jemand meine eigene Kleidung angezogen hat, als ich bewusstlos war. Hoffentlich war dieser Jemand Nero, obwohl ich stark vermute, dass es in Wirklichkeit die Mönche waren. Die Rückkehr meiner Kleidung bedeutet, dass ich das Schwert tatsächlich an mir habe – aber ich will mich *wirklich* nicht davon trennen, besonders wenn das bedeutet, dass es wieder in Liliths Händen sein wird.

»Ich lasse dich später noch etwas damit spielen«, sagt sie beruhigend. »Jetzt gib es mir.«

Wenn ich es nicht tue, kann sie mich trotzdem zwingen, sage ich mir, als ich ihr das Schwert gebe.

Mit einem bösen Grinsen aktiviert sie es.

Als ich mich erinnere, was sie Nero mit diesem

Ding angetan hat, entscheide ich, dass ich *nicht* will, dass er hierherkommt, um zu versuchen, mich zu retten.

»Beeil dich«, sagt sie und greift nach meiner Hand.

Mit einem Ruck zieht sie mich aus dem Raum, und ich stolpere dabei fast über die Leichen der Vollstrecker und der Mönche, die den Aufwachraum bewacht haben müssen.

Würde es helfen, wenn ich schreie?

Wahrscheinlich nicht.

Als wir am Ende des Korridors ankommen, sehe ich Eric – Neros Teleporter-Verbündeten.

Ja!

Wenn mich jemand lebendig aus diesem Schlamassel herausholen kann, dann er.

Das Beste daran ist, dass ich die *Gute-Tochter-*Nummer dafür weiter durchziehen kann. Er wird von allein wissen, dass er mich retten muss.

»Bereit?«, fragt Lilith Eric.

»Auf Ihren Befehl«, antwortet er mit dieser Roboterstimme, die jeder Bezirzte hat.

Oh nein. Konnte Nero den Kerl deshalb nicht erreichen? Weil ihn Lilith in ihre Klauen bekommen hat?

»Das ist nicht fair«, sage ich zu Lilith und setze meine Darbietung fort. »Als ich neulich versucht habe, diesen Kerl zu bezirzen, sagte er: ›Deine Vampir-Gedankentricks funktionieren bei mir nicht.‹«

»Eine Schande«, sagt Lilith, als Eric jeder von uns

eine Hand auf die Schultern legt. »Das zeigt nur, wie dringend wir deine Kräfte wachsen lassen müssen.«

Bevor ich um eine Klärung bitten kann, verpuffen wir mit Eric.

Als wir wieder auftauchen, erkenne ich den Eingang zum JFK-Drehkreuz.

Das nächste Tor ist einen Sprung entfernt, aber ich weiß, dass Lilith mich erwischen kann, ohne ins Schwitzen zu kommen, also versuche ich so etwas Sinnloses gar nicht erst.

»Danke«, sagt Lilith zu Eric. »Jetzt wirst du dich zurück in deine kleine Wohnung teleportieren und das alles vergessen.«

»Ich werde vergessen«, sagt Eric und verpufft.

Allerdings bezweifele ich, dass Nero ihn vergessen *lässt*.

Sie werden herausfinden, dass Eric Erinnerungen fehlen – und hoffentlich auch, warum.

Natürlich könnte es für mich zu spät sein, wenn sie das tun.

»Da durch, Liebes«, sagt Lilith und zeigt auf ein unbekanntes Tor. »Wir haben eine Wanderung vor uns.«

Ich gehe zum Tor und bedeute ihr, zuerst hindurchzugehen, da ich mir denke, dass ich, sobald sie hindurch ist, ins nächste Tor springen kann, das uns hoffentlich nicht zu einer atomaren Einöde führt.

»Du zuerst«, sagt Lilith und zerstört meine Hoffnungen.

»Nein, nach dir«, sage ich und tue mein Bestes, nicht zu drängend zu wirken.

Was ich fast gesagt hätte, war: *Alter vor Schönheit.* Aber ich bin froh, dass ich es nicht getan habe. Ich habe gesehen, wie sie Menschen mit bloßen Händen zerfetzt hat, und ich will nicht auf der Empfängerseite stehen.

Außerdem sieht sie nicht einen Tag älter als fünfundzwanzig aus.

Liliths Lippen straffen sich trotzdem. »Ich bestehe darauf.«

Mist. Ich gehe besser allein hinein, als über den Sire Bond dazu gezwungen zu werden.

»Danke«, sage ich ungezwungen und springe in das Tor.

Lilith bleibt mir auf den Fersen, und die Welt, in der wir landen, ist eine leere Ödnis, die keinerlei Fluchtmöglichkeiten bietet.

In meinem Kopf wiederhole ich die Farbe und Position des Tores, das wir gerade betreten haben. Wenn ich fliehe, muss ich den Rückweg kennen.

»Kannst du mir sagen, wohin wir gehen?«, frage ich Lilith höflich. »So nett es auch ist, einfach nur mit dir rumzuhängen, ich war mitten in etwas Superwichtigem, als du aufgetaucht bist.«

Sie schmollt, dann geht sie zu einem grünen Tor. »Was könnte wichtiger sein, als viel Zeit mit deiner Mami zu verbringen?«

»Die Welt zu retten«, sage ich und aktualisiere im Geiste die Route, die ich mir zu merken versuche. »Nostradamus sagte mir, wie ich Tartarus besiegen kann, und ich war dabei, mit Nero darauf hinzuarbeiten.«

»Was für ein Zufall.« Lilith zeigt mit der Hand auf das Tor, das ich betreten soll. »Dich auszubilden und dann Tartarus zu töten ist genau das, worum es bei dieser kleinen Reise geht – nur dass wir das alles tun werden, ohne dass Michel unseren Stil behindert.«

Ach stimmt. Sie nennt Nostradamus »Michel«. Vielleicht sollte ich auch per du mit dem Kerl sein. Schließlich ist er die Ursache für viele meiner Kopfschmerzen.

Die Welt auf der anderen Seite des grünen Tores hat einen wahren Regenbogen aus bunten Monden am Abendhimmel, und in weiter Ferne sehe ich einige Riesenwesen herumlaufen. All das merke ich mir für die Rückreise.

»Also gehen wir in deine Welt?«, frage ich mit gefälschter Vorfreude. »Dort wird Tartarus laut Nostradamus angreifen.«

»Ja und nein.« Lilith geht auf ein violettes Tor auf zwei Uhr zu. »Wir gehen zu einem Ort, den Tartarus angreifen wird, aber nicht zu meiner Welt. Laut Michel liegt der Angriff, von dem du sprichst, etwas weiter in der Zukunft. Bevor Tartarus meine Welt angreift, wird er eine andere zerstören – eine, die mehr wie die Erde ist. *Dorthin* sind wir unterwegs.«

»Aber warum?«, frage ich. »Warum willst du nicht Nostradamus' Plan folgen, Tartarus bei einem Heimspiel zu begegnen?»

»Du meinst, abgesehen von den Milliarden von

Menschen, die wir auf der Welt retten werden, zu der wir unterwegs sind?« Sie hebt eine Augenbraue an. »Sie werden alle sterben, wenn wir nicht auftauchen.«

»Richtig.« Ich unterdrücke den Drang, ihr zu sagen, dass sie auf mich nicht den Eindruck gemacht hat, einen Scheiß darauf zu geben, ob eine ferne Welt ausgesaugt wird oder nicht.

»Außerdem, wenn wir Michels dummem Plan folgen, werden all die Jahre harter Arbeit, die ich in meine Welt gesteckt habe, umsonst gewesen sein«, sagt sie und macht mir eine Geste, das violette Tor zu betreten. »Welten mit Menschen, aber ohne Cogniti sind ziemlich selten.«

Wir treten aus dem Tor in eine verschneite Höhle und werden von einer eisigen Kälte überrollt.

Lilith zeigt auf ein gelbes Tor in der Nähe und fährt fort. »Außerdem bringt es eine gewisse Verantwortung gegenüber meinen Anbetern mit sich, eine Göttin zu sein. Ich bezweifele, dass Michel erwähnt hat, wie viele von ihnen seinen Plan überleben werden, aber diese Zahl ist ziemlich genau Null.«

»Er ist nicht so sehr ins Detail gegangen«, sage ich und merke mir den nächsten Schritt auf unserem Weg. »Versteh mich nicht falsch, aber ich dachte nicht, dass du dich so sehr um deine Leute sorgst.«

Das ist nett ausgedrückt. Sie hat sie versklavt, ihr Blut getrunken und ihnen seit Generationen Lügen erzählt.

Sie zuckt mit den Schultern. »Nun, es ist, als hätte

man ein Haustier – oder Vieh. Ich will nicht, dass jemand kommt und sie verletzt.«

Kann das stimmen? Hat sie *etwas*, was einem Gewissen ähnelt? Wenn sie sich zumindest ein wenig um ihr Volk kümmert, kann an ihr mehr sein als nur der Durst nach Macht.

Andererseits hat sie es einfach mit Rindern verglichen.

Wir gehen durch ein rotes Tor zu einer wässrig aussehenden Welt mit rosa Himmel, und sie fügt hinzu: »Außerdem hätte Michels ursprünglicher Plan Cogniti der Erde in meine Welt gebracht – und selbst wenn wir Tartarus besiegt hätten, wäre es mir vielleicht nicht gelungen, sie alle dazu zu bringen, sie wieder zu verlassen.«

Jetzt kommt die Wahrheit ans Licht.

Ihre Welt ist ein All-you-can-eat-Buffet für Blut und Macht, das sie nicht teilen will.

Ich merke mir das nächste Tor, auf das sie zugeht, und sage: »Bist du sicher, dass Tartarus auf dieser alternativen Welt, in die du mich bringst, besiegt werden kann? Nostradamus sagte …«

»Dass die Chancen, Tartarus zu töten, in meiner Welt besser sind«, beendet sie meinen Satz. »Ich konnte nicht anders, als zu bemerken, dass er nie sagte, dass *meine* Überlebenschancen unter diesen Umständen größer sind.«

»Glaubst du, Nostradamus will dich *und* Tartarus gleichzeitig loswerden? Warum sollte er das tun? Ich dachte, ihr zwei wärt Kumpels.«

Wir treten durch eine weitere Reihe von Toren. »Er und ich sind Verbündete, weil er den Kerl, der mich laut Prophezeiung töten wird, *wirklich* hasst«, sagt sie. »Ich vermutete lange Zeit, dass Michel mich, ohne darüber nachzudenken, hintergehen würde, wenn das bedeutete, dass Tartarus sterben würde – und meine Intuition sagte mir kürzlich, dass ich auf dem Weg zu einer Opferplatte sei.« Wir gehen zu einem lavendelfarbenen Tor. »Nein, danke.« Sie bedeutet mir, hindurchzugehen. Auf der anderen Seite fährt sie fort. »Wie du inzwischen zweifellos gelernt hast, kann man einem Seher nie vertrauen. Die gegenwärtige Begleitung eingeschlossen.« Sie zwinkert mir zu. »Ich habe Michel so lange wie möglich benutzt, aber jetzt muss ich meine eigenen Pläne schmieden.«

Das ist eine wirkliche Lektion: Man kann Lilith noch weniger vertrauen als einem Seher.

»Warum entführst du mich dann?«, frage ich. »Warum bist du nicht zu den Räten gekommen und hast sie überzeugt, in der Welt zu helfen, in die wir gerade gehen?«

»Sie würden mich eher töten, als zuzuhören«, sagt sie. »Und außerdem, wenn wir Tartarus besiegen und gleich danach unsere Karten ausspielen, wird diese saftige Welt voller Menschen reif für eine Übernahme sein.«

»Also willst du wieder nicht teilen«, platzt es aus mir heraus, und ich vergesse die Gute-Tochter-Nummer.

»Du hast es verstanden«, sagt Lilith, nachdem wir

durch ein anderes Drehkreuz gegangen sind und das nächste Tor betreten haben. »Noch etwas: Dank ihres technologischen Niveaus bietet die fragliche Welt mehr Möglichkeiten für einen schnellen Machtschub.«

Ach? Ich widersetze mich der Versuchung, noch mehr Fragen zu stellen. Es wird immer schwieriger, die Route in meinem Kurzzeitgedächtnis zu behalten.

Als wir durch ein paar weitere Tore gehen, verliere ich den Überblick über unseren Weg – wenn ich das nicht schon vorher getan hatte.

Vielleicht könnte ich Liliths Zorn riskieren, indem ich mein Handy herausnehme und Notizen mache?

Ich könnte es in der Hand verstecken und …

»Wir sind da«, sagt Lilith, als wir einen Hub betreten, der dem von JFK sehr ähnlich sieht.

»Sind wir?« Ich seufze erleichtert und wiederhole die Route, die wir gerade genommen haben, in meinem Kopf.

»Ja.« Sie schaut auf eine altmodische Armbanduhr. »Wir beeilen uns besser. Dein großer Fernsehauftritt ist in einer Stunde.«

KAPITEL SIEBZEHN

»MEIN GROSSER *WAS*?«, rufe ich und gehe schneller, weil sie mich wie ein Schwein zur Schlachtbank führt.

»Habe ich das nicht erwähnt? Du wirst auf dieser Welt berühmt werden.« Sie grinst. »Ist es nicht das, was du immer wolltest? Ein Fernsehstar sein?«

»Äh«, ist alles, was ich sagen kann. Ich atme durch und versuche es erneut. »Ich wollte ein berühmter Fernsehzauberer werden. *Auf der Erde*. Und das war, bevor ich wusste, dass Tartarus kommt, um alle zu töten.«

»Nun, das wird so ziemlich das sein, was du wolltest, und es ist der beste Weg, um dich auf Tartarus vorzubereiten.« Lilith führt uns in einen Korridor. »Konzentriere dich jetzt darauf, Tricks zu erfinden, die die Leute davon überzeugen, dass du ein Vampir, ein Seher und ein Wahrscheinlichkeitsmanipulator bist.«

»Moment, du wusstest, dass ich ein Trickser bin? Bin ich die Letzte, die diese Dinge erfährt?«

»Michel hat es mir gesagt«, sagt sie. »Er sah eine Vision von dir und dem lieben Chester, wie ihr darüber spracht. Wie geht es ihm übrigens? Ich habe gehört, dass ich jetzt eine Enkelin habe. Foxy, oder?«

»Es ist Roxy, und sie ist bereits ein Teenager«, fahre ich sie an und atme noch einmal durch. »Halt. Wechsle nicht das Thema. Warum gehe ich ins Fernsehen?«

»Erinnerst du dich, wie du deine Seherfähigkeiten gesteigert hast? Diese Erdbebenvorhersage?«

»Ja.«

»Nun, das ist das Gleiche«, sagt sie. »Je mehr Menschen an deine Kräfte glauben, desto größer ist der Schub, den du bekommst.«

Mein Kopf dreht sich.

In gewisser Weise ist dies ein Traum, der wahr wird.

Andererseits ist es mein schlimmster Alptraum – ich muss unvorbereitet vor einem großen Publikum auftreten.

Vielleicht sollte ich weglaufen?

Nein. Schlechte Idee. Ich bin so weit gekommen, ohne mit dem Sire Bond zu etwas gezwungen worden zu sein, also kann ich die Täuschung genauso gut aufrechterhalten.

Wenn das funktioniert und ich mächtiger werde, sollte es mir leichterfallen, zu entkommen – und auch mit Tartarus fertigzuwerden, auf welcher Welt auch immer.

Ein Teil von mir ist sich nicht einmal sicher, ob Lilith Unrecht hat.

Vielleicht *ist* diese Welt ein besserer Ort, um Tartarus zu bekämpfen.

Aber davon abgesehen muss ich Nero und die anderen meinen Aufenthaltsort wissen lassen. Lilith hat sie aus Gier nach der Beute dieser Welt nicht zu einem Teil ihrer Pläne gemacht, aber ich teile ihre Ambitionen nicht, sondern denke, dass mehr Leute unsere Chance, zu gewinnen, erhöhen.

Aber ich weiß nicht, wie ich jemanden erreichen kann.

Wenn ich in den Leerraum gehen könnte, würde ich Rasputin oder den Bannik oder sogar Nostradamus rufen, aber ich habe keinen Saft mehr.

Oder habe ich?

Ich überprüfe es zum x-ten Mal und versichere mich, dass der Leerraum nicht erreichbar ist.

Vielleicht wird Rasputin eine Vision davon sehen? Er *ist* jetzt auf einer schnelleren Welt, so dass sich seine Kräfte vielleicht erholt haben.

Andererseits … als Wahrscheinlichkeitsmanipulator kann Lilith uns vor Seheraugen schützen, und das tut sie wahrscheinlich auch.

Wir kommen zu einer Tür, die aus den geheimen Korridoren des Drehkreuzes herausführt, und folgen einem Weg, bis wir die Haupthalle des Flughafens erreichen.

Allerdings wird mir jetzt klar, dass das hier kein Flughafen ist.

Es ist ein riesiger Bahnhof, wie der New Yorker Grand Central Terminal, nur hundertmal größer.

Der Ort wimmelt von seltsam gekleideten Menschen mit Haarschnitten, die stark von den 80er Jahren inspiriert sind.

Um das Thema 80er Jahre fortzusetzen, laufen die meisten Teenager mit Apparaten herum, die den Sony-Walkmans unheimlich ähnlich sehen. In ihren Ohren sind kleine orangefarbene Kopfhörer mit Kabeln angebracht – kein Bluetooth weit und breit.

»Haben sie überhaupt Internet auf dieser Welt?«, frage ich Lilith mit gespieltem Entsetzen.

»Nein«, antwortet sie. »Aber dank dessen werden dich mehr Leute als je zuvor im Fernsehen sehen.«

Ach, stimmt. Ich hätte fast vergessen, dass ich gleich auftreten werde.

Jetzt, da ich mich daran erinnere, zieht sich mein Magen mit einem Monster-Lampenfieber zusammen.

»Wann ist diese Show?«, frage ich, während ich einer Dame mit einer Vokuhila-Frisur ausweiche, die eine Jacke mit riesigen Schulterpolstern trägt.

»In einer Stunde«, sagt Lilith.

»Und wie weit ist es bis zum Studio?«, frage ich beim Betreten der Straße, auf der ich Autos erblicke, die aussehen, als wären sie aus dem 1985er-Teil von *Zurück in die Zukunft* gekommen.

»Zehn Minuten zu Fuß«, sagt Lilith und beginnt, ohne sich an irgendwelche Regeln zu halten, sich mitten durch den dichten Verkehr über die Straße zu schlängeln. »Wir sind im Zentrum von New Langdon.«

Kein einziges Auto erfasst uns beim Überqueren

der Straße, was mir eine Vorstellung davon gibt, wie ich einige der Effekte erzielen kann.

»Ich brauche einen Lebensmittelladen und einen Baumarkt«, sage ich und denke schnell nach. »Und deine Hilfe bei der Show.«

»Natürlich«, sagt sie. »Was immer du benötigst.«

Wir gehen zu einem Lebensmittelgeschäft an der Ecke, und ich frage den jungen Angestellten, ob er Lotterielose verkauft.

»Das tun wir, Miss«, sagt er mit einem seltsamen Akzent, der mich an eine Mischung aus britischem und australischem Englisch erinnert. »Sie werden die Zahlen in etwa fünfundfünfzig Minuten bekannt geben.«

Ich bin nicht überrascht, dass sich die Dinge so gut entwickeln. Lilith hilft mir jetzt schon.

»Kannst du deine Kräfte nutzen, um die Gewinnzahlen zu wählen?«, flüstere ich ihr zu.

»Kann dich ein Drekavak dazu bringen, dass du dir in die Hose machst?«, flüstert Lilith zurück, dann beginnt sie, dem Verkäufer selbstbewusst die Zahlen zu nennen.

»Wofür ist das?«, fragt sie, als wir den Laden verlassen, wobei ich das Ticket umklammere, das hoffentlich gewinnt. »Wenn wir Tartarus nicht aufhalten, wird diese Welt nicht lange genug existieren, um dich deinen Gewinn kassieren zu lassen.«

»Du wirst schon sehen«, sage ich. »Jetzt brauchen wir einen Baumarkt.«

Wir gehen an antiquierten Geschäften vorbei, darunter auch einem Videoverleih, der eindeutig die lokale Version von Blockbuster ist, dann einem weiteren Laden, der Musikkassetten verkauft, und einem weiteren, der wie Radioshacks böser Zwilling aussieht.

Der Baumarkt ist jedoch recht normal, und es dauert nicht lange, bis ich gefunden habe, was ich brauche – die Nagelpistole, die sie verkaufen.

»Wofür ist das?«, fragt Lilith wieder und schaut sich das Gerät an, während ich eine Schachtel Nägel hole. »Ich kenne viel kreativere Foltermethoden, die keine Requisiten erfordern.«

»Ich lasse mich damit von jemandem beschießen, um zu beweisen, wie viel Glück ich habe«, erkläre ich, während ich zu einem anderen Regal gehe und eine Schweißermaske herausnehme. »Ich nehme an, du kannst deine Kräfte nutzen, um sicherzustellen, dass jeder Nagel an meinem Körper vorbeigeht?«

»Natürlich.« Sie grinst. »Du wirst diese Maske nicht brauchen.«

»Die Maske ist dazu da, diesen Teil der Performance dramatischer zu machen«, sage ich. »Sie wird das Gefühl der Gefahr erhöhen.«

Die Maske ist auch deshalb da, weil ich Lilith zutraue, für ihr Amüsement einen Nagel in meinem Auge landen zu lassen, aber das behalte ich für mich.

»Du hast einen tollen Instinkt für Dramatik«, sagt sie und schaut die Maske anerkennend an. »Ich habe das Gefühl, dass du mich heute stolz machen wirst.«

»Ich hoffe es. Nun, die nächste Station sollte ein Schreibwarenladen sein. Ich kenne einige Mentalismusroutinen, die …«

»Keine Zeit«, sagt Lilith und schaut auf ihre Uhr. »Wir sind schon spät dran.«

Sie fährt fort, mich durch das Äquivalent dieser Stadt zum Times Square und in einen Wolkenkratzer mit der schicksten Lobby zu ziehen, die ich je gesehen habe.

»Wir sind hier für *Pacificas Supertalent*«, sagt Lilith zu einem kräftigen Wachmann.

»Sie sind zu spät«, sagt der Typ. »Die Teilnehmer sollten vor einer Stunde hier sein.«

Liliths Augen werden zu Spiegeln. »Du wirst uns dorthin bringen. Jetzt.«

Bezirzt, führt uns der Typ zum Aufzug. Als wir das Stockwerk des Studios erreichen, muss Lilith das Bezirzen noch ein paarmal wiederholen, bis ich mit einem schnellen Make-up dran bin.

»Lass sie noch blasser aussehen«, sagt Lilith und sieht mich missbilligend an. »Königlicher, wenn möglich. Eher so, wie ein Vampir aussehen sollte.«

»Sie sieht schon kränklich aus«, sagt die Visagistin mit dem Akzent, den jeder hier zu haben scheint. »Ich glaube, sie …«

Lilith bezirzt wieder einmal, und ich werde so blass geschminkt, dass einige Leute denken könnten, dass ich eine Porzellanmaske trage. Danach macht die Haarstylistin ihr Ding und beendet ihr Kunstwerk, indem sie eine Flasche Haarspray auf meinem Kopf entleert.

»Lass uns gehen. Du bist bald dran«, sagt Lilith und zieht mich aus dem Make-up-Raum.

Vor uns steht eine Reihe anderer Teilnehmer: Einer sieht aus wie ein Sänger, einer wie ein Jongleur, und der letzte hat ein gruseliges Clown-Make-up.

Das ist der Moment, in dem es mich wieder trifft.

Ich gehe nicht nur ins Fernsehen.

Ich werde an einem Wettbewerb teilnehmen.

Wenn das Format dieser Show den Talentshows auf der Erde ähnelt, muss ich mir Sorgen machen, dass ich nicht nur von Hunderten von Zuschauern angestarrt werde, sondern auch von einer Jury bewertet werde.

Ich hätte nicht gedacht, dass sich mein Herzschlag weiter beschleunigen könnte, aber er schafft es irgendwie.

»Ich bin am Verhungern«, sagt Lilith, und bevor ich einen abfälligen Kommentar abgeben kann, bezirzt sie den Clown vor uns und sagt ihm, dass er nicht schreien soll.

Die anderen Teilnehmer sind so sehr mit ihrem eigenen Lampenfieber beschäftigt, dass sie es nicht bemerken, als Lilith sich über den Hals des Clowns beugt und ihre Reißzähne in ihm versenkt.

Sie achten auch nicht darauf, wie sie reichlich Blut des armen Kerls schluckt.

Ihr Glück bei der Arbeit vielleicht?

Als sie ihre grausige Aufgabe erledigt hat, löst sie den roten Nasenschwamm des Clowns und wischt sich damit den Mund ab. »Du solltest auch etwas essen«, sagt sie zu mir. »Du wirst stärker sein, wenn du es tust.«

»Ich glaube, es geht mir gut«, sage ich.

»Sei nicht zu selbstbewusst«, sagt Lilith. »Trink ihn.«

Bevor sie den Sire Bond benutzt, um darauf zu bestehen, beiße ich freiwillig in den Clown. Zumindest kann ich so sicher sein, dass er nach dem Essen noch lebt.

Ein paar Schlucke später lasse ich ihn gehen.

»So.« Lilith sieht mich mit einem ernsten Gesichtsausdruck an. »Hat das *komisch* geschmeckt?«

Ich unterdrücke ein Stöhnen. Sie hat zweifellos den Clown gewählt, nur um diesen blöden Witz zu machen.

»Du wirst vergessen, dass das jemals passiert ist«, befiehlt Lilith dem Clown. »Oh, und du bist jetzt nach uns dran.«

Der arme Kerl gibt seinen Platz in der Schlange auf und stellt sich hinter mich.

Mist.

Es wäre vielleicht einfacher gewesen, nach ihm dran zu sein.

Na ja. Auch der Jongleur sieht nicht allzu beeindruckend aus.

»Ich fühle mich besser«, sage ich zu Lilith, und das stimmt. »Ich hatte noch nie bemerkt, dass Blut das bewirkt hat.«

»Oh, es kann dazu führen, dass man erstaunliche Dinge fühlt«, sagt sie. »Du fühlst dich nicht nur gut, du bist nach der Nahrungsaufnahme auch für eine Weile mächtiger. Manchmal kann man *viel* mächtiger sein. Das hängt alles von der Nahrungsquelle ab.«

»Mächtig?« Ich kann nicht anders, als fasziniert zu sein.

»Ja, wirklich«, sagt sie. »Du wirst es nicht so sehr spüren, wenn du von einem Menschen wie ihm trinkst, aber mit einem der Cogniti wirst du es tun. Je mächtiger sie sind, desto mächtiger wird man, wenn man von ihnen trinkt.«

Das ist cool, auf eine beunruhigende Weise.

Ich frage mich, ob Gaius Ariel deshalb von seinem Blut abhängig gemacht hat. Oder warum …

Moment. Ich *habe* erlebt, wovon Lilith spricht.

Vielleicht sogar mehr als einmal.

Als ich beim ersten Mal beim Sex von Nero trank, fühlte ich mich unglaublich. Noch wichtiger ist, dass das, was wir danach getan haben, einen Krater im Boden verursacht und Bäume gefällt hat.

Eigentlich noch mächtiger.

Oh, und erklärt das auch meinen Nonstop-Lauf, um Nero zu retten? Das passierte, als ich das ganze Blut von Woland trank.

Ich frage Lilith, ob die Menge zählt.

»Auf jeden Fall«, sagt sie. »Je mehr du trinkst, desto mehr Macht gewinnst du. Meine Regel ist: Wenn ich die Chance habe, von einem mächtigen Cogniti zu trinken, leere ich sie immer bis zum letzten Tropfen, um den Nutzen zu maximieren.«

Großartig.

Sie redet davon, sie zu töten.

Sie für eine kurzfristigen Überdosis von Superkraft zu töten.

Mann, ich hoffe, ich habe mehr von der DNA meines Vaters geerbt.

»Du bist als Nächstes dran«, sagt Lilith, als der Jongleur auf die Bühne stolpert.

Ich fange an, tief durchzuatmen, um meine aufsteigende Panik zu beruhigen. Als das Licht über dem Bühneneingang grün wird, gehe ich langsam mit der Maske unter dem Arm geklemmt und die Nagelpistole hinter mir herschleifend auf die Bühne.

Jemand verkabelt mich mit einem Mikrofon, und ich gehe weiter und fühle mich wie ein Zombie.

Zuerst sind die Bühnenlichter zu blendend, um etwas zu sehen. Dann passen sich meine Augen an, und ich merke, dass die Situation *viel* schlimmer ist, als ich dachte.

Es ist kein Fernsehstudio, wie bei meinem Auftritt auf der Erde.

Dies ist ein voll besetztes Theater mit Tausenden von Zuschauern in Hunderten von Reihen. An der Spitze stehen sieben Juroren, und alle starren mich mit mörderischem Hunger in den Augen an.

Aber das ist immer noch nicht die schlimmste Entdeckung.

Allem Anschein nach wird diese Sendung *live* übertragen.

Es ist der Alptraum eines jeden Glossophoben, der

zum Leben erwacht – und es gibt keine Bailey, die mich retten kann.

KAPITEL ACHTZEHN

»HALLO. Was willst du darstellen?«, fragt der linke Juror hochmütig. »Ein Gothic oder eine Geisha?«

Ich ersticke fast an meiner Zunge.

Ich flippe sowie schon genug aus. Jetzt will mir dieser Typ mit seinem dummen Kommentar zusätzlichen Stress machen?

Ich atme ein und erinnere mich daran, dass er der obligatorische unhöfliche Dieter-Bohlen-Typ sein muss und dass es nur Showbusiness ist.

Es ist nicht so, dass er *mich* persönlich nicht mag.

»Ich bin etwas Übernatürliches«, sage ich, und meine Stimme ist etwas wackelig. »Ich verstehe, wie schwierig es ist, das zu glauben, deshalb werde ich die Dinge zeigen, die ich tun kann.«

Er – ein erwachsener Mann – verdreht die Augen und murmelt: »Jetzt müssen den Worten auch Taten folgen.«

Ich entscheide, dass meine beste Chance darin

besteht, ihn zu ignorieren, als wäre er ein normaler Zwischenrufer, und sage: »Zuerst werde ich meine Fähigkeit demonstrieren, die Zukunft vorherzusagen.« Ich lege die Nagelpistole und die Maske ab und fische den Lottoschein heraus. »Hier.« Ich gehe zu einer wunderschönen Dame, die am weitesten von dem biestigen Juror entfernt ist, und gebe ihr das Ticket. »Ich habe mir das hier ausgedacht, weil alle immer sagen: »Wenn du die Zukunft sehen kannst, warum gewinnst du nicht im Lotto?«

Ich spreche mit dem nächsten Kameramann und sage: »Können Sie das den Zuschauern zu Hause zeigen? Ich möchte, dass jeder weiß, dass es nichts Komisches an dem Los gibt.«

Der Typ ist gut. Die Kamera zoomt sofort auf die Zahlen, und jemand zeigt das Ganze sogar auf einen sperrigen Röhrenfernseher über der Bühne.

»Erinnere dich daran«, sage ich und zeige auf den Bildschirm. »Wäre es möglich, diesen Fernseher auf die Lottoziehung einzustellen?«

Der Kameramann gibt mir einen Daumen nach oben, also gehe ich vom Juror weg, um sicherzustellen, dass niemand mich verdächtigen kann, etwas zu tauschen oder heimlich Zahlen zu löschen und irgendwie neue zu drucken.

Meine Chancen, wie ein Narr auszusehen, sind astronomisch, denn Liliths Glück muss hier auf mehreren Ebenen arbeiten. Erstens muss das Los wirklich das Gewinnerlos sein, und zweitens muss das Lotterieergebnis jetzt bekannt gegeben werden.

Als jemand den richtigen Kanal auf den Bildschirm bringt, richtet sich ein Teil des Plans in die richtige Richtung aus – die Sendung zeigt ein großes Rad mit weißen Kugeln, die von Zahlen bedeckt sind.

Als sich das Ding dreht und dreht, baut es die Spannung für jeden auf – besonders für mich.

Die erste Kugel fällt in ihre Position, und die Zahl darauf passt zu meinem Schein.

Auch die zweite passt.

Die Jurorin murmelt meinen Lieblingssatz, den ein Zuschauer sagen kann: »Unmöglich.«

Als die dritte Zahl passt, entspanne ich mich.

Auch wenn der Rest von ihnen falsch wäre, hätte ich immer noch eine starke Wirkung, mit der ich arbeiten könnte.

Das Schönste an dieser Demonstration ist, dass ich wirklich jeden täusche. Ich benutze meine Seherkraft nicht, wie ich behauptet habe. Sie hat vorerst Pause. Wie bei jedem magischen Effekt gibt es eine zugrundeliegende Methode hinter dem, was ich tue, die nichts mit meiner Pseudo-Erklärung zu tun hat.

Es ist einfach so, dass die Methode, die ich anwende, übernatürlich ist und an sich schon beeindruckend.

Die nächste Zahl passt, und die danach auch.

Als die letzte Zahl genau die gleiche ist, bricht das Publikum in verrücktes Klatschen aus.

Mein Puls schießt in die Höhe, und ich bemerke ein seltsames Gefühl, als würde ich mit wunderbar warmer Energie aufgefüllt werden.

Oh ja. Ich erinnere mich an dieses Gefühl. Ich hatte es, als ich im Fernsehen auf der Erde war. So muss es sich anfühlen, wenn man eine glaubensbegründete Machtsteigerung erhält.

Das ist gut. Es bedeutet, dass einige Leute da draußen glauben, dass ich die Lotterie wirklich vorhergesagt habe. Sie sind überzeugt, dass das, was gerade passiert ist, keine Illusion ist.

Puh.

Es ärgerte mich immer, wenn die Leute dachten, dass meine mentalistischen Kräfte echt seien. Aber jetzt bin ich sehr dankbar für die menschliche Leichtgläubigkeit.

»Sie sind unglaublich«, sagt die Jurorin, der ich das Lotterielos gegeben habe. »Warum sind Sie überhaupt hier? Sie haben sich gerade mit Ihrem Geschenk zur Millionärin gemacht.«

»Nun, ich genieße es, aufzutreten«, sage ich ehrlich. »Ich würde es auch tun, wenn ich das ganze Geld der Welt hätte.«

»Das war ein netter Trick«, sagt der kratzbürstige Juror mit etwas mehr Respekt als eben – aber nicht viel. »Besonders gut für einen weiblichen Magier. Und Sie sehen aus, als würden Sie sich amüsieren.« Er sieht mich von oben bis unten an und rümpft die Nase. »Sie müssen nur an Ihrer Showkunst und Ihrer Bühnenpräsenz arbeiten. Außerdem ist es offensichtlich, dass Sie irgendwie ...«

»Ich bin noch nicht fertig«, sage ich mit zusammengebissenen Zähnen. »Sparen Sie sich Ihre

Kritik für das Ende auf, und Ihre Theorien über meine Methodik für die Boulevardzeitschriften.«

Er hebt eine Augenbraue, und ich bin mir sicher, dass er im Begriff ist, etwas anderes Unfreundliches zu sagen.

Ein Wutausbruch legt sich über mein Lampenfieber.

Sein Verhalten, besonders das »weiblicher Magier«, muss angesprochen werden.

Moment mal. Ich kann mich rächen und eine spontane Demonstration dessen geben, was Lilith selbst würdig ist.

Wenn das gut funktioniert, sollte es eine meiner Kernkompetenzen als Vampir stärken.

»Ich habe noch ein paar weitere Unmöglichkeiten geplant«, sage ich und ignoriere das, was der Juror gerade gesagt hat. »Ich möchte, dass die Zuschauer zu Hause keinen Zweifel daran haben, dass das, was ich tue, echt ist. Dass es keine – wie Sie es ausgedrückt haben – Tricks sind.«

»Das ist eine große Ansage«, sagt der nervige Juror. »Viele Idioten kommen hierher und denken, dass sie singen können, aber sie kreischen wie kaputte Schallplatten. Wie Sie, denken sie, dass Ihre …«

»Wenn Sie so skeptisch sind, wie wäre es, wenn Sie sich bei der nächsten Demonstration freiwillig melden?«, sage ich süß. »Es wird Gedankenkontrolle beinhalten, aber da Sie überzeugt sind, dass ich nur Tricks mache, sollte es bei Ihnen nicht funktionieren, oder?«

Normalerweise würde ich nie einen Zwischenrufer als Helfer wählen – da *Publikumsmanagement 101* dagegen spricht – aber das hier ist keine normale Situation. Hier gilt: Je skeptischer er ist, desto stärker ist die Wirkung.

»Wenn Sie es schaffen, meine Gedanken zu kontrollieren, bekommen Sie meine volle Unterstützung.« Er hebt eine kleine Zehn-Punkte-Kelle an. »Soll ich jetzt mit zu Ihnen auf die Bühne kommen?«

»Nein.« Ich verwandele meine Augen in Spiegel – und das Publikum keucht. Mit honigschnürender Stimme sage ich: »Ich will, dass Sie auf allen vieren zur Bühne kriechen.«

Im Raum wird es totenstill.

Sie denken, dass das ein schlechter Witz sein muss.

Dann erhebt sich der Juror roboterhaft von seinem Sitz, begibt sich zu Boden und beginnt, wie eine brave Marionette auf die Bühne zu kriechen.

Die Stille wird schwer.

Ich kann die Ungläubigkeit aller Anwesenden beinahe hören.

Die anderen Juroren und die Kameramänner sehen noch erstaunter aus als das Publikum hinter ihnen. Wie ich vermutete, ist mein Opfer eine echte Diva, und niemand kann sich vorstellen, dass ein Darsteller wie ich ihn hätte bestechen können, um sich so demütigen zu lassen – was die beste nicht-übernatürliche Erklärung ist.

»Gute Arbeit«, sage ich, als er die Bühne wie ein

Hund überquert. »Jetzt werden Sie meine Schuhe küssen und aufstehen.«

Werde ich zu BDSM-ig für das Familienfernsehen?

Na ja.

Er gibt meinen Schuhen einen Kuss, wie ich es befohlen habe, dann steht er langsam mit immer noch leerem Gesichtsausdruck auf.

»Bitte geben Sie meinem tapferen Freiwilligen eine Runde Applaus«, sage ich, und das löst endlich die Spannung. Alle klatschen mit wahnsinniger Begeisterung.

Genau wie zuvor spüre ich ein warmes Gefühl von Macht – und es wird immer stärker.

Oh-oh.

Ich hoffe, es wird nicht so schlimm wie beim letzten Mal. Ich will nicht noch einmal in Ohnmacht fallen.

Ich atme tief durch.

Ich kann nicht an Ohnmacht – oder andere potenzielle Fallstricke – denken, da ich ansonsten gleich im nationalen Fernsehen durchdrehe. In einer Welt, die nicht meine eigene ist, aber trotzdem.

»Danke«, sage ich, als die Ovationen nachlassen. »Die andere Macht, die ich Ihnen zeigen wollte, ist meine Fähigkeit, das Glück zu kontrollieren.«

Ich nehme den Schweißhelm und setze ihn so auf, dass ich mein Mikrofon noch benutzen kann.

»Gibt es jemanden im Publikum, der so etwas besitzt?« Ich schwenke die Nagelpistole durch die Luft.

Ein großer Mann steht auf, und ich bitte ihn, sich uns auf der Bühne anzuschließen.

»Nehmen Sie sie.« Ich gebe dem Mann meine Nagelpistole. »Bitte überprüfen Sie, ob dies eine normale Nagelpistole ist, aber seien Sie vorsichtig. Ich will nicht, dass Sie sich in den Fuß schießen, falls diese Show nicht versichert ist.«

Alle kichern, und der Mann überprüft, ob die Waffe tatsächlich völlig normal ist.

»Bitte geben Sie sie ihm«, ich nicke zu dem Juror, »und kehren Sie mit einem Applaus zu Ihrem Platz zurück.«

Als der Hardware-Experte unter dem verhaltenen Klatschen des Publikums abtritt, gehe ich zum Ende der Bühne, wo ich meinen Rücken gegen eine Holzwand drücke.

»Sind Sie bereit?«, frage ich den Juroren.

Er nickt roboterhaft, eindeutig noch bezirzt.

»Gut.« Ich atme noch einmal beruhigend ein. »Ich will, dass Sie mich mit diesen Nägeln beschießen. Geben Sie beim Zielen Ihr Bestes und machen Sie sich keine Sorgen. Meine Macht über das Glück wird dafür sorgen, dass kein einziger mich trifft.«

Noch nie war ein Magier näher an der Wahrheit als ich in diesem Moment.

Die Methode wird in der Tat die Macht über das Glück sein, allerdings Liliths Macht und nicht meine.

Der widerborstige Juror zielt mit der Nagelpistole auf mich.

Ich spreize theatralisch die Arme.

Das Publikum rutscht vor Aufregung totenstill bis an die Kante der Sitze.

Ich habe mich immer gefragt, was im Kopf einer durchschnittlichen Person vor sich geht, wenn sie einen gefährlichen Stunt wie diesen erlebt. Möchte jemand »Hör auf!« schreien, was wahrscheinlich moralisch korrekt wäre? Oder hoffen sie heimlich, dass der Darsteller verletzt wird?

Menschen haben eine krankhafte Neugier – deshalb halten sie immer an, um bei einem Unfall auf einer Autobahn zu gaffen.

Peng!

Der erste Nagel trifft die Wand einen Zentimeter von meiner Schulter entfernt.

Das Publikum keucht.

Der nächste Nagel trifft in den Freiraum zwischen meinen Beinen.

Wow.

Wenn das nur einen halben Zentimeter höher wäre, wäre ich im wahrsten Sinne des Wortes genagelt worden.

Der nächste Schuss landet so nah an der Oberseite meines Kopfes, dass er etwas Farbe von der Schweißermaske entfernt.

Der nächste trifft zwischen meine ausgestreckten Finger.

Lilith muss eine große Kontrolle über die Flugbahn dieser Nägel haben – und sie tut ihr Bestes, damit das Ganze gut aussieht.

Eine gefühlte Woche später gehen der Waffe endlich die Nägel aus.

Ich trete von der Wand weg und drehe mich um.

Dort ist nun eine Silhouette von mir aus Nägeln.

»Da sehen Sie es«, sage ich. »Ich habe wirklich sehr viel Glück.«

Der Applaus ist jetzt tosend. Er hört nicht auf, und ich merke, dass alle, sogar die Juroren, jetzt stehen, um mir ihre Anerkennung zu zeigen.

Meine Knie fühlen sich weich an, und das warme Energiegefühl ist wieder da, aber diesmal viel stärker.

Eine wahre Flut.

Mist.

Ich muss von der Bühne herunter, bevor der orgastische Teil kommt und ich aufs Gesicht falle – möglicherweise würde ein Teil der Wirkung dann aufgehoben werden.

»Vielen Dank«, keuche ich. »Ruft für mich an!«

Damit laufe ich schnell von der Bühne.

Die Ovationen wollen nicht enden.

Die Jurorin, bei der ich das Lotterielos gelassen habe, ruft, dass ich noch eine Zugabe machen soll.

Lilith kommt mir mit einem stolzen Grinsen entgegen und umarmt mich sogar.

Ich ziehe meinen Schweißerhelm aus, damit ich atmen kann, und dann kommt mir eine Idee.

Sie könnten ihre Zugabe bekommen, und ich könnte sie noch mehr beeindrucken, ohne ins Schwitzen zu kommen.

Ich schalte mein Mikrofon aus und sage Lilith eindringlich: »Wechsle die Kleidung mit mir.«

Ich ignoriere die fassungslosen Blicke der anderen Teilnehmer und beginne, mich auszuziehen.

Lilith, die mindestens so hinterhältig ist wie ich, reagiert schnell und zieht sich ohne Fragen zu stellen aus.

Als unsere Kleidung getauscht ist, gebe ich ihr die Maske, und sie zieht sie über.

Ja.

Niemand wird in der Lage sein, den Austausch zu erkennen.

»Geh raus und beweise, dass du fliegen kannst«, sage ich ihr.

Ich kann ihr Gesicht durch die Maske nicht sehen, aber ich bin sicher, dass sie voller Vorfreude grinst.

Anmutig geht sie auf die Bühne.

Ich gehe in den Bezirzungsmodus und lasse die anderen Teilnehmer vergessen, was sie gerade gesehen haben.

Dabei fällt mir auf, dass ich dies als Chance zur Flucht nutzen könnte.

Zuerst muss ich diesen Effekt jedoch optimal nutzen. Ich finde einen Röhrenfernseher, der anzeigt, was auf der Bühne passiert, und schalte mein Mikrofon wieder ein.

Lilith geht in die Mitte der Bühne und verbeugt sich.

Die verrückten Ovationen lassen nach.

»Bevor ich die nächste Demonstration durchführe, überprüfen Sie mich bitte auf versteckte Drähte oder Magnete«, sage ich in mein Mikrofon, und Lilith geht zum wahrscheinlich immer noch bezirzten unsympathischen Juror, der die Bühne nicht verlassen hat.

Ohne zu handgreiflich zu werden, durchsucht er sie auf Kabel und findet keine.

Lilith schwebt langsam nach oben.

Diesmal ist das beeindruckte Keuchen so laut, dass ich es von hier aus hören kann.

Jemand kommt auf die geniale Idee, nach New Age klingende Musik im Hintergrund zu spielen, während Lilith immer höher und höher aufsteigt.

Ich bin sehr zufrieden mit ihrer Leistung.

Wenn nur dieser Effekt aufgeführt worden wäre, bezweifele ich, dass irgendjemand geglaubt hätte, dass ich wirklich fliegen kann. David Copperfield hat Anfang der 90er Jahre eine Levitations-Täuschung durchgeführt, die genau so aussah, ohne ein Göttervampir zu sein – zumindest, soweit wir wissen. Aber zusammen mit meinen anderen Demonstrationen dürften die Leute glauben, dass dies echt ist.

Zumindest hoffe ich das.

»Ich werde jetzt ins Publikum fliegen, damit auch Sie nach Drähten suchen können«, sage ich, und Lilith macht es, wie ich sagte – sie landet neben zufällig ausgewählten Menschen, die offensichtlich keine geheimen Drähte finden können.

Während die Zuschauer zu Hause beginnen, daran zu glauben, verstärken sich die warmen Gefühle weiter.

Meine Gliedmaßen beginnen zu prickeln, und ich setze mich hin, aus Angst, dass ich umkippen könnte.

Das ist meine Chance, zu entkommen. Ich habe mich von der Vorstellung mitreißen lassen.

Meine Zehen kräuseln sich, und ich spüre, wie der vom Glauben an mich ausgelöste Orgasmus, der über mich hereinbricht, dem ähnelt, den ich bei meinem ersten Fernsehauftritt hatte.

Dieser Machtgasmus – oder wie auch immer man es nennen mag – wird dicht gefolgt von einem weiteren und noch einem.

Genau wie beim ersten Mal verwandelt sich das Vergnügen in Schmerz, als ich das Gefühl habe, dass sich mein ganzer Körper in einen rohen Nerv verwandelt, der mit einem Taser berührt wird.

Der Raum dreht sich um mich herum, und mir wird schwindlig.

Dann trifft mich eine neue Wärmewelle, die mein Gehirn kurzschließt.

Ich breche auf dem Boden zusammen, und mein Bewusstsein verabschiedet sich.

KAPITEL NEUNZEHN

ICH KOMME zur Besinnung und setze mich auf.

Mein Kopf lag auf Liliths Schoß, und wir sitzen in einem fahrenden Auto, ohne einen Hinweis auf das Fernsehstudio.

»Wie sind wir hierhergekommen?«, frage ich und schaue aus dem Fenster auf die unzähligen Menschen, die über die geschäftigen Straßen der Stadt um uns herum schwirren.

»Als ich mit unserer Vorstellung fertig war, kam ich heraus und sah, dass du kollabiert bist«, sagt Lilith. »Bevor sich die begeisterten Fans auf dich stürzen konnten, habe ich dich rausgetragen, und wir haben dieses Taxi genommen.«

Wow.

Das letzte Mal bin ich nur für einen kurzen Moment ohnmächtig geworden. Vielleicht habe ich heute noch mehr Macht gewonnen?

»Woher weiß ich, ob es funktioniert hat?«, frage ich

Lilith mit einem gedämpften Flüstern. »Bin ich jetzt ein mächtigerer Seher und Wahrscheinlichkeitsmanipulator? Und, was noch wichtiger ist, kann ich fliegen?«

»Das kann ich dir auch nicht sagen«, antwortet sie mir. »Ich stelle mir vor, dass du als Seher den Unterschied nicht so sehr spüren wirst – abgesehen von der Tatsache, dass deine tägliche Seherkraft viel größer sein sollte.«

Um diese Theorie zu überprüfen, versuche ich, in den Leerraum zu gehen, scheitere aber wieder.

Vielleicht wird der Schub erst einsetzen, wenn ich mich von Nostradamus' Angriff erholt habe?

»Jetzt, als Wahrscheinlichkeitsmanipulator mit größerer Leistung, solltest du Zugang zu Ereignissen mit niedrigerer Wahrscheinlichkeit haben – solche, die wie dickere Stränge aussehen«, fährt sie fort.

Ich nehme mein Kartenspiel heraus, mische es, schließe dann die Augen und versuche Chesters Test noch einmal.

Ich stelle mir die Decktrennung vor, zuerst in Rot und Schwarz, dann nach Farben und schließlich nach Werten sortiert. Ich erinnere mich selbst daran, wie cool es wäre, das Spiel zu ordnen und mir wie zuvor vorzustellen, wie ich diesen Test als Kartenmagie aufführen könnte – oder als geheime Methode.

Diesmal ist es einfacher.

Die bunten Linien – die Stränge des Schicksals – erscheinen schneller als beim letzten Mal vor mir.

Während ich sie eingehend betrachte, konzentriere ich mich auf ihre Dicke.

Wie bisher fühlen sich die dickeren Stränge »richtiger« an – und ich habe jetzt eine Idee, warum. Es ist, wie Chester es gesagt hat: Die dickeren Stränge erfordern einen höheren Energieaufwand. Und Lilith sagte gerade, dass dickere Stränge von weniger wahrscheinlichen Ereignissen stammen.

Wenn man diese Informationen kombiniert, hat es Sinn, dass ein weniger wahrscheinliches Ereignis – wie ein Ereignis mit zweiundfünfzig Glücksfaktoren – mehr Wahrscheinlichkeitsmanipulationskraft verbraucht und durch einen dickeren Strang repräsentiert wird.

Wie beim letzten Mal scheinen die dünneren Stränge leichter zu kontrollieren und elastischer zu sein, während die dickeren unerreichbar und unnachgiebig sind.

Ich ergreife mental den dicksten Strang, den ich sehen kann.

Es ist, als würde ich versuchen, einen Seeaal mit öligen Händen festhalten zu wollen.

Gut. Ich ignoriere den unnachgiebigen Strang für den Moment und probiere einen, der etwas dünner ist – einen, der sich nicht so »richtig« anfühlt.

Dieser entwischt meinen Händen ebenso wie der nächstdünnere und der danach.

Irgendwann finde ich jedoch einen Strang, der in Bezug auf die anderen etwa mitteldick ist – und als ich metaphysisch Druck auf ihn ausübe, reißt er.

Ich öffne die Augen und breite schnell die Karten in meinen Händen aus.

Ja!

Ich habe Fortschritte gemacht.

Anstatt wie sie bisher nur in Schwarz und Rot zu trennen, wurden die Karten auch nach Farben geordnet. Die Zahlen jeder Farbe sind zwar immer noch in einer zufälligen Reihenfolge, aber ich bin meinem Ziel näher gekommen.

Der Fernsehauftritt zahlt sich bereits aus.

Ich mache den Test noch einmal.

Es ist diesmal einfacher, das gleiche Ergebnis zu erzielen.

Ein weiterer Versuch, und ich schaffe es, einen dickeren Strang meinem Willen zu unterwerfen – und die Hälfte der Piks wird dadurch sortiert.

»Das ist ausgezeichnet«, sagt Lilith und schaut sich meine Arbeit an. »Sei aber vorsichtig, dich am Anfang nicht zu überfordern. Es gibt Grenzen, wie viel du an einem Tag manipulieren kannst.« Sie nimmt mir das Spiel ab, mischt es und fächert dann das komplett geordnete Spiel mit einem Augenzwinkern auf. »Diese Grenzen erweitern sich mit zunehmender Erfahrung – wie beim Muskelaufbau –, aber im Moment hast du vielleicht nicht mehr viel zum Spielen übrig.«

Mist.

Das wäre eine nützliche Information gewesen, bevor ich meine Trickser-Kräfte beim Spielen mit einem Kartenspiel verschwendet habe.

Andererseits brauche ich die Übung. Ich bin noch

lange nicht in der Lage, mit meiner neu entdeckten Kraft etwas Nützliches zu tun.

Ich beschließe, Liliths Warnung zu ignorieren, mische die Karten und versuche, den Test zu wiederholen – aber es tauchen keine Stränge auf, egal wie stark ich mich konzentriere.

Ich schätze, ich habe das Limit erreicht, von dem sie sprach.

Na ja. Es gibt etwas viel Cooleres, von dem ich herausfinden muss, wie man es macht.

»Was ist mit dem Fliegen?«, frage ich Lilith wissbegierig. »Wie macht man *das*?«

»Das weiß ich wirklich nicht«, sagt sie. »Wenn ich es brauche, passiert es einfach.« Sie schwebt leicht von ihrem Sitz, aber nicht so hoch, dass der Taxifahrer es bemerken würde. »Ich musste nie Fliegen üben, so wie ich es bei der Wahrscheinlichkeitsmanipulation tat. Alle Vampirgeschenke sind so mühelos. Du machst es einfach, und das war's.«

Oki-doki.

Ich wünsche mir, zu fliegen.

Nichts passiert.

Vielleicht will ich es nicht genug – vor allem nicht, während ich wie gerade in einem fahrenden Auto sitze?

Ich wünsche mir noch einmal ganz stark, selbst zu fliegen.

Immer noch *nada*.

Gut. Ich werde später damit experimentieren.

Da Lilith aus dem Fenster starrt und nicht auf mich

achtet, nutze ich den Moment, um darüber nachzudenken, wie mein Plan aussehen könne.

Fliehe ich und schließe mich Nero und dem Rest der Cogniti auf der Erde an, damit wir Tartarus auf Liliths Welt begegnen können, wie es Nostradamus vorgeschlagen hat? Oder treffe ich hier auf dieser Welt auf Tartarus, wie es meine Mutter will?

Das Taxi hält an einer roten Ampel an, und eine große Gruppe von Schülern beginnt, die Straße zu überqueren.

Ihre Gesichter sind so engelsgleich und unschuldig, dass es sich wie ein Eimer kaltes Wasser in meinem Gesicht anfühlt.

Warum ist das überhaupt ein Dilemma?

Dies ist eine Welt mit *unzähligen* Menschen – und jeder ist das Kind, die Mutter, der Vater, der Bruder, die Schwester, der Mann, die Frau von jemandem.

All diese Menschen verdienen es genauso sehr, zu leben, wie jeder auf der Erde.

Wenn ich kann, sollte ich sie schützen – zumal einige von ihnen mich jetzt für eine Superheldin halten. Wie heißt das berühmte Zitat von *Spiderman*? Aus großer Kraft folgt große Verantwortung.

Es gibt wirklich keine andere Wahl.

Ich muss versuchen, ihnen zu helfen. Das ist der einzige Weg, wie ich mit mir selbst leben kann.

Wenn ich überlebe.

Das war es also. Ich bleibe hier.

Jetzt muss ich herausfinden, was das bedeutet, wenn es um Lilith geht.

Laufe ich immer noch vor ihr weg? Oder stimme ich ihren Plänen zu?

Letzteres auf keinen Fall. Es gibt ein großes Problem mit dem, was sie will – dass die Cogniti der Erde sich aus diesem Konflikt heraushalten.

Da sprechen ihre Gier und Torheit. Wir haben eine viel bessere Chance, Tartarus zu besiegen, wenn ich irgendwie eine Nachricht an Nero schicken kann, damit er und die anderen mitmachen und helfen können.

Aber wie?

Rede ich mit Lilith?

Nein. Das birgt die Gefahr, den Sire Bond auszulösen und meine Freiheit deutlich einzuschränken.

Wenn ich Zugang zum Leerraum hätte, könnte ich Rasputin erreichen, aber es bleibt mir keine Zeit, meine Kräfte wiederherzustellen.

Ich brauche eine andere Form der Kommunikation zwischen den Otherlands – oder ich muss weglaufen und Nero persönlich die Nachricht bringen, ein Schritt, der angesichts von Liliths Wachsamkeit und der ständigen Bedrohung durch den Sire Bond unwahrscheinlich ist.

Dann geht mir ein Licht auf.

Ich *habe* eine alternative Möglichkeit, von überall in den Otherlands aus zu kommunizieren.

Alles, was ich tun muss, ist, Lilith dazu zu bringen, dass sie sie mir erlaubt.

»Egal wie sehr ich es versuche, ich kann nicht fliegen«, sage ich zu Lilith und täusche meine Frustration nicht einmal vor. »Ich fühle mich überhaupt sehr erschöpft.« Ich massiere meine Schläfen. »Wenn ich noch menschlich wäre, würde ich sagen, dass ich eine Nacht wie ein Stein schlafen muss. Oder einen Urlaub brauche. Und ein oder zwei Spa-Behandlungen.«

»Du arme Kleine.« Lilith streichelt meinen Rücken in einer bizarr fürsorglichen Geste. »Du *hast* eine Menge durchgemacht. Als ich mich gerade gewandelt hatte, schlief ich die ersten paar Nächte, nur um mich anzupassen. Wie wäre es, wenn du ein Nickerchen machst, wenn wir im Hotel sind?«

»Bist du sicher?« Ich gähne, während ich innerlich vor Freude über meinen Erfolg aufschreie.

»Ich bin mir sicher«, sagt sie, gerade als das Auto zu einem Hotel fährt.

Während wir durch die Lobby gehen, schauen mich ein paar Leute neugierig an.

»Ich glaube, sie erkennen dich von deinem Ausflug ins Fernsehen«, flüstert Lilith. »Bis Tartarus kommt, wirst du alles sein, worüber sie reden werden.«

Wie um ihre Theorie zu bestätigen, bittet uns ein Teenager an den Aufzügen, seinen Zauberwürfel zu signieren.

Ich schreibe »Die unglaubliche Sasha« auf den Würfel, und dann verfluche ich mich selbst, weil ich mir keinen coolen Superheldennamen ausgedacht habe – und weil ich all meine Macht als Wahrscheinlichkeitsmanipulatorin beim Mischen von Karten aufgebraucht habe.

Wenn ich sie noch hätte, hätte ich einen coolen Effekt erzeugen können, bei dem ich das Puzzle hinter meinen Rücken halte, es zufällig drehe und die Farben dank meiner Trickser-Kräfte sortiere.

Selbst wenn ein paar Felder nicht übereinstimmen würden, wäre es eine beeindruckende Leistung.

Na ja.

Ich ziehe mein Kartenspiel heraus und führe normale Kartentricks vor, bei denen die Karte, die der Junge nennt, in meiner Tasche landet.

»Wie hast du das gemacht?«, fragt der Junge mit offenem Mund.

»Kannst du ein Geheimnis bewahren?«, flüstere ich ihm verschwörerisch zu.

»Ja.« Er beugt sich vor, und seine Augen werden größer.

»Ich auch«, sage ich mit einem Augenzwinkern und ergreife dann Lilith am Ellenbogen und fliehe in den Aufzug.

Einmal drinnen, drückt sie den Knopf für die fünfundzwanzigste Etage und sagt: »Du musst mir einige deiner Zaubertricks beibringen. Sie können meiner Welt helfen.«

»Sicher.« Der Aufzug hält an, und wir steigen aus. »Aber vielleicht, wenn ich mich nicht so ausgelaugt fühle.«

»In Ordnung.« Sie öffnet eine Tür, und wir betreten

ein einfaches, fernsehfreies Hotelzimmer. »Warum ruhst du dich nicht jetzt aus.« Sie nickt dem Bett zu.

»Ja.« Ich ziehe mir die Schuhe aus. »Warum übst du es nicht, während ich schlafe?« Ich gebe ihr eine meiner Karten und zeige ihr, wie sie sie in ihren Händen versteckt hält. »Das nennt man Palmieren – und um es zu meistern, rate ich dir, mit dieser Karte in der Hand herumzulaufen, bis es sich wie das Natürlichste der Welt anfühlt. Du wirst vielleicht zuerst Schuldgefühle haben, wenn du anfängst, zu palmieren, aber ...«

»Schuldgefühle sind kein Problem für mich«, sagt Lilith und nimmt ungeschickt die Karte in die Handfläche.

Der Drang, auf diesen Kommentar zu antworten, ist stark, aber ich widersetze mich ihm mit jedem Fitzelchen Selbsterhaltungstrieb, den ich besitze.

Ich bin zu weit gekommen, um wegen solcher Kleinigkeiten unter den Sire Bond zu fallen.

Ich lege mich aufs Bett, schließe die Augen und sage: »Gute Nacht.«

»Ruh dich aus, meine Liebe«, säuselt Lilith sanft, fast mütterlich.

Nee. Den letzten Teil habe ich mir nur eingebildet.

Lilith ist in etwa so mütterlich wie eine AK-47.

Ich beruhige meine Atmung und stelle einen neuen Rekord im schnellen Einschlafen auf.

KAPITEL ZWANZIG

ICH FÜHRE den Trick mit der Kugel auf, die ich mit den Zähnen fange – mit Nero als sexy Assistent.

Die Kugel ist zwischen meinen Zähnen – und der Applaus beginnt, als ich sehe, dass meine Familie und Freunde in Schwierigkeiten sind.

Bevor jemand getötet wird, erscheint eine vertraute Gestalt vor mir und friert die Zeit um uns herum ein, so dass nur sie und ich uns bewegen können.

Ja.

Mein Plan hat funktioniert.

Das ist ein Traum, und sie ist seine Wandlerin – Bailey.

»Ich hoffe, es macht dir nichts aus, dass ich mich einschalte, bevor dieser angenehme Traum zu einem Alptraum wird«, sagt Bailey. »Für therapeutische Zwecke, wir ...«

»Ich bin nicht zur Therapie hier«, sage ich schnell. »Ich bin eingeschlafen in der Hoffnung, dich wiederzusehen. Ich muss eine Nachricht an Nero schicken. Sie ist sehr wichtig.«

Bailey blinzelt mich an, und wir befinden uns wieder auf einer Wolke mit dem endlosen Ozean unter uns.

»Sag mir, was das Problem ist«, sagt sie, als die Couch auf der Oberfläche der Wolke erscheint.

Pom – ihr süßer Begleiter – materialisiert sich ebenfalls hier und beobachtet mich mit seinen riesigen, hübschen Augen.

Da ich mir denke, dass ich es mir genauso gut gemütlich machen könnte, setze ich mich hin und sage: »Es geht um Lilith. Sie hat mich entführt.«

Ich fahre fort, Bailey alles zu erzählen, einschließlich des Teils über Tartarus – dass der ursprüngliche Plan war, ihm auf Liliths Welt entgegenzutreten, und warum ich denke, dass sich dieser Plan basierend auf dem, was ich kürzlich erfahren habe, ändern sollte.

»Wie kann man dich finden?«, fragt Bailey. »Das ist das Erste, was Nero wissen wollen wird.«

Dankbar dafür, dass ich ihn mir eingeprägt habe, gebe ich ihr eine Schritt-für-Schritt-Anleitung des Wegs vom JFK-Drehkreuz der Erde zu dieser Welt.

»Kontrollieren wir, dass ich ihn richtig behalten habe«, sagt Bailey. Aber anstatt ihn mir zu erklären, zeigt sie mir einen Traum von sich selbst, in dem sie die gerade beschriebene Route geht.

»Alles richtig«, sage ich und erzähle ihr von dem Hotel, in dem ich mich gerade befinde. Als klar ist, dass

Bailey auch diesen Teil verstanden hat, frage ich: »Weißt du eigentlich, wo Nero ist?«

»Auf der Erde, nehme ich an«, sagt sie. »Ich selbst bin auf Gomorrha, kann aber bald auf der Erde sein. Von dort aus werde ich ihn einfach anrufen.«

»Gut«, sage ich. »Du tust das, und ich wache auf und gebe mein Bestes, mich in der Zwischenzeit um Lilith zu kümmern.«

»Sei vorsichtig«, sagt Bailey und streichelt Pom. »Ich hoffe immer noch, eines Tages an deinen Alpträumen zu arbeiten. Du hattest bisher ein interessantes Leben.«

Ich lächele sie an. »Du bekommst deine Gelegenheit, versprochen. Wenn ich Tartarus überlebe, werde ich sicher brandneue Alpträume für deinen beruflichen Spaß haben.«

Damit stehe ich auf und wünsche mir ganz fest, aufzuwachen.

Es funktioniert.

Umgehend öffne ich die Augen im Hotelzimmer.

KAPITEL EINUNDZWANZIG

NICHT IM GERINGSTEN MÜDE, schaue ich mich um.

Lilith ist nirgendwo zu sehen.

Ich stehe auf und entdecke eine handschriftliche Notiz auf dem Bett neben mir.

Ich bin rausgegangen, um mir etwas zu essen zu besorgen. Bin bald zurück.

– Mami

Etwas zu essen? Ich hoffe, es ist kein kleines Kind, keine Nonne oder ein Kätzchen.

Ich mache mich gedankenlos auf den Weg ins Badezimmer.

Typisch mein Glück – sobald ich beschließe, dass ich nicht vor Lilith flüchten muss, gibt sie mir die Möglichkeit dazu.

Es sei denn, ich *sollte* weglaufen?

Ich kann mich immer noch später mit ihr in Verbindung setzen, wenn Tartarus auftaucht.

Ohne nachzudenken, schnappe ich mir eine

Einwegzahnbürste, die das Hotel zur Verfügung gestellt hat, drücke etwas Zahnpasta darauf und putze mir die Zähne.

Dann macht etwas in meinem Gedächtnis klick – und eine Welle der Angst folgt.

Wie konnte ich das nicht früher erkennen? Ich hatte eine Vision davon, wie ich mir in einem Hotelbadezimmer die Zähne putze!

Ich stand genau so da, bevor …

Meine Erkenntnis kommt zu spät.

Mein Vampir-Supergehör nimmt das gleiche Geräusch wahr, das ich in meiner Vision gehört habe – dass jemand die Tür öffnet und in den Raum kriecht.

Wie in der Vision spucke ich nicht einmal aus, als ich die Zahnbürste beiseitelege und dann mit Höchstgeschwindigkeit aus dem Badezimmer schieße.

Zumindest vermeide ich es diesmal, in den riesigen Eindringling zu laufen.

Aber nur knapp.

Als ich ihn ansehe, verschwinden alle Zweifel, die ich hatte.

Es ist das gleiche Wachstumshormon, das in einen Mann verwandelt wurde.

Nur, dass er kein Mann ist, wie ich erfahren habe. Er ist ein Werwolf.

Ich trete einen Schritt zurück, als einige der Puzzleteile an ihren Platz fallen – die seltsamen 80er-Jahre-Haare auf seinem Kopf, das Outfit, das Polaroidfoto.

Es passt alles zusammen.

Das ist normal auf dieser Welt.

Ich verstehe auch, warum ihm die Mandatsaura fehlt.

Er ist nicht von der Erde.

Deshalb war sich Eduardo, der Werwolf-Alpha, so sicher, dass er einen solchen Werwolf nicht kennt.

Ich gehe noch weiter zurück und erinnere mich an das, was ich in meiner Vision versucht habe, damit ich es nicht wieder tue.

Nicht, dass ich viele Möglichkeiten hätte: Es ist entweder Bezirzen oder Kämpfen.

Nun, bezirzen hat nicht funktioniert – was enttäuschend ist, da meine Macht jetzt durch den Glauben gestärkt ist.

Es sei denn, meine Vision war eine Zukunft, in der ich vorher nicht im Fernsehen war.

Nein.

Ich kann es nicht riskieren.

Dieser Typ könnte der lokale Alpha und damit zu mächtig für mein Bezirzen sein – oder vielleicht können Werwölfe einfach nicht bezirzt werden.

Was nur die Möglichkeit übrig lässt, zu kämpfen – aber das hat auch nicht funktioniert.

Es sei denn, ich kann es diesmal besser machen? Oder zumindest … anders?

Es wäre gut, ihn aufzuhalten und zu beten, dass Lilith in letzter Minute kommt.

Es wäre zumindest einen Versuch wert.

Eine Hinhaltetaktik ist, sich zu unterhalten, also sage ich: »Hi. Wie kann ich dir helfen?«

Der Typ legt den Kopf schief, schaut sich das Foto in seiner Hand an und dann zurück zu mir. Grunzend erstrahlt er in einem Energieblitz.

Der Typ ist offensichtlich kein Freund großer Worte.

Wie in meinem Traum zerfetzt seine Kleidung, als er sich in seine riesige Wolfsform verwandelt.

Ich ziehe mich zurück, und mein Herz schlägt verzweifelter als in meiner Vision.

Verdammt seien die Zukunft und ihre vorhersehbaren Muster.

Knurrend zeigt der Werwolf seine massiven Zähne und kommt auf mich zu.

Meine Reißzähne verlängern sich, ich weiche einem Schlag seiner massiven Pfote aus – und die Ecke des Bettes wird wieder einmal demoliert.

Ich schiebe meine Hände in die Taschen, ziehe mein ganzes restliches Pyropapier zusammen mit einem Feuerzeug heraus und blende uns beide, als ich es anzünde.

Er erholt sich zuerst und schlägt mit seiner anderen Pfote nach mir.

Da ich wusste, wie stur die Zukunft sein kann, habe ich dieses Manöver erwartet und drehe mich, obwohl ich geblendet bin, mit übernatürlicher Geschwindigkeit zur Seite, so dass anstelle meines Gesichts die Kommode zerstört wird.

Letztes Mal habe ich ihn in den Brustkorb getreten – also trete ich diesmal gegen seinen Kopf.

Es funktioniert nicht besser als in meiner Vision.

Der Typ weicht dem Schlag aus und nimmt meinen Oberschenkel, genau wie vorher, in sein Maul.

Ich knirsche frustriert mit den Zähnen und bemühe mich, das Gleichgewicht zu halten.

Er wirft mich hin und her, und ich verliere den Kampf, als mein Kopf auf die Ecke eines Nachttisches knallt, als ich falle. Dann schleppt er mich durch den Raum.

Wieder.

Ich kämpfe mit aller Kraft. Wenn ich die Zukunft jetzt nicht ändere, fliege ich gleich aus dem Fenster, und das war's.

Es funktioniert nicht.

Seine Zähne klammern sich einfach fester an mich, und er knurrt, als er seinen Kopf zurückwirft und mich in die Luft schleudert.

Es gibt einen bekannten Moment der Schwerelosigkeit, bevor mein Rücken auf das Fenster trifft.

Das Glas zerbricht um mich herum, verletzt meine Haut, und als ich nach dem Fensterrahmen greife, schneide ich mir auch nur meine Handflächen an den scharfen Kanten des Glases auf, während der Schwung mich weiterfliegen lässt.

Das war es.

Ich falle wie ein Stein.

KAPITEL ZWEIUNDZWANZIG

DER ADRENALINÜBERSCHUSS LÄSST das Fallen langsam erscheinen.

Ich wundere mich, wie schnell meine Kopfwunde und meine Hautverletzungen verheilen, aber ich weiß auch, dass keine Heilkraft mich vor diesem Sturz retten kann – oder der Landung, um genauer zu sein.

Ich erinnere mich an etwas Wichtiges, als ich etwa auf der Höhe der neunzehnten Etage bin.

Der Fernsehauftritt.

Es sollte Leute da draußen geben, die glauben, dass ich fliegen kann.

Ich hoffe es.

Ich hätte es sicherlich nicht geglaubt, und Felix auch nicht. Aber Ariel vielleicht schon.

Also ja. Da draußen muss es Gläubige geben.

Das, zusammen mit der Tatsache, dass Vampire – oder zumindest Lilith – fliegen können, summiert sich zu potenziell guten Nachrichten für mich.

Abgesehen davon, dass ich gerade *nicht* fliege.

Ich falle.

Warum funktioniert es nicht? Lilith sagte, es gäbe keine spezielle Technik, aber als ich versuchte, im Auto zu fliegen, konnte ich es nicht. Zu diesem Zeitpunkt fragte ich mich, ob ich es vielleicht nicht genug wollte – aber jetzt will ich es ganz sicher genug. Ich will es mehr als alles andere.

Ein weiteres Stockwerk fliegt vorbei.

Ich wünsche mir mit all der Verzweiflung aus meiner aktuellen Situation, zu fliegen.

Noch eine Etage.

Ich stelle mir vor, dass ich leichter bin als Luft. Ich summe sogar »I Believe I Can Fly« – zumindest bis ich mich erinnere, wer dieses Lied singt. Dann summe ich stattdessen »Learning to Fly« von Pink Floyd.

Zwei weitere Stockwerke.

Ich versuche, so gut ich kann, zu glauben, dass ich es beherrsche. Ich erinnere mich daran, dass Fliegen nichts ist im Vergleich zu der Fähigkeit, in die Zukunft zu sehen. Schließlich können Vögel und Flugzeuge fliegen, aber keine Kreatur oder Maschine kann tun, was ein Seher kann.

Immer noch nichts – und es sind nicht mehr viele Stockwerke übrig, um es zu lernen.

Ich schließe die Augen, um mich besser konzentrieren zu können, und erinnere mich daran, dass ich ein Vampir bin.

Und nicht *irgendein* Vampir.

Ich bin Liliths Tochter, also ist das Fliegen mein Geburtsrecht.

Etwas passiert in der Nähe der fünften Etage, und ich fühle eine erstaunliche Leichtigkeit, die sich über meinen ganzen Körper ausbreitet.

Der Luftwiderstand verschwindet, und mein Fallen scheint beendet zu sein – aber ich habe Angst, die Augen zu öffnen.

Was, wenn sich jeder nach dem Aufprall so fühlt? Was, wenn dies die Leichtigkeit meiner Seele ist, die meinen Körper verlässt?

In der Ferne höre ich aufgeregte Schreie.

Meine Ohren scheinen noch zu funktionieren. Das ist beruhigend.

Wird schon schiefgehen.

Ich atme tief ein und öffne die Augen.

Ich schwebe in der Luft, fünfzehn Meter über dem Boden.

KAPITEL DREIUNDZWANZIG

ICH SCHAUE NACH UNTEN.

Dort stehen Menschen, die mich anstarren und auf mich zeigen.

Von dort kam also der Lärm. Zu schade, dass sie keine Handys mit Kameras auf dieser Welt haben. Dieses Video hätte sich viral verbreitet.

In Ordnung. Zeit, herauszufinden, wie diese Sache mit dem Fliegen funktioniert.

Ich möchte aufsteigen.

Zu meinem Erstaunen tue ich es.

Jetzt, da es endlich funktioniert, erinnert mich das Fliegen an die Art und Weise, wie ich während der Verbindung mit anderen Sehern im Leerraum schwebe – nur fühle ich mich noch leichter.

Langsam schwebe ich bis zu zweistelligen Etagen. Dann, immer schneller, erreiche ich die Zwanziger und finde das zerbrochene Fenster, aus dem ich gekommen bin.

Der Riesenwolf starrt mich aus dem Fensterrahmen an, wobei seine Ohren angelegt und seine Zähne zu einem Knurren entblößt sind.

»Wir haben ein unerledigtes Geschäft, du und ich«, zischte ich ihn pathetisch an. »Ich habe viele Fragen, und du wirst sie mir beantworten.«

Ich balle meine Hände zu Fäusten, strecke meine Arme im Superman-Stil aus und beschleunige.

Während ich auf ihn zufliege, fragt sich ein Teil von mir, warum ich überhaupt zurückkehre, um gegen den Kerl zu kämpfen, anstatt zu fliehen. Ich denke, es liegt daran, dass ich, wenn ich mir nicht beweisen kann, dass ich einen einfachen Werwolf besiegen kann – egal wie groß und stark –, ich nie glauben werde, dass ich jemandem wie Tartarus entgegentreten kann.

Außerdem habe ich es satt, dass irgendwelche Fremden versuchen, mich zu töten. Irgendwann reicht es auch einmal.

Vielleicht wird mein Name auf eine Liste von Leuten gesetzt, mit denen man sich nie anlegen darf, wenn ich erst einmal ein paar blutige Exempel statuiere.

Der Werwolf knurrt und stürzt sich auf mich, als ich direkt über ihm durch das Fenster rausche. Seine Zähne schnappen um Haaresbreite unter meiner Schulter aufeinander.

Ich schieße hoch und trete ihm in die Schnauze.

Der Werwolf fliegt durch den Raum und schlägt mit solcher Kraft gegen die Tür, dass sie zerbricht.

Er beginnt aufzustehen, aber langsam, wie betäubt.

In der Luft schwebend, greife ich seine Hinterpfote wie einen Baseballschläger und schwinge ihn nach oben – was dazu führt, dass sein Kopf gegen die Decke schlägt.

Gips regnet herunter, als er auf den Boden fällt und sein Kopf zur Seite rollt, wobei ich immer noch seine Pfote festhalte.

Entweder habe ich ihn k. o. geschlagen – oder er simuliert.

Wenn es Letzteres ist, ist es eine Fehleinschätzung.

Ich umgreife seine Hinterpfote fester und fliege zum Fenster.

Er ist immer noch bewusstlos – oder täuscht es vor –, als sein Kopf gegen den Fensterrahmen knallt.

Es ertönt ein Geräusch von Klauen, die den Teppich hinter uns zerfetzen.

Verdammt.

Er war nicht allein.

Eine Gruppe kleinerer Werwölfe stürmt in den Raum.

War die Wahrscheinlichkeitsmanipulation wieder auf meiner Seite? Wenn unser Kampf nur ein paar Sekunden länger gedauert hätte, hätte ich es mit einem ganzen Rudel zu tun gehabt.

»Ihr seid zu spät«, rufe ich den Neuankömmlingen höhnisch zu, während ich aus dem Fenster schwebe.

Sie beobachten mich mit so viel Wut in ihren Hundeaugen, dass ich mir Sorgen mache, dass einer oder mehrere es tatsächlich riskieren könnten, auf mich zu springen. Mit meinem Fang im Schlepptau fliege ich hoch, um das zu verhindern, und entspanne mich erst, als ich das Hoteldach weit hinter mir gelassen habe.

Jetzt, da ich wach bin, fliege ich weiter in Richtung der Wolken, bis die Menschen auf dem Boden wie Ameisen aussehen. Das ist der Moment, in dem mein Gefangener beginnt, zu sich zu kommen – und inzwischen bin ich sicher, dass er nicht nur so getan hat.

Sein Fortschritt ist langsam, also schüttele ich ihn ordentlich.

Seine Augen öffnen sich schließlich und weiten sich auf eine unnatürliche Weise für einen Wolf. Das heißt, falls man von einem übernatürlichen Wesen sagen kann, dass es etwas Unnatürliches tut.

Sein Blick fällt auf die Menschen unter uns, und sein ganzer Körper versteift sich, als Blut aus seinen Ohren, Maul und Nase zu fließen beginnt.

Oh Mist.

Er muss unter der Version des Mandats dieser Welt stehen, und es bestraft ihn, weil er den Muggeln seine pelzige Form gezeigt hat.

»Alter«, sage ich. »Ich bezweifle, dass jemand am Boden dich wirklich mit vielen Details sehen kann. Reiß dich zusammen.«

Er sagt nichts und blutet weiter – und ich kann dem Köder nicht widerstehen. Ich hebe ihn höher und beiße in seine pelzige Pfote.

Wie kann etwas so Ekelhaftes so gut sein?

Der Typ muss in der Tat sehr mächtig sein. Sein

Blut ist wie mit Schokolade überzogenes Heroin.

Der Werwolf, der wegen meines Bisses knurrt, erstrahlt jetzt mit diesem vertrauten Energieblitz, und die pelzige Pfote in meinem Griff verwandelt sich in ein menschliches Bein.

Ein nacktes menschliches Bein, befestigt an einem komplett nackten Körper, der auf dem Kopf steht.

Das ist unangenehm.

Andererseits könnte es noch schlimmer sein. Ich könnte die Nackte sein, und er könnte derjenige sein, der meine Körperflüssigkeiten genießt.

»Lass mich los«, knurrt der Werwolf, als er aufhört, aus all seinen Öffnungen zu bluten.

Ich blicke auf den fernen Boden unter uns, dann zurück auf ihn und imitiere Lilith mit meinem Lächeln. »Bist du sicher? Ich verstehe, dass es scheiße ist, von jemandem mit einem Drittel seines Gewichts geschlagen zu werden, aber das ist kein Grund, das Leben einfach so aufzugeben.«

Er erblasst, als ihm seine Wortwahl klar wird. »Bitte«, sagt er. »Ich mag keine Höhen.«

»Du magst keine Höhen?«, frage ich und täusche Besorgnis vor. Dann, als hätte ich die Kontrolle über mein Fliegen verloren, lasse ich mich ruckartig einen halben Meter nach unten fallen.

Der entsetzte Ausdruck auf seinem Gesicht ist unbezahlbar.

»Was willst du?«, knurrt er.

Hat mir meine Wahrscheinlichkeitsmanipulation einen Werwolf mit Akrophobie gebracht, oder ist es nur ein glücklicher Zufall? Kann es für mich überhaupt noch so etwas wie einen Zufall geben?

»Nichts«, sage ich und wiederhole die Fall-Taktik.

Er wird noch blasser. »Wie bringe ich dich dazu, damit aufzuhören?«

»Indem du mir sagst, warum du versucht hast, mich zu töten«, sage ich, und um meine Meinung über seine Handlungen hervorzuheben, tauche ich noch ein paar Meter tiefer.

»Du bist eindeutig ein Cogniti, aber du bist ins Fernsehen gegangen und hast deine Kräfte gezeigt, indem du im Lotto gewonnen hast«, sagt er zittrig. »Wir haben es überprüft – es war keine Illusion –, also musst du deine Trickserkraft benutzt haben, um das zu tun. Jetzt stellt sich heraus, dass sogar dein Flug echt war – was ich immer noch nicht glauben kann.« Er schaut nach unten. »Was hast du erwartet, was passieren würde?«

»Ich hatte mildernde Umstände«, sage ich, und während ich das tue, merke ich, wie interessant es ist, dass Lilith die örtlichen Cogniti mit keinem Wort erwähnt hat. Eigentlich ließ sie es sogar so klingen, als würden sie nicht existieren, als sie sagte, dass sie die Beute dieser Welt nicht mit den Cogniti von der Erde teilen wollte. Hat sie es als eine Selbstverständlichkeit angesehen, dass Tartarus alle einheimischen Cogniti töten würde?

»Du kannst jede Ausrede erfinden, die du willst, aber die Räte werden deinen Kopf haben wollen«, sagt er ein wenig zu mutig für meinen Geschmack, also tauche ich noch einen Meter weiter nach unten, um ihn zum Schweigen zu bringen.

Er knurrt als Antwort und sagt schmollend: »Ich war nicht der Einzige, der dich ausgeschnüffelt hat. Meine Vollstrecker sind da draußen – und du bist so gut wie tot. Besonders, wenn du mich tötest.«

»Wie heißt du?« Ich justiere meinen Griff neu, um sicherzustellen, dass er nicht verrutscht. Er ist so rutschig wie eine überstrapazierte Stripperstange.

»Obo«, knurrt er.

»Was, wie das Holzblasinstrument?«

»Nein«, sagt er. »Das ist eine Oboe – mit einem ›e‹ am Ende. Mein Name ist die Abkürzung für *Oboroten*.«

Ich grinse. »Werwolf auf Russisch?«

»Meine Eltern waren keine sehr subtilen Menschen«, sagt er schroff.

»Und der Apfel ist nicht weit vom Stamm gefallen«, sage ich. »*Gefallen*, verstanden?«

»Ja, sehr clever«, sagt er sarkastisch.

»In Ordnung, Obo. Kommen wir auf das eigentliche Thema zurück.« Ich festige meinen Griff um sein Bein, um sicherzustellen, dass er nicht herausrutscht und unser Gespräch vorzeitig beendet. »Ich bin hier aus einem anderen Otherland, und ich habe vor, deine Welt vor der Zerstörung zu retten. Ich erwarte keine große Dankbarkeit, aber mich zu ermorden wird niemandem helfen.«

»Wovon redest du da?«, knirscht Obo, und seine Bauchmuskeln spannen sich an. »Wie kannst du, ein einziger Vampir, eine ganze Welt retten? Und wovor?

Die größte Bedrohung für unsere Existenz bist du. Wenn du ins Fernsehen gehst, riskierst du, den Menschen unsere Natur zu zeigen.«

»Ich musste ins Fernsehen gehen, um meine Kräfte zu stärken, um euch allen zu helfen. Zu dem Punkt, wovor oder vor wem ich dich rette: Wie viel weißt du über Tartarus?«

Er lässt sich hängen. »Ich habe von Tartarus gehört. Ist er nicht nur ein Mythos, von dem sie einem bei der Einführung erzählen, damit man zu viel Angst bekommt, um in die Otherlands zu verschwinden?«

»Leider nicht. Tartarus ist echt, und er kommt, um deine Welt zu verschlingen.«

»Sicher tut er das. Und du bist hierhergekommen, um uns mit der Güte deines Vampirherzens zu retten.« Seine Worte triefen vor so viel Sarkasmus, dass ich ernsthaft erwäge, ihn fallen zu lassen, aber ich lasse mich einfach fallen, um ihn stattdessen zu erschrecken.

Es funktioniert. Er beginnt, schneller zu atmen.

»Wenn du so skeptisch bist, warum glaubst *du*, dass ich hier bin?«, frage ich, als er sich ein wenig beruhigt. »Warum sollte ich mich mit so etwas belasten?«

»Vielleicht bist du dumm und machthungrig«, sagt er. »Das gab es schon mal.«

»Ich denke, es ist dumm, mich dumm zu nennen«, sage ich und lockere meinen Griff etwas, so dass sein Bein fast aus meinem Griff rutscht.

Er fängt wieder an, extrem zu schwitzen. »Schön, was auch immer. Es spielt keine Rolle, warum du es getan hast. Es ist nicht mein Job, das zu wissen. Ich überlasse solche Fragen den Verantwortlichen.«

»Was *ist* dann dein Job?«, frage ich, als mir ein möglicherweise schlechter Gedanke kommt.

»Ich bin ein Vollstrecker«, sagt er stolz. »Ich bringe Cogniti wie dich dazu, dem Zorn des Rates entgegenzutreten. Tot oder lebendig.«

Ich stürze sadistisch ein paar Meter ab, um ihn daran zu erinnern, wer das Sagen hat. »Du hast Glück«, sage ich und beschließe, meine zweifelhafte Idee umzusetzen. »Ich werde dich deinen Job machen lassen.«

Er starrt mich, hörbar keuchend, verständnislos an. Der letzte Sturz war eindeutig ernüchternd.

»Du wirst mich mitnehmen, um mit deinem Rat zu sprechen«, sage ich. »Hoffentlich ist er nicht so dumm wie du.«

Er zieht sich wieder zusammen, und seine Augen sind so groß, als wären mir Stoßzähne gewachsen. »Ist das ein Trick? Du *willst* dich ihnen stellen?«

»Kein Trick«, sage ich. »Ich bin hier, um eure Welt zu retten, wie ich schon sagte – aber ich kann es nicht allein tun. Du und dein Rat werden mir helfen müssen, sie zu retten, und der erste Schritt ist, dass wir uns unterhalten.«

Er blinzelt. »Wenn du dir da sicher bist, dann lass mich runter, damit ich dir eine Augenbinde anlegen kann und wir dich ...«

»Überwältigen?« Ich lache auf. »Das wird nicht passieren. Wir werden zusammen dorthin fliegen.«

»Aber ...«

»Ich gehe mit offenen Augen«, sage ich fest. »Wenn mir etwas Unvorhergesehenes passieren sollte, habe ich immer noch die Chance, dich loszulassen.«

»Gut.« Seine Kiefermuskeln spannen sich an. »Lass uns dorthin fliegen. Wenn es dir nichts ausmacht, halte ich die Augen unterwegs geschlossen.«

»Solange du mir den Weg zeigen kannst, ohne hinzuschauen, kann ich *dir* die Augen verbinden.«

Er zuckt mit den Achseln – was eindeutig schwierig ist, wenn man auf dem Kopf steht. »Flieg nach Norden.«

Ich tue es, und während ich fliege, merke ich, dass die Metropole unter uns auf einer Insel gebaut ist, die wie ein Dreieck geformt ist, das zwei gleiche Seiten hat.

»Wenn ich recht habe, ist diese Landmasse ein gleichschenkliges Dreieck«, sage ich meinem Gefangenen. »Das ist ziemlich cool.«

»Ein goldenes Dreieck«, sagt er, ohne die Augen zu öffnen. »Die West- und Ostseite der Insel liegen im goldenen Schnitt zur Südseite.«

»Beeindruckend«, sage ich sarkastisch. »Ich wusste nicht, dass die Trigonometrie eine so grundlegende Fähigkeit für einen Werwolf-Vollstrecker ist.«

»Jedes Cogniti-Kind hier weiß das«, sagt Obo und nimmt einen Tourguide-Ton an. »Vor langer Zeit war diese Landmasse ein Pentagramm – eine Form, die goldene Dreiecke an den Spitzen hat. Dann verursachte einer der Nachkommen von Rūaumoko ein schweres Erdbeben, das nur diese Insel über Wasser ließ. Bald darauf haben wir das Mandat umgesetzt. Ich hoffe, du kannst verstehen, warum jeder auf dieser Welt empfindlich ist, wenn es um auffällige Machtdemonstrationen geht.« Er öffnet die Augen und verengt sie, während er mich anschaut.

Großartig. Es wird viel schwieriger sein, meinen Fernsehauftritt vor diesen Leuten zu rechtfertigen. Vorausgesetzt, ich kann es überhaupt schaffen.

Ich beiße mir auf die Lippen, fliege die nächsten Minuten schweigend und gebe mein Bestes, mir zu überlegen, was ich dem Rat sagen werde.

Obo korrigiert meinen Kurs ein paarmal, bis klar wird, dass wir dorthin fliegen, wo der engste Teil der Insel wie ein Pfeil hinweist.

»Was ist mit all den geometrischen Formen?«, frage ich, als ich eine andere Insel in der Ferne sehe. »Diese hier sieht aus wie eine Pizza mit einem fehlenden Stück – obwohl es sicher einen besseren mathematischen Begriff dafür gibt.«

»Diese Form wird Sektor genannt, und der Grund, warum es so viele Muster für die Landmassen auf dieser Welt gibt, ist Rūaumoko – der mächtigste Erdbeweger-Cogniti, der je gelebt hat«, erklärt Obo. »Er glaubte, er sei ein Gott und zerriss den ursprünglich zusammenhängenden Kontinent in Formen, die er für schön hielt. Diese Welt hat viele Legenden über jene apokalyptischen Ereignisse – und selbst moderne Wissenschaftler erklären sie mit einer zweifelhaften symmetrischen tektonischen

Plattentheorie.« Er starrt auf die sich schnell nähernde Form. »Wie auch immer, sie heißt Pac-Man Island und ist der Ort, an dem der hiesige Rat seinen Sitz hat.«

»Moment, was?« Ich hätte ihn fast fallen lassen. »Pac-Man? Das ist ein Spiel, das wir in meiner Welt haben. Woher kennt ihr das?«

Er wischt sich den Schweiß von der Stirn und atmet beruhigend ein. »Haben sie auch eine Einführung in deiner Welt?«, fragt er nach einem Moment.

»Das haben sie«, sage ich defensiv. »Vielleicht habe ich die ganze Sache nicht gerade beendet, aber das ist nicht meine Schuld.«

»Nun, wenn du es getan hättest, wüsstest du, dass alle guten Ideen für Spiele, Bücher und Filme routinemäßig von Cogniti aus verschiedenen Welten *geborgt* werden«, sagt er. »Deshalb findet man oft ähnliche Sprachen, Populärkultur, technologische Fortschritte und vieles mehr.«

Natürlich. Warum bin ich nicht von selbst darauf gekommen? Es klingt, als könnte ich den Abakus in die Drachenwelt bringen und damit dort der nächste Bill Gates sein.

Moment mal.

Ist Bill Gates ein Cogniti? Bekam er die Idee für *Windows* von einem Ort wie Gomorrha? Wenn ja, warum sprang er nicht direkt zu KI oder VR? Oder schweben …

»Einige Technologien werden von den Räten kontrolliert«, sagt Obo, der offensichtlich meine Gedanken liest. »Bei Büchern, Comics und Musik ist der Austausch zwischen den Welten am größten. Es sei denn, es sind Bücher über politische Ideologien, die ihrer Zeit voraus sind.«

Ich behalte im Hinterkopf, das mit Dr. Hekima zu besprechen – vorausgesetzt, ich überlebe.

Jetzt, da wir nah genug an Pac-Man Island sind, um es zu betrachten, tue ich das auch mit der ganzen Intensität meiner neuen und verbesserten Vampirsicht.

Im Gegensatz zu dem Betondschungel, der die Stadtinsel war, die wir zurückgelassen haben, sieht diese wie ein Waldschutzgebiet aus – nur auf Steroiden. Überall dort, wo das Auge hinfällt, stehen Mammutbäume, die jede Sicht auf das Geschehen am Boden verbergen.

Ich könnte also mitten in einem Hinterhalt landen und es nicht kommen sehen.

Wie schön.

»Kommen die Menschen nicht hierher?«, frage ich Obo, während ich widerstrebend mit dem Abstieg beginne.

»Wir haben dafür gesorgt, dass viele Tiere auf dieser Insel geschützt sind«, sagt er stolz. »Sie ist davor geschützt, dass zufällige Seeleute auf die Idee kommen, hier anzulegen. Wenn jemand von der Regierung jemals kommt, um die Dinge zu überprüfen, lassen unsere Illusionisten sie das sehen, was wir wollen. Und wenn es irgendwelchen Wilderern gelingt, die Schutzzauber irgendwie zu durchbrechen, werden sie entweder von den Tieren gefressen, die sie töten wollten, oder bezirzt, nie wieder zurückzukommen.«

Gefressen? Apropos Übermaß …

Ich frage mich, was sie in ein paar Jahrzehnten tun werden, wenn Google, oder das Äquivalent dieser Welt, beschließt, Satellitenbilder von allem zu erstellen und sie online zu stellen. Das und kleine Drohnen könnten eines Tages ein Problem für diesen Rat sein.

Wenn es ihn noch gibt, nachdem Tartarus angekommen ist, natürlich nur.

Deshalb bin ich hier.

»Lande dort.« Obo zeigt auf das Auge des Pac-Mans.

Als ich die buschigen Spitzen der riesigen Bäume hinter mir gelassen habe, sehe ich den Ort, den er meint.

Es ist eine Wiese, und auf dem Rasen sind Leute, die wie eine Cosplay-Convention aussehen – oder Statisten in einem Film über Waldelfen.

Viele zeigen mit den Fingern auf mich, andere mit echten Waffen – die so ganz und gar nicht zu der mittelalterlichen Fantasy-Stimmung passen, die sie verbreiten.

Ich fliege vorsichtig hinunter und stelle sicher, dass Obo nichts Kritisches zerstört, als ich ihn auf den Boden fallen lasse.

Dann lande ich und winke ihnen zu, wobei ich die bedrohlichen Gesten ringsherum ignoriere. »Hallo. Ich bin hier, um ein sehr wichtiges Gespräch mit euch allen zu führen.« Aus irgendeinem Grund sage ich es mit einem texanischen Akzent. Das müssen all die Waffen sein.

»Sieht so aus, als werden wir eine Anhörung haben«, sagt ein Kerl mit einem buschigen Bart, der nicht zu seinem Elfen-Outfit passt. Andererseits, soweit ich weiß, könnten Elfen Bärte haben, besonders, wenn sie auch Hipster sind.

»Eine Anhörung ist das, was sie wollte«, sagt Obo.

Der bärtige Kerl nickt, holt dann ein Walkie-Talkie unter seiner Tunika heraus und fummelt an den Bedienelementen herum. Als der Apparat rauscht, sagt er: »Lizzy, bring den Fernseher her, damit wir die Beweise überprüfen können.«

Eine junge Frau mit einem freundlichen runden Gesicht erscheint plötzlich vor mir.

Das muss Lizzy sein, und sie ist eine Teleporterin, wie Eric.

Mit ihr kommt ein schwarzes, mehrstufiges Gestell mit einem großen Röhrenfernseher und Videorekorder. Es erinnert mich an den Aufbau, den unser Sexualkundelehrer benutzt hat, als er den horrorfilmartigen Dokumentarfilm aus den 80er Jahren namens *Das Wunder des Lebens – Faszination Liebe* zeigte. Die darin grafisch dargestellte Lebendgeburt war für mich die beste Motivation zur Abstinenz für unzählige Jahre danach – ganz zu schweigen davon, dass sie mir gelegentlich auch heute noch Alpträume bereitet.

Vielleicht sollte ich *dafür* Baileys Hilfe in Anspruch nehmen.

Der bärtige Kerl geht zu dem Gerät und schnappt

sich die elektrischen Anschlüsse, die zum Fernseher und Videorekorder führen.

Nach einem Moment der Konzentration tauchen Funken zwischen seiner Haut und den Steckern auf. Dann erwacht der Fernseher zum Leben.

Interessant.

Ist er ein Technomant wie Felix?

Aber nein. Lizzy macht etwas mit den Fernbedienungen, also muss der bärtige Kerl nur elektrische Energie haben.

Ich werde ihn Funke nennen, beschließe ich.

Der Videorekorder erwacht als Nächstes zum Leben, und ein körniges Video beginnt, mich auf der Bühne dabei zu zeigen, wie ich die Lotterievorhersage und den Rest aufführe.

Es sieht toll aus, und ich erwecke nicht den Anschein, als wäre ich am Ausflippen, obwohl ich es total war. So verlockend es auch ist, unterdrücke ich den Drang, Funke nach einer Kopie des Bandes zu fragen.

Es wird wahrscheinlich von mir erwartet, dass ich mich an dieser Stelle reuevoll zeige.

»Jetzt stell es auf Live-TV ein«, sagt Funke, und Lizzy tut, was er sagt

Eine TV-Nachrichtensendung läuft, und sie haben ein Bild von mir.

»Wir haben das Lotterielos überprüft«, sagt der Nachrichtensprecher. »Es ist echt und wurde kurz vor der Vorstellung gekauft. Die Lotteriegesellschaft versichert uns, dass es keine Möglichkeit gibt, wie das System hätte …«

Funke hört auf, den Fernseher mit Strom zu versorgen, und er geht aus. Als sie sieht, dass sie nicht mehr gebraucht wird, legt Lizzy die Fernbedienung auf den Videorekorder und verpufft.

»Danke, dass du gekommen bist«, sagt Funke zu mir. »Du wirst jetzt für dieses abscheuliche Verbrechen bezahlen.«

Wie auf ein Stichwort verwandelt sich Obo in seine Wolfsform, und die Finger und Waffen der anderen zeigen wieder auf mich – diesmal bedrohlicher.

KAPITEL VIERUNDZWANZIG

ICH WÄGE MEINE CHANCEN AB, wegzufliegen, wenn sie alle gleichzeitig auf mich schießen.

Sehr niedrig.

Wahrscheinlich null.

»Ich kann es erklären«, sage ich schnell. »Ich bin gekommen, um alle Menschen auf dieser Welt vor einem schrecklichen Schicksal zu bewahren. Ich wusste nicht, dass es hier auch Cogniti gibt, sonst hätte ich zuerst mit euch gesprochen.«

Die Ratsherren sehen verwirrt aus – und sind deshalb etwas weniger bereit, mich in kleine Stücke zu schießen.

»Ich bin eine Seherin«, fahre ich schnell fort. »Ich habe vorausgesehen, dass Tartarus die Welt, aus der ich komme, zerstört, und dann habe ich erfahren, dass er auch auf diese Welt kommt – und zwar viel früher. Also kam ich hierher, um ihn aufzuhalten.«

Während ich zum Atmen innehalte, stelle ich fest,

dass keine einzige Person mich mit einer Kugel oder ihren magischen Kräften erschossen hat – und einige haben sogar ihre Arme sinken lassen.

Gut.

Ich könnte es vielleicht doch überleben.

»Hast du *Tartarus* gesagt?«, fragt eine ältere Frau mit lapisfarbenen Augen und runzelt die Stirn. »Vielleicht sollten wir Jaylen dazuholen? Er überlebte …«

»Ach, bitte«, sagt Funke und verdreht die Augen. »Wir werden den armen Illusionisten nicht mit diesen Lügen belästigen.«

»Ich lüge nicht«, sage ich. »Tartarus kommt, und es wurde prophezeit, dass ich diejenige bin, die ihn tötet. Und weil ich mir nicht sicher war, ob ich stark genug bin, habe ich den Fernsehauftritt gemacht, um stärker zu werden. Nochmals, ich wusste nicht, dass ich auf eure kollektiven Zehen treten würde – obwohl das sowieso keine Rolle spielt. Der Zweck des Mandats ist es, zu verhindern, dass Menschen etwas über die Cogniti erfahren. Aber sobald Tartarus hierherkommt, wird es hier keine Menschen mehr geben – und Cogniti auch nicht.«

Ich lasse jede Erwähnung von Liliths Beteiligung bewusst aus. Sie haben vielleicht von ihr gehört, und die Tochter einer bösen Inkarnation zu sein würde mir nicht helfen.

Funke seufzt theatralisch und schüttelt den Kopf. »Wow. Sie würde alles sagen, um ihre Haut zu retten.«

»Meine Haut ist nur in Gefahr, weil ich das hier

gewählt habe.« Ich nicke Obo zu. »Warum sollte ich hierherkommen, wenn ich euch nicht warnen und vorbereiten will? Ich hätte leicht zu einem Drehkreuz fliegen und mich aus dem Staub machen können, so dass ihr euch in der kommenden Apokalypse allein verteidigen müsst.«

Noch mehr Menschen sehen nachdenklich aus, und manche – wie die ältere Dame, die über einen Überlebenden sprach – sehen sogar überzeugt aus.

»Du wusstest, dass wir dich jagen würden, egal, wohin du gehst«, sagt Funke, aber er klingt weniger sicher.

»Ich habe mächtige Verbündete auf der Welt, von der ich komme«, sage ich. »Du würdest mich da nicht anfassen können.«

»Das *könnte* erklären, warum Criswell gegangen ist«, sagt eine schlanke Frau, die eine der ersten war, die ihre Waffe senkte.

»Wer ist Criswell?«, frage ich Funke.

»Ein Seher, der vor einigen Monaten zusammen mit seinen Freunden und seiner Familie verschwunden ist«, sagt er schroff, und sein Gesichtsausdruck ist besorgter.

»Da siehst du es«, sage ich. »Er muss das Ende der Welt vorausgesehen haben, mochte aber den Rest von euch nicht genug, um euch davor zu warnen.«

Funke streicht sich für ein paar lange Sekunden über seinen Bart. »Ich traue dir immer noch nicht«, sagt er, und die wenigen Leute, die noch auf mich zielen, nicken zustimmend. »Du hast die heiligste Regel gebrochen, die wir haben.«

»Hast du niemanden, der die Macht hat, zu sehen, ob ich die Wahrheit sage?«, frage ich und schaue mich nach Limbusringen in den Augen der Menschen um, aber finde keine.

Wo ist ein Drache, wenn man einen braucht?

Apropos Drachen, ich vermisse Nero – und nicht nur, weil er meine nicht lügende Haut retten könnte, wenn er hier wäre.

»Wir können einen der Steine benutzen«, sagt die ältere Frau mit den seltsamen Augen.

»Und ein unschätzbar wertvolles Artefakt verschwenden?«, schnaubt Funke.

»Der Einsatz könnte nicht höher sein«, sagt sie. »Wir haben noch zehn Steine übrig. Dafür können wir einen nehmen.«

Stirnrunzelnd zieht Funke sein Walkie-Talkie wieder heraus und fummelt an den Bedienelementen herum.

»Ja?«, sagt eine weibliche Stimme.

»Bring die Steine mit«, befiehlt Funke und legt das Walkie-Talkie weg.

Lizzy erscheint. Dieses Mal hält sie eine wunderschöne Schachtel mit Schmucksteinen in den Händen.

Als sie sie öffnet, sehe ich einen Haufen großer Steine, die mit magischem ozeanblauem Licht leuchten.

Ah.

Da klingelt es bei mir.

Es gibt auch eine Halskette in der Box, in die ein Stein passen würde.

Sie bestätigt meinen Verdacht.

Als ich zum ersten Mal dem New Yorker Rat gegenüberstand, benutzte er dasselbe bei mir. Damals war es Nero, der auf einen blauen Stein schoss, damit er so leuchtet – und nachdem er es getan hatte, nahm er seine Wahrsagerfähigkeiten an. Hier jedoch hat ein Drache die Steine bereits mit dieser Kraft vorgeladen.

Vielleicht Nero selbst?

Da jetzt nicht die Zeit ist, zu fragen, ob der heiße Kerl, mit dem ich schlafe, ihnen das gegeben hat, warte ich schweigend darauf, dass Lizzy den Stein in die Halskette legt und ihn mir dann um den Hals hängt.

Funke bläht sich auf. »Damit wirst du nur …«

»Die Wahrheit sagen«, beende ich seinen Satz. »Ja, ich bin mit dieser Magie vertraut und möchte zunächst sagen, dass ich, wenn du mehr Steine brauchst, jemanden sehr persönlich kenne, der sie für dich aufladen kann.«

Meine Halskette leuchtet grün – was zweifellos beweist, dass ich die Wahrheit sage.

Wie ich beabsichtigt hatte, bekommen alle große Augen.

Sie müssen etwas über Drachen wissen, was angesichts der *Herr-der-Ringe-Atmosphäre* in dieser Gruppe Sinn ergibt.

Falls die implizite Drohung nicht deutlich genug war, füge ich hinzu: »Und bevor ihr eine Entscheidung über mein Schicksal trefft, solltet ihr wissen, dass die betreffende Person extrem verärgert wäre, wenn ich verletzt werden würde.«

Meine Halskette leuchtet wieder grün auf.

»Eigentlich«, sage ich und fühle mich mutiger bei den entsetzten und beeindruckten Gesichtern überall, »vermute ich sogar, dass, wenn ihr mich tötet, Tartarus' Ankunft die geringste eurer Sorgen sein wird.«

Der Stein bestätigt meine Worte wieder.

»Bist du fertig mit deinen Drohungen und Angebereien?«, fragt Funke.

»Ich habe nur Fakten gesagt«, sage ich, und der Stein leuchtet grün. »Wie wäre es, wenn du mich fragst, was du wissen musst, damit wir uns auf das konzentrieren können, was wichtig ist – jeden vor Tartarus zu retten?«

»Bist du wirklich eine Seherin?«, fragt er.

»Ja«, sage ich zu einer grünen Bestätigung.

»Hast du wirklich eine Vision davon gesehen, dass diese Welt untergeht?«

»Nein«, antworte ich. »Mir ging die Sehkraft aus, bevor ich das tun konnte. Ich sah das Ende meiner eigenen Welt voraus, und dann sagte mir jemand anderes, dass dasselbe hier passieren wird.«

»Wer ist dieser Jemand?«, fragt er. »Ein anderer Seher?«

Mist.

Ich würde Lilith lieber da heraushalten wollen.

»Es war kein Seher, aber sie sagte, dass ein Seher

ihr die Informationen gegeben hat«, sage ich und wähle die Worte sorgfältig, um sicherzustellen, dass der Stein mich nicht als Lügnerin kennzeichnet. »Ich glaubte ihr, weil sie keinen Grund zum Lügen hat – was der Grund sein sollte, *mir* zu glauben.«

»Sagen wir, wir glauben dir«, sagt die schlanke Frau von vorhin. »Tatsache ist, dass Tartarus ein Zerstörer von Welten ist. Was können wir tun, außer wegzulaufen?«

»Wie ich bereits sagte, wurde mir prophezeit, dass ich diejenige bin, die Tartarus tötet. Die Prophezeiung wurde von einem Seher gemacht, der mächtiger ist als ich. Oh, und abgesehen davon, dass ich eine Seherin bin, bin ich eine Vampirin – wie man sieht – und eine Wahrscheinlichkeitsmanipulatorin.«

Der Stein bestätigt meine Worte, und jeder, selbst Funke, sieht beeindruckt von meinem seltenen Dreierpack an Kräften aus.

»Ich habe auch Täuschungen und Illusionen studiert – also Zaubertricks, sage ich. »Was in dieser Situation helfen könnte.«

»Wie?«, fragt die ältere Frau von vorhin mit einem Stirnrunzeln.

Vielleicht waren Täuschung und Illusionen nicht das Beste, was man ansprechen konnte, wenn man versuchte, wie ein Vorbild der Ehrlichkeit zu klingen.

»Habt ihr viele Verkünder auf dieser Welt?«, frage ich als eine Idee, die in meinem Hinterkopf köchelte, sich herauszukristallisieren beginnt.

Sie nickt, während Funke die Stirn runzelt.

»Und könnt ihr, die Ratsmitglieder, von Dingen sprechen, die normalerweise durch das Mandat verboten sind?«, frage ich.

Sie nickt wieder, aber vorsichtiger. Sie muss verstehen, worauf ich hinauswill.

»Okay. Dann denke ich, dass ihr alle ins Fernsehen gehen und mehr Macht gewinnen solltet, so wie ich es getan habe«, sage ich, bevor sie meine Idee ausbuhen können. »Und ich kann euch helfen, Illusionen zu entwerfen, damit eure Fähigkeiten noch größer erscheinen.«

»Sie ist verrückt«, sagt Funke. »Sie mag an ihre Wahnvorstellungen glauben, aber das macht sie nicht weniger verrückt.«

»Ich bin völlig gesund«, sage ich, und der Stein bestätigt meine Worte – obwohl ich vermute, dass er das immer tun würde, solange ich an die Wahrheit meiner Worte glaube.

»Der Umfang dieses Gesprächs wächst weit über das hinaus, was dieser Rat bewältigen kann«, sagt die ältere Frau von vorher. »Wir müssen Vertreter anderer Räte hierherbringen – und auch Jaylen. Er weiß am meisten über Tartarus, da er ihn überlebt hat.«

Ein weiterer Überlebender neben Nostradamus? Das ist in der Tat interessant.

»Das zu tun ist so gut wie zuzugeben, dass wir ihr glauben«, sagt Funke und sieht unglücklich aus.

»Ich glaube an die Kraft dieser Steine«, antwortet die Frau. »Ich sehe auch keinen Grund, warum sie sich das ausdenken sollte.«

Widerwillig fummelt Funke an seinem Walkie-Talkie.

Bevor das Gerät zum Leben erwacht, taucht Lizzy mit einem erwartungsvollen Ausdruck auf ihrem runden Gesicht auf.

»Wir müssen so viele Vertreter der anderen Räte wie möglich versammeln«, sagt er herrisch zu ihr. »Außerdem müssen wir mit Jaylen sprechen – wenn er verfügbar ist.«

»Verstanden«, sagt Lizzy und teleportiert sich weg.

Etwa eine Minute lang passiert nichts, also überprüfe ich, ob ich meine Seherfähigkeit wiedererlangt habe.

Leider nicht.

Nach ein paar Minuten kommt Lizzy zurück und bringt eine Person in einer Toga mit – vielleicht von einem Rat mit einer anderen Ästhetik, die eher an das alte Griechenland erinnert?

Die nächste Person, die Lizzy mitbringt, trägt normale Kleidung, und diejenige danach ein Cocktailkleid.

Im Gegensatz zur Erde, wo alle Räte ihre Gewänder und Masken mögen, scheint diese Welt eine freie Themenwahl zu haben.

Während sich immer mehr Ratsmitglieder versammeln, skizziere ich in Gedanken die Details meiner Idee, wie wir unsere Chancen in diesem Kampf verbessern können.

Meine Überlegungen werden unterbrochen, als ich feststelle, dass es neben Lizzy jetzt ein Dutzend weiterer Teleporter gibt, die Menschen mit immer schnellerer Geschwindigkeit dazuholen.

Die Neuankömmlinge tauschen erhitzte Flüsterlaute mit den lokalen Ratsmitgliedern aus, und mein Gesicht brennt unter dem Gewicht all der neugierigen Blicke.

Ein paar weitere Minuten vergehen, und eine Lizzy taucht auf, die die Schulter eines alternden Mannes hält.

»Hallo, Jaylen«, sagt die ältere Frau, die darauf bestand, dass er hierhergebracht wird. »Entschuldige die Störung, aber diese Besucherin hat etwas, das gerade du bestimmt hören möchtest.«

Neugierig betrachte ich den Neuankömmling.

Wenn Samuel L. Jackson hundertzehn Jahre alt wäre, könnte er diesen Kerl in einem Film spielen – vorausgesetzt, irgendein Schauspieler wäre in der Lage, die bodenlose Traurigkeit in Jaylens Augen zu projizieren.

»Ich freue mich immer, dich zu sehen, Roslin«, sagt er mit rauer Stimme zu der Frau.

Flirtet er gerade? Schön für ihn.

Roslin errötet leicht, schaut sich zu den lauten Leuten um und zeigt dann mit der Hand auf den Boden.

Die Wiese vibriert mit einem Mini-Erdbeben, das sofort die Aufmerksamkeit aller auf sich zieht.

»Bitte erzähl allen, was du uns gerade gesagt hast«, sagt Roslin zu mir.

Ich tue, was sie sagt, und halte nur einmal nach der

Hälfte inne, als der Stein um meinem Hals aufhört zu leuchten, wahrscheinlich weil ihm die Drachenwahrsagerkräfte ausgegangen sind.

Lügen zu können ist toll, also verschönere ich einige Teile der Geschichte ein wenig und behaupte, ich sei aus freiem Willen hierhergekommen, anstatt zuzugeben, dass meine psychopathische Mutter mich entführt hat.

Sobald der Name Tartarus erwähnt wird, wird Jaylens Ausdruck so dunkel wie der, den ich auf Nostradamus' Gesicht gesehen habe.

Er hasst Tartarus, so viel ist klar.

»Sehe ich das richtig, dass jeder den Unsinn glaubt, der gerade aus ihrem Mund kam?«, fragt Funke laut und starrt seine Kollegen an.

Die Mehrheit der Ratsmitglieder nickt mit unterschiedlich stark ausgeprägtem Enthusiasmus.

»Wie wäre es, wenn wir darüber abstimmen?«, fragt Roslin. »Diejenigen, die denken, dass wir Tartarus' Ankunft als glaubwürdige Bedrohung betrachten sollten, heben bitte die Hand.«

Fast alle Hände gehen nach oben – sogar die von Leuten, die nicht nickten, als Funke fragte, ob sie mir glauben würden.

Achselzuckend hebt Funke seine eigene Hand. »Gut. Ich schätze, es schadet nicht, vorbereitet zu sein«, murrt er. »Aber wenn Tartarus nicht kommt, wird sie hier eine Menge zu verantworten haben.«

»Ich wünschte, ich hätte mir das alles ausgedacht«, sage ich. »Zum Wohle aller.«

»Gut«, sagt Roslin. »Wenn das erledigt ist, möchte ich, dass Jaylen übernimmt. Er ist die einzige Person, die ich kenne, die Tartarus' Ankunft in einer Welt überlebt hat. Und als Illusionist kann er uns zeigen, was uns erwartet.«

Richtig. Das hat sie schon davor gesagt, aber erst jetzt macht es klick. Kein Wunder, dass Jaylen diesen Ausdruck auf seinem Gesicht hatte, als ich die bevorstehende Invasion erwähnte.

Tartarus muss ihn tief verletzt haben.

»Jeder, der meine Illusion nicht sehen möchte, sage es bitte jetzt«, sagt Jaylen und schaut sich um.

Niemand hat Einwände, also hebt er seine dünnen Arme und schießt rote Energie auf uns.

Der Wald um uns herum wird durch das Drehkreuz ersetzt, aus dem Lilith und ich gekommen sind.

»Beginnen wir mit meiner Heimatwelt«, sagt Jaylens körperlose Stimme. »Ich bringe euch jetzt dorthin.«

Unser Blickwinkel fliegt in das Tor, von dem aus Lilith und ich in diese Welt getreten sind, und dann begeben wir uns schnell auf einen Weg, der derselbe ist wie der zur Erde, den ich mir gemerkt habe.

Als wir an unserem Ziel aussteigen, sehe ich, dass mein Verdacht richtig war.

Jaylen hat uns in eine Welt gebracht, in der ich schon war. Die mit all den mumifizierten Leichen, die ich auf dem Weg zu und von Liliths und Neros Welten immer wieder sah.

Nur ist hier Jaylens Welt sehr lebendig – der

Flughafen mit seinen hektischen Aktivitäten erinnert an den New Yorker JFK.

Wie ein Film im Schnelldurchlauf stürmt der Aussichtspunkt aus dem Flughafen und fährt über die Autobahn, dann durch einen Stadtteil, die Treppe eines Gebäudes hinauf und in eine Wohnung, in der ein viel jüngerer Jaylen vor dem Fernseher sitzt.

Auf dem Bildschirm ist ein Mann, der Jaylen vage ähnelt, besonders dem älteren von heute.

»Wenn man Tartarus ansieht, sieht man jemanden, zu dem man aufblickt oder den man verehrt«, sagt Jaylens körperlose Stimme. »Deshalb sehe ich meinen längst verstorbenen Großvater.«

Richtig. Nostradamus sah *seinen* Mentor in seinen Erinnerungen.

Tartarus hat einen Greenscreen im Hintergrund – so als ob die Studio-Manager eine Computergrafik als Hintergrund benutzen wollten, aber dann vergessen haben, dies zu tun.

»Schaut mich an«, sagt Tartarus klangvoll. »Ich bin endlich gekommen, und eure Sorgen und Tragödien sind vorbei.«

Während er spricht, bekomme ich ein seltsames Gefühl. Es ist, als ob er jedes Wort dieser kryptischen Nachricht ernst meint. Als ob ich ihm glauben würde. So als seien seine Worte die Wahrheit, vielleicht sogar *die* Wahrheit.

Als ich das erwähne, erklärt Jaylen: »Tartarus hat die Macht, dich dazu zu bringen, seinen Worten zu glauben. Glücklicherweise funktioniert es nicht bei denen von uns, die es besser wissen.«

Interessant. Also kann Tartarus wie etwas Heiliges aussehen und dich dazu bringen, ihm zu glauben – kein Wunder, dass ganze Welten gegen ihn verlieren.

»Ich bin unter vielen Namen bekannt«, sagt Tartarus mit der gleichen vertrauenerweckenden Art und Weise. »Wisset, dass diejenigen, die an mich geglaubt haben, jetzt belohnt werden.« Er lächelt selig, und ich frage mich, wie viele Milliarden Menschen ihn als ihre Gottheit betrachten. »Aber diejenigen, die nicht an mich geglaubt haben, macht euch keine Gedanken«, sagt er mit einem noch strahlenderen Lächeln. »Jetzt, da ich mich offenbart habe, könnt ihr glauben. Es ist nie zu spät.«

Der Typ hat Nerven. Er tut das Gleiche, was Lilith in ihrer Welt getan hat, aber in größerem Umfang. Und im Gegensatz zu Lilith, die ihre Untertanen mehr oder weniger am Leben ließ, plant Tartarus, sie gleich aussaugen zu lassen, nachdem er sich zu ihrem Gott gemacht hat.

»Bald werde ich eure Essenzen – eure Seelen – dazu bringen, sich mit mir zusammenzuschließen«, sagt Tartarus, und seine Augen strahlen himmlische Wärme aus. »Wir werden eins werden.«

Was für eine clevere Scharade. Wenn die Menschen an dieses letzte bisschen glauben – und viele werden das tun –, wird ihr Glaube seine Kernmacht, das Aussaugen von Lebensenergie, verstärken. Was am teuflischsten ist, ist, dass nichts an seiner letzten

Aussage eine Lüge ist. Wenn er jemanden aussaugt – oder seine Essenz verschlingt –, werden sie *eins*, im engsten Sinne des Wortes.

»Jetzt werden meine Kinder kommen«, fährt Tartarus fort. »Behandelt sie mit dem Respekt, den ihr mir entgegenbringt, da sie eine Erweiterung von mir sind. Wir dienen dem gleichen Zweck.«

Wieder wahr. Sie sind alle für ein All-you-can-eat-Buffet hier.

Schließlich verschwindet Tartarus vom Bildschirm, und die Sendung zeigt einen Nachrichtensprecher, der sofort anfängt, darüber zu spekulieren, was die Zuschauer gerade gehört haben, und Sätze wie Jüngster Tag und Wiederkunft Christi fallen lässt.

Der junge Jaylen ist an diesem Teil nicht interessiert. Er hört, dass draußen etwas passiert, also steht er auf und geht zu seinem Fenster im dritten Stock, um hinauszuschauen.

In der Mitte der Straße öffnet sich ein leuchtendes Plasmator.

Es sieht aus wie die Tore an den Drehkreuzen, nur kleiner und schwächer.

»Einige von Tartarus' Kindern sind Teleporter, die stark genug sind, um temporäre Tore zu öffnen«, erklärt Jaylens körperlose Stimme, als jemand keucht. »Diese Tore werden nur für anderthalb Stunden existieren – aber das ist mehr als genug Zeit, damit diese Schurken die Welt aussaugen können.«

Während er spricht, strömt ein Strom von Menschen aus dem Tor, die alle in unterschiedlichem

Maße so aussehen wie jemand, den Jaylen verehrt und liebt.

Die Menschen auf der Straße starren sie ehrfurchtsvoll an. Einige fallen auf die Knie, während andere nur dastehen, als ob sie festgefroren wären. Sie müssen Engel oder ihre eigenen lang verstorbenen Verwandten sehen.

Tartarus' Kinder strömen langsam aus dem Tor aus und strecken dann ihre Hände wie im Gebet aus.

Energiebögen von den Menschen, die ihnen am nächsten sind, springen in ihre Hände.

Bevor jemand auch nur blinzeln kann, verwandeln sich die Menschen in die mumifizierten Schalen, die nun diese Welt bedecken.

Obwohl er weit weg ist, beginnt Jaylen zu spüren, wie seine Lebenskraft auch ausgesaugt wird – aber nicht so schnell.

»Entschuldigt mich, aber ich will den nächsten Teil nicht im Detail nacherleben«, sagt seine Stimme, als die Welt um uns herum vorübergehend schwarz wird. »Lasst mich euch nur sagen, dass diese Monster systematisch jedes Lebewesen aufspüren werden. Die Menschen werden sofort ausgesaugt, aber die Cogniti werden sie in Nahrung und Zuchttiere trennen. Letzteres wird verwendet, um Kinder mit nützlichen Kräften für ihren Vater zu machen. Aus meiner ganzen Familie war ich der einzige Überlebende.«

Obwohl ich Jaylen nicht sehen kann, wird die Dunkelheit um uns herum mit seinem Schmerz schwer.

»Die nächsten Teile sind meine Hochrechnung und keine sachliche Darstellung der Ereignisse«, sagt er mit unsicherer Stimme, als er uns einen Raum zeigt, der mit Fernsehmonitoren bedeckt ist.

Er ist wie ein Überwachungsraum in einer Bank, aber groß genug, um Dutzende von Standorten auf der ganzen Welt abzudecken.

Auf jedem Bildschirm spielt sich eine ähnliche Szene ab.

Irgendwo auf der Welt öffnet sich ein Tor, Tartarus' Kinder kommen heraus, und es folgt die Zerstörung.

Auf einem Bildschirm geschieht dies in der Wüste. Auf einem anderen auf einer Insel im Meer. Die meisten zeigen jedoch Städte.

Auf einem größeren Bildschirm geht Tartarus durch das, was wie ein Fernsehstudio aussieht, und bald gesellen sich etwa ein Dutzend seiner Kinder dazu. Er und seine Truppe saugen jede Person, die ihren Weg kreuzt, aus und hinterlassen Hülsen.

Eine Teleporterin erscheint mit einem königlich aussehenden Mann und stellt sich Tartarus in den Weg.

»Das sind zwei der mächtigsten Ratsmitglieder, die wir hatten«, erklärt Jaylen. »Ich teilte später eine Zelle in den Zuchtgruben mit ihnen. Wenn jemand die Chance gehabt hätte, Tartarus zu besiegen, dann wären sie es gewesen.«

Tartarus schaut zu den Neuankömmlingen hinüber, konzentriert sich auf die Frau und zeigt mit den Armen auf sie, während seine Kinder den adelig aussehenden Kerl angreifen.

Eine violette Energie fließt von der Frau zu Tartarus. Sie schreit vor Schmerzen und beginnt sichtbar zu schrumpfen, so als ob sie in einem schnellen Tempo altern würde. Ihr die Energie zu entziehen scheint ein langsamerer Prozess zu sein als bei Menschen, aber das verlängert nur ihre Qualen.

In der Zwischenzeit verwandelt sich der königlich aussehende Kerl in einen noch größeren Werwolf als Obo und beginnt, Tartarus' Kinder in Stücke zu reißen, während sie versuchen, ihm Energie zu entziehen.

Sie sind eindeutig nicht so geschickt im Aussaugen wie ihr Daddy.

Als der Werwolf mit seinem letzten Opfer fertig ist, stößt die Teleporterin einen gequälten Schrei aus und verpufft.

Wow. Sie hat gerade ihre Kameraden allein zurückgelassen. Das ist nicht cool – und völlig sinnlos, denn laut dem, was Jaylen über die Zuchtgruben sagte, wird sie später sowieso erwischt.

Nachdem die Teleporterin weg ist, zeigt Tartarus mit beiden Händen auf den Werwolf, und eine orangefarbene Energie beginnt, zu ihm zu fließen.

Die Ohren des Werwolfs hängen, und sein Schwanz schiebt sich zwischen seine Beine, als er anfängt zu heulen, während sein pelziger Körper immer rosinenartiger wird.

Ohne das Aussaugen der Energie zu unterbrechen, nähert sich Tartarus ihm und schlägt ihn mit einem einzigen Schlag auf die Schnauze bewusstlos.

In diesem optimistischen Sinne ist Jaylens Illusion vorbei.

Ich bin wieder auf der Wiese, umgeben von Grün und allen Ratsmitgliedern, die jetzt ziemlich düster aussehen.

Wie ich freuen sie sich nicht auf den bevorstehenden Kampf.

Im Gegensatz zu ihnen weiß ich, dass Tartarus jemand ist, dem ich mich stellen *muss*.

Das ist anscheinend meine Bestimmung.

Wenn ich mir vorher nicht sicher war, was meine Erfolgsaussichten betrifft, bin ich jetzt noch weniger zuversichtlich. Ich dachte nicht, dass Tartarus so viel Unterstützung haben würde. »Ihn zu besiegen« bedeutete immer, nur einen sehr mächtigen Mann zu töten, nicht eine ganze Armee seiner erwachsenen Kinder. Aber jetzt sieht es so aus, als wäre er nur ein Teil des Puzzles. Er wird ankommen, ins Fernsehen gehen und seine Brut auf alle loslassen – eine Kette von Ereignissen, mit denen man viel schwieriger umgehen kann.

Ich schätze, wir brauchen einen größeren Plan. Einen Plan, der das Töten seiner höllischen Brut beinhaltet.

Während ich darüber nachdenke, taucht Lizzy, die lokale Teleporterin, neben dem Fernseher auf.

Ihre Augen sind groß, und sie ist blasser als einige der anwesenden Vampire.

»Mach den Fernseher an«, sagt sie dumpf zu Funke. »Das müsst ihr sehen.«

Funke schnappt sich die Kabel und erweckt den Fernseher zum Leben.

Mit zitternden Händen stellt Lizzy einen Kanal ein.

Mein Herzschlag explodiert, während ich darauf warte, dass das Bild erscheint.

Wenn es das ist, was ich denke, dann waren alle meine Bemühungen umsonst.

Wenn Tartarus bereits hier ist und seine Rede im Fernsehen hält, ist diese Welt – und ich mit ihr – zum Scheitern verurteilt.

KAPITEL FÜNFUNDZWANZIG

DAS BILD ERSCHEINT, und ich merke, dass die Welt nicht zum Scheitern verurteilt ist.

Aber ich bin es.

Der Bildschirm zeigt Lilith. Sie schwebt ein paar Meter über dem Boden, so wie ich es gerade gelernt habe.

»Mein Name ist Lilith. Diejenige, die sich euch bereits offenbart hat, ist meine Tochter Sasha«, sagt meine Mutter in die Kamera, und die Cogniti um mich herum wenden sich vom Bildschirm ab, um mich mit immer düstererem Gesichtsausdruck anzustarren.

»Ich bin eine Göttin des Blutes und des Glücks«, fährt Lilith fort. »Und ich werde das für euer Sehvergnügen beweisen.«

Ihre Augen werden zu Spiegeln, und sie richtet ihren Blick auf die Menschen in der ersten Reihe des Studiopublikums.

Nachdem sie ihre Aufmerksamkeit erregt hat, sagt sie: »Kommt. Ich werde euer Blut trinken.«

Die Zuschauer beginnen, nacheinander aufzustehen und auf die Bühne zu gehen.

Als der erste Mann dort ankommt, lässt Lilith ihn niederknien und zu ihr beten. Dann trinkt sie für die längsten zehn Sekunden in der Fernsehgeschichte von ihm.

Der Rest des Publikums schreit und versucht zu fliehen.

Unbeeindruckt von den Reaktionen der Menschen trinkt Lilith vom Rest der verzauberten Menschen, bevor sie diesen Fernfütterungstrick anwendet, den sie bei den Tschorts gemacht hat, wo ein kleiner Blutstrom von jedem Einzelnen im Publikum in Liliths gierigen Mund fließt.

Alle um mich herum – sogar die Vampire – starren mit entsetzten Gesichtern auf den Fernseher.

Ich schätze, sie haben nicht gewusst, dass dieser letzte Trick überhaupt möglich ist.

Ich dagegen kann nicht anders, als mich zu fragen, ob es *das* war, was Lilith in ihrer handschriftlichen Notiz meinte, als sie sagte, sie würde sich »etwas zu essen besorgen«.

Was für eine Untertreibung.

Das, was Lilith eigentlich tut, ist, ihre Macht auf die gleiche Weise zu vergrößern, wie ich es getan habe. Sie muss eifersüchtig auf meine Fernsehberichterstattungen geworden sein und sich entschieden haben, ein paar eigene zu bekommen.

Bevor ich das weiter verarbeiten kann, lässt Funke das TV-Kabel fallen und wendet sich mit einem Blitz, der auf seinen Handflächen tanzt, mir zu. »Du hast uns mit deinen Geschichten über Tartarus aufgehalten, damit sie Zeit hatte, *das* zu tun«, sagt er. »Jetzt bist du tot.«

Gewehre und bewaffnete Finger fliegen hoch, um wieder auf mich zu zeigen.

Verdammt.

Ich wusste, dass Lilith mein Ende sein könnte, aber ich dachte nicht, dass es auf eine so umständliche Weise passieren würde.

KAPITEL SECHSUNDZWANZIG

EIN VERTRAUTES GEBRÜLL ertönt von über den Baumkronen – eines, das so klingt, als hätte es menschliche Worte in sich. Auf die blutrünstigste Art und Weise scheint es zu sagen: »Berührt sie und sterbt!«

Für den Fall, dass es nicht offensichtlich war, zu welcher Art von Kreatur das Brüllen gehört, stürzt ein großer Drache vom Himmel und schlägt Baumäste für Möbel von fünf IKEA-Läden auf die Köpfe aller.

Die Ratsmitglieder versteinern an Ort und Stelle.

Der Drache landet, leuchtet vor Magie und verwandelt sich in einen leckeren nackten Nero, dessen Hände noch krallenartig und dessen Limbusringe außer Kontrolle sind.

Mein Herz schlägt heftig, und ich merke, wie überglücklich ich bin, ihn zu sehen – nicht nur, weil er mich davor gerettet hat, zu Hackfleisch zu werden. Es kann etwas mit diesem harten und doch küssbaren

Mund, den perfekten Bauchmuskeln und den gemeißelten Brustmuskeln zu tun haben, und ich fange jetzt lieber nicht mit dem an, was unter der Taille vor sich geht.

Ja, ich habe meinen herrischen Mentor wirklich vermisst – und ich hätte nie gedacht, dass ich das einmal sagen würde.

»Legt jetzt eure Waffen nieder«, knurrt Nero bedrohlich und holt mich aus meiner geilen Träumerei heraus. »Euer wahrer Feind ist Tartarus – so wie Sasha es euch bereits erklärt hat.«

Völlig schockiert tun sie, was er sagt.

»Du bist er«, sagt Roslin, und ihre Lapisaugen wandern mit einem so großen Interesse über Neros Körper, dass ich den Drang verspüre, sie zu schlagen. Ich unterdrücke ihn jedoch, weil sie bisher ziemlich nett zu mir war. »Du hast den Steinen deine Kraft gegeben, im Austausch für ein Erdbeben von mir«, fährt sie fort. »Erinnerst du dich?«

Nero schaut sie an, und seine Limbusringe schrumpfen.

»Ja.« Er geht auf mich zu, nimmt mir den verbrauchten Schmuck vom Hals und trifft ihn mit einem Lichtbogen, der ihn sofort wieder auflädt. Als er Roslin die Halskette übergibt, sagt er: »Wir verschwenden wertvolle Zeit. Stimmt einfach darüber ab, ob ihr uns vertrauen wollt, damit wir euch entweder helfen oder gehen können.«

Er sagt es, dass es so klingt, als ob er Letzteres stark bevorzugen würde.

Funke schiebt seine Brust heraus. »Du sagst uns nicht, was wir tun sollen. Und wer sagt, dass sie gehen kann?«

Nero schüttelt verärgert den Kopf, verschwimmt dann durch die Schnelligkeit seiner Bewegung und schlägt mit den Klauen zu, bevor jemand einen Ton von sich geben kann.

Ich erwarte fast, dass Funke in Stücken auf uns regnen wird, aber Nero ist heute eindeutig in einer gnädigen Stimmung.

Seine Krallen haben nur Funkes Bart auf Kinnhöhe abgetrennt und den Wildwuchs ordentlich beschnitten.

Noch bevor die schamhaarartigen Überreste des Bartes auf das Gras treffen, verschwimmt Nero wieder und stellt sich neben mich.

»Will noch jemand Sasha bedrohen?«, fragt er schroff.

»Nein, nein. Wir sind bereit zur Abstimmung.« Roslin wirft dem sich noch erholenden Funke einen bösen Blick zu.

Es überrascht nicht, dass sie dafür stimmen, uns zu vertrauen.

»Dein Publikum«, sagt Nero zu mir, und ein leichtes Lächeln berührt seine Augen.

»Wie bist du überhaupt hierhergekommen?«, flüstere ich. »Woher wusstest du, wo ich sein würde?«

»Bailey erzählte mir von eurem Gespräch, so dass ich den Weg in diese Welt kannte, und Rasputin sah voraus, dass du einen Vollstrecker-Werwolf auf diese sehr anders aussehende Insel schleppen würdest«, erklärt er leise. »Wir können aber später darüber reden. Du musst zuerst eine Familienangelegenheit klären.«

»Richtig.« Ich stelle mich der Menge. »Diese Frau im Fernsehen ist in der Tat meine Mutter. Sie ist verrückt, vielleicht auch kriminell verrückt, aber ich denke, sie kann helfen. Sie ist sehr mächtig und sie hasst Tartarus.« Ich atme durch und schaue mich um. »Ich habe eine Idee, was wir als Nächstes tun sollten, aber dafür müsst ihr alle sehr aufgeschlossen sein. Wie ich bereits sagte, hat es damit zu tun, dass eure Verkünder und Ratsmitglieder im Fernsehen auftreten und ihre Kräfte enthüllen.«

Ich halte inne, um das sacken zu lassen.

Funke starrt mich wütend an. »Das ist eine schreckliche Idee. Angenommen, dieser Tartarus kommt, und wir besiegen ihn. Wenn wir den Menschen unsere Existenz offenbaren, werden sie uns loswerden wollen – oder uns dazu zu bringen, sie loszuwerden zu wollen.«

»Nicht unbedingt«, sage ich. »Nicht, wenn das so gehandhabt wird, wie ich es mir vorstelle. Bei sorgfältiger Umsetzung sollte meine Idee es den Cogniti ermöglichen, mit den Menschen zu koexistieren, nachdem Tartarus weg ist.«

Alle außer Nero sehen neugierig aus.

Hat Rasputin ihm bereits gesagt, wie das ablaufen wird? Wenn er es getan hat, ist das nicht fair. Ich wollte, dass Nero sich verbeugt und mir sagt, wie schlau er mich findet.

»Klingt zu gut, um wahr zu sein«, sagt Funke.

»Vielleicht«, sage ich. »Aber ich denke, das würde einen Teil des Schadens, den Lilith und ich angerichtet haben, wiedergutmachen und Tartarus' übergreifende Macht behindern, wenn er es schafft, wie in Jaylens Erinnerung ins Fernsehen zu kommen.«

»Sie hat recht«, sagt Roslin. »Die Menschen fragen sich bereits Dinge, von denen wir nicht wollen, dass sie sich sie fragen. Wenn wir Tartarus' Brut auf den Straßen bekämpfen, werden sie noch mehr wissen.«

»Genau«, sage ich. »Aber wir werden den Menschen einen Rahmen geben, der für sie Sinn macht. Es wird eine Täuschung beispiellosen Ausmaßes sein – aber zum Glück für dich bin ich zufällig ein Meistermagier.«

»Hör auf, es aufzubauschen und sag es ihnen schon«, sagt Nero ungeduldig. »Lilith muss gestoppt werden.«

»Das ist einfach«, sage ich triumphierend. »Wir werden so tun, als seien wir Superhelden.«

KAPITEL SIEBENUNDZWANZIG

»WAS?« Funke versucht, an seinem Bart zu zerren, findet aber nur noch einen Rest vor.

»Super. Helden«, wiederhole ich übertrieben deutlich. »Wie Superman. Hast du dieses Comicbuch oder diesen Film hier?« Ich schaue zu Obo, der energisch nickt.

Funke runzelt die Stirn. »Ich verstehe das nicht.«

»Wir sagen, dass wir Superhelden sind, und beweisen es dann im Fernsehen«, sage ich. »Wir werden Tartarus auch als Überbösewicht darstellen. Auf diese Weise können wir ihn im Freien bekämpfen, und die Menschen werden sogar helfen.«

Die meisten Ratsmitglieder sehen immer noch zweifelnd aus.

Sie denken vielleicht an die Geschichten in ihren Comics zurück und erinnern sich an Geschichten wie *X-Men*, wo die Mutanten und die Menschen nicht gerade so friedlich miteinander auskommen, wie sie sollten.

Ich behalte im Hinterkopf, sicherzustellen, uns nicht »Mutanten« oder »höherentwickelt« zu nennen, denn das wäre schlechte PR.

»Das ist reine Anmaßung«, sagt Funke.

»Oh, wirklich? Was schlägst du dann vor?«, frage ich ihn.

»Wir könnten die Menschen bezirzen«, sagt Funke unsicher.

»Milliarden zu bezirzen wird ziemlich unmöglich sein«, sagt ein Vampir aus dem Rat. »Es gibt nicht genug von meiner Art, um das in einem Dutzend Leben zu erreichen.«

Jaylen räuspert sich. »Unsere Vorfahren nannten sich selbst Götter. Das ist es, was Tartarus und diese Fernsehfrau tun. Vielleicht machen wir das Gleiche?«

»Daran habe ich auch schon gedacht«, sage ich. »Aber eure Welt scheint dafür zu modern zu sein, und letzten Endes gibt es keinen großen Unterschied zwischen so etwas wie heidnischen Göttern und den Superhelden in Comics. Auf der Erde gibt es einen Superhelden namens Thor, der in der Mythologie ein Donnergott war.« Ich betrachte Funke bedeutungsvoll, denn seine Art könnte die Inspiration für diesen speziellen Mythos gewesen sein. »Der Hauptunterschied ist, dass die Leute Superhelden als gute Menschen betrachten, die sich um ihre Interessen kümmern. Götter hingegen können als egoistisch und egozentrisch angesehen werden – nicht als die beste PR.«

Funke – und viele andere – sehen immer noch unsicher aus.

»Zeit ist von essentieller Bedeutung«, erinnert Nero alle. »Wenn dies ein zu hoher Preis für den Erhalt eures Lebens ist, werden Sasha und ich gerne gehen. Aber denkt daran, sobald sie weg ist, werdet ihr niemanden finden, der diese Lüge den Menschen so gut verkauft wie sie.«

Blufft Nero damit, zu gehen?

Wenn ja, dann ist er gut.

Ich kaufe es ihm total ab – und ich bin sehr gut darin, diese Art von Hinweisen zu lesen.

»Ich sage, wir stimmen noch einmal ab«, sagt Roslin.

»Ich stimme zu, aber denkt einfach daran, dass dies unsere Gesellschaft für immer verändern wird«, sagt Funke pompös.

»Und dass es tatsächlich eine Gesellschaft geben wird, die die Veränderungen erlebt«, antworte ich.

»Die, die für Sashas Plan sind, heben jetzt bitte ihre Hände«, sagt Roslin, und ihr Arm schießt in die Luft.

Fast alle Hände auf der Wiese gehen nach oben, obwohl einige, wie zum Beispiel Funke, sie nur widerwillig erheben.

»Damit ist die Entscheidung gefallen«, sagt Roslin. »Sieht so aus, als müssten wir Sasha vertrauen, dass sie uns zu Superhelden macht.«

Ich unterdrücke ein zufriedenes Grinsen.

Das wird meine beste Täuschung aller Zeiten sein. Eine Illusion, die so erstaunlich ist, dass kein Magier, nicht einmal ein so großer wie Houdini, jemals davon träumen würde, sie aufzuführen.

Ich schaue Lizzy an und sage: »Kannst du mich und Nero in dieses Studio bringen?« Ich schaue zu einigen der Teleporter und füge hinzu: »Könntet ihr auch die mächtigsten Ratsherren und Verkünder mitbringen, besonders die mit den beeindruckendsten Kräften?«

Lizzy kommt zu mir, und Nero ergreift unsere Schultern. Als wir kurz davor sind, zu verpuffen, hoffe ich verspätet, dass sie nicht mit einem tückischen und aufopfernden Ausmaß gegen meine Superhelden-Idee ist. Schließlich *könnte* sie sich mit uns in die Mitte eines Vulkans teleportieren. Oder auf den Meeresgrund.

Bevor dieser Gedanke zu einer ausgewachsenen Angst aufblühen kann, teleportieren wir – und als wir an dem neuen Ort erscheinen, sehe ich mich entsetzt um.

KAPITEL ACHTUNDZWANZIG

WIR SIND IM FERNSEHSTUDIO. Da wir uns jedoch auf der Insel des Rates Zeit gelassen hatten, hat sich Lilith von der Mehrheit der Zuschauer ernährt – von einigen auf sehr kreative und beunruhigende Weise.

Oh, und die Kameras nehmen immer noch auf.

Sie muss die Kameramänner bezirzt haben, denn jeder normale, halbwegs vernünftige Mensch wäre schon längst geflohen.

»Mutter, hör mich an!« Ich schreie so pompös wie möglich und schwebe nach oben, um in den Aufnahmebereich der Kamera zu gelangen.

Lilith schaut zuerst mich an, dann sieht sie Nero und die anderen Ratsmitglieder, die eintreffen. Wütend entblößt sie ihre Reißzähne und ergreift den Griff des Torschwertes an ihrer Hüfte.

»Wir kommen in Frieden«, sage ich schnell. »Ich vertrete die Helden der *Defenders' League*. Eine große Bedrohung kommt auf diese Welt zu, und wir haben beschlossen, dass es an der Zeit ist, dass wir uns zusammenschließen.«

Lilith legt ihren Kopf schief, als ich näher zu ihr schwebe.

Ich stelle sicher, dass die Kamera auf meinen Rücken gerichtet ist, und senke meine Stimme, so dass nur jemand mit Vampirgehör meine nächsten Worte hören kann. »Ich habe mehr über Tartarus erfahren – und der einzige Weg, wie wir gewinnen können, ist, wenn die Cogniti dieser Welt, wie auch die von der Erde, uns bei der Aufgabe helfen. Ich habe einen Plan, aber du musst mitspielen. Wir werden Tartarus zum Bösen machen und den Menschen sagen, dass wir Superhelden sind, deren Ziel es ist, ihn aufzuhalten. Sag etwas Pompöses darüber, dass du unsere Differenzen beilegen willst, und dann lass die Kameras abschalten, damit wir reden können.«

Ich muss zugeben, ich bin wieder einmal beeindruckt von Liliths Entschlossenheit und schnellem Denken. Fast sofort schaut sie mich mit Freundlichkeit und Liebe auf ihrem Gesicht an – etwas, von dem ich nicht dachte, dass ihre Gesichtsmuskeln dazu fähig wären. Sie breitet ihre Arme aus, als ob sie mich umarmen wollte, und sagt: »Meine Tochter. Tartarus – der Böse – hat mich in einen Bann gezogen, der mich dazu brachte, all diese armen, unschuldigen Menschen zu verletzen.« Sie deutet auf ihre jüngsten Snacks. »Sobald ich dich sprechen hörte, besiegte die Mutterliebe die böse Magie. Ich bin wieder da!«

Etwas unvereinbar mit dem, was ich sagte, und zu melodramatisch, aber sie improvisierte auf der Stelle.

»Schaltet die Kameras aus, damit wir einen Moment für uns haben können«, sagt sie zu den Kameraleuten.

Sie tun, was sie befiehlt, und mit dem Rampenlicht verschwindet auch der Anschein der mütterlichen Fürsorge aus ihrem Gesicht.

»Was ist das für ein Plan?«, fragt sie, und ihre Augen verengen sich, als sie immer mehr ankommende Cogniti sieht. »Ich habe dir gesagt, dass ich diese Welt für mich selbst will, nachdem Tartarus besiegt ist.«

»Und ich sage dir, dass er nicht nur von uns beiden besiegt werden kann«, antworte ich. »Ist dir klar, dass er eine ganze verdammte Armee mitbringt, wenn er kommt?«

»Tut er das?« Lilith runzelt die Stirn. »Michel hat nie erwähnt, dass seine Kinder *so* zahlreich sind.«

Ich beiße die Zähne zusammen. »Lass mich nicht erst mit diesem Bastard Nostradamus anfangen. Und lass uns zu den anderen gehen, damit ich mich nicht wiederholen muss.«

Sie nickt, und wir fliegen auf überwältigt aussehende Ratsmitglieder aus dieser Welt zu.

Ich öffne den Mund, um zu sprechen, aber in diesem Moment kommt Eric mit seinen Händen auf Vlads und Kits Schultern hier an.

»Gerade noch rechtzeitig«, sagt Nero, als ich sie anstarre. »Bring den Rest von ihnen.

»Was macht ihr hier?«, rufe ich aus.

Bevor Vlad oder Kit antworten können, kommt Eric mit Ariel und einem Roboter zurück, der demjenigen ähnlich sieht, den Felix im Kampf gegen Baba Yaga benutzt hat.

»Hallo«, sagt der Roboter. Dann öffnet sich seine Stirnplatte, und ich sehe Felix' grinsendes Gesicht im Inneren.

Wow.

Das muss Golem Version zwei sein, die Power-Suit-Edition. Felix sagte, er würde mit Itzel daran arbeiten, also muss das hier das Ergebnis sein.

»Ich kann nicht glauben, dass ihr auch hier seid«, sage ich und eile vorwärts, um sie beide zu umarmen. Nur Felix ist aus Metall, aber Ariel ist so steif, dass sie genauso gut ein Roboter sein könnte.

Mein Vampirstatus muss sie immer noch ausflippen lassen.

Vorsichtig ziehe ich mich zurück und schenke ihnen ein breites Lächeln. »Nicht, dass ich nicht glücklich wäre, euch zu sehen, aber warum seid ihr gekommen?«

»Sie brauchen einen Schub«, sagt Nero. »Jeder, der für die Verteidigung kritisch ist, braucht einen.«

Okay, dann. Klingt, als hätte Rasputin meinen Superheldenplan vorausgesehen, sonst wäre Nero nicht so vorbereitet.

»Ich weiß nicht, ob ich will, dass meine Freunde an der Verteidigung beteiligt sind«, zische ich ihn an.

»Wir haben darauf bestanden«, sagt Ariel.

»Sehr fest«, fügt Felix hinzu.

»Und du sagst mir nicht, was ich tun soll«, sagt Kit.

»Ich hätte es nicht besser sagen können«, schließt sich ihr Vlad an.

»Gut.« Ich seufze. »Ich möchte zu Protokoll geben, dass dies ein Fehler ...«

Eric kommt zurück, diesmal mit Lucretia und Chester.

»Wenn das kein Familientreffen ist«, sagt Chester sarkastisch, als er Lilith entdeckt. »Mutter, du siehst wunderschön aus, wie immer.«

Lilith antwortet etwas Schnippisches, aber ich höre es nicht, weil ich damit beschäftigt bin, Lucretia zu umarmen. Wie bei Felix und Ariel bin ich froh, sie zu sehen, aber ich mag den Gedanken nicht, dass sie in Gefahr gebracht wird.

»Die Zeit ist immer noch nicht auf unserer Seite«, unterbricht Nero. »Wie wäre es, wenn wir Sasha erklären lassen, was passieren wird?«

Ich schaue alle an. »Hier ist mein Plan. Wir suchen jemanden, der Superheldenkostüme für alle Anwesenden anfertigt. Wir denken uns auch Hintergrundgeschichten aus und, was am wichtigsten ist, planen wir für euch alle Machtdemonstrationen – bei denen ich helfen kann, sie so spektakulär wie möglich zu gestalten. Sobald ihr eure jeweilige Macht verstärkt habt, benutzt ihr sie, um Tartarus und seine Handlanger zu besiegen.«

»Und das muss schnell gehen«, fügt Nero hinzu. »Tartarus taucht um 18.45 Uhr auf.«

Jeder schaut auf die Uhr hinter uns. Es ist schon 14.15 Uhr.

»Warum hast du nicht damit angefangen?«, frage ich Nero.

»Ich hatte keine Chance«, sagt er. »Wir sind trotzdem noch im Zeitplan, um es zu schaffen.«

»Und woher weißt du *das*?«, fragt Funke.

Wie als wäre es sein Stichwort, kommt Eric zurück und legt die Hand auf Rasputins Schulter.

»Das ist mein Seher-Vater«, erkläre ich, als ich mich von meiner Überraschung erhole. »Ich wette, er ist der Grund, warum Nero weiß, was die Zukunft bringt.«

»In der Tat«, sagt Rasputin, und ich kann nicht umhin, den sehnsüchtigen Blick zu bemerken, den er auf Lilith wirft – was es amtlich macht. Er ist ein Masochist. »Ich habe etwas Kraft angesammelt und sie benutzt, um jeden Ort zu erfahren, an dem die Truppen von Tartarus in diese Welt eindringen werden, und wann. Ich weiß auch, wo seine Basiswelt ist, und …«

»Was meinst du mit ›Basiswelt‹?«, fragt Funke.

»Tartarus hat eine ganze Welt mit unzähligen Nachkommen neu bevölkert, die seine energieentziehende Macht teilen«, sagt Rasputin geduldig. »Sie nennen die Welt Tartarus, und um wirklich zu gewinnen, müssen wir sicherstellen, dass die Welt vom Rest der Otherlands isoliert wird.«

Wow.

Wie sollen wir das machen?

»Wenn du die Zukunft gesehen hast, hast du dann vorhergesehen, dass wir gewinnen?«, fragt Funke.

Das ist eine großartige Frage.

Ich wünschte, ich hätte zuerst gefragt.

»Ich weiß nicht«, sagt Rasputin und schaut auf seine Schuhe. »Ich war dabei, Visionen dafür durchzusehen, als Nostradamus mich wieder im Leerraum angriff und mir den Rest meiner Macht nahm.«

»Nostradamus ist ein weiterer Seher«, erkläre ich den Einheimischen. »Er ist der Grund, warum ich im Moment auch machtlos bin.«

Um sicherzustellen, dass ich tatsächlich immer noch keinen Saft mehr habe, versuche ich, in den Leerraum zu gelangen.

Nein. Ich muss noch aufladen.

»Dummer Michel«, murmelt Lilith leise vor sich hin. »Für jemanden, der behauptet, Tartarus tot sehen zu wollen, mag er es definitiv gerne, mit der Fähigkeit aller zu spielen, um den Bastard tatsächlich zu töten.«

»Wenigstens wissen wir, wo sich all diese Tore öffnen werden«, sagt Vlad, wie immer mit brütendem Gesicht. »Das gibt uns eine Chance, zu kämpfen.«

»Und ich werde dir diese Orte mitteilen, sobald wir hier fertig sind«, sagt Rasputin und schaut zu Nero. »Möchtest du sie über den Rest informieren?«

»Richtig«, sagt Nero und schaut auf die Einheimischen. »Die Cogniti der Erde und ein paar Verbündete aus anderen Otherlands nehmen bereits ihre Kampfpositionen hier auf dieser Welt ein.«

»Was?« Funkes Gesicht spannt sich an, während an seinen Fingern winzige Blitze glitzern. »Ihr seid einfach einmarschiert, ohne uns zu fragen?«

»Ja, das sind wir.« Nero sieht nicht das kleinste bisschen eingeschüchtert aus. »Es blieb keine Zeit, auf eure Genehmigungen zu warten. Wir haben mehr getan, als nur einzumarschieren. Unsere Vollstrecker haben Schlüsselpersonen in euren menschlichen Regierungen und militärischen Organisationen bezirzt, damit sie uns helfen – ob Sashas Plan funktioniert oder nicht. Alle Anwesenden müssen immer noch ihre Macht steigern.«

»Was das betrifft …«, melde ich mich zu Wort. »Warum konzentrieren wir uns nicht auf den Superheldenplan?«

Niemand erhebt Einwände, also lasse ich sie schnell meine bisherigen Ideen wissen: dass Roslin eine Heldin namens Earth Shaker sein kann, Funke Sir Lightning und Lizzy Ether Runner.

Sie finden Gefallen daran, also nenne ich einen Haufen anderer, bevor mich Ariel unterbricht und sagt: »Ich will Batwoman sein.«

»Und ich werde ihr Joker«, sagt Chester und zwinkert Ariel zu.

»Hey.« Felix lässt seinen Roboter eine heroische Pose einnehmen. »In diesem Fall reserviere ich Iron Man.«

»All diese Charaktere existieren bereits in den Comics«, sagt Obo.

Felix runzelt die Stirn. »Dummes otherlandisches Plagiat. Was ist mit Steel?«

»Wie wäre es, wenn wir die Namen so originalgetreu wie möglich behalten?«, sage ich.

»Gut«, sagt Felix. »In diesem Fall möchte ich Neo Golem sein. Nicht wegen Neo von *The Matrix*, wohlgemerkt, sondern weil dieser Golem der neue ist und Neo neu bedeutet.«

»Was auch immer«, sage ich. »Bevor du fragst … wir werden keinen Ork ins Team einladen und ihn Hulk nennen.«

»Oder Horc«, sagt Felix.

»Kommt Batman wirklich nicht in Frage?« Ariel sieht aus wie ein Kind, das zu Weihnachten einen kratzigen Pullover bekommen hat. »Was ist mit Sugar Glider? Sie sind den Fledermäusen am nächsten, und es klingt irgendwie cool.«

»Es klingt nach einem guten Namen für einen Pornostar«, murmelt Felix und schiebt seine Maske gerade noch rechtzeitig zurück vor sein Gesicht, um nicht geschlagen zu werden.

»Ich werde Jester sein«, sagt Chester und grinst wie einer. »Anstelle eines lilafarbenen Anzuges wie dem des Jokers kann ich einen dieser spitzen Hüte tragen.«

»Und wie Harley Quinn aus den Cartoons aussehen«, murmelt Felix leise.

Ich seufze.

Als ich mir das Ende der Welt vorgestellt habe, hätte ich nie gedacht, dass es so lustig werden würde.

»Ich werde Ninja Fox sein«, sagt Kit und

verwandelt sich in einen echten Fuchs mit einem schwarzen Ninja-Outfit. Das Ergebnis ist bezaubernder als ein Meme einer Katze in einem Häschen-Pullover.

»Kit wird der einfachste Superheld sein, den man an Leute verkaufen kann«, sagt Felix. »Sie ist im Grunde genommen Mystique, die sich auch in Tiere und Monster verwandeln kann.«

»Ich denke, Mystique *konnte* das mal tun«, sagt Ariel. »Obwohl ich denke, dass das war, als sie von A…«

»Konzentration«, sage ich und rolle mit den Augen. »Will *noch* jemand seinen eigenen Namen wählen?«

Ein paar von ihnen tun es, und ich lasse sie gewähren. Dann suchen wir die Elemente ihrer Outfits und Hintergrundgeschichten heraus. Anscheinend war Sugar Glider ursprünglich eine Amazone – etwas, was Felix und ich nur ungern erlauben. Wir machen aber deutlich, dass Ariels Outfit nicht wie das von Wonder Woman aussehen wird und dass sie keine Lasso-Requisite haben kann.

»Jeder Teleporter sollte gehen und die besten Filmrequisiten-Designer dieser Welt dazu bringen, schnell die notwendigen Outfits zu kreieren«, sage ich. »Nehmt einen Vampir mit, falls jemand bezirzt werden muss.«

Sie folgen meinem Vorschlag, und ich lasse mich von Eric zu einem örtlichen Zauberladen bringen, um eine lange Liste von Zubehör zu besorgen, das die Dinge ergänzt, die ich bereits in meinen Taschen habe.

Als wir zurückkommen, tragen einige der »Helden« bereits ihre Outfits und lassen den Ort wie eine Mischung aus Comic-Con und Halloween-Party aussehen.

»Jetzt lasst uns über die Machtdemonstrationen reden«, sage ich und hole die Requisiten aus dem Zauberladen heraus.

Für jeden Helden erstelle ich eine passende Performance und füge mit jeder erdenklichen magischen Methodik einen Showeffekt hinzu. Einige der Illusionen, die ich erfinde, sind so gut, dass ich mir fast wünsche, ein anderer Magier wäre hier, nur um das Niveau meiner Hinterhältigkeit zu schätzen.

»Was ist mit mir?«, fragt Lilith mich mittendrin. »Wie lautet mein Superheldenname und meine Vorgeschichte?«

Ach, stimmt.

Ich habe es so schwer, sie als Helden zu betrachten, dass ich vergessen habe, das für sie zu tun.

»Was ist mit Lady Night?«, sage ich und schaue sie an.

»Vielleicht die Lady of the Night?« Sie schwebt auf und nimmt eine seltsame Pose ein.

»Nein, das lässt dich wie eine Kurtisane klingen«, sage ich. »Was ist mit Night Lady?«

»Gut.« Sie hebt ihr Kinn an. »Was ist meine Geschichte?«

»Du hast uns schon irgendwie hineingeritten«, sage ich. »Wie wäre es mit: Du wurdest von Tartarus selbst verflucht, menschliches Blut zu trinken, und du bist ein

Antibösewicht, der hauptsächlich von seiner Liebe zu seiner schönen Tochter angetrieben wird – und vom Hass auf denjenigen, der dich in dieses Monster verwandelt hat.«

»Was ist ein Anti-Bösewicht?«, fragt sie.

»Wie ein Anti-Held, aber das Gegenteil«, sagt Felix mit der Roboterstimme, die aus seinem Anzug kommt, wenn die Frontplatte unten ist. »Es ist jemand, der gute Ziele hat, aber diese mit unmoralischen Mitteln erreicht. Oh, und sich wahrscheinlich weigert, typische böse Dinge zu tun, wie Babys zu essen.«

»So gar *nicht* Lilith«, sagt Rasputin leise. »Sie isst problemlos Babys.«

»Das habe ich gehört«, sagt sie. »Und es ist nicht meine Schuld, dass Babyblut so köstlich ist.«

Alle – besonders die lokalen Cogniti – tauschen unangenehm berührte Blicke aus, die zu fragen scheinen, ob sie Witze macht.

Ich vermute stark, dass sie keine Witze macht, aber das sage ich ihnen nicht, weil ich möchte, dass mein Superhelden-Team eine gute Moral hat.

Lizzy und ein Haufen anderer Teleporter kommen mit mehr Outfits zurück, und die Leute beginnen, sie anzuziehen. In der Zwischenzeit schicke ich Teleporter in die örtlichen Krankenhäuser, um Menschen mit schrecklichen Verletzungen ausfindig zu machen. Dies wird es den Vampiren und Heilern unter uns ermöglichen, *diese* Fähigkeit zu beweisen.

Ich fahre fort, Namen zu verteilen und den Rest zu

erklären, bis Nero meine Schulter ergreift und flüstert: »Wir sollten reden.«

Er sagt es so, dass ich weiß, dass Widerstand zwecklos wäre – nicht, dass ich überhaupt widerstehen wollte.

»Felix, Ariel, könnt ihr für eine Minute übernehmen?«, frage ich. »Benennt und kleidet diejenigen, die noch keinen Namen haben, und entscheidet, in welcher Reihenfolge alle ins Fernsehen gehen sollen.«

Bevor sie antworten können, schleppt mich Nero hinter die Bühne.

Mist.

Er ist eine weitere Person, die ich fast vergessen hätte, weshalb er kein Superhelden-Outfit trägt – oder überhaupt etwas.

Das, oder mein Unterbewusstsein tat es absichtlich, weil ich Nero gerne nackt sehe.

»Ich denke, du solltest mit allen anderen einen Schub bekommen«, sage ich ihm heiser, weil ich mir all dieser Männlichkeit, die mir so nahe ist, mehr als bewusst bin.

»Oh?« Nero umrahmt mein Gesicht mit seinen großen Händen, und sein Gesichtsausdruck wird seltsam zart. »Und wie soll mein Superheldenname lauten?«

»Große Schlange?«, sage ich, als ich auf die Sache zwischen uns hinunterblicke, die es mir schwermacht, mich zu konzentrieren. »Oder Mächtiger Drache ...«

Nero bringt mich mit einem hungrigen Kuss zum

Schweigen, und für die nächsten Momente werde ich daran erinnert, warum ich gewinnen muss.

Ich habe eine Menge, wofür es sich zu leben lohnt.

Alle möglichen wunderbaren Dinge.

Große, harte Dinge.

»Das sollten wir nicht«, murmelt Nero schließlich und zieht sich von mir zurück.

»Das sollten wir auf jeden Fall.« Ich ziehe ihn zu mir zurück. »Das ist sehr motivierend.«

Er stöhnt. »Wir können nicht. Wir werden diesen ganzen Ort und all deine Helden zerstören.«

Richtig. Sex außerhalb des Schutzzaubers seiner Drachenburg führt dazu, dass ich sein Blut trinke, und dann zu Unannehmlichkeiten wie Krater im Boden und gefällten Bäumen.

Ich lecke mir über die Lippen. »Es muss Dinge geben, die wir trotzdem tun *können*. Vielleicht könntest du …«

»Nicht sicher«, knurrt er. »Und das ist nicht der Grund, warum ich dich hierhergebracht habe.«

»Ist es das nicht?«

Er atmet frustriert aus. »Ich wollte versuchen, mit dir zum letzten Mal über etwas zu reden. Rasputin sagte mir, dass es sinnlos sein wird, aber ich schulde es mir selbst, es zu versuchen.«

»Lass mich raten. Es geht darum, im Kampf mit deinem Schwanz zwischen meinen Beinen zu verschwinden?«

»Ich würde es als ›Rückzug und jemand anderen den Kampf kämpfen lassen‹ bezeichnen«, sagt er.

Ich beiße die Zähne zusammen. »Es ist mir egal, als was du es bezeichnen würdest. Wie oft müssen wir die gleiche Diskussion noch wiederholen?«

»Jetzt ist es anders«, sagt Nero. »Selbst wenn Tartarus heute überlebt, wird der Plan, den wir aufgestellt haben, ihn um Jahrhunderte zurückwerfen. Er braucht seine Armee, um auf die Erde einzudringen – wenn er also heute große Verluste erleidet, wird es keine Invasion geben.«

»Rasputin hat nichts davon gesehen. Es ist nur eine optimistische Vermutung.« Ich schüttele den Kopf. »Das haben wir schon durchgespielt. Tartarus muss gestoppt werden.«

Neros Augenbrauen ziehen sich zusammen. »Du bist nicht wirklich eine Superheldin. Du gibst nur vor, eine zu sein. Oder hast du das vergessen?«

»Ich weiß, was ich bin – deshalb gibt es nichts, was du sagen kannst, um meine Meinung zu ändern.«

»Bist du sicher?« Seine Augen glitzern mit einem seltsamen Licht, während sich seine Limbusringe ausdehnen. »Nicht einmal ›Ich liebe dich‹?«

KAPITEL NEUNUNDZWANZIG

ICH BLINZELE IHN AN.

Er beugt sich nach vorne, und sein Blick bohrt sich in mich hinein. »Wenn du stirbst, werde ich es nicht ertragen können.«

Ich blinzele einfach weiter.

Und blinzele.

Und blinzele – als ob mein Gehirn abgestürzt wäre und jetzt einen Neustart bräuchte.

Er *liebt* mich?

Von allen Argumenten, die ich von ihm erwartet hatte, stand *das* nicht auf der Liste – und das ist vielleicht der Grund, warum er es gesagt hat.

Aber meinte er es ernst?

Ich meine, ich weiß, er kümmert sich um mich, auf seine knurrige, überfürsorgliche, oft übertriebene Art und Weise, aber das …

»Wir sind bereit, mit den Fernsehaufführungen zu

beginnen«, kündigt eine Stimme an und unterbricht meine verwirrten Gedanken. »Wir haben abgestimmt und entschieden, dass Sasha zuerst und Nero danach kommt, also brauchen wir euch.«

»Ich komme«, sage ich automatisch.

Nero wirft mir einen unleserlichen Blick zu und verschwimmt.

Während ich folge, erinnere ich mich verspätet daran, dass man, wenn jemand so etwas sagt wie Nero eben, eine Reaktion erwartet – idealerweise, was *man selbst* fühlt.

Nur, dass ich keine Gelegenheit hatte, das zu tun, und ich bin zu überwältigt, um irgendetwas herauszufinden.

Was zum Teufel hat er sich dabei gedacht, diese Art von Gespräch *jetzt* zu beginnen? Es wäre zu viel, selbst wenn es nicht das Armageddon um die Ecke *gäbe*.

Als ich wieder herauskomme, sehe ich Rasputin, wie er Nero zwei Spandex-Monstrositäten, beklebt mit Schuppen und Glitzer, gibt. »Das ist zweimal dein Outfit. Uns fiel auf, dass du keins hast, und wir fanden etwas in einer der Umkleidekabinen hier. Außerdem, da Sasha dir keinen Namen gegeben hat, wirst du Drakon sein.«

»Wie originell«, schaffe ich es zu sagen. »Du hast ihn »Drache« genannt, aber auf Russisch.«

Nero kümmert sich nicht darum, was sein Name ist, und zieht sich an, während ich dastehe und immer noch seine Offenbarung verarbeite. Dann gibt mir jemand etwas, was *mein* Superhelden-Outfit sein soll.

»Moment mal«, sage ich und finde dank meiner Empörung einen Teil meiner Sprache wieder. »Das wird mich wie eine Stripperin aussehen lassen, die eine Domina spielt.«

»Du hast nicht angegeben, was du willst, also schlug Lilith eine Kopie ihres eigenen Outfits vor – was auch etwas war, was hier herumlag«, erklärt Felix und nickt zu Lilith hinüber – die tatsächlich ein identisches Pseudo-Outfit trägt. »Zieh es einfach an und tritt auf.«

Ich schüttele den Kopf, ziehe mich hinter die Bühne zurück und ziehe mir das Outfit an.

»Du bist dran«, sagt der Kameramann, als ich wieder nach vorne komme.

Mist. Ich habe nichts für mich selbst vorbereitet. Das geht zu schnell; dafür brauche ich mindestens einen Monat.

Na ja.

Ich atme tief durch, trete vor die Kamera und tue mein Bestes, um nicht dem Lampenfieber nachzugeben, das an mir zehrt.

»Liebe Bürger, ich bin es wieder – und diesmal komme ich aus meinem Superheldenversteck.« Ich schwebe vom Boden auf, um sie an unser letztes Treffen zu erinnern. »Ich nenne mich *Vespa* und bin eine Superheldin, die dazu bestimmt ist, Tartarus zu besiegen – der Böse, der versuchen wird, die Welt heute zu übernehmen.«

Die Cogniti in der Menge klatschen, aber ich wünschte, es gäbe ein paar unverletzte Menschen in der Nähe, damit ich die Reaktionen normaler Menschen einschätzen könnte.

Mit meinem vampirverstärkten Gehör höre ich, wie Ariel und Felix sich über meinen Superheldennamen in gedämpftem Flüstern lustig machen.

Wirklich? Es ist nicht so, dass ich mich zu Ehren meines verstorbenen Fahrzeugs so benannt habe. Ich kam darauf wegen des Akronyms V. S. P., wie in *Vampire, Seer und Probability Manipulator.*

Sugar Gliders, Neo Golems und andere in Glashäusern sollten nicht mit Steinen werfen.

Wie dem auch sei, ich stecke wegen Selbstlosigkeit mit diesem Heldennamen fest. Als netter Mensch habe ich all die coolen Dinge, die mir eingefallen sind, an andere weitergegeben.

»Sie haben meine Mutter getroffen, Lady Night.« Ich mache eine Geste in die Ferne. »Sie bekam ihre Kräfte, als Tartarus sie mit Vampirismus verfluchte – und ich bekam meine, weil sie damals mit mir schwanger war.«

Habe ich gerade die Hintergrundgeschichte von *Blade* abgezogen? Nee. Nicht, wenn ich nicht Vampirjägerin geworden bin.

Auf jeden Fall ist die Machtdemonstration der Schlüssel – nichts, was ich wirklich sage.

»Nun, wie das Sprichwort sagt, ›außergewöhnliche Umstände erfordern außergewöhnliche Maßnahmen‹.« Ich lande sanft auf der Bühne. »Ich erwarte nicht, dass Sie einfach glauben, dass ich eine

Superheldin bin. Ich werde Ihnen meine Kräfte zeigen, unter Testbedingungen. Dann, und nur dann, können Sie selbst entscheiden, was Sie glauben wollen – und was nicht.«

Ich fahre fort, die Kräfte zu demonstrieren, die ich beim letzten Mal, als ich im Fernsehen war, nicht zeigen konnte.

Zunächst heile ich eine schwer verletzte Frau, die einer der Teleporter aus einem örtlichen Krankenhaus hierhergebracht hat. Ich tue dies, indem ich mir mit einem Messer ins Handgelenk schneide und die Frau mein Blut trinken lasse.

Ich hoffe, Ariel sieht sich diesen Teil nicht an.

Die Verletzungen der Frau heilen spurlos – was auch mich beeindruckt.

Hier gibt es keine Illusionen.

Die Frau kommt zur Besinnung und schaut sich verwirrt um, als ein paar Cogniti kommen, um sie wegzubringen.

Das Gefühl der Freude, das ich das letzte Mal erlebt habe, als ich auf Sendung war, trifft mich wieder – aber nicht mehr so intensiv wie zuvor. Was auch immer ich gerade für einen Schub für meinen Vampirismus bekommen habe, es muss ein subtiler gewesen sein.

»Jetzt werde ich meine eigenen superheilenden Fähigkeiten beweisen«, sage ich, und anstatt mich wirklich zu schneiden, führe ich den Effekt aus, bei dem ich meine Hand abzuschneiden scheine, und dann *heile* ich das verlorene Glied mit meinen Kräften.

Das angenehme Gefühl wird stärker, aber ich ignoriere es und mache weiter.

»Ich bewege mich schneller als der schnellste lebende Mensch«, sage ich. Um dies zu *beweisen*, führe ich meine Version der klassischen Bühnenillusion namens Teleportation durch – diejenige, bei der der Illusionist von einem Ort zum anderen geht und heimliche Geschäfte statt mystischer Superkräfte beansprucht.

Die angenehmen Gefühle werden noch stärker.

Die Leute glauben offensichtlich sogar an den gefälschten Teil der Demonstration – wie ich gehofft habe.

Dank dem, was ich wirklich getan habe, werden die Bühnenillusionen nicht mehr als solche wahrgenommen.

Das verheißt Gutes für das, was wir für den Rest der Cogniti vorbereitet haben – und sie brauchen den Schub mehr als ich.

»Meine Sinne sind schärfer als die von jedem anderen, den ich kenne«, fahre ich fort, nehme dann eine spezielle Augenbinde heraus und führe meine Lieblingsnummer, *Sehen ohne Sicht*, durch.

Das angenehme Gefühl ist grenzwertig überwältigend.

Ich muss aufhören, denn wenn ich weitermache, werde ich wieder ohnmächtig.

»Der nächste Superheld, den Sie treffen werden, ist ein enger Verbündeter von mir«, sage ich theatralisch. »Sein Name ist Drakon.«

Ich gehe von der Bühne und lasse Nero meinen Platz einnehmen.

Vielleicht hat meine Vorführung bereits meine Wahrnehmung verbessert, oder es ist einfach nur gute Beleuchtung, aber Nero sieht spektakulär aus, wie er dort steht und mit seinen seltsamen Augen in die Kamera schaut.

Ohne ein einziges Wort verwandelt er sich in seine Drachenform und zerfetzt sein Outfit.

Ach, stimmt.

In einer Welt mit Spezialeffekten auf 80er-Jahre-Niveau gibt es nichts Besseres, was Demonstrationen angeht. Nero als Drache ist so massiv, dass er die gesamte Bühne einnimmt, und selbst bei den superhohen Decken im Theater streift die Spitze seines schuppigen Kopfes dieselbigen. Langsam blinzelt er in die Kamera, zeigt die Drachenlimbusringe und atmet zum Spaß einen kleinen Feuerstrahl aus.

Die Cogniti, die dort anstelle des Publikums sitzen, lassen erschrockene Schreie hören und tragen damit zur Dramatik des Ganzen bei.

Mit einem weiteren Blitz verwandelt sich Nero zurück und gibt den Damen zu Hause etwas zum Sabbern, bevor er die intakte Version seines Outfits anzieht und von der Bühne verschwimmt.

Kit macht nach Nero weiter. Sie erzählt jedem, dass sie Fox Ninja ist, und verwandelt sich dann in einen ganzen Zoo voller Kreaturen und Menschen, einschließlich eines weißhaarigen Mannes, von dem sie behauptet, er sei der Präsident dieses Landes.

Felix kommt hinter Kit. Er lässt seinen Space-Age-Anzug größtenteils für sich selbst sprechen, demonstriert aber auch seine Fähigkeit, zufällige Elektronikgeräte rund um den Globus zu steuern.

Dann fährt Ariel fort und zeigt Kraftakte, die noch größer sind als das, wozu sie fähig ist, indem sie einen kleinen Leckerbissen verwendet, den ich aus einem magischen Buch gelernt habe, das von einem Mann geschrieben wurde, der viele Jahre lang als Kampfkunstlehrer gearbeitet hat. Anscheinend werden viele dieser sehr beeindruckenden »Faust bricht Beton«-Videos auf YouTube durch Betrug gemacht – deren genaue Methode der Magier in mir gerne gelernt hat und die er heute noch lieber einsetzt.

Als Nächstes kommen einige der Leute vom lokalen Rat, mit Roslin als Earth Shaker und so weiter.

Nach etwa einer Stunde Demonstrationen bin ich es leid, alles zu sehen, und beschließe, Nero zu finden, um unsere Unterhaltung von vorhin fortzusetzen.

Nicht, dass ich wüsste, was ich sagen sollte, wenn ich ihn finde. Ich weiß nur, dass etwas gesagt werden muss.

Ich springe einen Korridor hinunter, um zu sehen, ob meine Leistung meine Geschwindigkeit wie erhofft erhöht hat.

Ja.

Ich verschwimme noch nicht wie Nero, aber ich bin so nah dran wie nie zuvor.

Ich schlängele mich mit halsbrecherischer

Geschwindigkeit durch die Studiogänge und finde Nero – nur, dass er nicht allein ist.

Auf dem Boden neben ihm liegt ein bewusstloser Werwolf, und seine rechte Hand liegt um einen Hals.

Ein Hals, der zu einer Person gehört, deren Füße zehn Zentimeter über dem Boden baumeln.

Eine sehr vertraute Person.

»Nostradamus?«, sage ich fassungslos. »Was machst du hier?«

Der Seher grunzt etwas Unverständliches. Ich schätze, dass eine zerquetschte Kehle das bewirken kann.

»Nero, lass ihn gehen, bitte«, sage ich. »Ich will wissen, warum er nach allem, was er getan hat, hierhergekommen ist.«

Mit einem Knurren lässt Nero sein Opfer fallen – das auf den Boden neben den Werwolf fällt, den ich jetzt als Marius erkenne.

»Ich schätze, aus deiner Sicht habe ich das verdient«, krächzt Nostradamus und reibt sich den Hals. »Sasha, es tut mir leid, dass ich deine Kräfte und die deines Vaters genommen habe. Ich musste es tun. Ich schwöre es.«

»Musstest du das?« Ich verschränke die Arme vor meiner Brust. »Ich würde gerne hören, warum – besonders vor Nero, der weiß, ob man lügt.«

»Ich zähle eigentlich auf seine Lügendetektion.« Nostradamus nimmt etwas aus seiner Tasche und hält es Marius unter die Nase.

Der Werwolf erholt sich sofort und jault wie ein Hund, als er auf die Beine kommt.

Waren das Speckstücke oder Riechsalze?

»Sprich«, knurrt Nero den Seher an. »Überzeuge mich, dich nicht zu töten.«

»Tartarus kommt in zwanzig Minuten auf diese Welt.« Nostradamus klopft auf den Boden, um seine Sonnenbrille zu suchen, und verbirgt dann seine ruinierten Augen dahinter.

»Nein.« Ich schaue Nero an. »Rasputin sagte, die Tore öffnen sich um 18:45 Uhr. Wir haben noch etwa eine Stunde Zeit.«

»Da kommt seine Armee an.« Nostradamus streichelt den jammernden Marius beruhigend. »Tartarus und eine ausgewählte Gruppe seiner Nachkommen kommen immer früher, damit er es zu seinem Fernsehauftritt schaffen kann.«

Mist. Das passt zu Jaylens Erfahrung.

»Du hast uns immer noch keinen Grund gegeben, warum du Sashas Kräfte genommen hast«, sagt Nero schroff. »Oder Rasputins, was das betrifft.«

»Das habe ich«, sagt Nostradamus. »Es ist so, wie ich es dir bei der Ratssitzung auf der Erde gesagt habe. Alles muss genau richtig laufen, und ich kann nicht zulassen, dass sich ein anderer Seher mit den Ergebnissen beschäftigt.«

»Aber ich bin dazu bestimmt, zu gewinnen, oder?«, frage ich. »Ist es das, was du vor langer Zeit vorausgesehen hast, noch bevor ich überhaupt geboren wurde?«

Nostradamus seufzt. »Dein Vater hat diese spezifische Zukunft zerstört, als er dich von deiner Mutter gestohlen hat und dich von Menschen aufziehen ließ. Also müssen wir alle umplanen. Ich habe über zwanzig Millionen Versionen von dem, was kommen wird, gesehen – und weiß daher von unzähligen Möglichkeiten, zu scheitern. In einer Zukunft gibt es jedoch eine Chance. Das Problem ist, wie immer, dass Wahrscheinlichkeitsmanipulation im Spiel ist, also kann ich dir nicht mit Sicherheit sagen, ob wir gewinnen werden.«

»Das reicht«, zischt Nero und setzt an, ihn wieder zu würgen.

Marius knurrt Nero an, während Nostradamus herausrattert: »Ich bin einer der Menschen, die dabei sein müssen, wenn wir ihm gegenüberstehen, Sasha. In jeder Zukunft ohne mich scheitern wir.«

Ich schaue Nero an, und er nickt wütend. Nostradamus sagt die Wahrheit.

»Gut. Du lebst«, sagt Nero grimmig. »Aber wenn du keinen Sieg garantieren kannst, lasse ich Sasha nicht ihr Leben riskieren.«

Bevor ich Seine Kaiserliche Majestät daran erinnern kann, dass ich meine Entscheidungen selbst treffe, sagt Nostradamus: »Sie muss sich ihm heute stellen. Ansonsten ist sie so gut wie tot.«

Neros Hände werden krallenartig, und er schlägt mit der Faust gegen eine Wand neben Marius, die zerbricht.

Unbeeindruckt von der Zerstörung fährt

Nostradamus fort. »Ohne Sasha wird Tartarus nicht getötet. Das steht fest. Und wenn er überlebt, wird er nachforschen, warum die Leute hier so gut auf seine Ankunft vorbereitet waren. Er wird von Sasha erfahren, und er wird sie im Visier haben und nicht aufhören, bis sie tot ist – egal, wo man sie versteckt.«

Der Seher scheint nicht zu lügen, denn Nero reißt mit einem weiteren Wutausbruch eine weitere Wand ein.

»Nicht, dass ich davonlaufen würde, aber wie kann dieser letzte Teil wahr sein?«, frage ich, während Marius wimmert. »Wie kann mich Tartarus zum Beispiel in der Drachenwelt töten?«

»Er kann den Drachen Energie entziehen, genau wie anderen Cogniti.« Nostradamus beruhigt Marius, indem er ihn hinter den Ohren krault. »Es wird Jahrzehnte dauern, bis er seine Streitkräfte wieder aufgebaut hat und angreifen wird, aber er wird angreifen. Oh, und da er weiß, dass er mit einem Seher und einem Wahrscheinlichkeitsmanipulator konfrontiert wird, wird er entsprechend eine Armee züchten.«

Bevor Nero den ganzen Ort um uns herum zum Einsturz bringen kann, lege ich eine Hand auf seine Schulter. »Hör auf, bitte. Ich muss das tun. Wir haben keine Wahl.«

Nostradamus nickt. »Dieser Überraschungsangriff *ist* der beste Versuch gegen Tartarus. Er ist der Höhepunkt jahrelanger Planung meinerseits und …«

»Moment«, sage ich. »Ich dachte, du wolltest, dass wir uns ihm in Liliths Welt stellen?«

»Er hat gelogen, als er sagte, dass es die einzige Möglichkeit sei«, knurrt Nero. »Jetzt verstehe ich, warum. Er wusste, dass es auch *diese* Gelegenheit geben würde.«

»Das habe ich«, sagt Nostradamus. »Wie immer hatte ich Schwierigkeiten, zu erkennen, was Lilith tun würde, weil sie eine Wahrscheinlichkeitsmanipulatorin ist.«

»Wo wir gerade davon sprechen …«, sage ich. »Wie hast du es überhaupt diesmal geschafft, die Ankunft von Tartarus vorherzusehen? Hat er nicht noch diesen Lug-Typen?«

»Ich bin jetzt ein viel, viel besserer Seher«, sagt Nostradamus düster. »Aber du sprichst einen guten Punkt an. Lug ist noch ein weiterer Grund, warum ich mir nie sicher sein kann, welches Ergebnis herauskommen wird. Er wird dort sein, an Tartarus' Seite.«

»Wenn wir wissen, wo er sein wird, warum legen wir dort nicht eine Bombe mit einem Zeitzünder hin?« Nero ballt seine Faust und öffnet sie wieder. »Oder schicken ein menschliches Geschwader, um ihn abzuschießen?«

»Wegen Heph, Tartarus' Sohn, der so etwas wie Kraftfelder um sich und seinen Vater schaffen kann.« Nostradamus holt eine Art Trockenfleisch vom Rind heraus und gibt es Marius. »Kugeln oder Feuer einer

Explosion können die Felder von Heph nicht durchdringen. Nur das Torschwert kann es.«

»Ein Kraftmanipulator?«, frage ich. »Warum haben wir keinen?« Ich schaue Nero anschuldigend an.

»Ich habe jahrhundertelang nach einem gesucht, aber sie sind äußerst selten«, antwortet er. »Sie sehen auch nicht traditionell menschlich aus – also können sie nicht auf modernen Welten mit einem Mandat leben.«

»Und Tartarus zerstörte die Welt, in der die meisten von ihnen lebten«, fügt Nostradamus hinzu. »Ihre Kraftfelder konnten seine Macht nicht aufhalten.«

»Großartig, also selbst wenn wir einen hätten, würde es nicht helfen«, grummele ich. »Die Nachrichten werden immer besser und besser.«

»Wir müssen uns beeilen«, sagt Nostradamus.

»Warte mal«, sagt Nero. »Was kannst du uns noch über diesen Kampf erzählen?«

»Ich kann dir sagen, wer gehen sollte – und wer nicht«, sagt Nostradamus. »Ich kann dir auch sagen, wer seine Kräfte wie einsetzen kann. Und wer das nicht sollte.« Er wirft Nero einen spitzen Blick zu.

»Wenn du sagst, dass *ich* nicht gehen kann, werde ich die ganze Sache abblasen«, knurrt Nero ihn an.

»Nein, du musst gehen.« Nostradamus schiebt sich seine Brille höher auf die Nase. »Du kannst dich einfach nicht in deine Drachenform verwandeln. In jeder Zukunft, in der du es tust, geht alles schief.«

»Das ist einfach toll«, sage ich. »Dürfen wir atmen,

wenn es so weit ist? Können wir unsere Waffen benutzen?«

»Ich versuche nur, zu helfen«, sagt Nostradamus zu seiner Verteidigung. »Mein Leben wird genauso auf dem Spiel stehen wie eures. Ich bin eine der Personen, die du mitbringen musst.«

»Gut«, sage ich. »Sag uns, wer noch auf diese Selbstmordmission gehen soll.«

»Außer mir und euch beiden sollte es Lilith sein«, sagt Nostradamus. »Und Vlad, denn Vampire sind schwieriger auszusaugen für Tartarus und seine Art. Auch Roslin, denn ihre Fähigkeit, die Erde zu kontrollieren, wird uns helfen, mit dem Tor fertigzuwerden. Außerdem wäre Chester hilfreich im Umgang mit Lug, aber wir müssen ihn davon überzeugen, sich uns anzuschließen. Mit seiner Wahrscheinlichkeitsmanipulationskraft kann ich nicht vorhersagen, was er tun wird.« Er holt Luft. »Alle lokalen Vampire, die bereit sind, sollten sich ebenfalls anschließen, aus dem gleichen Grund wie Vlad – aber nicht Lucretia, denn die Sorge um ihr Schicksal wird dich verlieren lassen. Aus dem letzten Grund können wir auch Ariel, Felix oder Rasputin nicht mitbringen.«

Ich starre den Seher an. »Versuchst du zu sagen, dass es mir egal ist, was mit Nero und Vlad passiert? Ganz zu schweigen von meinem Halbbruder Chester und meiner biologischen Mutter?«

»Es ist das, was ihr Hedgefonds-Typen als eine Kosten-Nutzen-Analyse bezeichnen würdet«, sagt Nostradamus. »Lilith, Chester und Nero sind so kritisch für die Mission, dass sie trotz deiner Gefühle in dieser Angelegenheit gehen müssen. Und Vlad muss gehen, weil ich ihn in der Version der Zukunft gesehen habe, wo es eine Gewinnchance gibt.«

»Das ist einfach großartig«, sage ich. »Noch irgendwas?«

»Die Teleporter können uns nur dorthin bringen, aber sie können nicht bleiben und kämpfen«, sagt Nostradamus und ignoriert meinen Sarkasmus. »Ich sah eine Million Zukünfte, in denen Tartarus es schafft, einen Teleporter zu zwingen, ihn in Sicherheit zu bringen.«

»Was, wenn wir sie bezirzen?«, sagt eine vertraute Stimme nahe bei uns.

Ist das …

Ja.

Lilith tritt aus ihrem Versteck in der Ecke heraus, wo sie wahrscheinlich das ganze Gespräch belauscht hat.

»Wenn sie bezirzt sind, sind sie so gut wie tot«, antwortet Nostradamus unbeeindruckt.

Liliths Lächeln ist räuberisch. »Das ist ein Opfer, zu dem ich bereit bin.«

Nostradamus schüttelt den Kopf. »Warum sollten sie sterben, wenn sie in den Kämpfen mit Tartarus' Brut sehr hilfreich sein können? Wenn sie bei uns bleiben und sterben, nützen sie niemandem.«

»Gut«, sagt Lilith. »Aber ich bin jetzt in der Stimmung, *irgendjemanden* zu bezirzen.«

»Du wirst deine Gelegenheit bekommen«, sagt Nostradamus. »Können wir jetzt gehen?«

»Lasst uns los«, sagt Nero und läuft den Flur hinunter.

Als wir um die Ecke gegenüber derjenigen Wand biegen, hinter der sich Lilith versteckt hatte, stoßen wir auf Chester, der ebenfalls gelauscht zu haben scheint.

Wie schön, dass er zur richtigen Zeit am richtigen Ort war, genau wie seine Mutter.

»Ich habe alles gehört«, sagt er und bestätigt meinen Verdacht. Ein satyrartiges Grinsen erscheint auf seinem Gesicht, als er verkündet: »Mami, Schwester, ich komme mit euch. Natürlich habe ich einige Ideen bezüglich meiner Vergütung.«

»Verdammte Wahrscheinlichkeitsmanipulatoren«, murmelt Nostradamus leise.

Wir gehen weiter, und Nero und Lilith finden heraus, was sie für Chester als Dankeschön für seine Hilfe tun werden. Er lässt sich ziemlich schnell überzeugen – was mich denken lässt, dass er trotzdem geholfen hätte, aber er nutzt die Situation aus, wo er nur kann.

Sobald wir im Bühnenbereich sind, finden wir alle anderen, außer Vlad.

»Wofür brauchst du Vlad?«, will Kit wissen, als ich sie frage, ob sie ihn gesehen hat.

»Er wird uns in einem epischen Kampf helfen.« Chester zieht heftig am Ohr seines Narrenhutes.

»Wie lustig. Kann ich auch mitkommen?« Kit springt vor Vorfreude auf und ab.

»Du wirst auf deiner derzeit zugewiesenen Position sehr hilfreich sein«, sagt Nero.

»Gut.« Kit schmollt. »Ich hole Vlad für dich.«

Sie geht weg, und während wir auf Vlad warten, erzählen wir Eric von den Leuten, auf die Nostradamus bestand, und dass er und die anderen Teleporter im Gegensatz zu Vlad während des Kampfes nicht dabei sein können. Danach rekrutieren wir Roslin – die dann einen Haufen einheimischer Vampire und Teleporter überzeugt, uns ebenfalls zu helfen.

Vlad kommt hinter der Bühne hervor. Er trägt vollständig Schwarz und hält eine der Lanzen, mit denen während Neros Feldzug Drachenhäute durchbohrt wurden – die mit der superharten diamantartigen Spitze. Die Waffe ist Teil seines Superhelden-Kostüms. Vielleicht nicht sehr kreativ, haben wir ihn *Der Pfähler* nach einem Vlad aus der Erdgeschichte genannt, von der die Einheimischen noch nichts gehört haben.

Es ist einer der vielen Superheldennamen, die wir Leuten gegeben haben, die auch funktionieren könnten, wenn sie sich später für eine Karriere in der Pornobranche entscheiden.

»Wohin gehen wir?«, fragt einer der lokalen Teleporter.

»Es heißt Fun Palace«, sagt Nostradamus, ohne

einen Hauch von Spaß in seiner Stimme. »Es ist in der Avenue S und North 24th Street.«

»Ich kenne es«, sagt der Typ.

»Kannst du es mir zeigen?« Eric geht zu ihm hinüber.

Der örtliche Teleporter nickt und berührt Eric an der Schulter. Sie verpuffen und kommen fast sofort zurück.

Als Nächstes berühren alle Teleporter jeweils zwei einheimische Vampire an der Schulter und bringen sie zu ihrem Ziel, bevor sie zurückkommen, um Vlad und den Rest der Vampire zu transportieren.

»Du bist dran.« Eric geht auf mich zu, blickt vorsichtig zu Nero und legt behutsam eine Hand auf meine Schulter. Dann berührt er Nero, und wir verpuffen noch einmal.

Wir kommen in einem riesigen offenen Raum an, der von Schwarzlichtern erhellt und bis zum Rand mit altertümlich aussehenden Spielautomaten gefüllt ist, die überall um uns herum piepen und klingeln.

Ich erkenne *Galaga*, *Donkey Kong*, *Pac-Man*, *Space Invaders*, *Dig Dug*, *Defender* und *Frogger*, weil das alles Spiele sind, die Felix mich irgendwann einmal ausprobieren ließ. Dass sie hier existieren, ist ein weiterer Beweis dafür, dass das Spieleabzocke-Geschäft der Otherworld eine echte Sache ist.

Der Ort ist fast leer. Die wenigen Leute, die hier sind, haben sich um eine Wand mit Fernsehern im Hintergrund versammelt, anstatt Spiele zu spielen.

Sie sehen sich genau die Show an, die wir gerade

hinter uns gelassen haben, und das überrascht mich nicht.

Wann haben sie das letzte Mal echte Wunder im Fernsehen gezeigt?

»Ich kann nicht glauben, dass das passiert«, sagt ein schlaksiger Teenager zum anderen. »Echte Superhelden. Wie kann das kein Schwindel sein?«

»Du hast die heiße Braut fliegen sehen«, sagt sein Freund. »Es gab keine Fäden oder so etwas. Dieser Scheiß ist echt, das sage ich dir.«

Bin ich die heiße Braut in diesem Gespräch, oder ist es meine Mutter?

»Du wolltest jemanden bezirzen?«, fragt Nostradamus Lilith, sobald er auftaucht. »Warum gehst du nicht und bezirzt diese Menschen dazu, zu gehen?«

Sie schlendert zu den Fernsehern, und die Leute keuchen. Sie erkennen sie als eine der Superhelden, die sie gerade auf den Bildschirmen gesehen haben.

Ich erwarte beinahe, dass Lilith ihr Blut trinkt, aber sie muss von vorhin noch zu voll sein, weil sie sie nur bezirzt, damit sie gehen, so wie Nostradamus es vorgeschlagen hat.

»Hast du deinen Haustier-Werwolf zurückgelassen?«, frage ich Nostradamus und suche nach Marius.

Der Seher nickt düster. »Wenn ich es nicht getan hätte, wäre er umsonst gestorben.«

Er legt ein solches Gewicht auf den »umsonst«-Teil dieser Antwort, dass ich ein hohles Gefühl in der Magengrube bekomme.

Ich bin mir fast sicher, dass Nostradamus vorausgesehen hat, dass Menschen in unserer Gruppe *nicht umsonst* sterben werden.

»Geht und kommt nicht zurück«, sagt Nostradamus zu Eric und dem Rest der Teleporter, als sie Roslin und den letzten Teil der Crew bringen. »Das ist sehr wichtig.«

Als sie verschwinden, sagt Nostradamus: »Ihr alle, versteckt euch hinter den Automaten, so dass sie uns erst sehen, wenn es zu spät ist.«

»Wo werden sie sein?«, frage ich. »Wir müssen ihren Blickwinkel kennen.«

Nostradamus zeigt auf die Mitte des Raumes. »Das Tor wird sich dort öffnen.«

Wir verteilen uns alle und ducken uns hinter die Spielautomaten.

»Das ist der Plan«, sagt Nostradamus hinter der *Galaga-Maschine.* »Dirk ist Tartarus' Enkelkind, das für das stabile Tor verantwortlich ist, das sich gleich öffnen wird. Er kommt zuerst an. Er muss schnell eliminiert werden, sonst kann Tartarus entkommen.«

»Überlass ihn mir«, sagt Vlad von hinter dem *Multipede.*

»Großartig«, sagt Nostradamus. »Die beiden anderen kritischen Ziele sind neben Tartarus selbst Lug, der Wahrscheinlichkeitsmanipulator, und Heph, der Kraftfeldmeister.«

»Ich kann mit dem Trickser umgehen«, sagt Chester hinter dem *Missile Command.* »Sollte ein Kinderspiel werden.«

»Er ist mächtiger als du«, sagt Nostradamus. »Aber keine Sorge. Ich werde dir helfen.«

»Woher sollen wir wissen, wer wer ist?«, sagt Lilith hinter dem *Space Invaders*, und ich höre das Rauschen des Torschwertes, das sich aktiviert.

»Heph und Lug werden beide ihr eigentliches Aussehen haben. Der Rest von ihnen wird die Fähigkeit von Tartarus haben, als jemand zu erscheinen, den man verehrt«, sagt Nostradamus. »Abgesehen davon sieht Heph nicht klassisch menschlich aus, und Lug ist derjenige mit den wilden Augen.«

»Ich frage mich, als wen ich den Rest sehen werde?«, murmelt Lilith.

Das ist eine großartige Frage. Wen verehrt das inkarnierte Böse?

Luzifer vielleicht?

Also den Teufel, nicht meine Katze.

»Wir haben keine Zeit mehr«, sagt Nostradamus eindringlich. »Roslin, dein Ziel ist es, dass die Erde das Tor verschlingt – und so viele von Tartarus' Verbündeten wie möglich.«

»Ich werde es tun«, sagt Roslin ernsthaft hinter dem *Defender*.

Plötzlich spüre ich einen extrem starken Ansturm von Angst. Es ist, als ob jemand nicht nur über mein Grab gelaufen wäre, sondern es zur Sicherheit auch atomisiert hätte.

Ich tue mein Bestes, um ruhig zu bleiben, und schaue vorsichtig aus meinem Versteck hervor.

Die Luft in der Mitte des Raumes schimmert, und ein Tor materialisiert sich.

Ein Tor, das genau so aussieht wie die in Jaylens Illusion. Der orangefarbene Plasmaschein ist schwächer als das der permanenten Tore, deutlich schwächer.

Mein Herz rast, während ich beobachte, wie ein Mann heraustritt – und ich kann nicht anders, als ihn mit offenem Mund anzustarren.

KAPITEL DREISSIG

LOGISCHERWEISE WEISS ICH, dass das Dirk ist, der Teleporter, der das Tor erschaffen hat. Nostradamus sagte, er würde als Erster herauskommen.

Was ich jedoch sehe, ist Criss Angel – der Fernsehzauberer, der mich in jungen Jahren so stark beeindruckt hat und, na ja, beeindruckend ist.

Bedeutet das, dass ich ihn verehre? Ich schätze, es ist nah genug dran. Ich meine, ich bewundere diesen Kerl extrem – aber andererseits respektiere ich fast jeden berühmten Magier genauso, und unzählige Untergrundmagier auch.

Der seltsame Teil ist, dass ich irgendwann einmal in Criss Angel verknallt war. Aber jetzt fühle ich nichts mehr, wenn ich ihn ansehe – nicht nur, weil ich weiß, dass dies der Diener eines Schurken und nicht mein Idol ist.

Anscheinend, bin ich jetzt, da ich Nero probiert

habe, für alle anderen Männer unempfänglich, egal wie gut sie in der Bühnenmagie sind.

Zwei weitere Personen treten aus dem Tor.

Der eine ist Lug aus Nostradamus' Erinnerung, und der andere muss Heph sein.

Wow.

Zu sagen, dass Heph nicht *klassisch menschlich* aussieht, ist wie einen Drekavac als unangenehm aussehend zu beschreiben. Heph ist vage humanoid, hat aber mehr mit einem Grizzlybären gemeinsam als mit einem Menschen. Da Heph das Ergebnis eines Zuchtprogramms ist, hat Tartarus wahrscheinlich jemanden gezwungen, sich mit etwas fortzupflanzen, was noch bärenartiger war als das hier – ein beängstigender Gedanke.

Die nächsten Leute, die aus dem Tor steigen, kommen mir alle erstaunlich bekannt vor. Der eine Typ ist David Copperfield, der andere ist David Blaine. Das nächste Paar sieht aus wie Penn und Teller, und die folgenden beiden sind Siegfried und Roy. Während ich zuschaue, kommen immer mehr berühmte Magier, gefolgt von einigen etwas weniger bekannten. Es gibt sogar ein paar längst verstorbene Stars wie Dunninger und Leute, die als Autoren von magischen Büchern ihre Spuren hinterlassen haben – genauso wie Tony Corinda, der die klassischen *13 Schritte zum Mentalismus* geschrieben hat.

Die nächste Person, die aus dem Tor kommt, kann nur Tartarus sein. Als wen sonst würde ich den Mann wahrnehmen, den ich wirklich verehre, bis zu dem

Punkt, an dem ich sogar ein Poster von ihm in meinem Zimmer hängen hatte?

Mit diesen charakteristischen dreieckigen Augenbrauen und einem mysteriösen Blick, der in deine Seele einzudringen scheint, ist Tartarus Harry Houdini.

Grr. Wenn ich ein weiteres Verbrechen bräuchte, um es zu Tartarus' unendlicher Liste hinzuzufügen, wäre es: Rufschädigung eines großen Mannes.

Tartarus oder Houdini und der Rest von ihnen beginnen, auszuschwärmen, um Platz für weitere ankommende Helfer zu schaffen.

Roslin muss Tartarus auch erkennen, denn der Boden der Spielhalle beginnt zu zittern, bricht in der Mitte des Raumes auf und verschlingt das Tor zusammen mit einem Haufen von Tartarus' Brut.

Ja!

Mit Ausnahme von Tartarus selbst und einer großen Anzahl seiner Handlanger.

Zu viele, leider.

Roslin ist aber noch nicht fertig. Der Asphalt vor dem Gebäude beginnt zu wackeln und zu steigen. Einen Moment später wird der Raum um uns herum dunkler, weil alle Fenster und Türen von der Erde bedeckt werden, die den Weg nach draußen versperrt.

»Holt den Erdmanipulator«, schreit Tartarus und zeigt auf den *Defender*, hinter dem Roslin herausschaut.

Die Handlanger zeigen in die gleiche Richtung wie ihr Vorfahre.

Violette Energiebögen fließen von Roslin zu jedem von ihnen.

Roslin schreit sich die Lunge aus dem Leib, schrumpft und verwandelt sich in eine rosinenartige Hülle.

Ein Adrenalinschub trifft mein Gehirn und löst ein seltsames Gefühl in mir aus. Ich werde mir meiner Umgebung überbewusst.

Mit meinem peripheren Sehen – und vielleicht mit Seherkraft – kann ich genau sagen, was um mich herum passiert, selbst an Orten, die ich von meinem Standort aus nicht gut sehen kann.

Ist das etwas Neues, was ich dank meiner Lotterieauftritte im Fernsehen tun kann?

Was auch immer es ist, es wird nützlich sein – genau wie die höhere Geschwindigkeit und der Rest der Verbesserungen.

»Greift sie an!«, schreit Nostradamus aus seinem Versteck. »Lass nicht zu, dass sie uns einen nach dem anderen ausschalten.«

Richtig. Sie sind vielleicht zahlenmäßig überlegen, aber wenn wir alle auf einmal angreifen, wird es die Zusammenarbeit verhindern, die wir gerade gesehen haben.

»Ich kenne diese Stimme«, murmelt Tartarus, und sein Blick schweift über die Spielhölle. »Dirk, sei bereit zu ...«

Bevor Tartarus diesen Satz beenden kann, springt Vlad hinter dem *Multipede* hervor und durchbohrt Dirks oder Criss Angels Schulter mit seiner Lanze.

Dirk stöhnt vor Schmerzen, dann teleportiert er sich und nimmt Vlad und die Lanze mit.

Der Rest von uns eilt mit Kriegsgeschrei auf die Energiesauger zu, und ich visiere James *the Amazing* Randy an.

James Randy ist nicht nur ein Magier und Mentalist, sondern auch jemand, der paranormale Behauptungen widerlegt, so dass es irgendwie ironisch ist, dass er – oder jemand, der genau wie er aussieht – gegen mich kämpfen wird, einen echten Vampir und Seher und Trickser. Ich weiche Randys Schlag mit einer Geschwindigkeit aus, die ich in meinem Training bei Thalia nie erreicht habe, und breche ihm dann mit einem Schlag den Kiefer.

Wow.

Ich bezweifele, dass Thalia mich immer noch so leicht schlagen kann. Wenn überhaupt.

Ich schlage Randy in den Solarplexus, was ihn bewusstlos werden lässt, und trete dann ein paarmal in seinen unbeweglichen Körper.

Beeindruckend ist, dass ich mir des Raumes und dessen, was überall passiert, immer noch übermäßig bewusst bin und trotzdem Aufmerksamkeit übrig habe.

Das wird für meine magischen Auftritte äußerst nützlich sein – vorausgesetzt, ich überlebe das und darf auftreten.

Dirk taucht wieder in der Nähe der Flipperautomaten auf, und sobald er es tut, reißt Vlad die Lanze aus der Schulter seines Gegners und rammt sie ihm in den Oberschenkel.

Mit einem Schrei beginnt Dirk, die Energie aus Vlad zu saugen, der anfängt, auf eine Weise zu schreien, die sehr untypisch für ihn ist.

Oh-oh. Wie sehr tut das Energiesaugzeug weh? Ich freue mich nicht darauf, es herauszufinden.

Dirk reißt die Lanze aus seinem Bein, bricht sie in zwei Hälften und wirft die Stücke zur Seite. Vlad springt auf ihn und legt seine Hände um Dirks Hals.

Da Dirk den Vampir nicht abschütteln kann, teleportiert er sich wieder.

Im ganzen Raum greifen die anderen Vampire die Tartarusbrut an, die wie ihr Erzeuger ihr Erscheinungsbild wandelt.

Heph – der bärenartige Sohn – bewegt seine Hände hin und her, und ein Bogen aus blauer Energie umgibt ihn, die seine Haut und Kleidung blau schimmern lässt.

»Haltet ihn davon ab, noch mehr Schilde zu werfen!«, schreit Nostradamus.

Nero ist bereits dabei.

Verschwommen erscheint er vor dem Bärentyp, der in diesem Moment die blaue Energie auf Tartarus selbst wirft.

Mist.

Mit meinem verbesserten Sehvermögen kann ich sehen, wohin die blaue Energie fließt – in einen Stein in der Halskette, die Tartarus trägt. Ein Stein, der genauso aussieht wie der, der während der Ratssitzung als Polygraph verwendet wurde.

Ein Stein, der die Kraft eines Cogniti nutzen kann.

Um meine Theorie zu untermauern, leuchtet der

Stein und wirft den gleichen schimmernden blauen Glanz über Tartarus, der bereits Heph umgibt.

Neros Kralle schneidet in Heph mit einer Geste, die ich schon oft gesehen habe. Dies ist der charakteristische Angriff meines Drachen, der normalerweise dazu führt, dass Fleischstücke umherfliegen.

Aber diesmal nicht.

Mit einem kreischenden Geräusch wie dem von Nägeln auf einer Tafel aus der Hölle brechen Neros Krallen.

Sie wachsen sofort nach, aber es gibt nicht einmal einen Kratzer an Hephs Körper.

Neros Krallen können den Kraftfeldschild nicht durchdringen.

Mit einem bärenartigen Knurren schlägt Heph Nero ins Gesicht. Nero fliegt zurück und knallt in den *Punch-Out!!*, wobei der Apparat in kleine Stücke zerlegt wird.

In der Zwischenzeit greift einer unserer Vampire Tartarus an und findet heraus, dass dessen Schild genauso undurchdringlich ist wie Hephs.

Tartarus richtet seine Aufmerksamkeit auf seinen Angreifer, um ihm Energie zu entziehen, und bald kniet der Vampir auf dem Boden und schreit.

Doppelter Mist.

Ich hatte recht. Der Stein in Tartarus' Halskette macht ihn unverwundbar.

Wie sollen wir ihn jetzt töten? Moment mal.

Nostradamus sagte, dass das Torschwert in diese Kraftschilde eindringen kann.

Ich schaue mir Lilith an, die Person, die gerade das Schwert schwingt.

Sie schwebt knapp über dem Boden und benutzt ihr göttliches Bezirzen in voller Stärke.

Es hilft nicht. Anstatt sie anzubeten, greift Tartarus' Brut meine Mutter in Massen an, und als sie es tun, zerfetzt sie sie in Stücke.

»Hilf mir, Tartarus anzugreifen!«, ruft Lilith mir zu.

Hat sie mir gerade etwas von ihren Glückskräften geschickt? Denn in genau diesem Moment bietet mir Randy eine Angriffsfläche – also schlage ich durch seinen Brustpanzer und zerquetsche sein Herz mit meiner Faust.

Ich springe über die Leiche und auf Lilith zu, aber ein neuer Magier steht mir im Weg.

Einer, nach dem ich mein Sexspielzeug benannt habe.

David Copperfield höchstpersönlich.

»Gib jetzt auf, und anstatt in den Zuchtgruben zu landen, kannst du mein sein«, sagt der falsche Copperfield in einer gruseligen Version der Stimme des großen Mannes.

»Nein, danke«, knurre ich und verpasse dem Kerl eine Kopfnuss.

Normalerweise lässt dieses Manöver Sterne vor meinen Augen tanzen, aber diesmal passiert nichts dergleichen.

Ich erhole mich sofort, trete gegen Copperfields Bein und breche es mit einem lauten Knirschen.

»Schlampe«, knurrt er und zeigt mit der Hand auf mich.

Energie strömt von meinem Körper in seine Hand, und ich verstehe, warum jemand, der so hart ist wie Vlad, deshalb schreit.

Der Schmerz ist fast genauso stark wie der des Rituals. Es ist ein brennendes und ekelhaftes Gefühl, das jede einzelne Zelle in meinem Körper zu durchdringen scheint.

Ich möchte mich am liebsten zu einem Ball zusammenrollen und kreischend und weinend auf den Boden fallen.

Aber das tue ich nicht.

Ich fahre meine Reißzähne aus und presche nach vorn, um Copperfield in den Hals zu beißen.

Das Vergnügen, das Blut meines Feindes zu trinken, betäubt den Schmerz des Aussaugens meiner Energie, und bald hört er ganz auf – nämlich in dem Moment, in dem ich ihm das Genick breche.

Das Wahnsinnige ist, dass ich mir meiner Umgebung durch all das noch immer bewusst bin.

Dirk teleportiert sich wieder und tauscht einige Schläge mit Vlad aus, bevor er zu einem neuen Ort springt.

Nero erholt sich und schlägt Heph auf die Brust. Der Kopf des Bärenmenschen knallt in den Röhrenfernseher des *Pac-Man*-Automaten, aber dank des Kraftfelds zerkratzen die Glasscherben nicht einmal seine Haut.

Das Tony-Corinda-Double greift mich an, und ich reiße ihm den Arm ab, um ihn dann damit zu schlagen, während ich meine innere Lilith zum Ausdruck bringe.

Tartarus verwandelt einen anderen Vampir zu seinen Füßen in eine Rosine. Wie drei seiner Brüder konnte der arme Schurke nicht in den Schild von Tartarus eindringen.

Und wo wir gerade von Körpern zu Füßen der Menschen sprechen … Lilith hat ihren eigenen makaberen Haufen – hauptsächlich Körperteile von Magiern.

Das hält andere von Tartarus' Brut nicht davon ab, sie anzugreifen. Also macht Lilith auch aus ihnen Mett.

Das muss ich meiner Mutter lassen. In Bezug auf den Schaden an den feindlichen Streitkräften und den Stil der Tötungen ist sie mit Abstand die Erfolgreichste von uns.

Wie sie vor Beginn dieses Kampfes beschlossen haben, eilen Nostradamus und Chester gemeinsam zu Lug.

Natürlich gibt es Nachfahren auf ihrem Weg zu ihm – also müssen sie sich durch sie hindurchkämpfen, und es ist interessant, wie ähnlich sich ihre Kräfte in einem Kampf manifestieren.

Nostradamus ist dank seiner Seherfähigkeiten in der Lage, jedem Schlag auszuweichen, der ihm in die Quere kommt, während Chester jedem Schlag ausweicht, weil, wie ich annehme, sein Glück seine Angreifer ihr Ziel verfehlen lässt.

»Wirst du kommen und mir helfen?«, ruft mir Lilith mit angespannter Stimme zu.

»Ich versuche es!«, schreie ich zurück und weiche dem Angriff eines weiteren Davids aus, diesmal David Blaine.

Der echte David Blaine wurde in einen Eiswürfel gesteckt, lebendig begraben, ertränkt, hat sich mit riesigen Nadeln erstochen … und die Liste geht noch weiter. Im Vergleich zu ihm ist Tartarus' Kind vor mir ein Weichei. Als ich seinen Schlüsselbeinknochen herausreiße, schreit es mit schriller Stimme, bevor es ohnmächtig wird und ich ihm den Schädel einschlage, damit es nie wieder aufsteht.

Gleichzeitig erreichen Nostradamus und Chester Lug – der Nostradamus ergreift und ihn an die nahegelegene Fernsehwand wirft.

Der Kopf des Sehers prallt in einen Fernseher und zerbricht den Bildschirm.

Dann fällt er auf den Boden und liegt unbeweglich da.

Was?

Das ist alles?

Andererseits muss Lug Nostradamus' Sehvermögen eingeschränkt haben, so dass er wirklich blind war.

Nostradamus' Kopfwunde blutet stark, was nicht gut für seine Gesundheit sein kann.

Verdammt nochmal. War das Teil seines Plans?

Das ist möglich, denn mit Nostradamus fertigzuwerden hat Lug viel gekostet. Chester nutzt den Moment von Nostradamus' Flug in den Fernseher, um einen Dolch herauszuziehen und auf Lugs Brust zu zielen.

Lugs Glück – oder Kampfkunstfertigkeiten – müssen ihm helfen, denn er schafft es, den Stich mit seinem Unterarm abzufangen.

Bevor Chester die Waffe herausreißen kann, schießt Lug den Energie entziehenden Bogen auf ihn.

Ich drehe mich um, um meinem neu gefundenen Bruder zu helfen, aber Lilith schreit: »Nein! Komm her.«

Widerwillig bewege ich mich auf sie zu, als mir zwei weitere von Tartarus' Nachfolgern, die wie Penn und Teller aussehen, den Weg versperren.

»Du bist sowas von tot«, sagt Penn.

»Sowas von tot«, sagt Teller.

Der echte Teller spricht nicht, es ist Teil seiner Bühnen- und TV-Persönlichkeit. Aber hinter den Kulissen, als Magier, spricht er ganz gut – und dieser Kerl trifft seine Stimme genau, was mich fast zögern lässt, ihn zu schlagen.

Die Betonung liegt auf *fast*.

Als ich den Schlag ausführe, den Thalia in mich hineingeprügelt hat, ist Teller sofort bewusstlos, und dann breche ich ein paar von Penns Knochen, bevor ich ihn auch dauerhaft zu Boden befördere.

Dirk und Vlad teleportieren zu dem Ort, an dem Nostradamus' unbewusster Körper liegt.

Dirk verdoppelt das Absaugen der Energie, und während er das tut, verändert sich Vlads Schrei.

Er klingt überhaupt nicht mehr wie Vlad – und in genau diesem Moment verwandelt er sich in Kit.

Moment mal.

Das war die ganze Zeit Kit?

Aber wie …?

Natürlich. Sie wollte sich uns anschließen und ging dann *Vlad holen*.

Die Person, die zurückkam, war Kit selbst. Sie muss Vlad gesagt haben, dass sie bei den bevorstehenden Angriffen die Rollen gewechselt haben.

Es gibt ein großes Problem damit. Nach Nostradamus' Visionen ist Vlad ein kritischer Teil dieses heiklen Puzzles, das zu unserem ohnehin unwahrscheinlichen Sieg führen *könnte*.

Bedeutet das, dass wir ohne Vlad hier keine Chance haben?

Es sieht ganz so aus.

Bevor ich weiter darüber ausflippen kann, tut Kit etwas, was ich schon einmal gesehen habe – und es ist diesmal nicht minder alptraumhaft.

Sie verwandelt sich in einen Drekavac – einer Kreatur, die eine Mischung aus einem Alien und einem Dementor ist.

Dirk muss der mutigste Mensch der Otherlands sein. Anstatt wegzulaufen oder zu schreien, schnappt er sich ein Stück eines kaputten Fernsehbildschirms und wirft es nach der Drekavac-Kit.

Der Splitter schneidet die von Pusteln befallene

Haut des Monsters auf, und der folgende Schrei ist so hässlich wie der Drekavac selbst.

Kit ignoriert den Schmerz und streckt vier schreckliche Gliedmaßen aus.

Als sie Dirk berühren, schreit er mit einer Stimme, die nicht als aus dem Hals kommend erkennbar ist.

Spastisch zuckend, bricht er in einem Haufen auf dem Boden zusammen.

Die verletzte Kit beugt sich über ihr Opfer.

Eine schrecklich aussehende Zunge schlängelt sich langsam aus dem Maul des Drekavacs, und wo immer er Dirks Haut leckt, schmilzt diese weg und hinterlässt rohes Fleisch.

Beim zweiten Lecken bricht Dirk zusammen und ist wahrscheinlich froh, tot zu sein.

Kit verwandelt sich in ihre gewohnte Form und umklammert ihre übel aussehende Wunde.

Dann macht sie einen Schritt. Und noch einen. Und dann bricht auch sie zusammen.

KAPITEL EINUNDDREISSIG

NEIN.

Niemand, der mir wichtig ist, stirbt heute.

»Jemand muss ihr Blut geben!«, schreie ich die Vampire im Raum an.

Ein großer, schlanker Vampir, der Kit am nächsten ist, begibt sich umgehend zu ihr – nur dass Lug in diesem Moment einen benommen aussehenden Chester in die Luft wirft, der direkt auf Kits Möchtegernretter zufliegt und ihm versehentlich mit dem Dolch in der Hand die Kehle aufschlitzt.

Sie fallen als Knäuel zu Boden und scheinen ohnmächtig oder Schlimmeres zu sein.

»Ich schätze, ich hatte mehr Glück«, sagt Lug höhnisch.

»Und ich schätze, ich habe noch mehr Glück«, sagt Lilith und schneidet Lug mit dem Torschwert in zwei gleiche Hälften.

Dann, anstatt Kit, Chester und dem Rest zu helfen,

fliegt Lilith dorthin, wo Tartarus und ein paar Vampire kämpfen.

Ich knirsche mit den Zähnen, zerfetze erst Siegfried und dann Roy, während ich erbitterter kämpfe als je zuvor.

Als ich Kit erreiche, fahre ich meine Reißzähne aus und schneide durch die Haut meines Fingers.

Sobald mein Blut die Lippen von Kit berührt, beginnt ihre Wunde zu heilen. Ich versuche, dasselbe für den Vampir zu tun, der mit Chester verstrickt ist, aber nichts passiert.

»Du kannst einen Vampir nicht mit Vampirblut heilen«, ruft Lilith. »Er muss sich von selbst erholen.«

Nun, das ist scheiße.

Das bedeutet, wenn ich verletzt bin, wird mich auch ein Vampir nicht heilen können.

Ich entwirre Chester von dem Vampir und bereite mich darauf vor, ihm etwas Blut zu geben.

»Genug damit!«, brüllt Lilith wütend, bevor ich die Chance bekomme, das zu tun. »Du bist nicht hier, um Heiler zu spielen. Du bist hier, um Tartarus zu töten. Und jetzt tu das auch. Als dein Sire *befehle* ich es dir.«

Ich halte mitten in meiner Bewegung inne, als das Wort »*befehle*« in meinem Kopf einschlägt.

In der Hitze des Kampfes habe ich völlig vergessen, mich in Liliths Gegenwart wie auf rohen Eiern zu bewegen – und jetzt habe ich mich wie ein anständiger Mensch verhalten, was sie offensichtlich genug angepisst hat, um den blöden Sire Bond zu aktivieren.

»Ich *befehle* dir, Tartarus anzugreifen«, wiederholt Lilith und betont jedes Wort.

Mein freier Wille wird irgendwo tief in mir gefangen, während sich mein Körper mit zombieartiger Entschlossenheit zu bewegen beginnt.

Obwohl ich meine Gliedmaßen nicht unter Kontrolle habe, nehme ich immer noch wahr, was im Raum passiert.

Kit steht auf zitternden Beinen und verwandelt sich in einen Riesenork.

Lilith tötet einen weiteren Magier.

Heph schlägt Nero noch einmal und lässt Nero wütend knurren, während er den Schmerz abschüttelt.

Dann tut Nero etwas, was ich noch nie gesehen habe. Er atmet ein, und dann speit er Feuer auf Heph, ohne sich in einen Drachen zu verwandeln.

Das Problem ist das dumme Kraftfeld.

Selbst als der Drachenatem darauf trifft, ist kein Haar an Hephs Körper versengt.

Aber trotzdem. Wow. Konnte Nero das schon immer? Nein, das kann nicht sein. Dann hätte er diese Kraft schon einmal genutzt. Ich wette, das ist etwas, was er dank dieses Fernsehauftritts entdeckt hat.

Ein Dunninger-Double versperrt mir den Weg zu Tartarus.

»Töte ihn«, befiehlt Lilith, während sie einen ihrer Angreifer ausschaltet.

Ich hätte ihren Befehl nicht gebraucht.

Ich weiche dem Tritt des Kerls aus, breche ihm den Kiefer, dann seine Nase, und dann schlage ich meine

Faust auf seine Schläfen, um ihn endgültig auszuschalten.

Ork-Kit zerreißt einen weiteren Magier auf dem Weg zu Tartarus.

Tartarus beginnt, Energie aus ihr zu saugen.

Kit beißt ihre riesigen Ork-Zähne zusammen, überbrückt den Abstand zwischen ihnen und schlägt zu.

Tartarus fängt ihre grüne Faust auf, verdreht ihr den Arm und wirft sie dann gegen die Wand.

Sie schlägt mit dem Kopf auf, verwandelt sich wieder in ihre normale Kit-Gestalt zurück und fällt bewegungslos auf den Boden.

Verdammt nochmal. So leicht ausgeknockt zu werden muss eine Nebenwirkung sein, wenn einem die Energie ausgesaugt wird.

Ich sollte besser darauf achten, dass ich nicht auf den Kopf geschlagen werde.

Nero und Heph tauschen weitere Schläge aus, als ich zu Tartarus springe – der in diesem Moment beginnt, Lilith Energie zu entziehen.

»Hier«, knirscht Lilith. »Töte ihn damit.«

Sie wirft mir das Torschwert zu. Ich fange es auf und ziele damit auf Tartarus' Kopf.

Er weicht aus und schlägt mir dann ins Gesicht.

Ich bin mir nicht sicher, ob dies der Vorteil des Sire Bonds ist oder ob ich im Allgemeinen härter bin, aber ich werde nicht nur nicht ohnmächtig – ich fühle auch den Schmerz des Schlags nicht.

Ich fliege jedoch fast zwei Meter zurück.

Anstatt mich mit dem Rücken gegen die Wand schlagen zu lassen, wie es die Schwerkraft erfordern würde, nutze ich meine neu erworbenen Flugkräfte, um in der Luft zu schweben.

Dann, mit ausgestrecktem Schwert, schaue ich zurück zu Tartarus.

Aber der Typ ist verdammt schnell.

Er weicht meinem Manöver im letzten Moment aus, und ich durchbohre den Boden mit dem Torschwert, bevor ich mit meinem Gesicht auf ihn treffe.

Tartarus ergreift meine Schulter und wirft mich gegen ein in der Nähe stehendes *Tetris*-Spiel.

Das tut weh, aber immer noch nicht so schlimm wie es sollte, wenn man bedenkt, dass die Splitter von Glas- und Holzstücken ihr Bestes tun, um sich in mich zu bohren.

»Sie ist zu schwach«, schnaubt Lilith leise, als Tartarus damit weitermacht, ihre Energie auszusaugen. »Der verdammte Rasputin hat sie zu schwach gemacht, und jetzt werden wir verlieren.«

Ein Haufen von noch lebendigen Nachkommen Tartarus', die sehen wie meine Mutter entwaffnet und ausgesaugt wird, rennen mit neuem Elan zu Lilith.

Meine Schnitte und Kratzer heilen, und dabei werden sogar ein paar Glassplitter nach Wolverine-Art aus meiner Haut gedrückt.

Ich stolpere auf die Beine, eile noch einmal auf Tartarus zu, verfehle ihn aber wieder einmal mit dem Schwert.

Als Reaktion darauf schlägt er mir seine massive Faust mit solcher Kraft ins Gesicht, dass ich schließlich Sterne sehe.

Nero hatte recht, als er nach Atlantis wollte, um mich auszubilden. Ich hätte jetzt Fechtunterricht gebrauchen können – und auch Unterricht, wie man anmutiger zuschlagen kann.

»Wenn du sie noch einmal anfasst, bist du tot«, knurrt Nero von dort, wo er mit Heph kämpft.

Tartarus lächelt böse und schlägt mich so fest, dass ich drei Meter zurückfliege und gegen die Wand knalle, noch bevor ich meine Flugfähigkeiten aktivieren kann.

Ich erhole mich schnell, rappele mich auf und stürze mich umgehend wieder auf Tartarus.

Bevor ich jedoch mein Ziel erreiche, ergreift Nero Heph am Oberkörper und wirft ihn nach Tartarus.

Zur Sicherheit speit er auch einen Strom von Drachenfeuer auf Heph.

Entweder von der Flamme oder der kinetischen Energie von Neros Wurf angetrieben, rammt sich Heph wie eine Rakete in seinen Vater.

Beim Aufprall fliegen sie in verschiedene Richtungen – Heph zu mir und Tartarus zu Nero.

»Schneide!«, ruft Lilith, und mein Arm gehorcht, ohne dass ich es überhaupt registriere.

Wie eine Seifenblase durchdringt das Torschwert Hephs Kraftschild und setzt dann mühelos seinen Weg fort, um den bärenartigen Mann aufzuschlitzen.

»Nein!«, schreit Tartarus, als er dabei zusieht, wie

sein widerstandsfähigster Nachkomme stirbt. Sein Gesicht verzieht sich vor Wut. »Das wirst du tausendfach bezahlen.«

Seine Hand richtet sich voller Wut auf Nero, und violette Energie fließt von Neros Körper in den Bastard.

Nero versucht, nach vorne zu schießen, aber der Schmerz – oder das Energieaussaugen – veranlasst ihn, sich viel langsamer als sonst zu bewegen.

»Greif an!«, schreit Lilith mich an.

Ich befolge gerne Liliths Befehl und laufe auf Tartarus zu.

Tartarus weicht meinem Schwertschlag aus und tritt mich – und ich fliege auf Nero zu, werfe ihn um und falle auf ihn, während mein Schwert zur Seite rollt.

»Du musst deine Kräfte stärken«, sagt Lilith zu mir, während sie das Herz aus der Brust eines weiteren Magiers herausreißt. »Wenn du Neros Blut trinkst, wirst du stärker werden. Dann, wenn ich es sage, wirst du Tartarus wieder angreifen.«

Moment, was hat sie gerade gesagt?

Neros Blut trinken?

Zum Teufel, nein.

Aber mein Körper hört gerade nicht auf meinen freien Willen, also strecke ich meine Arme aus und greife nach Neros Schultern.

Entweder, weil ihnen Liliths Plan nicht gefällt, oder weil sie eine günstige Gelegenheit nutzen, schließen sich Tartarus zwei von seiner Brut an und entziehen Nero Energie.

Als seine Energie dreifach ausgesaugt wird, stöhnt Nero und erschlafft in meinen Armen.

»Beeil dich, bevor es nichts mehr zu trinken gibt«, sagt Lilith. »Ich *befehle* es.«

Obwohl mir schlecht ist, sind meine Reißzähne bereits ausgefahren, und ich beuge mich nach vorne.

Nero schaut mir in die Augen. »Sie hat recht.« Seine Stimme ist ein raues Flüstern. »Das ist vielleicht der einzige Weg.«

Ich möchte mit beiden streiten, aber ich habe immer noch keine meiner Fähigkeiten unter Kontrolle.

Während ich den Dracula in mir hervorhole, dringen meine Reißzähne in Neros Hals ein, und ich fange an zu saugen.

»Ja«, sagt Lilith von irgendwoher. »Trink alles aus. Ich *befehle* es.«

Alles?

Nein, das kann sie nicht ernst meinen. Aber natürlich tut sie das. Sie hat es selbst gesagt. Wenn sie die Chance hat, von einem mächtigen Cogniti zu trinken, entleert sie ihn immer bis zum letzten Tropfen, um den Nutzen zu maximieren.

Jetzt wendet sie die gleiche Logik bei mir an, ihrer Waffe.

Genau wie in der Vision, in der ich meine Freunde getötet habe, möchte ich meinem Mund befehlen, zu schreien, aber nichts kommt über meine Lippen.

Ich befehle meinem Körper, aufzuhören oder langsamer zu werden, aber nichts funktioniert.

Erschwerend kommt hinzu, dass jeder Schluck von Neros Blut ein unwillkommenes orgastisches Vergnügen mit sich bringt.

Während ich trinke, tötet Lilith die beiden Nachkommen, die Tartarus geholfen haben, Neros Lebenskraft zu entziehen.

Großartig. Nero wird länger leben, bevor ich ihn töte.

Tartarus erkennt, dass ich eine größere Bedrohung werde und beginnt, Energie aus *mir* zu saugen.

Ich begrüße *diesen* Schmerz fast.

Diese Qual ist eine geeignetere Empfindung für das, was ich gerade tue, als orgastische Lust.

Das Merkwürdige ist, dass ich, anstatt durch Tartarus' Energieentzug schwächer zu werden, den Beginn einer unglaublichen Kraft fühle, die in mir wächst.

Natürlich.

Neros Blut ist starkes Zeug.

So stark wie gefällte Bäume und Krater.

Wenn ich sprechen könnte, würde ich Lilith bitten, mich aufhören zu lassen. Ich würde ihr sagen, dass ich es wahrscheinlich schon mit Tartarus aufnehmen kann, aber ich kann nicht reden, und Lilith lässt mich nicht aufhören.

Ganz im Gegenteil.

Wann immer sie auch nur den Verdacht hat, dass

ich langsamer trinke, gibt sie den Befehl, weiterzumachen. Immer weiter.

Bald habe ich überhaupt keine Zweifel mehr.

Lilith wird mich dazu bringen, den Mann zu töten, den ich liebe.

KAPITEL ZWEIUNDDREISSIG

UND DAS TUE ICH. Ich liebe Nero. Ich weiß nicht, warum ich *dieses* Entsetzen brauchte, um zu erkennen, was ich fühle. Und jetzt ist es zu spät. Es gibt keine Möglichkeit, den Sire Bond zu brechen.

Es sei denn … sollte die Liebe nicht alles besiegen?

Es schadet nicht, das auszuprobieren. Ich stelle mir mich in einem romantischen Film vor und visualisiere eine Montage aller Gründe, warum ich mich in meinen Chef und Mentor verliebt habe. Das Endergebnis erinnert jedoch eher an einen Porno. Anscheinend waren unsere besten Momente nicht jugendfrei.

Die Montageidee funktioniert nicht – abgesehen davon, dass sie mich von meinen Gefühlen für meinen bald toten Liebhaber überzeugt.

Egal wie ich mich fühle, der verfluchte Sire Bond lässt mich immer weiter Neros Blut trinken.

In dem dunklen Versteck in meinem Kopf schreie ich wie eine Furie.

Wenn man sein Gehirn überlasten könnte, weil man sich etwas zu sehr wünscht, bräuchte ich einen Stützverband, weil ich so sehr mein dummes Gesicht von seinem Hals wegziehen möchte.

Aber es funktioniert nicht.

Offensichtlich sind meine warmen und innigen Gefühle für Nero nicht der richtige Weg, um den Sire Bond zu durchbrechen.

Dann bekomme ich eine verzweifelte Idee – eine, die mir früher hätte einfallen sollen.

Lilith kontrolliert meinen Körper, aber nicht meinen Geist; sonst würde ich nicht all diese Gedanken haben.

Was das bedeutet, ist, dass ich immer noch in der Lage sein sollte, meine gedankengesteuerten Kräfte zu nutzen – wie Wahrscheinlichkeitsmanipulation und Zukunftsprognose.

Angenommen natürlich, ich habe sie wiedererlangt.

Was der Fall sein sollte. Zumindest bald, denn Nostradamus dachte, wir könnten wegen meiner dreifachen Kräfte gewinnen.

Voller Hoffnung versuche ich, mich zu konzentrieren, um in den Leerraum zu gelangen.

Die Freude an Neros Blut und der Schmerz von Tartarus' Energieentzug heben sich fast gegenseitig auf, aber die Panik, die ich nicht unterdrücken kann, macht das Fokussieren fast unmöglich.

Schlimmer noch. Weil ich meinen Körper nicht unter Kontrolle habe, kann ich mich nicht dazu bringen, tief einzuatmen und langsam wieder aus, wie Lucretia es mir beigebracht hatte.

Nun, ich muss es irgendwie schaffen.

Vielleicht kann ich ein geistiges Äquivalent zu einem langsamen Atemzug finden.

So unmöglich es auch ist, ich tue mein Bestes, um zu vergessen, wo ich bin und was ich tue, und stelle mir vor, wie ich auf einer Wolke sitze, die der aus meiner Traumtherapie mit Bailey ähnelt.

Nein.

Dann stelle ich mir vor, wie ich in warmem Wasser treibe und Fluffster streichele. Dann Luzifer, als sie ein Kätzchen war.

Ich komme der Sache näher.

Ich stelle mir vor, wie Nero mich küsst und meinen Rücken streichelt, während er mir süße Dinge ins Ohr knurrt.

Ja, das funktioniert. Ich erreiche meinen Fokus und stürze in den Leerraum.

ENDLICH!

Ich hätte nie gedacht, dass ich so glücklich sein würde, zwischen den Formen zu schweben – besonders zwischen denen, die *so* beunruhigend klingen.

Es ist leicht, zu erraten, was sie mir zeigen werden – Neros langsames Ausbluten.

Trotzdem. Ich bin hier. Ich werde bessere Visionen

beschwören – solche, bei denen ich diese schreckliche Zukunft vereitele.

Irgendwie.

Aber zuerst muss ich feststellen, wie sehr sich diese Sitzung im Leerraum allen meinen vorherigen unterscheidet.

Genauer gesagt es ist nicht der Leerraum, der anders ist. Ich bin es.

Ich verstehe die Formen besser. Ich kann Details darin sehen, die ich vorher nicht bemerkt habe – Texturen ist das Wort, was dem am nächsten kommt.

Es ist, als hätte mir jemand ein Fernglas gegeben, das speziell für den Leerraum entwickelt wurde.

So müssen sich die vom Fernsehen verstärkten Seherkräfte manifestieren. Es ist nicht nur, dass meine tägliche Zuteilung an Sehersaft jetzt höher ist. Alles, was mit dem Leerraum zu tun hat, wurde verbessert.

Wenn die Situation nicht so schlimm wäre, würde ich mit Begeisterung meinen neuen Seinszustand erforschen, aber so, wie er ist, muss ich mich auf das konzentrieren, was zu tun ist.

Was nicht lange dauert, da es nur eine Sache gibt, die ich tun *kann*.

Ich muss einen Weg finden, meine Wahrscheinlichkeitsmanipulation zu nutzen, um Neros Leben zu retten.

Sobald ich mich auf diesen Gedanken konzentriere, verschwinden die Formen um mich herum, und eine etwas andere Wolke tritt an ihre Stelle.

Die Melodie, die von diesen Typen kommt, ist

immer noch beunruhigend, aber mit meinem neuen Bewusstsein kann ich sagen, dass es dort trotzdem etwas Nützliches geben könnte.

Es ist für mich jetzt mühelos möglich, alle Visionen auf einmal zu erreichen – also lasse ich meine ätherischen Schweife sprießen und tauche ein.

―――――

ICH TÖTE NERO, indem ich sein Blut trinke.

Lilith kämpft um ihr Leben, und Tartarus saugt Energie aus uns allen.

Also, wie nutze ich meine Wahrscheinlichkeitsmanipulation, um den Sire Bond zu brechen?

Nun, wenn es auch nur eine kleine Chance gibt, dass mich jemand von Nero wegreißen könnte, könnte ich das hinbekommen.

Aber wer? Und noch einmal: Wie?

Bis jetzt habe ich nur versucht, die Wahrscheinlichkeiten eines Kartenspiels zu beeinflussen.

Damit fange ich also an. Ich beschließe, das Ergebnis »mich von Nero wegreißen« als das vollständig sortierte Deck zu betrachten und die Leute im Raum als Karten oder Spielfiguren.

Ich denke an alle und stelle mir vor, wie jemand zu mir rennt, mich an den Haaren packt und mit einem kräftigen Ruck von Nero wegzieht.

Etwas klickt, und die bunten Linien – die Stränge

des Schicksals – erscheinen schneller als zuvor vor mir.

Danke, Fernsehauftritt.

Ich untersuche die Stränge sorgfältig und achte dabei auf ihre Dicke.

Was ich sehe, verheißt nichts Gutes für mich. Selbst der dünnste Strang ist um ein Vielfaches dicker als der dickste, den ich beim Umgang mit einem Kartenspiel kontrollieren konnte.

Wie bisher fühlen sich die dickeren Stränge besser an, benötigen aber mehr Energieaufwand, da sie Ereignisse mit niedrigerer Wahrscheinlichkeit darstellen.

Ich greife nach einem Strang, der so dick wie ein Mammutbaumstamm ist, da ich mir denke, je seltener das Ereignis, desto besser. Vielleicht stellt dies eine Möglichkeit dar, dass Tartarus selbst seine mörderischen Absichten ändert und mich von Nero wegzieht?

Ich versuche mental den Baumstamm zu ergreifen, aber er ist wie ein rutschiger Geist – selbst mit meinen TV-verstärkten Kräften völlig unerreichbar.

Gut.

Ich schaue mir die dünneren an und wähle einen nach dem Zufallsprinzip aus. Er fühlt sich elastischer und nachgiebiger an als der Baumstamm, aber weniger *richtig*.

So sei es.

Ich übe metaphysisch Druck auf den fraglichen Strang aus, und er gibt nach.

In der Ferne steht Nostradamus langsam auf.

Ich schätze, es bestand die Möglichkeit, dass er in diesem Moment zu sich kommen würde.

So unwahrscheinlich es auch war, es war möglich, und ich habe es passieren lassen.

Das Problem ist, dass er kaum lebendig aussieht.

Nostradamus knirscht mit den Zähnen und stolpert auf mich zu.

Ein Schritt.

Zwei.

Ich fange an zu hoffen.

Vielleicht kann er mich von Nero wegziehen?

Aber was ist, wenn Lilith mich dazu bringt, meine Vampirkraft zu nutzen, um ihn wie einen Käfer zu zerquetschen?

Nun denn, vielleicht kann er das Torschwert nehmen und mich töten, um diesen Alptraum zu beenden.

Aber nein. Es ist sowieso alles umsonst.

Tartarus entdeckt Nostradamus, hebt seine dreieckige Augenbraue und hört für einen Moment auf, mich zu entleeren, um stattdessen seine Hand auf Nostradamus zu richten.

Da der Schmerz weg ist, erschwert der Genuss von Neros Blut mein Denken – aber auf irgendeiner Ebene weiß ich, dass sich Nostradamus in eine Rosine verwandelt hat.

Der Sire Bond zwingt mich, weiterzutrinken. Und trinken und trinken – bis, ein paar höllische Minuten später, Nero schließlich an dem Blutverlust stirbt.

ICH VERSUCHE, meine Wahrscheinlichkeitsmanipulation zu nutzen, um aufzuhören, Neros Blut zu trinken. Konkret konzentriere ich mich auf die Chance, dass jemand, der derzeit bewusstlos ist, sein Bewusstsein wiedererlangt – oder etwas ähnlich Nützliches.

Nach einiger mentaler Anstrengung erscheinen die Stränge vor mir.

Ich kann keinen Baumstamm aktivieren, aber einer der dünneren gibt meiner verstärkten Kraft nach.

In der Ferne krabbelt Kit auf die Füße.

Tartarus hört auf, mich zu entleeren und konzentriert sich stattdessen auf Kit.

Kit verwandelt sich in eine weiße Taube und eilt zu mir.

Einer von Tartarus' Brut – derjenige, der aussieht wie Lance Burton – hält damit inne, auf Lilith zuzuhalten, und schnappt Kit aus der Luft.

Als sie in seinem Griff ist, versucht er, ihr das Genick zu brechen.

Der echte Lance Burton ist berühmt für seine Taubenaktion und würde einen Vogel nie so behandeln.

Zumindest hoffe ich das.

Bevor Lance Erfolg haben kann, verwandelt sich Kit in ein wütendes Nashorn.

Tartarus springt auf sie zu.

Die Nashorn-Kit rammt ihr Horn in Lances Bauch und bringt ihn sofort um.

Aber es entgeht ihr, dass Tartarus sie einholt und einen verheerenden Schlag auf der Seite ihres Kopfes landet.

Das Tier verwandelt sich wieder in Kits menschliche Gestalt, und sie fällt auf den Boden, eindeutig tot.

Ein paar Minuten später schließt sich ihr ein vollständig entleerter Nero an.

ICH STRENGE MICH NOCH MEHR AN, rufe die Wahrscheinlichkeitsstränge auf und wähle dann einen, den ich beugen kann.

Unter mir kommt Nero zu sich und versucht, sich zurückzuziehen.

Zu meinem Entsetzen folge ich ihm wie ein hartnäckiger Blutegel.

Ich wünschte, ich hätte dieses Ergebnis nicht erzwungen. Nero zu töten, während er versucht, sich zu befreien, ist schlimmer als damals, als er mich nur sein Blut nehmen ließ.

Komm schon, Nero. Nimm wenigstens das Torschwert.

Das tut er nicht. Stattdessen wird er wieder ohnmächtig, weil er von mir und Tartarus schon zu ausgesaugt ist.

Er bewegt sich nicht mehr, als ich sein Leben aussauge.

———

EIN ANDERER WAHRSCHEINLICHKEITSSTRANG lässt das Lance-Burton-Double seine Ziele ähnlich ändern. Zumindest nehme ich das an, denn es hört auf, gegen Lilith zu kämpfen, und dreht sich in meine Richtung.

Burton kommt jedoch nicht weiter als einen Schritt.

Lilith nutzt seine Ablenkung für einen wilden Angriff, und er endet in einer Lache aus eigenem Blut.

Und Nero stirbt trotzdem.

———

IN DER NÄCHSTEN Vision versucht ein anderer Magier der Brut, dasselbe zu tun, und Lilith tötet ihn genauso brutal. Das Gleiche gilt für einen anderen. Dann noch einen.

———

IN EINER WEITEREN Reihe von Visionen hört einer der noch überlebenden Vampire auf, Tartarus anzugreifen, und versucht, mir zu helfen – aber das gibt Tartarus die Chance, die er braucht, und er bricht dem Vampir den Hals.

Das Gleiche passiert mit einem anderen Vampir. Und noch einem.

———

ICH GEBE die Menschen auf und benutze einen Wahrscheinlichkeitsstrang, um die Umgebung um mich herum zu kontrollieren.

Ein Stück der Decke über mir bricht ein, und die Trümmer schlagen mir auf den Kopf.

Das ist sinnlos.

Ich regeneriere mich sofort und setze das Trinken von Nero bis zum bitteren Ende fort.

ICH STRENGE MICH AN, einen Strang zu finden, der es schafft, dass ich Nero nicht töte.

Ich wünsche mir mit meinem ganzen Sein, dass ich mir einen schnappen kann, der etwas dicker ist als die, von denen ich denke, dass ich damit umgehen kann – und es funktioniert.

Außer, dass die Wahrscheinlichkeitsmanipulation meinen Wunsch auf die falsche Weise wahr werden lässt.

Tartarus hört auf, mir Energie zu entziehen, und lenkt seine Aufmerksamkeit stattdessen auf Nero.

Ein paar Minuten später stoppt Neros Blutfluss, und er sieht aus wie eine verschrumpelte Rosine.

Ich schätze, im engeren Sinne des Wortes war ich nicht diejenige, die ihn getötet hat – das war Tartarus.

Trotzdem ändert das nichts an der Tatsache, dass Nero tot ist.

ES FOLGEN eine Reihe von Visionen. In einer nutze ich das Glück, um mich an dem Blut ersticken zu lassen, aber dann erhole ich mich und setze das Trinken fort. In einer anderen hat ein Spielautomat einen Kurzschluss, und ich bekomme einen Stromschlag – der nicht wirklich viel mehr macht, als meine Haut zu kitzeln.

Alle Visionen enden auf die gleiche Weise.

Nero stirbt.

KAPITEL DREIUNDDREISSIG

DIE VISIONEN ENDEN, und ich bin wieder in der realen Welt.

Anstatt die Wahrscheinlichkeitsmanipulation vergeblich zu nutzen, wie ich es unzählige Male getan habe, springe ich wieder in den Leerraum.

———

DORT SCHWEBEND, kämpfe ich darum, zu verstehen, was gerade passiert ist.

Ich konnte die Wahrscheinlichkeitsmanipulation nutzen, aber sie half nicht – nicht, wenn ich die Menschen um mich herum oder die Umgebung selbst benutzte.

Obwohl ich ehrlich gesagt nicht versucht habe, *alle* zu benutzen.

Es gab keine Vision, in der Chester aufstand, um zu

helfen, oder eine, in der Lilith beschloss, einfach nachzugeben.

Liegt es daran, dass sie auch Wahrscheinlichkeitsmanipulatoren sind?

Das ist wahrscheinlich im Falle von Lilith wahr, aber wenn es um Chester geht, gibt es eine andere, dunklere Möglichkeit. Vielleicht ist er nicht nur bewusstlos, sondern tot?

Ich hoffe nicht.

Nachdem ich gerade von unseren Blutverbindungen erfahren habe, würde ich ihn gerne besser kennenlernen – trotz allem, was er mir in der Vergangenheit angetan hat.

Also, was mache ich jetzt?

Ich kann mich nicht einfach Nero töten lassen.

Wenn ich muss, werde ich das Ereignis finden, bei dem mein eigenes vampirisches Herz aufhört zu schlagen – obwohl ich mir vorstelle, dass die Wahrscheinlichkeit, dass das passiert, gering ist, besonders angesichts all der Kraft, die ich vom Drachenblut bekomme.

Dennoch muss es einen Weg geben.

Ich muss nur über den Tellerrand schauen, wie das Sprichwort sagt.

Moment.

Genau das ist es.

Alles, was ich versucht habe, war auf Objekte und Menschen in dieser Spielhalle beschränkt. Aber was ist, wenn es einen Weg gibt, eine neue Variable in diese Gleichung zu bekommen?

Jemanden oder etwas von außerhalb des Gebäudes?

Was wäre zum Beispiel, wenn eine Drohne in diesem Moment über uns fliegt? Könnte ich sie zu einer Fehlfunktion bringen, so dass sie gegen meinen Kopf schlägt?

Moment mal. Nein. Es gibt keine Drohnen auf dieser Welt – die ganze Technologie hier hinkt um Jahrzehnte hinterher. Ich schätze, es gibt eine entsetzlichere Version dieser Idee. Wenn ich bereit wäre, Unschuldige zu töten, könnte ich ein Flugzeug auf mich stürzen lassen – vorausgesetzt, eines fliegt über uns.

Aber nein.

Angesichts von Neros geschwächtem Zustand könnte das auch ihn töten.

Das Beste wäre, wenn eine Person kommen würde, um die Situation zu retten.

Aber wer? Und wie?

Ich schätze, ich kann damit beginnen, jeden zu überprüfen, den ich kenne, um zu sehen, was er vorhat. Vielleicht ist einer meiner Freunde gerade außerhalb dieser Spielhalle und kann manipuliert werden, um mich von Nero wegzureißen?

Zu diesem Zweck versuche ich, mich an die Essenz von *jedem, den ich kenne* zu erinnern. Ich tue dies, indem ich mich auf das Gefühl der Vertrautheit konzentriere.

Nichts passiert. Selbst mit den durch das Fernsehen verstärkten Seherkräften könnten *alle* ein zu vages Ziel sein.

Eine Idee kommt mir in den Sinn, und ich mache die mentale Gymnastik, die für die Wahrscheinlichkeitsmanipulation notwendig ist.

Zu meiner Überraschung funktioniert es.

Neben den üblichen Formen sehe ich auch Stränge, genau hier im Leerraum.

Wow.

Kann ich Trickser-Kräfte einsetzen, um mir als Seher zu helfen?

Ich suche schnell einen Strang, der dünn genug für mich ist, um ihn zu handhaben, ergreife ihn und warte auf ein Ergebnis.

Einen Moment später erscheint eine riesige Wolke von Formen vor mir.

Natürlich.

Was habe ich sonst erwartet? Wenn ich im Leerraum bin, beschäftige ich mich nur mit den Formen.

Na ja. In der Hoffnung, dass ich bei einer von ihnen Glück habe, untersuche ich die Wolke genau.

Wo normalerweise Wolken von Visionen aus identisch aussehenden Formen bestehen, ist jede in *dieser* Wolke einzigartig.

Ist das, was ich brauche, unter ihnen? Mit meinem verbesserten Verständnis der Leerraum-Mechanik untersuche ich die Wolke.

Sehr interessant. Jede dieser verschiedenen Visionen wird von einer anderen Person und einem anderen Ort sein, und einige werden sogar auf verschiedenen Welten spielen.

In Ordnung.

Schaue ich sie mir einfach alle an?

Normalerweise würde ich das nicht tun. Bei so vielen werde ich mich für eine Weile in Visionen verlieren. Noch wichtiger ist, dass diese Visionen den größten, wenn nicht sogar den ganzen Rest meines verbliebenen Sehersaftes fressen werden – oder zumindest ist es das, was mich mein verbessertes Verständnis vom Leerraum denken lässt.

Andererseits, was ist die Alternative?

Ich kann das nicht einzeln machen. Nach jeder einzelnen Vision werde ich zur Realität zurückkehren und Neros Blut trinken. Selbst wenn ich mich in einem Moment konzentrieren und zurückkehren kann, wird ein Moment vergangen sein. Wenn ich oft genug hin und her gehe, werden Nero bald die Momente ausgehen.

Alle von ihnen also, aber kann ich überhaupt so viele ätherische Schweife sprießen lassen?

Es gibt nur einen Weg, das herauszufinden.

Ich bemühe mich um jede Form – und beginne immer wieder, sie zu erreichen.

Wenn es möglich wäre, ohne einen Körper vor Erschöpfung ohnmächtig zu werden, wäre ich jetzt kurz davor.

Das ist jedoch nicht der Fall, und als ich endlich meine letzte Form berühre, beginnen die Visionen.

KAPITEL VIERUNDDREISSIG

ICH BIN KÖRPERLOS in der Küche unserer Wohnung.

Fluffster springt auf den Tisch und kippt den Beutel Meow Mix in Richtung einer Schüssel auf dem Boden.

Als sich die Schüssel mit genügend Essen gefüllt hat, hebt Fluffster den Beutel wieder in eine aufrechte Position und schaut neugierig nach unten.

Die Katze starrt ihn mit einem Blick an, der zu sagen scheint: »Unsere Majestät wird dich wieder verschonen, cooler Nager. Unsere Barmherzigkeit kennt keine Grenzen. Jetzt werden wir schlemmen, und du wirst ruhig sein, oder …«

Dann geht Luzifer zur Schüssel und beginnt zu essen.

Während ich das sehe, merke ich, dass ich vielleicht nicht konkret genug war, als ich mich entschied, eine Vision über »alle, die ich kenne« zu sehen.

Auf der anderen Seite, wenn ich sterbe, nachdem

Nero ausgesaugt wurde – was wahrscheinlich ist –, habe ich zumindest meine Haustiere ein letztes Mal gesehen.

Irgendwann hört die Katzenfütterungsvision auf, aber die nächste ist genauso nutzlos. Ich sehe Maya beim Einkaufen eines Geschenks für Felix in einem Videospiel-Laden auf der Erde.

Und die nutzlosen Visionen beginnen gerade erst.

In der nächsten sehe ich meinen Vater beim Mittagessen mit Frau 2.0. Es ist schön, zu wissen, dass sie so gut miteinander auskommen und dass sie Avocado Rolls liebt, aber ich verstehe nicht, wie das in irgendeiner Weise helfen könnte, den Sire Bond zu brechen.

In einer anderen Vision sehe ich, wie meine Mutter einen Video-Chat mit ihrer Freundin Zamantha führt, die sie in Paris besucht hat. Mama erklärt ihr, dass sie Paris so plötzlich verlassen hat, weil sie einen Mann getroffen hat.

Ach stimmt. Sie hatte mir dasselbe gesagt.

Bevor ich irgendwelche beunruhigenden Details über Mamas Liebesleben erfahren kann, ist die Vision wieder zu Ende. Meine Glückskräfte vielleicht?

Die nächste Vision beginnt scheinbar vielversprechender als die anderen. Sie ist von meiner Nichte Roxy, die mit ihren Freundinnen – ihrem Rudel – Maddie und Ashley die Straße entlanggeht.

Die Straße um sie herum ist heruntergekommen, und es sind keine Autos in Sicht. Es *könnte* eine auf der Welt sein, in der ich mich gerade befinde.

Sehr unwahrscheinlich, aber es könnte sein.

Wie fantastisch wäre es, wenn sie einfach nur zufällig vor dieser Spielhalle wären? Obwohl sie nur Teenager sind, sind diese drei Mädchen Werwölfe und könnten mich wahrscheinlich überwältigen, wenn sie es wirklich versuchen würden.

Natürlich würde ich den Preis für die schlimmste Tante der Welt gewinnen, wenn ich Roxy in dieses Chaos ziehen würde.

Diese Überlegungen erweisen sich alle als unnütz, als ich das Gebäude sehe, in das sie gehen. Es ist definitiv *nicht* auf dieser Welt, da sie zur Einführung gehen. Diese Straße in Queens ist nur dringend modernisierungsbedürftig.

Eine Aufzugfahrt später gehen sie in den Unterricht, und ich sehe einige der anderen Kinder. Dann kommt eine Person, die ich noch nie gesehen habe, herein und sagt, dass sie Dr. Hekima ersetzen wird.

Die nächsten Visionen erweisen sich als die nutzlosesten von allen. Ich sehe, wie mein alter Kinderarzt mit Papierkram beschäftigt ist. Dann sehe ich jeden Zahnarzt, der jemals etwas mit meinen Zähnen zu tun hatte. Dann erfahre ich, was jeder Händler und Analyst in Neros Fonds tut. Diese aufregenden Szenen werden von denen meiner Hochschulprofessoren gefolgt, die Arbeiten benoten, und unzählige andere, die jeden Freund und Bekannten aus meiner Vergangenheit zeigen, die die alltäglichsten Dinge tun.

Meine Güte.

Was kommt als Nächstes? Eine Vision von meinem Facebook-Feed?

Aber nein.

Die nächste Vision ist interessanter – auf eine beunruhigende Weise. Der Bannik vergnügt sich mit einem Bild von Lucretia in der Hand. Die Dinge werden heiß – im wahrsten Sinne des Wortes –, weil er es im Dampfbad der Banja macht.

Die nächste Vision passiert nicht auf der Erde, aber sie ist auch nicht auf der Welt, die ich brauche.

Es ist Gomorrha, oder zumindest nehme ich es stark an. In dieser Vision spricht Bailey, die Traumläuferin, mit einem Hologramm von Itzel, der Zwergin, die mir geholfen hat, Rasputin zu retten.

»Die Alpträume sind immer noch schlimm«, sagt Itzel. »Ich hatte gehofft …«

Die Vision bricht ab, und ich spüre einen Hauch von Schuldgefühlen. Itzels Alpträume sind zweifellos das Ergebnis der Gelegenheiten, als sie mir geholfen hat.

Die nächste Vision ist zumindest auf die richtige Welt ausgerichtet.

Ich sehe Pada – den Kerl, der normalerweise schreckliche Mordszenen für die Cogniti in New York aufräumt. Er steht auf der Wiese auf der Pac-Man-Insel zwischen den einheimischen Cogniti, mit seinen Reinigungshelfern Jik und Wen an seiner Seite.

»Ich weiß, dass das Essen von Lebenden ekelhaft ist«, sagt Pada ernst. »Aber wenn uns alle Welträte um einen Gefallen bitten, tun wir es. Außerdem sagten die New Yorker, dass sie als Belohnung ausschließlich mit uns arbeiten werden – was ein unschlagbares Angebot ist. Wir werden im Handumdrehen im Schlaraffenland sein.«

Nun, das ist auf eine andere Weise beunruhigend. Ich weiß, dass ich gerade Blut trinke, aber trotzdem. Ich tue mein Bestes, um bei diesen mentalen Bildern nicht zu würgen, und konzentriere mich auf den interessanten Teil: Es sind nicht nur die Räte, die im Kampf gegen Tartarus' Brut helfen werden. Es sind alle, die die Räte bestechen und überzeugen konnten.

Das ist gut.

Das bedeutet viel mehr Hilfe.

Die Pada-Vision bricht ab, und in der nächsten bin ich wieder im Fernsehstudio, wo wir die Supermacht-Demonstrationen durchgeführt haben.

Vlad, Eric und Rasputin stehen neben einer Uhr, nach welcher dies eigentlich nur wenige Minuten, nachdem Eric uns in die verfluchte Spielhölle gebracht hat, geschieht.

Mit anderen Worten: So ziemlich jetzt.

»Nein, ich gehe mit dir«, sagt Vlad zu Eric. »Kit hat meinen Platz eingenommen.«

»Oh?«, sagt Eric. »Wie das?«

»Ich habe nicht gefragt«, sagt Vlad. »Vielleicht hat Nostradamus in letzter Minute seine Vision verändert, oder vielleicht war es Sashas oder Neros Entscheidung.«

»Ja«, sagt Rasputin. »Es ist möglich, dass Nero

diesen Trick noch einmal ausprobiert – wie den, den er während seines Feldzugs in seiner Heimatwelt getan hat. Er ließ Kit eine Weile vorgeben, er zu sein, und jetzt gibt sie vor, du zu sein.«

»Sie ist eine vielseitige Verbündete«, sagt Eric. »Das macht Sinn.«

»Nun, es ist mir egal, wo ich kämpfe. Und ich ziehe eigentlich das hier«, Vlad zeigt ihnen ein Katana, das eigentlich Kits Waffe sein sollte, »dieser Lanze vor.«

Also fand Kit ihn umgezogen und sogar bewaffnet, bevor sie sich entschied, sich in den Tartarus-Kampf zu begeben.

Als ich an Kits Verwandlungen denke, frage ich mich, ob ihretwegen alles so schiefgelaufen ist.

Vielleicht wäre ich nicht in dieser Situation, wenn Vlad in diesem Kampf wäre, wie es Nostradamus wollte.

»Bereit?«, fragt Eric und greift nach ihren Schultern.

Sie nicken, und er verpufft mit ihnen. Sie tauchen dann auf einem riesigen Parkplatz wieder auf. Hinter den Autos versteckt sich eine Armee von Superhelden, alle in Kostümen – und Eric, Vlad und Rasputin schließen sich ihnen an.

»Gleich ist es so weit«, sagt Rasputin angespannt aus seinem Versteck. »Ein Tor wird sich jeden Moment dort öffnen.« Er zeigt auf die Stelle, auf die auch alle anderen starren – diejenige, die jemand hilfreich mit Kreide umrissen hat.

Die Vision endet, bevor das Tor tatsächlich

auftauchen kann, und im nächsten Moment sehe ich Pozoj, den Drachen, mit dem Claudia so gerne flirtet.

Er versteckt sich auf einem Dach mit einer Gruppe von Cogniti ohne Outfits, und sie starren auch alle auf eine Kreidekontur, wo sich vermutlich jede Sekunde ein anderes Tor öffnen wird.

Bedeutet das, dass einige der Drachen aus Neros Welt hier sind und helfen? Wenn ja, sollte das die Chancen der Verteidigung erheblich verbessern – auch wenn es nicht gerade hilfreich für meine Situation ist.

Oder etwa doch?

Ich schätze, wenn ein Drache im richtigen Moment über die Spielhalle flöge, könnte ich das *Glück* haben, dass mir der Drache auf den Kopf fällt.

Die nächste Vision beginnt.

Felix trägt seinen Anzug und versteckt sich in einer Ecke von etwas, was dem Kreml unheimlich ähnelt. Der Rest der Umgebung unterstützt diesen Eindruck. Es erinnert mich an den Roten Platz in Moskau, nur größer und mit mehr Lila und weniger Gold.

Neben Felix ist die stämmige Frau, die beim Erdenrat der Räte ein purpurrotes Gewand trug – die Vertreterin aus St. Petersburg. Diejenige, die Baba Yagas alte Mentorin – oder ihr BFF – gewesen sein könnte.

»Es fängt an«, sagt Felix zu der Frau auf Russisch.

Er hat recht.

Ein Tor öffnet sich, und Tartarus' Brut verstreut sich daraus wie eine tollwütige Wachtel.

Hm. Interessant. In meiner aktuellen, körperlosen

Seher-*Vision* sehen sie nicht mehr wie Magier aus. Stattdessen sehen sie einfach aus wie normale Leute von der Straße.

»Defenders, versammelt euch!«, ertönt Felix' Stimme durch den Lautsprecher in seinem Anzug.

Die stämmige Dame verdreht die Augen. »Wie lange hast du darauf gewartet, das zu sagen? Ich wette, der ganze Superhelden-Scheiß war deine Idee.«

Mein Freund ignoriert sie, da er seinen Roboteranzug nach vorne springen lässt – und Felix ist nicht allein.

Eine ganze Menagerie von Cogniti springt aus ihren Verstecken rund um den Pseudo-Roten Platz.

Die St. Petersburger Stadträtin zeigt mit ihrer Hand auf die erste Person, die aus dem Tor kommt – zweifellos der Teleporter des Haufens. Schwarze, fettige Energie trifft ihr Ziel – und er verrottet einfach. Buchstäblich. Maden und alles – nur geschieht die Verwesung, als ob sie aufgezeichnet worden wäre und nun mit hoher Geschwindigkeit wiedergegeben würde, anstatt dass der Prozess Wochen oder Monate dauert.

Ekelhaft. Diese Dame steht auf meiner Liste der Leute, die ich nie verärgern will. Kein Wunder, dass Nostradamus sagte, Baba Yaga sei die Nette in diesem Rat.

Das ist die schrecklichste Macht, die ich je gesehen habe.

Die Brut von Tartarus muss meine Einschätzung teilen. Sie schreien sich gegenseitig etwas zu und richten dann gemeinsam ihre Hände auf die Dame.

Felix versucht, sie aus dem Weg zu räumen, aber er ist zu spät.

In einem Augenblick verwandelt sie sich in eine Rosine.

Sich auf nur eine Person zu konzentrieren, egal wie ekelhaft ihre Macht auch sein mag, war ein strategischer Fehler, da es den anderen Cogniti Zeit gab, ungehindert anzugreifen.

Ein großer, vampirähnlicher Kerl zerstückelt zwei der Nachkommen mit seinem Schwert.

Ein anderer, voluminöserer Vampir tötet fünf auf die gleiche Weise.

Felix schnappt sich mit dem Handschuh seines Anzugs einen weiteren Nachkömmling und wirft ihn dann auf seine Brüder oder Cousins.

»Ja!«, ruft er, als der Zug sie wie Bowlingpins umstößt. »Man legt sich nicht mit Neo Golem an.«

Zu Felix' Rechten beginnt einer der Eindringlinge, seine Energie zu saugen – aber nicht für lange. Ein Mann mit rundem Gesicht, den ich nicht kenne, greift mit einem Arm, der sich wie der eines Tschorts in Dampf verwandelt, in die Brust der Brut.

Nein, nicht *wie*. Angesichts des traditionellen russischen Hemdes dieses Kerls muss das ein Tschort *sein*. Ich schätze, die, die mit Woland gearbeitet haben, waren nicht die einzigen dieser Art.

Im nächsten Moment verfestigt sich der Arm des Tschorts und tötet den Eindringling sofort.

»Danke«, sagt Felix zum Tschort, schlägt dann

einem weiteren von Tartarus' Dienern in den Bauch und lässt den Kerl drei Meter durch die Luft fliegen.

Itzel hat mit dem Anzug gute Arbeit geleistet.

Der Rest von Tartarus' Gefolgsleuten muss auch erkennen, dass der Anzug ein Problem ist, denn ein paar von ihnen beginnen, zusammen Energie von Felix zu saugen.

Felix schreit.

Die Brust Golems öffnet sich. An dem Ort, an dem die Brustwarzen einer Person sein würden, tauchen zwei riesige Geschütze auf und feuern auf die Idioten, die sich praktischerweise in einer Gruppe aufgestellt haben.

Zwei Explosionen später sind Felix' Gegner nicht mehr da.

Das ist so cool. Ich wette, Felix kontrolliert den Anzug mit seiner Technomantenkraft.

Der Rest des Kampfes dauert noch ein paar Minuten, und als es keine Tartarusbrut mehr zum Töten gibt, gehen Felix und seine restlichen Verbündeten zum Tor.

»Es sollte noch eine Weile stabil sein«, sagt Felix unsicher, und dann, zu meiner großen Überraschung, tritt er in das Tor.

Seine Verbündeten folgen ihm.

Ich frage mich, warum sie das tun, aber bevor ich es herausfinden kann, endet die Vision.

———

DIE NÄCHSTE VISION spielt in einem Park mit einem Eiffelturmklon in der Ferne.

Werden architektonische Entwürfe von Welt zu Welt genauso gestohlen wie die Ideen für Comics? Zu viele Muster scheinen sich zu wiederholen.

Hier ist das Tor bereits offen, und die Kämpfe müssen seit mindestens einer Minute andauern.

Ich erkenne nur ein paar Leute von unserer Seite: Thalia, die diesen Kampf eindeutig für wichtig genug ansah, um ihr Gelübde, die Erde nicht zu verlassen, zu brechen, und Funke alias Sir Lightning.

Während ich Thalia beobachte, bemerke ich, dass sie sich während unseres Trainings zurückgehalten hat. Hier bewegt sie sich wie der Tod – jedes Zucken ihrer dünnen Arme tötet mindestens einen, aber meist zwei oder drei Gegner auf einmal.

In der Zwischenzeit schießt Funke Blitze nach links und rechts – was sehr beeindruckend aussieht und wobei ich mich frage, ob er das schon immer konnte oder ob der Fernsehauftritt seine Fähigkeiten so weit gesteigert hat.

Genau wie Felix' Crew betreten sie das Tor, als Thalias Kameraden die ganze Brut umgebracht haben, und geben mir eine Ahnung, was sie vorhaben.

———

DIE NÄCHSTE VISION ZEIGT MIR, was an einem riesigen Strand in der Nähe eines wunderschönen Ozeans passiert.

Menschen, die taktische Ausrüstung tragen und automatische Waffen halten, stehen neben Dr. Hekima und starren auf das Tor, das sich vor ihnen materialisiert.

»Ich werde dafür sorgen, dass sie euch nicht sehen können«, sagt Dr. Hekima. »Feuert auf meinen Befehl.«

Der Rest der Vision zeigt mir, wie gefährlich ein Illusionist sein kann.

Als Tartarus' Brut aus dem Tor strömt, trifft Hekima sie mit einem Bogen seiner Energie, und von dort aus handeln sie tatsächlich, als ob die bis zu den Zähnen bewaffneten Menschen nicht existieren.

»Jetzt«, sagt Hekima, als ein paar Sekunden vergehen, ohne dass noch jemand aus dem Tor kommt.

Die Soldaten eröffnen das Feuer.

Tartarus' Kinder stehen einfach da und nehmen es hin. Hekima muss den Klang der Schüsse sowie den Anblick ihrer gefallenen Brüder blockieren.

In ein paar Minuten ist der Kampf – oder besser gesagt die Hinrichtung – vorbei.

Wenn man vergisst, wozu Tartarus und seine Bande auf diese Welt gekommen sind, erscheint das fast unsportlich.

Hekima tritt über die Leichen und geht allein in das Tor – was wahrscheinlich bedeutet, dass seine Verbündeten Menschen aus dieser Welt waren, die die Tore der Cogniti nicht betreten können.

———

DIE NÄCHSTE VISION ist fast identisch mit der vorherigen, aber es ist Jaylen, der eine ganze Armee mit seinen illusionistischen Kräften niederstreckt.

Nur, dass sein Hass auf diese Brut den gesamten Prozess makaberer werden lässt.

Er muss seinen Feinden eine Art Illusion zeigen, die sie dazu bringt, sich gegenseitig zu bekämpfen – was sie bösartig tun, während sie gleichzeitig mit Kugeln durchlöchert werden.

———

IN DER NÄCHSTEN Vision durchbohrt Lucretia mit ihrem Degen das Herz eines Eindringlings. Zu ihrer Rechten enthauptet eine mir bekannte Sexbombe einer Frau eine andere mit einem Schwert.

Ist das Pamela Andersons Schwester? Aber nein. Das ist Lola, eine Nymphe, die in einer Art sexsüchtigen Beziehung mit Kit war.

Ein Heulen lässt alle nach links schauen.

Es ist ein Rudel Werwölfe mit Schaum vor den Mäulern und einem so lauten Brüllen, dass das nicht vorhandene Haar auf dem Nacken meines nicht vorhandenen Halses sich aufstellt.

Ich erkenne drei von ihnen. Der größte ist Obo, der Typ, der mich im Hotel angegriffen hat. Ein etwas kleineres Exemplar ist Eduardo, der Alpha des New Yorker Rudels, das Nero im Krieg gegen die Drachenwelt half. Und der Kleinste der drei, aber immer noch auf Augenhöhe mit dem Rest des Rudels, ist Marius, Nostradamus' *Diensttier*.

Die Werwölfe ignorieren die erbärmlichen Energiesaugversuche von Tartarus' Leuten und reißen sie in mundgerechte Fetzen.

Lola, Lucretia und alle anderen beobachten das Massaker mit entsetzter Faszination.

Als es vorbei ist, verwandeln sich alle außer Marius wieder in nackte Männer und Frauen und gehen dann entschlossen zum Tor.

»Du hast einige ernste Probleme«, sagt Lucretia zu Marius, als er an ihr vorbeikommt. »Wenn das alles vorbei ist, kann ich dir vielleicht ein paar Therapiesitzungen geben?«

Marius wackelt mit seinem pelzigen Kopf, tritt dann in das Tor, und der Rest von ihnen folgt.

———

EINE GRUPPE von Panzern trifft Tartarus' Diener in der nächsten Vision, wo sich ein Tor neben einem alten Schrottplatz öffnet.

Ein Dutzend Schüsse später sind nur noch die Panzer übrig.

———

IN DER FOLGENDEN Vision öffnet sich das Tor in einer Wüste, und sobald das Volk von Tartarus austritt, trifft eine ballistische Rakete den Punkt und löscht sie alle aus.

———

SOLDATEN DER SPEZIALEINHEITEN greifen Tartarus' Brut an, die an einem Ort ein Tor geschaffen haben, der wie eine Militärbasis aussieht. Sie werden von einem weiteren der Cogniti unterstützt, der Nero geholfen hat, den Usurpator zu stürzen, einer Frau, die Tiere kontrollieren kann – in diesem Fall eine riesige Wolke von krähenartigen Vögeln.

Sobald sie gewonnen haben, geht sie durch das Tor.

———

EINE WEITERE GRUPPE von menschlichen Soldaten kümmert sich um ein Tor, das sich in einem Bereich öffnet, der wie der Abklatsch Jerusalems in dieser Welt aussieht. Bei ihnen ist der elfenhafte Kerl, der Nero neulich geholfen hat.

Die Soldaten und der Elf dezimieren die erschrockenen Neuankömmlinge, die hereinkommen, und der Elf springt in das Tor.

———

IN DER NÄCHSTEN Vision werden die Kämpfe hauptsächlich von den Mitgliedern des New Yorker Rats geführt.

Ich entdecke Tatum, den Sukkubus, der sich

kürzlich bei einem Treffen zu Wort gemeldet hat, wie sie ihren *Charme* auf die Eindringlinge wirken lässt. Benommen und ausgesprochen geil, sind sie für Albina, die Stadträtin, die Materie mit weißen Energieströmen auflösen kann, leichte Opfer.

Bald sind keine Feinde mehr übrig, und sie springt in das Tor.

———

IN DER NÄCHSTEN Vision sehe ich Claudia, Neros Schwester. Sie verwandelt sich in ihre Drachenform, die fast so groß ist wie Neros.

Hach, wie süß. Selbst als Drache hat sie das wolkenförmige Muttermal auf der Wange.

Claudias Verbündete kennen das Spiel. Sie laufen vom Tor weg, während sie in die Luft geht und Feuer auf Tartarus' Kinder spuckt, bevor sie überhaupt daran denken können, die Energie aus jemandem zu saugen.

Eine Sekunde später ist alles vorbei. Das Tor ist nun von geschmolzenen Knochen und verbrannter Erde umgeben.

Claudia landet, kehrt zu einer wunderschönen Frauengestalt zurück und tritt durch das Tor.

———

DER NÄCHSTE KAMPF findet im dem riesigen Bahnhof statt, wo Lilith und ich aus dem Hub gestiegen sind.

Colton, der *Zwerg* aus dem Stamm der Riesen, hält

zwei von Tartarus' Helfern in seinen riesigen Händen. Dann schlägt er ihre Köpfe zusammen und zerquetscht sie wie Kürbisse.

In der Nähe befindet sich Ariel, die stolz ihren schicken und sexy Sugar-Glider-Anzug trägt.

Sie schlägt einem Feind ins Auge. Der Typ fliegt einen Meter hoch, dann landet er auf dem Boden und bewegt sich nicht mehr.

Ariel zieht eine Waffe heraus, leert sie in einem anderen Kerl und wirft dann ihr Armeemesser in die Brust eines weiteren.

Drei weitere aus Tartarus' Brut umgeben sie, bevor sie ihre Waffe nachladen kann. Zwei beginnen, ihre Energie zu stehlen, während der dritte – ein riesiger Kerl – ihr ins Gesicht schlägt.

Der Schmerz und der Energieverlust lassen Ariel stolpern, und der Größte nutzt diese Gelegenheit, ihr die Beine wegzuziehen.

Ariel fällt hin, schlägt mit ihrem Kopf auf den Granitboden des Bahnhofs und wird ohnmächtig.

Das macht es amtlich.

Der Energieentzug macht die Menschen anfälliger dafür, k. o. geschlagen zu werden. Ariel ist normalerweise zu hart, um sich von ein paar Schlägen so umhauen zu lassen.

Als sie sie fallen sehen, richten die Energiesauger ihre Aufmerksamkeit auf Colton, aber derjenige, der Ariel ins Gesicht geschlagen hat, ist noch nicht fertig mit ihr.

Er beginnt, Ariels bewusstlosen Körper zu treten,

immer und immer wieder.

Selbst mit ihrer fernsehverstärkten Superkraft brechen seine Schläge definitiv ihre Knochen.

Plötzlich schießt ein Strom goldener Energie von der Rückseite des Bahnhofs in Ariels unbeweglichen Körper.

Ich folge dem Bogen zum Werfer und erkenne ihn sofort. Es ist Isis, die Heilerin auf Neros Gehaltsliste.

Die heilende Energie wirkt sofort. Ariel öffnet die Augen und fängt den Fuß ihres Angreifers ab, bevor diese den nächsten Schlag ausführen kann.

Mit einer gemeinen Drehung bricht Ariel dem Kerl den Knöchel und springt auf die Füße.

Der Typ schreit nach blutiger Rache, aber nicht mehr lange. Ariel schlägt ihm so hart gegen die Schläfe, dass sein Schädel sichtbar wie eine Eierschale bricht.

Das muss der Fernsehschub sein. Sie war schon immer stark, aber nicht *so* stark.

Ariel rächt sich danach an den beiden Energiesaugern, die sie in diese prekäre Situation gebracht haben. Nachdem sie kurzen Prozess mit ihnen gemacht hat, hilft sie Colton und dem Rest, die Übriggebliebenen zu töten.

Als die Feinde ausgelöscht sind, treten meine Mitbewohnerin und ihre Verbündeten in das Tor.

Im Gegensatz zu meinen früheren Visionen endet diese nicht hier, sondern folgt Ariel an ihr Ziel.

Sehr interessant.

Ich werde endlich sehen, was all die Leute, die die Tore betreten, vorhaben.

367

KAPITEL FÜNFUNDDREISSIG

ARIEL TRITT in eine Welt mit zwei Sonnen am Himmel, die jeweils kleiner als normal sind. Schneefelder und kurzes Gras bedecken die tundraartige Landschaft, und es sind keine Anzeichen von Zivilisation in Sichtweite.

Eine Armee begrüßt Ariel, eine, die aus so ziemlich jedem meiner anderen Visionen besteht, aber auch einigen Teilnehmern, die ich bisher noch nicht gesehen habe, wie die Staffeln von Zentauren, Basilisken und Riesen, die alle vertraut aussehen, wahrscheinlich weil sie Neros Verbündete in seinem Bestreben waren, seine Welt zurückzugewinnen.

Ariel schaut sie alle an. Dann fällt ihr Blick auf eine Gruppe so genannter Strongmen, die sehr wenig Kleidung tragen und sehr wie die Besetzung von *300* aussehen.

Ariel lächelt anerkennend und schreit ihnen etwas in einer Sprache zu, die sich wie Griechisch anhört.

Hat sie gerade einen Haufen Kerle angemacht? Es würde mich nicht überraschen, wenn sie es tun würde.

Die Darsteller von *300* spannen gemeinsam ihre üppigen Muskeln an und grinsen Ariel an, bevor sie in derselben Sprache antworten.

»Hey«, sagt Felix von hinten. »Wie ist das Leben als Superheldin?«

»Alter, hör auf, mich hier zu unterbrechen«, sagt Ariel und wendet sich zu ihm. »Ich hatte gehofft, ein Date zu bekommen, aber jetzt werden sie denken, dass ich auf Roboter stehe.«

»Sind diese Typen die gleiche Art von Cogniti wie du?«, fragt Felix, während er die perfekten Bauchmuskeln und andere symmetrische Attribute der Krieger betrachtet.

»Das sind sie«, sagt Ariel und blickt sehnsüchtig auf die Gruppe zurück. »Sie werden sehr hilfreich sein, wenn es darum geht, den Rest von Tartarus' Volk zu töten.«

Felix hebt die Frontplatte seines Anzugs an und enthüllt einen ernsten Gesichtsausdruck. »Wir werden nicht *alle* töten«, sagt er. »Einige werden ihr Bezirzen – oder wie auch immer das, was sie machen, genannt wird – abschalten und sich zwischen den Menschen verstecken. Noch wichtiger ist, dass wir nicht hier sind, um Völkermord zu begehen. Zumindest *bin* ich es nicht.«

Ariel reißt ihren Blick von der Augenweide, die die Strongmen sind, weg, sieht Felix an und zieht ihre perfekte Augenbraue in die Höhe. »Ist dir der Teil mit den Zuchtgruben entgangen?«, fragt sie. »Warum sollten wir einen dieser Bastarde am Leben lassen wollen?«

»Schau, ich bin dafür, dass die Gefangenen aus diesen Gruben befreit werden«, sagt Felix. »Deshalb bin ich hier. Aber wenn sich jemand von Tartarus' Leuten ergibt, kann er leben. Das hat Nero selbst gesagt.«

»Sasha macht Nero weich. Warum sollten wir das tun? Was wird diese Jungs davon abhalten, Kräfte aufzubauen und uns eines Tages wieder anzugreifen?«

»Vielleicht kennt Nero die Geschichte«, sagt Felix. »Was du vorschlägst, wurde irgendwann fast mit den Drachen gemacht. Auf jeden Fall sind die Erdbeweger aus der Welt der 80er Jahre aus gutem Grund bei uns. Sie werden den Boden dazu bringen, die Tore zu schließen und von dieser Welt verschlucken zu lassen. Auf diese Weise wird niemand mehr Probleme außerhalb dieser Welt verursachen, da alle von Tartarus gezüchteten Teleporter jetzt tot sind.«

»Gut«, grummelt Ariel. »Alles, was ich sagen kann, ist, dass diese Arschlöcher Glück haben, dass ich nicht diejenige bin, die das Sagen hat. *Ich* hätte sie komplett eliminiert.«

»Nun, dein blutrünstiger Wunsch könnte sich immer noch auf natürliche Weise erfüllen«, sagt Felix. »Ohne Zugang zu anderen Welten werden sie lernen müssen, den Menschen auf nachhaltige Weise Energie zu entziehen, wie es Vampire tun. Wenn sie versagen, werden ihnen die Menschen ausgehen und sie selbst aussterben.«

»Was für die Menschen scheiße wäre«, sagt Ariel.

»Nochmals, wir haben keine Möglichkeit, Menschen von diesen Kerlen zu unterscheiden, also töten wir entweder jeden auf dem Planeten oder befreien die Cogniti einfach aus den Zuchtgruben und gehen. Zumindest haben die Menschen bei dem zweiten Plan eine Chance.«

»Vielleicht werden die Menschen sie auslöschen«, sagt Ariel. »Genozide sind in ihrer Geschichte weit verbreitet, also warum nicht diesmal einen nützlichen begehen?«

»Erinnere mich daran, nie deine schlechte Seite hervorzubringen.« Felix lässt die Frontplatte des Roboteranzuges herunter.

»Ich habe keine schlechte Seite.« Ariel bindet ihre Haare zu einem engen Pferdeschwanz und dehnt sich ein paar Male. »Komm schon, der Marsch beginnt gleich.«

EINE NEUE VISION BEGINNT – noch immer auf dem Zwei-Sonnen-Planeten.

Dieser neue Standort sieht dem vorherigen sehr ähnlich. Ich glaube nicht, dass sie weit gegangen sind. Der einzige Unterschied ist, dass es in der Ferne eine Burg gibt.

Oh, und die Armee.

Zwei Armeen, wenn man Ariel und ihre Verbündeten zählt.

Die Truppen stehen sich auf dem Plateau gegenüber, wobei Tartarus' Brut näher in Richtung der fernen Burg liegt.

»Ist das eine ganze Welt voller Energielutscher?«, murmelt Felix durch sein Anzugvisier. »Ich dachte, es gäbe noch mehr.«

»Ich wette, die meisten von Tartarus' Truppen starben bei dem Angriff auf die Welt der 80er Jahre«, sagt Ariel und betrachtet die feindliche Armee. »Das sind wahrscheinlich Wachen, die zurückgelassen wurden, um sicherzustellen, dass die armen Schlucker aus den Zuchtgruben nicht entkommen.«

»Wenn das wahr ist, kannst du sie gern alle ohne Bedauern töten«, sagt Felix.

»Oh, das habe ich vor.« Ariel lässt ihre Knöchel knacken.

Mit einem Kriegsgeschrei rennt Tartarus' Armee auf sie zu.

Mit einem viel lauteren und heftigeren Antwortschrei eilen die Zentauren, die Basilisken und die Riesen nach vorne, während der Rest der Cogniti ihnen auf den Fersen ist.

Die Armeen prallen aufeinander.

Tartarus' Volk erleidet schreckliche Verluste und beginnt, sich zurückzuziehen.

Aus irgendeinem Grund lassen unsere Jungs sie gehen, was sich als schlechte Idee herausstellt, da

Tartarus' Brut anfängt, ihnen aus der Ferne die Energie zu entziehen.

Sehr bald liegen Felix, Ariel, die Riesen, die Zentauren und der Rest auf den Knien und stöhnen vor Schmerz.

Und in diesem Moment verstehe ich, warum sie den Rückzug zugelassen haben.

Es war doch kein Fehler.

Ein Drachengebrüll erschüttert den Boden, auf dem alle stehen.

Als die Bösen aufblicken, sehen sie Claudia und einen ganzen Himmel voller Drachen.

»Ja!«, schreit Ariel aufgeregt. »Das wird wirklich wehtun.«

Die Drachen müssen dieses nächste Manöver geübt haben. Bevor die Brut ihre energieraubende Aufmerksamkeit auf den Himmel richten kann, stürzen sie sich als Einheit auf den Boden, bedecken ihn mit Drachenatem und hinterlassen nichts als Asche.

KAPITEL SECHSUNDDREISSIG

Ich bin wieder in der Spielhalle und töte Nero.

Tartarus saugt immer noch Energie aus mir und Lilith, während er gleichzeitig unsere letzten Vampirverbündeten tötet.

Lilith dagegen bekämpft die letzten von Tartarus' Helfern.

Verdammt nochmal.

All diese Visionen, und ich habe immer noch keine Ahnung, wie ich diese Situation umkehren kann.

Ich versuche eine Rückkehr zum Leerraum, aber sie funktioniert weder beim ersten, zweiten noch dritten Versuch.

Das war es dann wohl. Ich muss keinen Sehersaft mehr haben.

Verdammt. Warum hat mir mein Glück geholfen, all diese Visionen zu bekommen?

Zuerst dachte ich, sie würden mir einen Ausweg

zeigen. Aber jetzt frage ich mich, ob das Ziel der Visionen darin bestand, mich sterben zu lassen, weil ich wusste, dass meine Freunde zumindest ihren Teil des Kampfes gewinnen werden und die Erde überleben wird. Nero hatte in dieser Hinsicht recht. Selbst wenn Tartarus hier gewinnt, wird er keine Armee haben, auf die er sich verlassen kann, und deshalb wird er die Erde in naher Zukunft wahrscheinlich nicht angreifen.

Aber nein.

Es musste eine Vision in dem Haufen geben, die ich gebrauchen konnte.

Irgendwie.

Dann erinnere ich mich an etwas.

Ja. Das könnte funktionieren. Aber wie stehen die Chancen?

Ich schätze, ich bin dabei, es herauszufinden.

Ich bringe mich in den Wahrscheinlichkeitsmanipulationszustand, aber diesmal konzentriere ich mich nur auf das unwahrscheinliche Szenario, an das ich gerade gedacht habe.

Es erscheint ein einzelner Strang. Ein Vertrauter, der so dick ist wie ein Mammutbaumstamm.

Mist. Das beweist, dass diese Idee unwahrscheinlich ist.

Aber ich muss trotzdem dafür sorgen, dass sie funktioniert. Es gibt keine andere Möglichkeit.

Ich wünschte, ich könnte meinen Körper genug kontrollieren, um wenigstens mit den Zähnen zu knirschen, und greife metaphysisch nach dem Strang –

nur, damit er mir durch meine metaphysischen Finger gleitet.

Oh nein, das tust du nicht.

Ich greife wieder danach.

Der dumme Strang entzieht sich mir noch einmal.

»Ich bin der mächtigste Wahrscheinlichkeitsmanipulator auf diesem Planeten«, sage ich dem Strang und versuche, mich selbst davon zu überzeugen. »Wenn das jemand möglich macht, dann ich.«

Etwas scheint nur einen Bruchteil nachzugeben, also verstärke ich meine Bemühungen in die gleiche Richtung und schreie den Strang mental wie eine Furie an.

Da dieser Kampf nicht körperlich ist, tue ich so, als wäre ich im Leerraum und fahre meine ätherischen Fühler aus, damit ich sie wie ein wütender Tintenfisch um den Strang wickeln kann.

Ich bin mir nicht sicher, ob es dieses letzte Stück Visualisierung oder die Erfahrung mit der Wahrscheinlichkeitsmanipulation ist, die ich in meinen Visionen gesammelt habe, aber der Strang knarrt wie ein angesägter Baum, als er nachgibt.

Der Wahrscheinlichkeitsmanipulationsteil von mir fühlt sich jetzt so ausgesaugt an wie eine der Leichen, die Tartarus zurücklässt. Keine Wahrscheinlichkeitsmanipulation mehr heute. Nur um zu testen, ob ich recht habe, versuche ich, das Schicksal wieder zu kontrollieren – und scheitere kläglich.

Alles hängt jetzt davon ab, dass dieser Strang das tut, was ich gehofft habe.

Und eine Sekunde später passiert es.

Eric, Vlad und Rasputin materialisieren sich zwischen mir und Lilith, wobei Vlad sein Katana umklammert und Rasputin sich überrascht umschaut.

Ja! Das ist es, wonach ich gesucht habe. Ich sah, wie sie sich zu einem Parkplatz teleportierten, und fragte mich, ob ich Eric dazu bringen könnte, stattdessen hierherzukommen.

»Was zum Teufel …?«, sagt Eric und schaut sich um. »Hierhin wollte ich nicht teleportieren.«

»Ein Teleporter.« Tartarus hört auf, mir und Lilith Energie zu entziehen, tötet den letzten Vampir, gegen den er gekämpft hat, und nähert sich Eric. »Du wirst mich hier rausbringen.«

Mist. Das ist ein Fehler in meinem Plan. Nostradamus bestand darauf, dass keine Teleporter vor Ort seien, um Tartarus keine Chance zur Flucht zu geben.

Aber das ist ein Risiko, das ich eingehen musste. Nero muss gerettet werden, auch wenn das Tartarus' Freiheit zur Folge hat.

Eric schaut auf den ankommenden Tartarus wie ein Kaninchen auf eine Schlange.

Wenn ich sprechen könnte, würde ich Eric bitten, *mich* von Nero wegzuteleportieren.

»Niemand teleportiert irgendwo hin«, knurrt Lilith und richtet ihre Spiegelaugen auf Erics Gesicht. »Nicht bewegen. Verstanden?«

»Ja«, sagt Eric mit einer bezirzten Stimme.

Bevor Tartarus sie weiter aussaugen kann, schickt

Lilith schnell das Lance-Burton-Double und zwei andere Nachfahren, die sie bekämpft haben, in den Tod.

Tartarus ist fast bei Eric angekommen, als sie in diese Richtung rauscht.

»Halt das mal.« Vlad drückt sein Katana in Rasputins Hand und beugt sich nach vorne, um das Torschwert in der Nähe meiner Füße aufzuheben.

Das ist ein Risiko.

Wenn Lilith es mir befiehlt, werde ich Vlad angreifen. Die gute Nachricht ist, dass Lilith zu sehr damit beschäftigt ist, sich um Eric zu kümmern.

»Was macht Sasha da?«, fragt Rasputin niemand Bestimmtes. »Warum tötet sie Nero?«

»Der Sire Bond«, knurrt Vlad und aktiviert das Schwert. »Sie würde das nicht aus eigenem Antrieb tun. Glaub mir.«

Rasputins Gesicht verwandelt sich in eine steinerne Maske.

Lilith erreicht Eric den Bruchteil einer Sekunde vor Tartarus und stößt ihre Reißzähne in den Hals des armen Teleportierers.

Als er sieht, wie ihm die Teleportationsmöglichkeit durch die Finger gleitet, bleibt Tartarus stehen, wirft Lilith einen tödlichen Blick zu und zeigt mit seinen beiden energiesaugenden Händen auf sie.

Sie krampft vor Schmerzen, saugt aber weiter Erics Blut – wahrscheinlich in der Hoffnung, dass es einen Teil des Energieverlustes aufhalten wird.

Rasputin sieht mich an, dann zu Lilith, dann wieder zu mir zurück.

Vlad springt mit erhobenem Torschwert auf Tartarus zu.

»Ja, schnapp ihn dir«, zischt Lilith und hebt ihren Kopf. »Ich komme gleich …«

Mit zitternden Händen schwingt Rasputin das Katana.

Die scharfe Klinge fährt in Liliths Hals und kommt dann auf der anderen Seite heraus, so dass ihr der Kopf von den Schultern abgetrennt wird.

Was. Ist. Gerade. Passiert?

Ein Springbrunnen aus Blut sprudelt aus Liliths Hals und bedeckt Rasputin von Kopf bis Fuß. Ihr kopfloser Körper dreht sich um seine Ferse und schlägt ihm ins Gesicht – so hart, dass er in den nahegelegenen *Donkey-Kong*-Automaten stürzt.

Im Ernst, ist das ein Alptraum?

Ich erwarte beinahe, dass Liliths Körper ihren Kopf aus der Luft fängt und ihn wieder aufsetzt, aber sie ist nicht wirklich eine Göttin. Die letzte Bewegung ist abgeschlossen, und ihr kopfloser Körper bricht zusammen.

Der Kopf selbst rollt über den Boden und bleibt mit dem Gesicht nach oben liegen, wobei Liliths blaue Augen vorwurfsvoll auf den bewusstlosen Rasputin starren, bis der letzte Lebensfunke in ihnen verblasst.

Ich frage mich, ob sie die Ironie in ihren letzten Momenten gesehen hat. Sie traf Rasputin, um mich zu gebären, um nicht durch Tartarus' Hand zu sterben, und es hat funktioniert. Dank meiner Wahrscheinlichkeitsmanipulation und Rasputins Entschlossenheit muss sie sich nie wieder um Tartarus sorgen.

Ich blinzele aus eigenem Antrieb und merke, dass der Sire Bond weg ist.

Ich ziehe mich von Nero zurück.

Jetzt, da mein Herz wieder unter meiner Kontrolle ist, beginnt es, gegen meine Brust zu schlagen, als ob es von einer Armee hyperaktiver Eichhörnchen besessen wäre.

Nero unter mir sieht blasser aus als ein Vampir.

Ist es zu spät?

Bitte, lass es nicht zu spät sein.

Mit zitternden Händen suche ich nach dem Puls auf der unverletzten Seite seines Halses.

Er ist so schwach, dass ich ihn kaum spüren kann.

Ich schneide meinen Daumen mit einem meiner Reißzähne auf, drücke einen Blutstropfen heraus und schiebe den Finger in Neros Mund.

Seine Zunge berührt den Tropfen, und er bekommt ein klitzekleines bisschen mehr Farbe. Ich bezweifele, dass ich ohne meine verbesserte Wahrnehmung die Veränderung überhaupt bemerkt hätte.

»Geht es dir gut?«, flüstere ich ihm zu. »Bitte sei okay.«

Nero antwortet nicht, also ziehe ich meinen Daumen heraus und sehe das Problem. Die Wunde ist bereits verheilt. Ich durchbohre den Finger wieder, drücke mehr Blut heraus und stecke den Finger wieder in seinen Mund.

Neros Puls wird ein wenig stärker.

Ja. Ich bin auf dem richtigen Weg.

»Du *musst* okay sein«, sage ich ihm. »Weil ich dich auch liebe.«

Ich würde gerne denken, dass das letzte Stück ist, was wirklich hilft.

Es wäre definitiv romantisch, wenn das so wäre.

Egal aus welchem Grund schafft Nero es, ein Auge zu öffnen und sogar eine Augenbraue leicht anzuheben.

Ich vermute, wenn er in der Lage wäre, zu reden, würde er sagen: »Das ist es, was ich durchmachen musste, damit du endlich zugibst, was du fühlst?«

Um den Drang zu bekämpfen, vor Erleichterung zu schmelzen, füttere ich ihn mit einem weiteren Tropfen meines Blutes.

»Tartarus«, flüstert er mit heiserer Stimme. »Geh. Ich werde überleben.«

Zu diesem Zeitpunkt werde ich mir dessen bewusst, was sonst noch im Raum passiert.

Vlad schwingt das Torschwert auf Tartarus' Hals, und seine Bewegungen verschwimmen, so schnell sind sie.

Ja! Enthaupte den Bastard!

Aber anstelle von Tartarus' Fleisch trifft die Klinge in den Stein, der das Kraftfeld nährt, das ihn schützt.

Tartarus brüllt vor Wut, ergreift Vlads Handgelenk und entreißt ihm das Torschwert. Nicht gut.

Ich springe zu dem Katana neben Liliths

enthauptetem Körper und werfe es Vlad zu. Dann laufe ich zu ihnen.

Tartarus' Kraftfeld flackert und erstirbt.

Vlad fängt das Katana und zielt damit auf Tartarus' jetzt freiliegenden Bauch.

Tartarus pariert mit dem Torschwert, das das Metall des Katana durchtrennt, als wäre es aus Nebel. Vlad setzt den Schwung mit dem verbliebenen Rest des Schwertes fort, hinterlässt aber nur einen Kratzer auf Tartarus' Haut.

Tartarus' Schwert verlangsamt seinen Weg nicht.

»Nein!«, schreie ich und werde schneller, bis ich fast verschwimme. Aber ich bin zu spät.

Das Torschwert dringt in Vlads Körper ein und spaltet ihn von der Schulter bis zur Leiste.

Mit einem Grunzen fällt Vlad auf die Knie zu Tartarus' Füßen.

Als ich sie erreiche, schlage ich eine Faust in Tartarus' Gesicht.

Er fliegt durch den Raum und zerstört zwei Glücksspielautomaten, bevor er gegen die Wand knallt und Rigipsplatten um ihn herum herunterregnen.

Wow. Neros Blut macht mich wirklich mächtig.

Obwohl ich weiß, dass ich Tartarus angreifen sollte, bevor er sich erholt, knie ich stattdessen neben Vlad nieder.

Er sieht nicht gut aus. Die klaffende Wunde sieht nicht heilbar aus.

»Du kannst nichts für mich tun. Geh einfach«, kratzt er heraus und hustet Blut. Ein glückseliges

Lächeln erleuchtet sein blasses Gesicht, als sein Blick zur Decke wandert. »Rose, Liebling, ich komme. Endlich komme ich zu dir.« Und mit einem letzten Atemzug schließen sich seine Augen, und sein Körper fällt auf den Boden.

Ich fühle mich wie betäubt.

Nero ist halb tot.

Meine biologische Mutter mit all ihren Fehlern ist weg, getötet von meinem biologischen Vater.

Rasputin, Chester und Kit sind alle bewusstlos, oder schlimmer.

Und jetzt Vlad.

Ich versprach Rose, mich um ihn zu kümmern – und scheiterte auf die schlimmste Weise.

Meine Hände werden zu Fäusten.

Wenn ich Vlad schon nicht beschützen konnte, werde ich ihn wenigstens rächen.

Ich fliege zur Decke hinauf und schnelle dann dorthin, wo Tartarus in den Trümmern liegt.

Es ist Zeit für mich, die Prophezeiung von Nostradamus ein für alle Mal zu erfüllen.

ICH BEISSE die Zähne zusammen und fliege mit ausgestreckten Fäusten in einer Pose, auf die Superman stolz sein würde.

Bevor ich zu den Trümmern komme, springt Tartarus auf und schwingt das Torschwert auf mich.

Ich bewege mich schnell, weiche dem Angriff aus und schlage ihm in den Kiefer.

Er fliegt zwei Meter hoch in die Luft, dann landet er in einem *Evel-Knievel*-Flipperautomaten, und Glasscherben explodieren überall.

Ich beeile mich, um mir sein Schwert zu schnappen, während er wieder aufspringt.

Als er meine Absicht erkennt, schwingt er die Waffe in einem weiten Bogen, und die Plasmaklinge rauscht einen Zentimeter an meinem Hals vorbei.

Ich ziele auf seine Beine.

Er springt und stößt mit seinem Schwert zu.

Ich weiche mit einem Schritt zur Seite aus und

umfasse dann das Handgelenk seines schwertschwingenden Arms mit einem eisernen Griff.

Er schlägt mir mit der anderen Faust ins Gesicht.

Ich sehe Sterne, aber ich kann auf meinen Füßen bleiben, und meine gespaltene Lippe heilt sofort.

Er schlägt mich wieder, diesmal in den Bauch. Etwas in mir reißt, heilt dann aber fast so schnell wie die Lippe.

Ich ergreife sein anderes Handgelenk.

Er knallt mit voller Wucht seine Stirn gegen meine.

Autsch.

Mein Schädel bricht, und die Haut auf meiner Stirn reißt von dem Aufprall. Aber auch diese Wunden sind so kurzlebig wie die anderen – und ich danke innerlich den Fernsehauftritten und Neros Blut.

Tartarus' Stirn hingegen blutet immer noch. Es sieht so aus, als hätte sein Angriff ihn mehr verletzt als mich.

Er versucht, sich aus meinem Griff zu winden, aber ich bin stärker.

Unter Anstrengung drücke ich seine Hand mit dem Schwert auf ihn zu.

In seinen Augen erscheint Panik, und er deaktiviert das Torschwert.

Mit einer schnellen Bewegung drehe ich sein Handgelenk, und die Waffe fällt auf den Boden.

Knurrend dreht Tartarus seine andere Hand, um mit den Fingern auf mich zu zeigen, und ich fühle, wie das Energieaussaugen beginnt.

Seine ganze Kraft richtet sich jetzt nur noch auf

mich, und die Qualen sind so schwindelerregend, dass ich darum kämpfe, nicht ohnmächtig zu werden.

Aber zu diesem Spiel gehören zwei. Ich fahre meine Reißzähne aus, ziehe ihn zu mir und ramme sie ihm in den Hals.

Der Geschmack seines Blutes sollte abscheulich sein, aber stattdessen ist er göttlich. Gierig fange ich an, es zu verschlingen, und fühle, wie mein Energieniveau wieder ansteigt.

Er fängt an, sich zu krümmen wie ein Fisch am Haken, aber ich sauge einfach stärker.

Der Schmerz des Energieverlustes fällt auf das Niveau, das ich beim Ritual erlebt habe.

Tartarus' Gegenwehr verstärkt sich. »Ich bekomme deine Lebenskraft, bevor du mich leertrinken kannst«, zischt er. »Dann werde ich alle töten, die du …«

Bevor er die Drohung zu Ende bringen kann, drücke ich seine Handgelenke so fest, dass sie brechen und rausche wie eine Rakete nach oben.

Wir knallen gegen die Decke, reißen ein Loch hinein und brechen dann durch das Dach, während wir in den Himmel schießen.

Währenddessen trinke ich die ganze Zeit das Blut des Bastards, und er entzieht mir meine Energie.

Als wir etwa hundert Meter hoch sind, stürze ich ab wie ein Falke, der nach Beute taucht, wobei sich Tartarus unter mir befindet.

Er windet sich stärker, als wir auf den Boden zuschießen, aber ich spüre seine Gegenwehr kaum.

Wir knallen mit Überschallgeschwindigkeit auf das

Dach der Spielhalle, und der Crash erschüttert jeden Knochen in meinem Körper. Tartarus' Rücken nimmt die Hauptlast auf sich, als wir durch das Dach, dann die Decke und dann auf den Boden schlagen.

Keuchend krieche ich von ihm weg und merke, dass wir einen Krater im Boden der Spielhalle hinterlassen haben.

Es ist amtlich. Ich und Neros Blut bedeuten Krater.

Im Krater sieht Tartarus' Körper irreparabel gebrochen aus, aber ich gehe kein Risiko ein.

Ich humpele zum Torschwert, hebe es auf, aktiviere die Klinge und kehre zum Krater zurück.

Tartarus beginnt, sich zu bewegen.

Also war er nicht tot.

»Das ist für Vlad«, sage ich grimmig, als ich ihn von oben nach unten halbiere. »Und das ist für Chester.« Ich schneide ihm über den Oberkörper. »Und das ist für all die Milliarden von Menschen, die du getötet hast.«

Ich schneide noch einmal.

Und noch einmal.

KAPITEL ACHTUNDDREISSIG

DER GEDANKE AN NERO zieht mich aus meinem Blutrausch. Ich beende mein blutiges Werk, eile zu ihm hinüber und sehe, dass er immer noch wie ein Geist aussieht.

»Hier.« Kniend, schneide ich mir in den Finger und strecke ihn zu ihm aus.

Er schüttelt den Kopf. »Vampirblut wird mich nicht weiter heilen. Geh stattdessen den anderen helfen.«

Ich zögere, ihn zu verlassen, aber er hat recht. Die anderen brauchen Hilfe.

Ich springe auf, schaue mich schnell im Raum um und springe zu Chester hinüber, der vielleicht noch lebt – oder aber nicht.

Als ich meine Finger an seinen Puls drücke, ist einer vorhanden.

Trickser-Glück. Er ist doch nur ohnmächtig geworden.

Ich gebe ihm etwas von meinem Blut, und er öffnet sofort die Augen.

»Haben wir gewonnen?«, fragt er mit heiserer Stimme und setzt sich auf.

»Tartarus gibt es nicht mehr«, sage ich düster und schaue auf Vlads Körper.

»Oh«, murmelt Chester, als er Liliths kopflose Leiche sieht.

Ich folge seinem Blick, und meine Brust wird enger.

Trotz allem, was sie war und zu was sie mich fast gebracht hätte, tut dieser Verlust immer noch weh. Bedeutet das, dass etwas mit mir nicht stimmt? Oder dass etwas stimmt?

Monster oder nicht, sie *war* meine biologische Mutter.

Apropos biologische Eltern, ich verschwinde in Richtung Rasputin, der auch immer noch bewusstlos ist, und gebe ihm einen Tropfen meines Blutes.

Er kommt einen Moment später zur Besinnung und schaut sich dann Liliths Leiche an. Sein Gesicht verzieht sich vor Schmerz, bevor es zu einer unleserlichen Maske wird. »Ist es vorbei?«, fragt er unsicher. »Hast du ihn erwischt?«

Ich zeige auf das Tartarus-Tatar in der Mitte des Raumes, und Rasputin nickt düster.

Als Nächstes gehe ich zu Kit und gebe auch ihr einen Tropfen Blut.

»Das ist schön«, krächzt sie und öffnet die Augen. »Kann ich noch mehr davon haben?«

»Nein«, sage ich streng. »Du brauchst keine weitere Sucht.«

»Spielverderber«, murmelt sie und setzt sich auf.

Als Nächstes heile ich Eric, dann gehe ich hinüber zu Nostradamus und heile zögernd auch ihn. Er hustet, setzt sich auf und reibt die Narben an den Stellen seiner Augen. »So.« Seine Stimme ist rau. »Du hast es geschafft.«

Er sagt es als eine Aussage, nicht als eine Frage, so als ob es die ganze Zeit keinen Zweifel gab.

Ich möchte ihn über die ganze Sache befragen, aber jetzt ist nicht der richtige Zeitpunkt.

Ich verlasse ihn und gehe zu Vlad hinüber.

Sein Körper liegt unbeweglich da, seine offenen Augen sind stumpf und sehen nichts.

Meine Brust drückt schmerzhaft, als meine Augen beginnen zu tränen.

Vlad ist weg.

Wirklich weg.

Das Letzte, was mich mit Rose verbindet, ist gebrochen.

»Du kannst später um ihn trauern.« Nostradamus legt eine Hand auf meine Schulter. Er muss mir hierher gefolgt sein. »Ich habe die Zukunft gesehen. Nero braucht dich. Sein Zustand ist immer noch …«

Mehr braucht er nicht zu sagen.

»Eric, bring uns zum Drehkreuz, sage ich schnell, ergreife den Teleporter und schieße zu dem immer noch liegenden Nero, der wieder ziemlich blass aussieht.

Eric blinzelt benommen, aber bringt uns trotzdem neben genau das Tor, das ich brauche, um diese Welt zu verlassen.

»Danke«, sage ich ihm. »Jetzt hilf bei dem bevorstehenden Kampf.«

Denn die Visionen, die ich auf der Suche nach einem Weg, den Sire Bond zu durchbrechen, hatte, waren von einer Zukunft, die noch vor mir lag. Alle Kämpfe, die ich gesehen habe, stehen kurz vor der Entfaltung, wenn sie nicht bereits im Gange sind.

Eric verpufft, und ich nehme Nero wie eine Braut in die Arme, so wie er das gerne mit mir macht. Obwohl seine Augen geschlossen sind, breitet sich ein schwaches Lächeln auf seinen Lippen aus, und er schlingt einen seiner schweren Arme um meinen Hals, als ich uns beide in das Tor fliege.

Sobald wir auf der anderen Seite herauskommen, gehe ich direkt zum nächsten Tor. Dann noch eines und noch eines.

Es ist gut, dass ich mir den Weg gemerkt habe, den Lilith nahm, als sie mich entführt hat.

Ich fliege in schneller Folge von Tor zu Tor, bis wir zur Erde kommen. Hier habe ich zwei Möglichkeiten: zu unserem Arbeitsgebäude zu gehen, wo sich sein örtlicher Schatz befindet, oder ihn in die Drachenwelt zu bringen, wo sich die kaiserliche Schatzkammer befindet.

Ich kann auf der Erde nicht offen fliegen, das bedeutet also Taxi und Verkehr. Und wenn der Verkehr schlimm genug ist, kann es sogar schneller sein, Nero durch all diese Tore und direkt zur Drachenburg auf seiner Welt zu fliegen – wo der viel größere Schatz auf ihn wartet.

Entschieden sause ich in ein anderes Tor und fange an, dem Weg zu Neros Heimat zu folgen.

Als ich in Jaylens Welt komme – der, die Tartarus und seine Familie bereits ausgesaugt haben –, verlasse ich den Flughafen, begebe mich in den Himmel und erreiche den anderen Knotenpunkt in Rekordzeit. Die anderen Tore verschwimmen, bis ich die Drachenwelt erreiche, und dort fliege ich wieder, um wie ein Jet auf Godiva zuzurauschen.

Ich frage mich, ob ich immer so schnell fliegen kann oder ob es nur eine vorübergehende Nebenwirkung von Neros Blut ist.

Einmal im Schloss angekommen, eile ich nach hinten, sause die Treppe hinunter, die in die Schatzkammer führt, und lege Nero auf ein Bett aus Goldmünzen.

Sofort kehrt sein Puls zur Normalität und die Farbe auf seine Wangen zurück. Er öffnet die Augen und schaut mich an. »Danke«, sagt er mit seiner knurrenden Stimme, als ich ihm eine Haarlocke aus der Stirn streiche. Dann zieht er mich zu sich, drückt mir einen festen Kuss auf die Lippen und setzt sich auf.

»Was machst du da?«, frage ich und blinzele.

»Wir müssen zurück, um Claudia und den anderen zu helfen.«

Ich runzele die Stirn. »Brauchst du nicht heilenden

Schlaf in Drachenform, um dich vollständig zu erholen?«

»Das ist in Ordnung«, knurrt er und steht auf. »Ich werde jetzt in der Lage sein, zu fliegen. Was ist mit dir? Bist du zu müde, um zu kämpfen?«

»Nein. Ich habe immer noch dein Blut in mir«, sage ich. »Gehen wir.«

Er nickt, und wir rauschen Seite an Seite aus der Burg. Dann verwandelt er sich in einen Drachen, und ich schwebe auf seinen Rücken, um mich zu setzen.

Diesmal macht der Ritt fast schon Spaß. Es hilft wirklich, zu wissen, dass ich, wenn ich falle, einfach allein fliegen werde.

Als wir in die Welt der 80er Jahre zurückkehren, ist der Kampf im Bahnhof vorbei, aber das temporäre Tor zur Welt von Tartarus ist immer noch da.

Nero verwandelt sich in seine menschliche Form, um keinen Hinweis auf den späteren Drachenangriff zu geben, und wir springen hinein.

Wir kommen auf Tartarus' Welt an, eilen verschwommen zu dem Ort, an dem sich die Armeen gegenüberstehen, und schließen uns mit einem Kriegsschrei dem Kampf an.

Hände werden zu Klauen, Nero zerfetzt Tartarus' Brut in Stücke, und in einem passend grausamen Tribut an Lilith töte ich jeden Feind auf verstörend kreative Weise, bis ich mit Blut bedeckt bin.

Dank unseres Beitrages ergeben sich einige von Tartarus' Kindern, anstatt sich zurückzuziehen, und dürfen dadurch weiterleben.

Der Rest folgt dem Skript, das ich in meiner Vision gesehen habe. Sie ziehen sich zurück, nur um feige unsere Energie aus der Ferne zu saugen, und dann werden sie in einem koordinierten Drachenangriff verbrannt.

Und einfach so sind die Überreste von Tartarus' Truppen verschwunden.

KAPITEL NEUNUNDDREISSIG

NACH DER SCHLACHT versichern Nero und ich uns, dass es allen gut geht, und entscheiden uns dann dagegen, für die nächste Phase hierzubleiben – die Freilassung von Gefangenen aus den Zuchtgruben und die Zerstörung von Toren, die in diese Welt führen.

Unsere Verbündeten sind mehr als in der Lage, sich selbst darum zu kümmern.

Stattdessen befiehlt Nero Eric, uns zum noch intakten Hub zu teleportieren. Wir drei gehen durch ein paar Tore, bevor Nero Eric die Erlaubnis gibt, zu gehen. Sobald wir allein sind, verwandelt sich Nero in einen Drachen und bittet mich, aufzusteigen.

Wir fliegen durch das Otherland, das ich bald als Atlantis wiedererkenne – die Welt, aus der die Strongmen kommen.

Nachdem er eine Insel für ein paar Minuten umkreist hat, landet Nero auf einer schon kitschig romantischen Klippe, wo ein majestätischer, verwitterter Berg dem blauen Ozean zugewandt ist.

Nero verwandelt sich in einen nackten Mann und macht die Aussicht noch besser.

»Ich dachte, du könntest einen Urlaub gebrauchen«, sagt er, und seine blau-grauen Augen leuchten. »Die Zeit vergeht hier schnell, also kannst du dir so lange Zeit nehmen, wie du dich erholen musst, und niemand zu Hause wird es bemerken.«

Ah ja. Endlich, unsere Gelegenheit zum Reden.

Ich erwidere Neros Blick und atme tief ein. »Zu Hause.« Ich neige meinen Kopf. »Wo genau ist das für dich?«

Er runzelt die Stirn.

»Planst du, die Drachenwelt zu regieren?«, verdeutliche ich meine Frage. »Ist dort jetzt dein Zuhause? Weil meines auf der Erde ist, weißt du, wo meine Eltern ...«

Er zieht die Augenbrauen hoch. »Machst du die Dinge unnötig kompliziert?«

Bei meinem verständnislosen Gesichtsausdruck seufzt er und legt seine großen Hände auf meine Schultern, wobei er leicht meine angespannten Muskeln drückt. »Ich wollte nie meinen Fonds aufgeben, und den Rest des Lebens, das ich auf der Erde aufgebaut habe. Du und ich können einen Teil unserer Zeit in New York und einen Teil in meiner Welt verbringen. Es sollte nie das eine oder andere sein.«

Während er spricht, fällt mir ein Stein vom Herzen.

Wie konnte ich nicht an diese Möglichkeit denken? Es ist buchstäblich das Beste aus beiden Welten. Es ist perfekt.

»Was deine Eltern betrifft«, fährt er fort, »sag ihnen einfach, dass du eine Beförderung bekommen hast und du jetzt einen Teil deiner Zeit in unserem japanischen Büro verbringen musst.«

»Was das betrifft …«, Ich grinse. »Ich glaube nicht, dass ich noch länger für dich arbeiten kann. Ich mag es nicht, mit meinem Chef zu schlafen.«

Ein Lächeln berührt seine Augen. »In diesem Fall denke ich, dass ich dir endlich erlauben werde, aufzuhören.«

»Sehr großzügig, danke.«

Sein Lächeln breitet sich zu einem Grinsen aus. »Du hast dir deinen Ruhestand verdient, wenn es das ist, was du willst. Oder, nachdem du den Rat dazu gedrängt hast, dich deine Illusionen erfüllen zu lassen, denke ich, dass du *das* tun könntest – und zwar auf mehreren Welten, wenn du willst.«

»Das will ich«, sage ich. »Ich habe vor, ein bekannter Name auf der Erde und dein Hofmagier in der Drachenwelt zu sein. Wie Merlin, nur heißer.«

»Nein.« Er legt seine Handfläche um meinen Kiefer. »Auf meiner Welt wirst du als meine Königin bekannt sein.«

Ich ersticke fast an meinem eigenen Speichel.

War das ein indirekter Heiratsantrag?

Ich blicke auf Neros hartes Gesicht.

Er blickt ungerührt zurück.

Ja, das war es auf jeden Fall.

Mist. Ich bin nicht bereit, darüber nachzudenken.

Wir sind technisch gesehen noch nicht einmal miteinander ausgegangen. Es gibt eine bestimmte Reihenfolge, in der diese Dinge passieren sollten, und das gemeinsame Retten von Welten gehört nicht dazu.

Andererseits brauche ich meine Seherkraft nicht, um zu wissen, dass ich alle Schritte in der Reihenfolge sehr genießen werde, und wenn alles gut geht, werden wir weitersehen. Für den Moment wechsele ich besser das Thema.

»Können wir in den Wintermonaten von New York wegkommen?«, frage ich. »Wie ist Godiva zu dieser Jahreszeit?«

Er zieht eine Augenbraue hoch. »Otherland-Zugvögel? Wenn du gutes Wetter haben willst, ist *das hier* der richtige Ort.« Er deutet auf unsere malerische Umgebung.

Ich atme die salzige Brise ein und lasse meinen Blick dem Horizont folgen. »Du hast recht. Lass uns ein Jahr hier verbringen. Oder zwei.«

»So lange du es brauchst«, sagt er ernst. Sein Daumen streicht über meine Lippe. »Mit deiner Sehkraft wirst du wissen, ob es jemand wagt, uns hier zu stören – und ich werde ihn töten, bevor er überhaupt auf die Idee kommen kann.«

»Abgemacht«, sage ich und fühle mich plötzlich müde, da mich die Ereignisse des Tages auf einmal einholen.

Als ob Nero meinen Stimmungswechsel spüren

würde, nimmt er mein Gesicht in seine Hände und blickt mir intensiv in die Augen. »Wie geht es *dir*, Sasha? Wirklich?«

»Ich weiß es nicht.« Meine Stimme stockt. »Müde. Taub. Froh, dass wir noch leben. Aber Lilith und Vlad und ...«

»Ich weiß«, sagt er sanft. »Deshalb brauchst du Zeit.«

»Ja.« Ich spüre einen Druck hinter meinen Augen, und mein Kinn beginnt zu zittern.

Verdammt nochmal. Bin ich wirklich dabei, in Tränen auszubrechen wie ein Weichei anstelle des supermächtigen Vampir-Trickser-Seher-Hybrids, der ich geworden bin?

Ja, okay. Vielleicht.

Bevor ich die Gelegenheit dazu bekomme, zieht mich Nero an sich, umarmt mich, und das schlimmste Brennen in meinen Augen verschwindet. Er hält mich so für ein paar gefühlte Tage, und als wir uns trennen, fühle ich mich gut genug, um ins Meer zu fliegen.

Dort angekommen, entledige ich mich sofort meiner Kleidung, und Nero schließt sich mir schnell in den Wellen an. Bald erschaffen wir Tsunamis und feiern das Leben auf die bestmögliche Weise.

STUNDEN SPÄTER, während ich in einem Zustand postkoitaler Glückseligkeit am Strand in seinen Armen liege, überprüfe ich faul, ob meine Sehfähigkeiten zurückgekommen sind – und finde heraus, dass sie es sind.

Gut. Ich bin neugierig auf die Zukunft. Konkret *unsere* Zukunft.

Ich springe in den Leerraum, beschwöre gekonnt die benötigten Formen und tauche ein.

———

ICH SEHE mich selbst im New Yorker Madison Square Garden auftreten, wobei Nero, Mom, Dad und Rasputin mich stolz aus der ersten Reihe ansehen.

Es ist eine Show, die ich in Hunderten von Auftritten ausgearbeitet habe, und sie ist die bisher beste.

Das ist auch gut so, denn sie wird für ein Special auf Netflix aufgenommen.

———

WIE ALS ECHO auf die vorherige Vision sehe ich ein riesiges Theater in der Drachenwelt – ein Theater, das speziell für diesen Zweck gebaut wurde, mit Falltüren und anderen versteckten Dingen, die ich persönlich entworfen habe.

In einer Welt ohne Fernsehen bin ich die beste Unterhaltung, die diese Menschen je gesehen haben, und selbst Drachen sind beeindruckt, wenn sie kommen.

IN DER DRITTEN VISION führen mich Papa und Rasputin – den ich mittlerweile häufiger Papa nenne – den Gang hinunter.

Der Veranstaltungsort ist The Palace, das Lieblingshotel meines Vaters in New York.

Alle Cogniti, die uns im Kampf mit Tartarus geholfen haben, sind hier – zumindest diejenigen, die menschlich genug aussehen, um auf der Erde nicht aufzufallen. Die anderen nahmen an meiner ersten Hochzeit in der Drachenwelt teil.

Und wo wir gerade von der ersten Hochzeit sprechen ... die Drachen mochten sie so sehr, dass sie auch an dieser hier teilnehmen.

Ich schaue dorthin, wo meine Familie sitzt, und etwas wirklich Seltsames erregt meine Aufmerksamkeit. Die Person neben Mama soll der mysteriöse Typ sein, den sie datet. Weil es »endlich ernst wurde«, ist heute der Tag, an dem sie ihn uns vorstellt.

Aber ich kenne ihn bereits. Ich kenne ihn zu gut.

Es ist Nostradamus.

Ich schaue blinzelnd auf den blinden Seher, als alle Puzzleteile an ihren Platz fallen.

Mom traf ihren Verehrer bei ihrem Besuch in Paris, wo Nostradamus normalerweise wohnt. Er brauchte sie zurück in New York als Teil des Plans, der dazu führte, dass ich ein Vampir wurde, also muss er ein

Treffen mit ihr arrangiert haben, und ich schätze, die Dinge haben sich daraus entwickelt.

Es ist verlockend, ihm in den Arsch zu treten, aber das tue ich nicht. Trotzdem, wer zieht sowas schon am Hochzeitstag von jemandem ab? Es geht nur um mich – und Nero, schätze ich, aber hauptsächlich um mich.

Bei der königlichen Hochzeit auf der Drachenwelt ging es um Seine Kaiserliche Majestät.

Nach den Feierlichkeiten werden Nostradamus und ich uns unterhalten. Vielleicht wird Nero auch dazu beitragen, je nachdem, was Mama mir über ihre Beziehung erzählt.

»Ich wusste nicht, wie ich dir das sagen sollte«, flüstert Rasputin, als er meinem Blick folgt. »Falls es dir hilft, sie ist in jeder Zukunft glücklich, die ich überprüft habe.«

»Das sollte sie besser sein«, zische ich zurück. »Wenn er ihr wehtut, werde ich ihn töten.«

Nostradamus winkt mir zu. Er muss das vorausgesehen haben. Manchmal kann ich nichts gegen das Gefühl tun, dass jeder einzelne Moment in meinem Leben von dem Kerl geschrieben wurde, lange bevor ich geboren war.

Andererseits, wenn das wahr ist, sollte ich ihm vielleicht danken? Es hat zu diesem Ergebnis geführt.

Als wir uns dem Altar nähern, sehe ich den Bräutigam an. Nero trägt einen Eine-Million-Dollar-Anzug der Stuart Hughes Diamond Edition und sieht hier auf der Erde genauso königlich aus wie in seinen traditionellen königlichen Gewändern auf seiner Heimatwelt.

Seine Limbusringe weiten sich, während er mich mustert. Ah ja. Er mag mein Kleid, was passt. Es ist im Grunde genommen mein Superhelden-Outfit in Weiß, also gibt es eine Menge – und ich meine *eine Menge* – Haut zu sehen.

Ich werde schneller, bis ich so schnell gehe, wie meine beiden Väter überhaupt mithalten können, und dann bin ich endlich da und treffe Nero, der vor Chester steht – der uns irgendwie überredet hat, ihn diese Zeremonie durchführen zu lassen. Er sieht schelmisch aus, obwohl Nero ihm bei Todesstrafe verboten hat, Tricks zu machen.

Ariel, Kit, Claudia, Lucretia, Maya, Roxy und Thalia tragen Brautjungfernkleider und stehen zu unserer Rechten. Ariel ist auch meine Trauzeugin – eine Ehre, die sie mehr oder weniger eingefordert hat und die mir beweist, dass meine Vampir-Natur sie nicht mehr so sehr stört.

Felix, der mit Fluffster auf der Schulter aussieht wie ein Pirat, steht mit dem Rest von Neros Trauzeugen auf der linken Seite. Zu dieser Gruppe gehört auch Pozoj – der jetzt offiziell Claudias Liebhaber ist –, ein paar Staatsoberhäupter, mehrere religiöse Führer, einige berühmte Milliardäre und ein paar weitere Menschen, die Nero strategisch geehrt hat.

»Ich wurde gebeten, es kurz zu machen«, sagt Chester mit einem bösen Grinsen. »Also los geht's. Wenn jemand einen Grund hat, warum die beiden nicht heiraten sollten, so spreche er jetzt und bereite sich auf den Tod vor.«

Niemand ist selbstmörderisch genug, auch nur einen Mucks zu machen.

Chesters Grinsen wird breiter. »Das hatte ich auch nicht erwartet. Nun, nimmst du, Nero, Sasha zu deiner rechtmäßig angetrauten Frau und Königin?«

»Ja, das tue ich«, knurrt Nero.

»Und nimmst du, Sasha, Nero zu deinem rechtmäßig angetrauten Ehemann und König?«, fragt Chester mit einem Augenzwinkern.

Ich halte inne, um Spannung aufzubauen, und dann warte ich noch eine Sekunde, wie es ein guter Darsteller sollte. Als ich die absolute und ungeteilte Aufmerksamkeit aller habe, schaue ich Nero an, als ob ich das wirklich durchdenken müsste. Und dann, als die Spannung im Raum unerträglich ist, sage ich feierlich: »Ja, das tue ich«, und alle im Raum brechen in Applaus aus.

»Ihr dürft euch küssen«, sagt Chester mit einem Knutschmund, und das tun wir.

ICH KOMME mit einem Lächeln im Gesicht zum gegenwärtigen Moment am Strand zurück.

Sieht so aus, als *würde* Nero mich dazu bringen, ihn irgendwann in der Zukunft zu heiraten. Und das nicht nur einmal, sondern zweimal.

Nun, wie bei jeder Vision, jetzt, da ich weiß, was die

Zukunft bringen könnte, liegt es an mir, das zuzulassen … oder nicht.

Alles wird davon abhängen, dass sich jemand gut benimmt.

Ich atme Neros warmen, meersalzigen Duft ein, streichele seinen muskulösen Bizeps und seufze zufrieden.

Wem mache ich etwas vor?

Die Zukunft, die ich gerade gesehen habe, ist genauso unvermeidlich wie die Prophezeiung von Nostradamus. Wie der arme Tartarus hat Nero keine Wahl, wenn es um sein Schicksal geht.

Er gehört mir.

Und wir werden für immer und ewig zusammen rocken.

Vielen Dank, dass Sie dieses Buch gelesen haben! Ich hoffe, dass Ihnen der Abschluss von Sashas Geschichte gefallen hat.

Möchten Sie über meine Neuerscheinungen informiert werden? Melden Sie sich für meinen Newsletter auf www.dimazales.com/book-series/deutsch/an!

Möchten Sie meine anderen Bücher lesen? Sie können wählen aus:

- *Gedankendimensionen* – die actionreichen Urban-Fantasy-Abenteuer von Darren, der die Zeit anhalten und Gedanken lesen kann.
- *Mensch++* – die spannende Science-Fiction-Geschichte von Mike Cohen, dessen neue Technologie unser Gehirn und die Welt verändern wird.

- *Die letzten Menschen* – die futuristische und dystopische Science-Fiction-Geschichte von Theo, der in einer Welt lebt, in der nichts so ist, wie es zu sein scheint ...
- *Der Zaubercode* – die epischen Fantasy-Abenteuer des Zauberers Blaise und seiner Schöpfung, der schönen und mächtigen Gala.

Und jetzt blättern Sie bitte um, für einen spannenden Auszug aus *Die Gedankenleser - The Thought Readers (Gedankendimensionen: Buch 1)*.

AUSZUG AUS DIE GEDANKENLESER - THE THOUGHT READERS

Alle denken ich sei ein Genie.

Alle liegen falsch.

Sicher, Ich habe Harvard im Alter von achtzehn Jahren abgeschlossen und verdiene jetzt eine unglaubliche Menge Geld mit einem Hedge Fund. Der Grund dafür ist allerdings nicht, dass ich besonders clever bin oder wie verrückt arbeite.

Ich betrüge.

Ich besitze eine einzigartige Fähigkeit. Ich kann die Gegenwart verlassen und in meine eigene persönliche Version der Realität eintauchen – den Ort, den ich die Stille nenne – an dem ich meine Umgebung erkunden kann, während die restliche Welt innehält.

Eigentlich dachte ich immer, ich sei der Einzige, der das tun kann – bis ich sie getroffen habe.

Ich heiße Darren, und das ist die Geschichte, wie ich herausgefunden habe, dass ich ein Leser bin.

———

MANCHMAL DENKE ICH, dass ich verrückt bin. In diesem Moment sitze ich an einem Kasinotisch, und jeder um mich herum ist bewegungslos, so als sei er eingefroren. Ich nenne das *die Stille*, so als würde es das Ganze realer machen, wenn ich ihm einen Namen gebe – so als würde der Name etwas an der Tatsache ändern, dass alle Spieler um mich herum Statuen sind. Sie sitzen einfach nur da, und ich gehe um sie herum, schaue mir die Karten an, die sie gerade erhalten haben. Hört sich das verrückt an?

Das Problem an der Theorie, ich sei verrückt, ist, dass die Karten, welche die Spieler aufdecken, immer noch dieselben sind, wenn ich die Welt »entfriere«, so wie ich es gerade getan habe. Wäre ich verrückt, sollten die Karten dann nicht wenigstens ein wenig anders sein? Außer natürlich, ich bin schon so verrückt, dass ich mir auch die Karten auf dem Tisch einbilde.

Aber ich gewinne. Sollte das auch Einbildung sein – sollte der Stapel Chips neben mir auf dem Tisch nur eingebildet sein – dann könnte ich gleich alles in Frage stellen. Vielleicht heiße ich auch gar nicht Darren.

Nein. So kann ich nicht denken. Wenn ich wirklich

so verwirrt sein sollte, dann möchte ich gar nicht aus diesem Zustand herausgeholt werden – denn in diesem Fall würde ich höchstwahrscheinlich in einer psychiatrischen Anstalt aufwachen.

Außerdem liebe ich mein Leben, verrückt oder nicht.

Meine Psychiaterin denkt, die Stille sei eine Erfindung, um die inneren Vorgänge meines Genies zu beschreiben. Das wiederum hört sich für mich verrückt an. Es könnte natürlich auch sein, dass sie mich begehrt, aber die Erwiderung derartiger Gefühle ist ausgeschlossen. Sie befindet sich komplett außerhalb der Altersgruppe, mit der ich ausgehe. Ihre Theorie würde mir sowieso nicht helfen, da sie nicht erklärt, wieso ich Dinge weiß, die selbst ein Genie nicht erahnen könnte – wie den genauen Wert des Blattes der anderen Spieler.

Ich sehe dem Croupier dabei zu, wie er eine neue Runde eröffnet. Außer mir befinden sich noch drei weitere Spieler am Tisch. Der Cowboy, die Großmutter und der Professionelle, wie ich sie in Gedanken nenne. Ich kann die jetzt fast spürbare Angst fühlen, die mit dem *Hineingleiten* einhergeht – das ist der Name, den ich diesem Vorgang gegeben habe: in die Stille hineingleiten. Meine Sorge, ich könne verrückt sein, hat das Hineingleiten schon immer vereinfacht. Angst scheint diesen Prozess zu begünstigen.

Ich gleite hinein, und alles ist still – daher der Name.

Selbst jetzt finde ich das noch unheimlich. In diesem Kasino ist es normalerweise sehr laut. Betrunkene Menschen, die sich unterhalten, Spielautomaten, das Läuten bei Gewinnen, Musik — nur in einem Klub oder bei Konzerten ist es noch lauter. Und trotzdem könnte ich genau in diesem Moment wahrscheinlich eine Stecknadel fallen hören. Es ist so, als sei ich gegenüber dem Chaos um mich herum taub geworden.

So viele eingefrorene Menschen um mich herum zu haben macht das Ganze nur noch eigenartiger. Eine Kellnerin hat mitten im Schritt mit ihrem Tablett auf dem Arm angehalten. Eine Frau ist gerade dabei, eine Münze in einen Spielautomaten zu schmeißen. An meinem eigenen Tisch ist die Hand des Croupiers erhoben, und die letzte Karte, die er gezogen hat, hängt unnatürlich in der Luft. Ich gehe von der Seite des Tisches auf sie zu und nehme sie in die Hand. Es ist ein König, der für den Professionellen bestimmt ist. Als ich die Karte wieder loslasse, fällt sie auf den Tisch, anstatt weiter in der Luft zu schweben, so wie sie es vorher getan hat. Ich weiß allerdings genau, dass sie sich, sobald ich mich aus diesem eingefrorenen Zustand zurückziehe, wieder an der ursprünglichen Stelle befinden wird - in genau derselben Position, in der sie war, bevor ich sie genommen habe.

Der Professionelle sieht genau so aus, wie ich mir immer Menschen vorgestellt habe, die mit Pokerspielen ihr Geld verdienen: ungepflegt, Schatten unter den Augen und generell ein wenig eigenartig. Er hat sein Pokerface das ganze Spiel über perfekt im Griff gehabt – es hat nicht ein einziges Mal ein Muskel gezuckt. Sein Gesicht ist so unbeweglich, dass ich mich frage, ob ihm vielleicht Botox dabei hilft, eine so steinerne Miene aufrechtzuerhalten. Seine Hand befindet sich auf dem Tisch und bedeckt beschützend die Karten, die ihm gegeben wurden.

Ich bewege seine schlaffe Hand zur Seite. Das fühlt sich wie im normalen Leben an. Also quasi. Seine Hand ist schweißnass und haarig, weshalb es unangenehm ist, sie zur Seite zu legen. Es ist anormal, so etwas zu tun. Der normale Teil des Ganzen ist, dass seine Hand eher warm als kalt ist. Als ich noch ein Kind war, erwartete ich, dass sich die Menschen in der Stille kalt anfühlen würden, wie Statuen aus Stein.

Nachdem ich die Hand des Professionellen zur Seite gelegt habe, nehme ich seine Karten auf. Zusammen mit dem König, der gerade in der Luft hängt, hat er ein hübsches hohes Blatt. Gut zu wissen.

Ich gehe zur Großmutter hinüber. Sie hält ihre Karten in der Hand. Dadurch, dass sie sie wie einen Fächer ausgebreitet hat, kann ich es vermeiden, ihre faltigen und fleckigen Hände zu berühren. Das ist eine Erleichterung, da ich in der letzten Zeit meine Probleme damit habe, in der Stille Menschen anzufassen – genauer gesagt Frauen. Falls ich es trotzdem tun müsste, würde ich das Berühren von Großmutters Hand rational als harmlos ansehen – oder es zumindest nicht gruselig finden – aber es ist trotzdem besser, es möglichst zu vermeiden.

Auf jeden Fall hat sie ein niedriges Blatt. Sie tut mir leid. Sie hat heute Nacht eine recht große Summe verloren. Ihre Chips gehen zur Neige. Vielleicht sind ihre Verluste, zumindest teilweise, der Tatsache zuzuschreiben, dass sie kein gutes Pokerface aufsetzen kann. Schon bevor ich einen Blick auf ihre Karten geworfen hatte, wusste ich, dass sie nicht gut sein würden. Ich konnte sehen, dass sie nicht glücklich mit dem war, was sie nach der Ausgabe ihrer Karten in der Hand hielt. Ich habe sie außerdem vor einigen Runden bei einem fröhlichen Aufblitzen ihrer Augen ertappt. Sie hatte ein Dreierpaar, welches gewann.

Pokern ist zu einem Großteil Übung, Menschen besser lesen zu können – eine Fähigkeit, die ich gerne besser beherrschen würde. In meiner Arbeit wurde mir gesagt, ich sei großartig darin, Menschen zu lesen. Aber das bin ich nicht. Ich bin einfach nur gut darin, die Stille zu verwenden, um Ihnen das vorzumachen. Allerdings würde ich gerne lernen, wie es im wirklichen Leben funktioniert.

Was mich am Pokern eher weniger interessiert, ist das Geld. Mir geht es finanziell gut genug, um nicht auf das Spielen als Einnahmequelle angewiesen zu sein. Mir ist es egal, ob ich gewinne oder verliere, auch wenn es mir Spaß gemacht hatte, mein Geld an dem Black-Jack-Tisch zu verfünffachen. Dieser ganze Ausflug zum Spielen findet überhaupt nur deshalb statt, weil ich es mit meinen frischen einundzwanzig endlich darf. Ich war nie ein Freund von falschen

Ausweisen, und deshalb ist dieser Kasinobesuch wirklich ein Meilenstein für mich.

Ich verlasse die Großmutter und gehe hinüber zum Cowboy. Ich kann seinem Strohhut nicht widerstehen und setze ihn mir auf. Ich frage mich, ob ich dadurch Läuse bekommen könnte. Ich habe noch nie leblose Objekte aus der Stille zurückbringen können und auch anderweitig die Welt nicht nachhaltig verändert. Ich vermute also, dass ich auch kein lebendiges Ungeziefer mit mir zurücknehmen werde. Ich lege den Hut zurück und schaue mir seine Karten an. Er hat einige Asse – eine bessere Hand als der Professionelle. Der Cowboy könnte auch ein Professioneller sein. Soweit ich das beurteilen kann, hat er ein gutes Pokerface. Es wird interessant werden, die beiden in der nächsten Runde zu beobachten.

Als Nächstes ist der Kartenstapel an der Reihe. Ich schaue mir die obersten Karten an, um sie mir einzuprägen. Ich überlasse nichts dem Zufall.

Als ich meine Aufgabe in der Stille abgeschlossen habe, gehe ich zurück zu mir selbst. Ach ja, habe ich überhaupt erwähnt, dass ich meinen eigenen Körper dort sitzen sehen kann? Genauso eingefroren wie alle anderen? Das ist der verrückteste Teil an der ganzen Sache. Es ist wie eine außerkörperliche Erfahrung.

Ich nähere mich meinem eingefrorenen Ich und betrachte es. Normalerweise vermeide ich das, weil es so beunruhigend ist. Weder sich selbst unzählige Male im Spiegel zu sehen noch sich Videos von sich selbst auf YouTube anzuschauen kann einen auf den Anblick des eigenen Körpers in 3D vorbereiten. Das ist nichts, das man jemals zu erleben erwartet. Außer vielleicht, man ist ein eineiiger Zwilling.

Es ist kaum zu glauben, dass ich diese Person bin. Sie sieht eher wie ein ganz normaler Typ aus. Vielleicht nach ein wenig mehr. Ich finde diesen Typen interessant. Er sieht cool aus. Er sieht clever aus.

Ich denke, Frauen könnten ihn als gut aussehend bezeichnen, auch wenn es nicht bescheiden von mir ist, das zu behaupten.

Ich bin nicht gut darin, die Attraktivität von Männern zu bewerten – das war ich noch nie –, aber einige Dinge sind allgemeingültig. Ich kann erkennen, wenn ein Typ hässlich ist, und mein eingefrorenes Ich ist es nicht. Ich weiß auch, dass ein symmetrisches Gesicht generell als schön angesehen wird – und meine Statue hat so eines. Ein starkes Kinn schadet auch nichts. Und genau so eins habe ich. Breite Schultern zu haben ist ebenfalls gut, und groß zu sein wirklich hilfreich. Diese Punkte decke ich auch ab. Außerdem habe ich blaue Augen – was ein Pluspunkt zu sein scheint. Mädchen haben mir gesagt, dass sie meine Augen mögen, auch wenn sie an meinem gefrorenen Ich jetzt gerade ein wenig angsteinflößend wirken – glasig und glänzend. Sie sehen aus wie die Augen einer Wachsfigur. Leblos.

Als mir auffällt, dass ich mich zu lange mit diesem Thema aufhalte, schüttele ich meinen Kopf. Ich stelle mir vor, wie meine Psychiaterin diesen Moment analysieren würde. Wer käme schon auf die Idee, diese

Selbstbewunderung als Teil einer psychischen Erkrankung zu betrachten? Ich sehe sie regelrecht vor mir, wie sie das Wort »Narzisst« notiert und es mehrfach unterstreicht.

Genug. Ich muss die Stille verlassen. Ich hebe meine Hand, berühre mein eingefrorenes Ich auf der Stirn, und die Geräusche kehren zurück, sobald ich mich wieder in der richtigen Welt befinde.

Alles ist wieder normal.

Der König, den ich noch vor einem Moment betrachtete – der König, den ich auf dem Tisch liegen ließ –, befindet sich wieder in der Luft und folgt der Bahn, die ihm vorherbestimmt war. Er landet neben der Hand des Professionellen. Die Großmutter betrachtet immer noch enttäuscht ihre gefächerten Karten, und der Cowboy hat seinen Hut wieder auf dem Kopf, auch wenn ich ihn in der Stille abgenommen hatte. Es ist alles genau so wie in dem Augenblick, bevor ich in die Stille hineinglitt.

Auf einer bestimmten Ebene hört mein Gehirn nie auf, über diese Unterschiede zwischen der Stille und der Welt außerhalb überrascht zu sein. Die Menschen sind darauf programmiert, die Realität in Frage zu stellen, wenn solche Dinge passieren. Als ich am Anfang der Therapie einmal versuchte, meine Psychiaterin auszutricksen, las ich während einer Sitzung ein komplettes Lehrbuch über Psychologie. Ihr ist das natürlich nicht aufgefallen, da ich es in der Stille tat. Das Buch handelte davon, dass Babys, auch wenn sie erst zwei Monate alt sind, schon überrascht darüber sind, wenn sie etwas Ungewöhnliches sehen – wenn zum Beispiel eine Sache gegen die Regeln der Schwerkraft zu verstoßen scheint. Kein Wunder, dass mein Gehirn Schwierigkeiten damit hat, mit diesen Vorgängen zurechtzukommen. Bis ich zehn war, war mein Leben völlig normal. Dann begannen diese eigenartigen Sachen, um es vorsichtig auszudrücken.

Ich blicke hinab und stelle fest, drei Gleiche in der Hand zu halten. Das nächste Mal werde ich mir meine Karten anschauen, bevor ich hineingleite. Wenn ich so ein starkes Blatt habe, kann ich es auch darauf ankommen lassen, fair zu spielen.

Die Partie verläuft wie erwartet, schließlich kenne ich ja die Karten sämtlicher Mitspieler. Letztendlich steht die Großmutter auf. Sie hat offensichtlich genug Geld verloren.

Das ist der Moment, in dem ich sie zum ersten Mal sehe.

Sie ist heiß. Mein Freund und Arbeitskollege Bert – eigentlich Albert, aber es gibt niemanden der ihn so nennt – behauptet, ich hätte einen bestimmten Frauentyp. Diese Vorstellung gefällt mir nicht, da ich nicht so oberflächlich und berechenbar sein möchte. Allerdings könnte trotzdem beides ein wenig auf mich zutreffen, da dieses Mädchen genau in das Beuteschema passt, welches Bert mir beschrieben hat. Und ich bin, milde ausgedrückt, extrem interessiert an ihr.

Große blaue Augen und deutlich ausgeprägte Wangenknochen in einem schmalen Gesicht mit einem

Hauch Exotik. Lange, extrem wohlgeformte Beine, wie die einer Tänzerin. Dunkles, gewelltes Haar, das, wie ich es mag, zu einem Pferdeschwanz gebunden ist. Kein Pony – sehr gut. Ich hasse Ponys und kann mir auch nicht erklären, wie manche Mädchen sich so etwas antun können. Auch wenn die Abwesenheit des Ponys in Berts Beschreibung meines Frauentyps nicht vorkommt, gehört dieses Kriterium definitiv dazu.

Sie setzt sich zu uns an den Tisch, und ich kann nicht damit aufhören, sie weiterhin anzustarren. Mit den hohen Absätzen und dem engen Rock wirkt sie an diesem Ort overdressed. Oder vielleicht bin ich mit meiner Jeans und dem T-Shirt auch einfach underdressed. Wie dem auch sei, es interessiert mich nicht. Ich muss versuchen, mit ihr ins Gespräch zu kommen.

Ich denke darüber nach, in die Stille einzutauchen und mich ihr anzunähern. Auf diese Weise könnte ich Dinge tun, die normalerweise beunruhigend wirken. Ich könnte sie aus nächster Nähe anstarren oder sogar ihre Taschen durchwühlen, um etwas zu finden, das mir dabei hilft, mit ihr zu reden.

Ich entscheide mich dagegen, und wahrscheinlich ist es das erste Mal, dass das passiert.

Ich weiß, dass der Grund dafür, mein normales Verhaltensmuster zu durchbrechen, eigenartig ist. Falls man überhaupt von einem Grund sprechen kann. Ich stelle mir die folgende Handlungskette vor: Sie stimmt zu, sich mit mir zu verabreden, es wird ernst zwischen uns, und weil wir diese tiefe Verbindung haben, erzähle ich ihr von der Stille. Sie erfährt, dass ich etwas Unheimliches tue, bekommt Angst und verlässt mich. Es ist natürlich lächerlich, sich so etwas auszumalen, bevor wir überhaupt miteinander gesprochen haben. Möglicherweise hat sie einen IQ von unter 70 oder besitzt die Persönlichkeit eines Holzstücks. Es könnte zwanzig verschiedene Gründe dafür geben, weshalb ich mich nicht mit ihr treffen möchte. Und außerdem hängt das ja auch nicht von mir ab. Sie könnte mir genauso gut zu verstehen geben, sie in Ruhe zu lassen, sobald ich versuche, mit ihr zu sprechen.

Die Arbeit mit Hedgefonds hat mich allerdings gelehrt, mich abzusichern. So verrückt diese Entscheidung, nicht in die Stille einzutauchen, auch ist, ich bleibe bei ihr. Ich weiß, dass es so höflicher ist. Aus dem gleichen Grund beschließe ich außerdem, in dieser Pokerrunde nicht zu schummeln.

Sobald die Karten ausgegeben sind, denke ich darüber nach, wie gut es sich anfühlt, so ehrenvoll gehandelt zu haben — auch wenn das niemand weiß. Vielleicht sollte ich häufiger versuchen, die Privatsphäre meiner Mitmenschen zu achten. Aber ich muss auch realistisch bleiben. Ich wäre nicht dort, wo ich heutzutage bin, wenn ich solchen Gefühlen gefolgt wäre. Ich würde sogar innerhalb weniger Tage meinen Job verlieren, sollte ich anfangen, die Privatsphäre anderer Menschen zu respektieren – und damit auch die ganzen Annehmlichkeiten, an die ich mich gewöhnt habe.

Ich mache es dem Professionellen nach und

bedecke meine Karten, sobald ich sie bekomme, mit meiner Hand. Ich bin gerade dabei, einen Blick auf sie zu werfen, als etwas Ungewöhnliches passiert.

Die Welt um mich herum wird bewegungslos, so als würde ich gerade in die Stille hineingleiten … aber das habe ich nicht getan.

Einen Augenblick später sehe ich *sie* – das Mädchen, welches mir am Tisch gegenübersitzt, das Mädchen, an das ich gerade gedacht habe. Sie steht neben mir und zieht ihre Hand von meiner weg. Oder, genauer gesagt, der Hand meines eingefrorenen Ichs – ich stehe ja daneben und schaue sie an.

Allerdings sitzt sie auch noch mir gegenüber am Tisch, eine eingefrorene Statue wie alle anderen auch.

Mir kommt nicht einmal der Gedanke, das zweite Mädchen könnte ihre Zwillingsschwester oder etwas Ähnliches sein. Ich weiß, dass sie es ist. Sie tut das Gleiche, was ich vor einigen Minuten getan habe. Sie geht in der Stille umher. Die Welt um uns herum ist eingefroren, aber wir sind es nicht.

Sie sieht schockiert aus, als ihr dasselbe klar wird. Mit einer Hand greift sie über den Tisch und berührt ihre eigene Stirn.

Die Welt wird wieder normal.

Sie starrt mich schockiert mit ihren großen Augen und dem blassen Gesicht an. Ich kann sehen, wie ihre Hände zittern, während sie aufspringt. Ohne ein Wort zu sagen dreht sie sich um und geht weg.

Als sie anfängt zu rennen, zögere ich nicht. Ich stehe auf und folge ihr. Das ist nicht sehr clever. Sie würde sich wohl kaum mit einem unbekannten Typen verabreden, der hinter ihr herrennt. Aber über diesen Punkt bin ich schon hinaus. Sie ist die einzige Person, die ich jemals getroffen habe, die das Gleiche kann wie ich. Sie ist der Beweis dafür, dass ich nicht verrückt bin. Sie könnte das besitzen, was ich mehr als alles andere möchte.

Sie könnte Antworten haben.

———

Die Gedankenleser – The Thought Readers ist überall erhältlich.

ÜBER DEN AUTOR

Dima Zales ist ein *New-York-Times-* und *USA-Today-*Bestsellerautor von Science-Fiction- und Fantasyromanen. Bevor er Schriftsteller wurde, arbeitete er in der Softwareentwicklungsbranche in New York als Programmierer und Führungskraft. Von Hochfrequenz-Handelssoftware für Großbanken bis hin zu mobilen Apps für Publikumsmagazine hat Dima alles entwickelt. Im Jahr 2013 verließ er die Softwarebranche, um sich auf seine Schreibkarriere zu konzentrieren, und zog an die Palm Coast, Florida, wo er derzeit lebt.

Bitte besuchen Sie www.dimazales.com/book-series/deutsch/, um mehr zu erfahren.

www.ingramcontent.com/pod-product-compliance
Lightning Source LLC
Chambersburg PA
CBHW060612100726
47907CB00006B/1590